Der Sternenhimmel über Montana

DEBRA HOLLAND

Widmung

Dieses Buch ist meinem Vater Robert Holland gewidmet,
der meine Liebe zu Pferden gefördert hat.
Ich weiß, dass du noch immer bei mir bist, Dad.

Geschichte

Moderne Züchter und Besitzer von Miniaturpferden wären bestürzt darüber, wenn diese bezaubernden kleinen Pferde als „Zwerge" bezeichnet werden, dies passt jedoch in den historischen Kontext der 1890er Jahre. Darüber hinaus kamen die Falabella-Miniaturpferde zwar in den 1890er Jahren in Argentinien vor, wurden jedoch bis Mitte des 20. Jahrhunderts nicht als Rasse anerkannt. Ich habe mir die Freiheit genommen, die Miniaturpferde in dieser Reihe als „Falabellas" zu bezeichnen, obwohl dieser Name in den 1890er Jahren vielleicht noch nicht verwendet wurde.

Kapitel Eins

Argentinien, 1894

Samantha Sawyers Rodriguez las das Brieftelegramm vom Bankier ihres Onkels, wobei die Worte zunächst zu unlesbaren Krähenfüßen verschwammen. Dann sickerte die Bedeutung durch den Nebel ihrer Fassungslosigkeit.

Freiheit.

Sie konnte nicht nur den Beschränkungen und dem Unglück ihrer gegenwärtigen Lage entkommen, sondern sich auch ihren Lebenstraum erfüllen und Waisenkinder aufziehen – ganz genau wie ihre Lieblingsprotagonistin in *Kleines Volk, Das Leben in Plumfield* und in *Aus der Knabenwelt.* Ihr Sohn Daniel würde endlich die Brüder bekommen, die er sich immer gewünscht hatte.

Sie schob ihren abgenutzten Roman von Louisa May Alcott von einem mit Brokat bezogenen Stuhl, ließ sich darauf fallen und las den Brief noch einmal, wobei sie kaum in der Lage war, sich darauf zu konzentrieren, so aufgeregt schlug ihr Herz.

Als sie fertig war, presste Samantha sich das Telegramm an die Brust und schaute aus dem Fenster, das von roten Samtvorhängen eingerahmt wurde. Sie nahm die vertraute

Aussicht auf die Falabella-Miniaturpferde, die auf den Wiesen um die *Estancia* herum grasten, kaum zur Kenntnis.

Sie richtete ein Dankesgebet an den Himmel, obwohl ihr Herz zu voll von Dankbarkeit war, um überhaupt ein Wort hervorzubringen. Doch sie wusste, dass Gott verstehen würde.

Der neunjährige Daniel, der mit seinem Lieblingspferd herumtollte, rückte in ihr Blickfeld. Die kleine schwarze Chita, gerade einmal einen knappen Meter groß, trottete neben dem Jungen her. Die beiden traten einen braunen Lederball, der mit Lumpen gestopft war, hin und her. Samantha lächelte bei dem Anblick. Die Verspieltheit der winzigen Pferde hörte nie auf, sie zum Schmunzeln zu bringen.

Begierig, ihre Aufregung mit jemandem zu teilen, sprang Samantha auf und eilte durch die Tür des Damensalons in den mit Marmor gefliesten Eingangsbereich. Als ihr bewusst wurde, dass ihr Schwiegervater Don Ricardo Rodriguez ihre Eile womöglich bemerken und bestrafen würde, strich sie sich den schwarzen Seidenrock glatt und zwang sich zu einem damenhafteren Gang. Ihr äußeres Erscheinungsbild entsprach vielleicht den Regeln der Weiblichkeit, deren Einhaltung von ihr gefordert wurde, doch ihr Herzschlag tanzte mit einer Euphorie, die ihre Füße nicht zeigen durften.

Als sie die geschnitzten Holztüren aufgestoßen hatte, blinzelte sie, so hell war das Sonnenlicht. Sie ging durch den Hof mit Backsteinboden und hastete um die Ecke der *Estancia* zum Weideland, auf dem die Falabellas grasten.

Als sie sich ihrem Sohn näherte, beleuchtete die späte Nachmittagssonne die kastanienbraunen Strähnen in Daniels dunklem Haar und brachte seine goldene Haut zum Glänzen. Seine blauen Augen funkelten vor Lachen und er beugte sich vor, um seine Arme liebevoll um den Hals des kleinen schwarzen Pferdes zu legen.

„Daniel!" Sie wedelte mit dem Brief. „Ich habe Neuigkeiten", rief sie auf Englisch – der Sprache, die sie immer mit ihm sprach.

Ihr Sohn löste sich vom Pferd und richtete sich auf. „Was, Mama?"

Gespannte Erwartung leuchtete in seinen blauen Augen auf und einen Moment lang ähnelte er so sehr seinem Vater, dass sich ein altbekannter Schmerz durch ihr Herz bohrte und ihrer Erregung einen Dämpfer versetzte. Dank ihrer langen Übung verdrängte sie die Traurigkeit. „Ich habe Onkel Ezras Ranch in Montana geerbt."

Ein verwirrter Blick huschte über sein Gesicht.

Samantha lachte und umarmte ihn. „Mein Onkle Ezra ist in den Westen gezogen, als ich noch ein Kind war. Ich kann mich noch vage daran erinnern, dass er einen langen Bart hatte und mich auf seinen Schultern herumtrug. Wir haben uns jede Weihnachten Briefe geschrieben. Er ist gestorben und hat uns seine Ranch hinterlassen."

Daniels blaue Augen verdüsterten sich. „Gestorben? So wie Papa?" Er legte den Kopf schief und musterte sie. „Musst du weinen?"

Samantha schluckte den Kloß in ihrem Hals herunter. Sie beugte sich vor, schloss ihren Sohn in die Arme und ließ ihre Wange auf seinem seidigen Haar ruhen. „Nicht wie Papa. Onkle Ezra war sehr alt. Und in den letzten Jahren seines Lebens war er nicht besonders glücklich. Jetzt ruht er in Frieden mit Gott im Himmel."

„Mit Papa?"

„Und mit Papa. Und mit deiner Großmutter und deinem Großvater." Sie liebkoste ihn. „Jetzt werden wir auf seiner Ranch leben, nur dass sie uns gehören wird."

„Kommt *Abuelo* auch mit?"

Sie sah die Skepsis in seinen Augen. „Nein, dein Großvater wird hierbleiben."

Seine Züge nahmen einen Ausdruck von Erleichterung an, der sofort von Angst ersetzt wurde. Er wand sich in ihrer Umarmung. „Wird *Abuelo* uns gehen lassen?" Seine Stimme zitterte.

Plötzlich schnürte ihr die Wut den Magen zu. „Dein Großvater hat da nichts zu sagen. Wir gehen."

Wieder einmal würde sie diesem dominanten alten Mann die Stirn bieten müssen. Er hatte es seinem jüngsten Sohn nie verziehen, dass er eine protestantische Amerikanerin als Frau gewählt hatte, deshalb behandelte er sie weiterhin mit Verachtung. Samantha hasste jede Minute ihres klösterlichen Lebens. Jetzt besaß sie den Schlüssel zu ihrem goldenen Käfig. Und ganz gleich, was kam – sie würde nicht zulassen, dass Don Ricardo sie und ihren Sohn von ihrer Flucht in die Freiheit abhielt.

Drei Tage lang hatte Samantha geplant, organisiert und sich gesorgt, damit alle Einzelheiten ihrer Flucht unter Dach und Fach waren, bevor sie es mit ihrem furchtbaren Schwiegervater aufnehmen würde. Sie hielt vor der geschnitzten Holztür zu Don Ricardos Arbeitszimmer inne und wappnete sich innerlich, bevor sie zögernd ihre Hand hob, um zu klopfen. In den letzten zwei Jahren hatte sie es gelernt, ihre Vorstellungskraft als Abwehr zu benutzen, um ihr wahres Ich vor den bitteren Bemerkungen zu schützen, die der arrogante alte Mann ihr an den Kopf warf.

Doch statt Don Ricardos Männerbastion mit hängendem Kopf zu betreten, gab ihr heute der Brief in ihrer Hand Auftrieb, denn sie wusste, dass sie die anstehende Begegnung mit stärkerem Mut angehen würde als es bisher der Fall gewesen war. Doch nichtsdestotrotz fürchtete sie das

Gespräch. Ihr Schwiegervater würde die Kontrolle über sie und Daniel nicht so leicht aufgeben.

Bald, versprach sie sich. *Bald werden solche Szenen nur noch böse Erinnerungen sein.*

Angespornt von Entschlossenheit klopfte sie auf einen glatten Kreis, eingerahmt von geschnitzten Rosetten.

„*Pase*", rief er.

Sie stieß die Tür auf und trat in den Raum. Don Ricardo saß in Unterlagen vertieft an seinem großen Schreibtisch aus Mahagoni, neben seinem Ellenbogen stand sein kürbisförmiger *Mate* aus Silber mit seinem Lieblingstee aus *Yerba Mate*.

Samantha hatte an dem bitteren argentinischen Getränk nie Geschmack gefunden, besonders, wenn es in einem Gemeinschafts-*Mate* herumgereicht wurde und durch eine röhrenförmige *Bombilla* geschlürft wurde. Dank ihres Schwiegervaters würde ihr das Ritual erspart bleiben, das wusste sie. Er hatte sie nie mit dem sozialen Privileg beglückt, seinen *Yerba Mate* mit ihr zu teilen.

Sie wartete darauf, dass er sie bemerkte – nicht, dass ihm jemals irgendetwas entgangen wäre. Don Ricardo ließ sie oft wie eine Dienerin warten, bis er es als passend erachtete, sie zur Kenntnis zu nehmen.

Es ist das letzte Mal. Dieser Gedanke hielt die Wut im Zaum, die sie in seiner Gegenwart immer verspürte. Manchmal brachte es sie zum Zappeln, wenn sie sich bemühte, ihre Gefühle zu kontrollieren, sodass ein vorwurfsvoller Ausdruck auf seine Lippen trat und sie sich im Nachteil befand. *Aber nicht heute.*

Samantha musterte ihn. Die gleichen vornehmen Züge – hohe Wangenknochen, schmale Nase und geschwungene Augenbrauen, die sie am Gesicht ihres Mannes, und nun ihres Sohnes, so liebte – hatten die Züge des alten Mannes so verwittern lassen, dass sich die Haut über den Knochen spannten. Ein wahres Abbild des nachtragenden Geistes, der in ihm hauste. Ihr Juan-Carlos wäre niemals auf die gleiche Art gealtert. Selbst im Alter hätte er Lachfältchen um seine Augen gehabt.

Don Ricardo schaute auf und runzelte die Stirn. „Ich habe überaus viel zu tun."

„Es dauert nicht länger als ein paar Minuten."

Er erteilte ihr mit einem Nicken die Erlaubnis.

„Ich habe ein Telegramm aus Montana erhalten, mit dem ich darüber in Kenntnis gesetzt wurde, dass mein Onkel Ezra verstorben ist und mir seine Ranch hinterlassen hat."

Die Falten zwischen Don Ricardos Augenbrauen glätteten sich. Sein Gesicht entspannte sich und drückte zum ersten Mal seit langer Zeit eine Spur von Anerkennung aus. „Das sind tatsächlich frohe Neuigkeiten. Gib mir alle Informationen und ich leite alles in die Wege, um das Anwesen zu verkaufen. Ich freue mich, dass Daniel eine Erbschaft erhält."

Ja, weil du selbst ihm keine hinterlassen willst. Nur deinen anderen Enkeln. „Eigentlich habe ich geplant, mit Daniel nach Montana zu ziehen."

Seine Augenbrauen zogen sich ruckartig zusammen und er warf ihr einen erzürnten Blick zu. „Auf keinen Fall!"

„Ich weiß, dass du froh bist, wenn du von deiner Verantwortung für uns befreit wirst."

Er stand auf. „Das verbiete ich."

Die altbekannte Angst stieg Samantha in der Kehle auf, aber sie blieb standfest. „Ich habe schon alles arrangiert. Nächste Woche fährt ein Segelschiff ab. Daniel und ich werden an Bord sein."

„Nein."

Sie tat so, als hätte sie ihn nicht gehört. „Wir werden rechtzeitig mit gepackten Koffern fertig sein."

„Du nimmst mir meinen Enkel nicht weg!" Er fuhr mit

der Hand durch die Luft. „Und nimmst ihm sein Erbe."

Scharfer Zorn bohrte sich durch ihre Angst. Dieser Mann hatte Daniel nie Aufmerksamkeit geschenkt, außer, um ihn zu kritisieren. Jetzt versuchte er, Anspruch auf ihn zu erheben. „Du hast dich nie für Daniel interessiert – hast ihn nie gutgeheißen."

„Er ist der Sohn meines Sohnes."

„Du hast noch andere Enkel … die eher in deiner Gunst stehen", sagte sie, und kämpfte gegen den Groll an, der sich in den letzten neun Jahren in ihr angesammelt hatte. „Du hast nichts anderes getan, als ihn zu ignorieren. Jetzt wird er von seiner anderen Herkunft erfahren. Von *meiner* Herkunft."

Eine Grimasse verunstaltete seine edlen Züge. „Yankee."

Sie hob das Kinn. „Ja."

Er schlug mit seiner Handfläche auf den Schreibtisch. „Ich sage Nein!"

Die Wut wärmte ihre Wangen. Unwillkürlich verhärtete sich ihre Stimme. „Du hast nicht das Recht, uns aufzuhalten."

„Ich werde kein Geld für diese unerhörte Idee aufbringen."

„Das erwarte ich gar nicht. Meine Ersparnisse müssten reichen."

„Eine Frau und ein Kind, die alleine reisen. Das geziemt sich nicht!"

„Wir werden nicht allein sein. Manuel und Maria kommen auch mit."

„Dienstpersonal." Sein Ton war herablassend.

Sie hob das Kinn. „Sie waren schon bei Juan-Carlos und mir, bevor Daniel geboren wurde." Sie atmete tief ein. „Außerdem brauche ich Manuels Hilfe bei meinen Falabellas."

Seit Gesicht wurde rot. „Die Falabellas. Du wirst auch nicht nur *ein einziges* Falabella mitnehmen." Er knurrte die Worte hervor.

7

„Ich habe ein Recht darauf. Es sind meine."

„Die Familie Rodriguez hat diese Pferde gezüchtet. Die Falabellas bleiben hier, wo sie hingehören."

Sie ballte ihre Hände hinter ihrem Rock zu Fäusten, so dass er es nicht sehen konnte, und drückte so fest, dass ihre Nägel sich in ihre Handflächen bohrten. „Juan-Carlos und ich haben sechs dieser Falabellas aufgezogen. Sie gehören mir. Ich nehme sie mit."

„Pah!" Er schritt zu einer Anrichte, auf der mehrere Kristallflaschen auf gravierten Silbertellern standen. Don Ricardos Arzt hatte ihm den Genuss von Alkohol verboten, und einen Moment lang dachte Samantha, sie hätte ihn vielleicht zum Trinken gebracht. Wie sollte sie das ihren Schwägern erklären? Sie konnte sich nur zu gut vorstellen, wie deren Frauen sie mit ihrem Gejammer beschuldigen würden.

Doch stattdessen griff er zum Behälter, der Wasser enthielt, und hob ihn mit einer Hand hoch. Er goss sich Wasser über die andere Hand, ohne auf die Pfütze zu achten, die sich auf dem Aubusson-Teppich formte. „Ich wasche mich rein von jeglicher Verantwortung für euch."

Samantha schluckte. Sie hatte nicht vorgehabt, jegliche Beziehung zur Familie ihres Ehemannes abzubrechen. Einen Moment lang schwankte sie.

„Wenn du gehst, gehörst du nicht mehr zur Familie. Daniel ist nicht mehr mein Enkel. Erwarte nichts von mir!"

„Dann werden wir das erhalten, was du uns schon immer gegeben hast." Ihr Ärger explodierte und verwandelte sich in glühende Worte. „Alles, was ich je gewollt habe, war, angenommen zu werden. Und dass du Daniel genauso liebst wie deine anderen Enkelkinder. Aber stattdessen hast du uns deine Anerkennung verweigert." Sie wandte sich zum Gehen. „Du weißt nicht, was du verloren hast. Jetzt wirst du das niemals erfahren." Erhobenen Hauptes stolzierte sie aus dem Zimmer.

Kapitel Zwei

Sweetwater Springs, Montana

Nachdem er sich mit gutem Essen und Wein gesättigt hatte und sich an der Unterhaltung und den koketten Blicken der jungen Witwe erfreut hatte, die jetzt Klavier spielte, versuchte Wyatt Thompson im Salon der Livingstons einen Eindruck von Entspannung vorzutäuschen. Wenn er jetzt zu Hause gewesen wäre, hätte er ein letztes Mal nach dem lahmen Pferd geschaut, das er in den Stall gestellt hatte und hätte dann ein wenig Zeit mit seiner Tochter verbracht, bevor er sie ins Bett gebracht hätte. Aber nachdem er an diesem Festschmaus der Gastgeberin teilgenommen hatte, wären es wohl kaum gute Manieren gewesen, sich so eilig zu seiner eigenen Ranch aufzumachen. Also zwang er sich dazu, der Musik zu lauschen, die Edith Livingston Grayson spielte.

Er stellte seine Teetasse mit der Untertasse auf einem Beistelltisch aus Mahagoni mit glänzender Perlmutt-einlage ab und verlagerte sein Gewicht auf dem unbequemen blauen Samtsofa. Zu seiner Rechten saß Caleb Livingston aufrecht und steif auf einem Stuhl aus geschnitzter Eiche, während er seiner Schwester beim Spielen zuhörte. Warum hatte Livingston in seinem eigenen Salon bloß keine bequemen

9

Stühle? Etwas, auf dem sich ein Mann ausstrecken konnte. Der Bankier konnte sich so etwas sicherlich leisten. Er hoffte, dass nicht Edith die Einrichtung gewählt hatte.

Wyatt rutschte noch einmal hin und her. Seine Stiefel glitten auf dem dicken persischen Teppich nach vorn. Nachdem er den Tag im Sattel verbracht hatte, sehnten sich seine langen Beine nach der üblichen Position, in der er sich auf seinem Ledersessel zu Hause entspannte. Er zog seine fliehenden Füße zurück und stützte einen Ellenbogen auf der Holzlehne des Sofas ab.

Die Feuerstelle vor ihm knackte und knisterte. Der Duft von Ediths Parfum hing in der verrauchten Luft. Er folgte den Spuren des Duftes bis zur Quelle und bewunderte das Bild, das die am Klavier sitzende Edith abgab. Gekleidet in ein lavendelfarbenes Kleid und mit ihrem brünetten Haar, das sich in Locken um ihr ovales Gesicht rankte, schien sie völlig in ihr Spiel versunken und ihre braunen Augen waren auf die Notenblätter vor ihr konzentriert. Ab und zu schaute sie zu Wyatt oder ihrem Bruder auf und schätzte deren Reaktion auf ihre Musik ab.

Livingston klopfte mit einem Finger auf seine Stuhllehne. Er streckte die Hand aus und nahm seinen Tee vom Tisch, nippte daran und deutete dann mit der Tasse auf seine Schwester. „Edith wurde von den besten Lehrern in Boston unterrichtet." Unmissverständlicher Stolz leuchtete in seinen braunen Augen auf, die denen seiner Schwester so ähnlich waren.

Wyatt nickte zustimmend. „Sie spielt wunderschön."

Eine von Ediths dunklen Augenbrauen hob sich kokett zum Dank. Sie klimperte ein zartes Arpeggio auf den Tasten, das dann fließend in eine Chopin-Etüde überging – eine von Alicias Favoriten.

Die veränderte Musik weckte schmerzhafte Erinnerungen in Wyatt und er wäre am liebsten wie ein Kalb auf der

Flucht vor dem Brenneisen aus dem Zimmer gestürmt. Er wappnete sich gegen die altbekannte Traurigkeit.

Er hatte ein Piano für Alicia ausgesucht und hatte es ihr schenken wollen, um die Geburt ihres Babys zu feiern. Aber anstatt einer Feier hatte es nur Tod und jahrelange Trauer gegeben. Er hatte die Bestellung des Klaviers storniert und seit diesem Tag war in seinem Haus nie wieder Musik ertönt. Ihm war gar nicht bewusst gewesen, wie sehr sie ihm fehlte.

Seit Alicias Tod war Edith die erste Frau, die sein Interesse geweckt hatte. Er öffnete die Augen, um ihren Anblick in sich aufzunehmen.

Sie senkte den Blick, ihre dunklen Wimpern breiteten sich wie Fächer über ihren Wangen aus. Ihre üppigen und leicht gespitzten Lippen waren eine Einladung zum Küssen und reizten ihn. Auch wenn er entschlossen war, niemals wieder so zu lieben, wie er Alicia geliebt hatte, konnte eine Beziehung, die sich auf Anziehung und gegenseitigen Respekt stützte, vielleicht durchaus befriedigend sein.

Wyatts Blick wanderte zu Livingston, der seinen Finger im Takt der Musik auf sein Knie schlug. Er war ein genauso guter Aufpasser wie Alicias Mutter. Aber Wyatt hatte viele Arten erlernt, um einer Anstandsperson zu entkommen. Und da Edith eine Witwe war und deshalb nicht den strikten Standards einer unverheirateten Frau entsprechen musste, war die eine oder andere Ausflucht durchaus ehrbar. Sie konnten ihre Zeit allein miteinander verbringen, ohne deshalb einen Skandal auszulösen oder von Livingston vor den Altar gedrängt zu werden.

Er schloss die Augen wieder und ließ seine Füße ein paar Zentimeter nach vorn gleiten. Ja, vielleicht war es an der Zeit, die Musik in sein Haus zurückzubringen.

Während er noch immer über seine Optionen mit Edith nachsann, ritt Wyatt am nächsten Tag mit seinem Quarter Horse Bill in die Stadt Sweetwater Springs. Als er an der offenen Schmiede vorbeikam, weckten eine Rauchwolke und der metallische Geruch von glühendem Eisen böse Erinnerungen in ihm. Erinnerungen, bei denen sich sein Magen zusammenzog und seine Hand sich unbewusst über seine Narbe an der Seite legte.

Der Schmied Red Charlie, der gerade die Hufe eines gefleckten Wallachs beschlug, hielt inne. Der breitschultrige Mann schaute, den Hammer noch in der Luft, zu ihm hinüber. Ein kleines Lächeln belebte sein sonst so teilnahmeloses Gesicht mit den hohen Wangenknochen.

Wyatt fasste sich zum Gruß an den Hut.

Der große Mann nickte und schwang dann seinen Hammer.

Wyatt und die beiden anderen Rancher John Carter und Nick Sanders waren die einzigen Männer gewesen, die die Idee unterstützt hatten, dass ein Indianer seine eigene Schmiede besitzen durfte. Obwohl er erfreut war zu sehen, dass Red Charlies neues Geschäft blühte, zogen sich die Narben auf seiner Seite vor Erinnerung an den Schmerz jedes Mal ein bisschen zusammen, wenn Wyatt vorbeiritt.

Er war vierzehn Jahre alt und obdachlos gewesen, als er die Lehre zum Schmied gemacht hatte. Wyatt war davongelaufen, nachdem der betrunkene Mann ihn mit einem heißen Glüheisen angegriffen und es gegen seine Rippen gepresst hatte, sodass das Fleisch für immer verunstaltet wurde. Aber seine Erfahrungen mit der Bande halbwüchsiger Jungen, zu denen er sich geflüchtet hatte, hatten seine Seele viel schlimmer verwundet als das Glüheisen seinen Körper …

„Da rauf, Bill", sagte er und trieb den großen Wallach in Richtung Schule zum Trab an.

12

Wyatt zog die Zügel vor der schmalen Veranda des Schulgebäudes aus weißem Holz an, in dem seine Tochter Unterricht hatte. Er war etwas zu früh gekommen, um die achtjährige Christine zurück zur Ranch zu begleiten. Er war froh über ein paar Minuten Zeit, um sich im warmen Sonnenschein des Frühlingstags zu entspannen und seine Gedanken über Edith zu sortieren. Der Singsang von im Chor aufgesagten Multiplikationstabellen drang durch das halbgeöffnete Frontfenster. Er grinste. Christine und er hatten den Ritt in die Stadt damit verbracht, diese Tabellen zu üben. Sie beherrschte sie perfekt.

Aus den Augenwinkeln heraus entdeckte er Reverend Norton, der so eilig auf ihn zukam, dass der abgenutzte schwarze Gehrock wie die Flügel einer alten Krähe hinter ihm flatterte. Der Reverend kam schwankend zum Halt, offensichtlich bemüht, seine geistliche Würde wiederherzustellen und wedelte dann mit einem Brief in der Hand.

„Guten Tag, Reverend." Wyatt stieg ab. Besser, er sorgte dafür, dass der Mann bequem sprechen konnte, ohne sich den Hals verrenken zu müssen.

„Wyatt. Ich habe gerade einen Brief von Mrs Samantha Sawyer Rodriguez erhalten. Sie ist Ezras Nichte und hat seine Ranch geerbt."

Wyatts Interesse war geweckt. In den Jahren der Dürre hatten Ezra und er sich über Grundstücksgrenzen und die Nutzung eines Flusses gestritten, der ihre beiden Anwesen voneinander trennte. Er hatte oftmals versucht, Ezras kleine, verwahrloste Ranch zu kaufen, hatte den gewieften alten Mann jedoch niemals zu dieser Entscheidung überreden können. Obwohl es kein Versprechen dafür gab, hatte Wyatt angefangen, die Ranch als sein Eigentum zu betrachten – das letzte Stück Land, das er brauchte, um sein Grundstück im Tal westlich der Stadt zu vervollständigen. Mit Ezras Tod hatte er geplant, das Land vom Erben zu kaufen.

Seine Schultern entspannten sich vor Erleichterung. Eine Frau. *Gut.* Die Ranch würde innerhalb kürzester Zeit ihm gehören. Er ließ die Zügel durch seine Finger gleiten und sagte: „Rodriguez? Das klingt mexikanisch." Er stellte sich eine ältere schwarzhaarige Frau mit verwelkter brauner Haut vor.

„Sie lebt in Argentinien."

Sie ist weit weg. Sogar noch besser. „Was ist mit ihrem Mann?"

Reverend Norton schaute auf das Blatt Papier hinab. „Sie ist eine Witwe mit einem Sohn."

„Wenn Sie mir ihre Adresse geben, Reverend, dann schreibe ich ihr und mache ihr ein Angebot für Ezras Anwesen. Eine verwitwete Frau dürfte zusätzliches Geld zu schätzen wissen."

Reverend Norton schüttelte den Kopf. „Sie zieht hierher."

„Hierher?"

In den blauen Augen des Geistlichen leuchtete ein Eifer auf, den Wyatt aus seinen Predigten kannte. „Sie will Pferde züchten und Waisenjungen aufnehmen, um sie zu gottesfürchtigen Bürgern zu erziehen. Genau die richtige Lösung für diese Cassidy-Zwillinge. Sie ist die Antwort auf unsere Gebete, oh ja, das ist sie!"

Nicht auf meine. Frustration bohrte sich in ihn. Es war schlimm genug, dass er warten musste, um die Ranch zu kaufen, aber diese Teufelsbraten der Cassidys in der Nähe – in der Nähe seiner Tochter – wohnen zu haben, war zu viel. Sein Kiefer straffte sich.

Bevor Alicia gestorben war, hatte er ihr geschworen, dass er sich um ihr Baby kümmern würde. Seine lebhafte Tochter durch die Gefahren des Lebens in Montana zu geleiten, war schon Herausforderung genug für ihn – abgesehen davon, dass er sie vor den Bedrohungen des Lebens auf der Ranch beschützen sowie gleichzeitig ihren starken Geist fördern und ihre Manieren schulen musste.

Genau wie ihre Mutter adoptierte sie jedes streunende oder verletzte Tier. Einmal hatte sie sogar ein verwaistes Wolfsjunges mit nach Hause gebracht. Er wollte sich nicht einmal vorstellen, wie es wäre, die Cassidy-Zwillinge zum Bild hinzuzufügen. Wer konnte schon wissen, was Christine mit verwundeten Kindern tun würde? Und diese Zwillinge kannten mit Sicherheit die harte Hand ihres betrunkenen Vaters. Aber seine unschuldige Tochter hatte keine Ahnung davon, wie sehr verletzte Jungen anderen wehtun konnten.

Frustriert ballte er die Fäuste, löste sie dann aber wieder, um seine Gefühle vor dem Pfarrer zu verbergen.

„Mrs Rodriguez und ihr Sohn kommen nächste Woche an", sagte der Reverend. „Und auch gerade noch rechtzeitig. Mrs Murphy hat mir gesagt, sie könne diese Cassidy-Jungs nicht mehr lange ertragen. Letzte Woche Donnerstag hätten sie eine Ziege durch ihren Garten gejagt. Die sei direkt durch ihre Wäscheleine geprescht. Hätte ihre Laken durch den Dreck geschleift und ein Loch in ihre beste Schürze gerissen. Sie schäumte vor Wut. Fast wäre sie geplatzt."

„Das kann ich mir vorstellen", murmelte Wyatt und fragte sich, wie seine füllige Haushälterin wohl auf die Situation reagiert hätte. Wahrscheinlich hätte sie ihnen ihre Hintern versohlt. Wenn sie sie hätte fangen können.

„Ich musste ausdrücklich an ihren Sinn für christliche Wohltätigkeit appellieren, um sie zu überzeugen, sie bei sich zu behalten bis Mrs Rodriguez hier eintrifft."

Ohne auf das Thema der Zwillinge einzugehen, kam Wyatt erst einmal wieder zurück zum Thema Witwe. Trotz seiner Bedenken verspürte er einen Anflug von Interesse für die Pferde. „Sie sagen, diese Rodriguez-Frau wird Pferde züchten?"

„Ja, genau darüber wollte ich mit Ihnen sprechen. Sie

kommen am Dienstag an. Nachdem sie den ganzen Weg aus Argentinien hinter sich haben."

„Pferde aus Argentinien?"

Reverend Norton schaute auf den Brief hinab. „Ein Hengst und fünf Stuten. Falabellas. Das muss irgendeine südamerikanische Rasse sein."

„Nie gehört. Was …"

„Sie reisen mit einem Stallburschen, aber er spricht nicht viel Englisch. Mrs Rodriguez hat um Hilfe gebeten, um die Pferde von der Stadt zur Ranch zu transportieren." Reverend Norton warf ihm ein anerkennendes Lächeln zu. „Da Sie Nachbarn sind, wusste ich, dass Sie ihr nur zu gern mit den Pferden und der Eingewöhnung hier helfen würden."

Hinter seinen Zähnen spürte Wyatt Worte des Zorns, die versuchten auszubrechen. Er schluckte die Sätze herunter, die er am liebsten ausgespuckt hätte. Mit einem Pfarrer sprach man nicht so. Aber der Versuch, seine Gefühle im Zaum zu halten, nahm ihm fast den Atem.

Er erhielt eine Gnadenfrist, die die Form des Klapperns von Kinderstiefeln auf den Holztreppen des Schulgebäudes annahm. Ein Chor aus Stimmen begrüßte sie.

„Pa!", rief Christine, als wäre sie nicht erst seit Stunden, sondern tagelang von ihm getrennt gewesen, und stürzte sich in seine Arme.

Aus langer Gewohnheit heraus wirbelte er sie durch die Luft, sodass ihr blauer Rock sich um ihre grauen Strümpfe und die Stiefel mit den schwarzen Knöpfen wie ein Fächer ausbreitete. Bis er sie wieder absetzte, hatte er seine Fassung wiedererlangt.

Sie grinste ihn von unten an und das süße Lächeln ihrer Mutter verschmolz mit Christines schalkhafter Art.

Wyatts Herz machte einen Luftsprung und er tätschelte seiner Tochter die goldenen Haare. „Lauf los und sattle das Pony! Die Arbeit wartet!"

„Ja, Pa." Sie drückte ihm ihre Umhängetasche mit ihren Büchern und der Schiefertafel in die Hand und rannte zum Pferdestall.

Reverend Norton räusperte sich. „Also kann ich darauf zählen, dass Sie Mrs Rodriguez in Sweetwater Springs willkommen heißen?"

Wyatt nickte.

„Gut. Dann sehen wir uns bei der Sonntagsmesse." Der Pfarrer drehte sich um und verschwand in Richtung Kirche.

Wyatt hievte sich wieder zurück in den Sattel, während sein Kopf damit beschäftigt war, neue Pläne zu schmieden. Er würde diese Ranch nicht aufgeben. *Es war nicht richtig, dass eine Frau allein die Knochenarbeit auf sich nahm, ein heruntergekommenes Stück Land zu verwalten. Die Witwe hatte ein einfacheres Leben verdient – und das würde sie haben, wenn sie an ihn verkaufte.* Davon musste er sie nur überzeugen.

Kapitel Drei

❦   ❦

„Sweetwater Springs." Der Schaffner ging durch den Gang des schwankenden Zuges, seine Stimme ging ihm voraus, als er den nächsten Halt verkündete. „Sweetwater Springs."

Neben Samantha hüpfte Daniel auf seinem Ledersitz auf und ab. „Wir sind da, Mama. Wir sind da!"

Samantha schloss ihr Buch und steckte den Band in die geblümte Gobelin-Reisetasche zu ihren Füßen. „Und das keine Sekunde zu früh", sagte sie und fühlte sich, als hätte sich der Schmutz von der Reise tief in ihre Haut gebrannt.

„Kann ich zum Pferdewaggon gehen?"

„Nein, Liebes, warte, bis der Zug steht." Samantha strich ihm die Haare aus seinem gespannten jungen Gesicht, rückte ihm die schmale schwarze Krawatte am Hals zurecht und strich den Staub von seinem schwarzen Anzug. „Dann kannst du Manuel beim Ausladen der Pferde helfen."

Mit einem Zischen kam der Zug zum Stillstand.

Samantha schaute auf das, was aussah wie zweistöckigen Holzgebäude, die eine breite Schotterstraße säumten. Ausgehend von dem, was sie in anderen Städten des Westens gesehen hatte, sollten womöglich Scheinfassaden diese Häuser imposanter wirken lassen.

Neben ihr sprang Daniel von seinem Sitz auf und rannte durch den Gang auf die Tür zu.

„Daniel, komm zurück und nimm das hier!" Sie hielt eine schäbige schwarze Tasche hoch, die einst ihrem Vater gehört hatte, und hob ihre eigene Reisetasche hoch.

Daniel schnappte sich das Gepäckstück und raste wieder durch den Gang, wobei die Tasche gegen die Sitze mit hohen Lehnen prallte. Seufzend eilte sie ihm hinterher und schenkte den Passagieren, die von ihrem vorbeirauschenden Sohn gestört worden waren, ein entschuldigendes Lächeln. Es war nicht leicht gewesen, einen so ausgelassenen Jungen auf der langen Bahnfahrt bei Laune zu halten.

Zum Glück hatte er die meiste Zeit in Gesellschaft von Manuel Sanchez und seiner Frau Maria mit den Pferden verbracht – die beiden hatten darauf bestanden, im Viehwagen zu reisen. Samantha hatte gewusst, dass sie auf Daniel aufpassen würden.

Als sie vom Zug auf den Bahnsteig trat, sog Samantha die Frühlingsluft ein. Frisch und kühl. Nicht wie die feuchte Hitze in Argentinien. Der Boden schwankte noch unter ihren Füßen und der Rhythmus der Eisenbahnräder hallte in ihrer Erinnerung wider. Sie straffte ihre schwachen Knie und hoffte, die Taubheit in ihrem Gesäß würde bald nachlassen. Sie schüttelte die Falten aus ihrem schwarzen Rock und richtete ihre Haube, wobei sie mit den Fingern über die Krone fuhr, um zu kontrollieren, dass die schwarzen getrockneten *Nandu*-Federn sich nicht verbogen hatten.

Daniel tanzte neben ihr voller Ungeduld. „Die Pferde?"

Ein kleiner, stämmiger junger Mann in verblasster dunkler Arbeitskleidung stieg die Stufen zum Bahnsteig hinauf. Mit seinem runden braunen Gesicht und seinen dunklen Haaren und Augen hätte er gut in die *Estancia* ihres Schwiegervaters gepasst. Er blieb ein paar Meter vor ihr stehen, seine braunen Augen zu Boden gewandt. „*Señora* Rodriguez?"

Sie nickte. „*Sí*, ja."

19

„Ich bin Pepe vom Mietstall, Ma'am." Er sprach mit spanischem Akzent. „*Señor* Thompson hat mich gebeten, Ihnen mit Ihrem Gepäck behilflich zu sein und die Pferde solange in den Stall zu bringen, bis er hier sein kann."

„Mr Thompson?"

„*Sí, Señora.*" Die dunklen Augen schauten auf und senkten sich dann wieder. „Er sagte, Sie sollen Ihre Sachen hier im Bahnhof lassen." Mit einem Kopfnicken deutete er auf das einzige Backsteingebäude weit und breit. „Er dachte, Sie wollen vielleicht Vorräte kaufen."

„Gehört Mr Thompson der Mietstall?"

„Nein, die Ranch neben der von *Señor* Sawyer."

Ein Funken Wärme erfüllte Samantha. Ihr Nachbar. Wie nett von ihm, ihr zu helfen. Ein guter Anfang für ihr neues Leben.

Sie schaute auf ihren Sohn hinab. „Daniel, lass deine Tasche hier und bring Pepe zum Gepäckwagen, zeig ihm unsere Koffer und gehe dann zum Viehwagen und stelle ihm Manuel und Maria vor." Sie deutete auf das Backsteingebäude. „Wenn du die Pferde im Stall untergebracht hast, treffen wir uns dort."

„Ja, Mama." Er stellte die Tasche zu Boden und stürme davon.

Pepe nahm die Tasche und stellte sie neben eine Bank. „Ich hole Ihre Koffer." Dann schaute er kurz mit einem schüchternen Lächeln auf und folgte Daniel.

Vorräte. Samantha stellte ihre Reisetasche neben die von Daniel und ging die Stufen hinab, wobei sie im Geiste eine Liste der Dinge abhakte, die sie in den nächsten paar Tagen brauchen würden. Mehl, Bohnen, Reis. Sie hatte alles Nötige aufgeschrieben, wollte aber nichts vergessen.

Sie zog ihren schwarzen Mantel und den Rock hoch, um den schwammigen Boden zu vermeiden, und suchte sich ihren Weg durch die Pfützen aus Schlamm. Sie nahm sich

Zeit und genoss es, nach der wochenlangen Reise mit Schiff und Eisenbahn wieder festen Boden unter den Füßen zu haben, auch wenn der feste Boden sich noch immer nicht sehr fest anfühlte.

Sie sah sich mit Interesse in ihrer neuen Stadt um und bemerkte viele Saloons, eine Bank und andere Geschäfte. Die weiße Holzfassade der Kirche mit einem Kreuz auf dem Turm zog ihre Aufmerksamkeit auf sich. Um Juan-Carlos zu heiraten, hatte sie zum katholischen Glauben konvertieren müssen. So lange hatte sie in einer verschnörkelten Steinkathedrale gebetet, die Gebete während der Messe auf Lateinisch aufgesagt und den Predigten auf Spanisch gelauscht. Eine der Freuden ihres neuen Lebens würde es sein, einen einfachen evangelischen Gottesdienst zu besuchen, und sie freute sich auf den Sonntag.

Ein verblichenes Schild neben der Tür eines wackeligen Holzhauses bot heiße Bäder und saubere Wäsche an. Sie seufzte beim Gedanken daran. Die Möglichkeit, ein Bad zu nehmen, wäre himmlisch. Heute Abend, versprach sie sich. Mit Sicherheit würde es im Haus auf Ezras' Ranch eine Wanne geben.

Sie blieb an der Holztreppe des Backsteingebäudes stehen. Schwarze Buchstaben auf einem Glasfenster wiesen es als Cobbs Geschäft aus. Sie spähte hinein und entdeckte ein wildes Durcheinander von Waren. Eine Schneiderpuppe trug eine rosarote geblümte Hemdbluse, ein Paar schwarzer Stiefel, bis oben mit Knöpfen versehen, stand neben drei Paar Cowboystiefeln, ein grauer Hut mit viereckiger Krone lag neben einem Korb mit verschiedenen Gläsern Marmelade und in der Ecke lehnten eine Harke und eine Schaufel.

Ihre Augen blieben an der rosaroten Hemdbluse hängen. *Farbe.* Ihr Schwiegervater hatte sie in den letzten Jahren dazu gezwungen, Schwarz zu tragen, und sie konnte es kaum erwarten, ihr Witwengewand abzulegen.

Mit einem tiefen Atemzug nahm Samantha all ihren Mut zusammen und ging die Stufen hoch. Sie würde neue Bekanntschaften schließen, mit Menschen, mit denen sie ihr restliches Leben lang verbunden sein würde. Der unbekannte Mr Thompson und Pepe schienen freundlich zu sein. Sie hoffte, das Gleiche würde für die anderen gelten, die sie kennenlernen würde.

Am Dienstagnachmittag ritt Wyatt bis vor den Mietstall und wünschte Reverend Norton und seine guten Taten innerlich zur Hölle. Zwar fürchtete er nicht, dass der Pfarrer tatsächlich dem guten alten Nick gegenüberstehen würde. Es war nur so, dass Wyatt besseres mit seiner Zeit anstellen konnte, als den Cowboy für einen Haufen spanischer Pferde zu spielen, die der Frau gehörten, die Ezras Ranch übernommen hatte – zum Beispiel, sich um die Pferde und das Vieh auf seiner *eigenen* Ranch zu kümmern. Aber er hatte dem Prediger sein Wort gegeben.

Er ließ sich von Bill gleiten und band die Zügel am Geländer fest. Er stieß die Stalltüren auf, ging hinein und spähte durch die Dunkelheit. Obwohl er keiner Menschenseele sein Interesse gestehen würde, ließ ihm die Vorstellung von diesen südamerikanischen Pferden keine Ruhe. Vielleicht waren sie hochwertig genug, um einen Beitrag zu seiner Tierzucht zu liefern.

Ein Kätzchen huschte über den Schotterboden und er musste einen tänzelnden Schritt hinlegen, um nicht darauf zu treten. „Hey, du kleiner Kerl. Pass auf, wo du hinläufst!" Er beugte sich hinab, hob das Kätzchen auf und schmiegte das Fellbündel an seine Brust. Er fuhr mit dem Finger über den winzigen grauen Kopf und erinnerte sich an seine

Tochter, die immer von dem Wurf Kätzchen erzählte, mit dem sie spielte, wenn sie ihr Pony vor der Schule in den Stall brachte. Vielleicht sollte er mal mit Mack reden, um ihr dieses hier mit nach Hause zu bringen.

Das Kätzchen noch immer auf dem Arm schaute er auf. Mit einem kurzen Blick erkannte er die üblichen Pferde: Cobbs Braunen, das Gespann von Bankier Livingston, den Rotschimmel von Doc Cameron, das Appaloosa-Pferd, mit dem Nick Sanders in die Stadt ritt, und ein paar Pferde vom Inhaber des Mietstalls Mack Taylor, die er vermietet hatte. Kein einziges südamerikanisches Pferd hängte seinen Kopf über die Stalltüren.

Mit einem verärgerten Grunzen setzte Wyatt das Kätzchen neben dem nächsten Heuballen ab, drehte sich auf dem Absatz um, ging hinaus und um die Ecke zum Büro des Stalls. „Mack!", brüllte er, während er durch die Tür stürmte.

Mack Taylor kam zur Hälfte hinter einem Tisch zum Vorschein, auf dem noch Essensreste standen, und wischte sich den Mund und den grauen Bart mit seinem fleckigen braunen Ärmel ab. Pepe, der an die Wand gelehnt war, richtete sich auf.

Wyatt gab ihm keine Gelegenheit zum Sprechen. „Wo sind diese Falabellas? Sind sie angekommen?"

Mack und Pepe wechselten einen Blick. Mack richtete sich auf und sein schmales Gesicht mit der gebrochenen Nase legte sich belustigt in Falten. Er fuhr sich mit der Hand durch das angegraute schulterlange Haar. „Pünktlich eingetroffen. Gar kein Problem."

„Wo sind sie denn dann?"

„Im Stall, wo sie hingehören."

„Nein, da sind sie nicht. Da komme ich gerade her." Er machte zwei große Schritte durch den Raum. „Wenn Sie es geschafft haben, die Pferde von dieser Witwenfrau zu verlieren, für die ich die Verantwortung übernommen habe …"

Mack hob beschwichtigend die Hand. „Also, Thompson. Ich habe in meinem ganzen Leben noch kein Pferd verloren. Nie wurde mir eins gestohlen. Machen wir doch einen kleinen Spaziergang zum Stall, um noch einmal nachzusehen. Vielleicht haben Sie sie nicht gesehen."

„Meinen Sie, ich bin blind? Diese Falabellas sind nicht da. Ich habe jedes Pferd erkannt."

„Gehen wir nachsehen!" Mack trat hinter dem Tisch hervor und seine vergilbten grünen Augen blinzelten vor Belustigung.

Pepe folgte ihnen. Obwohl der junge Mann den Blick zu Boden gerichtet hatte, konnte Wyatt an seiner Schulterhaltung erkennen, dass auch er die Situation lustig fand.

Wyatt ließ sie vorbei und schloss sich hinten an. Verwirrung mischte sich mit seiner Wut. Machten sie Witze mit ihm? Seine Ohren brannten beim Gedanken daran. Auch wenn Mack wie jeder Mann gern lachte, war er nicht als Schelm bekannt.

Er folgte den zwei Männern durch die Stalltüren. Das Sonnenlicht drang durch den Eingang und durch das offene Fenster über dem Heuboden – mehr als genug, um den düsteren Innenraum zu beleuchten. Er schaute auf die Reihe von Ställen, um wieder einen neugierigen Gast nach dem anderen zu begutachten und abzuhaken.

Genau wie er gedacht hatte: *keine südamerikanischen Pferde.* Ein Teil von ihm verspürte eine dickköpfige Genugtuung darüber, im Recht zu sein. Ein anderer Teil begann sich Sorgen zu machen – ein Gefühl, bei dem sich sein Magen zusammenzog. Ganz gleich, was er davon hielt, dass die spanische Witwe Ezras Ranch übernommen hatte – er hatte die Verantwortung für ihre Pferde übernommen und Wyatt Thompson nahm jede Verantwortung ernst.

Er konnte sie nicht einmal als gestohlen melden. Es gab niemanden, bei dem er Anzeige erstatten konnte. Seitdem

Rand Mather sechs Monate zuvor in Rente gegangen war, hatte Sweetwater Springs keinen Sheriff mehr. Wyatt würde die Diebe selbst aufspüren müssen. Und wie sollte er das Reverend Norton erklären – ganz zu schweigen von der Witwe.

Mack beugte sich über den nächsten leeren Stall. „Da bist du ja, kleiner Kerl! Der Thompson hier hat sich Sorgen gemacht, du könntest weglaufen und verschwinden."

Was zum ... Wyatt trat neben ihn. *Es muss wohl ein Fohlen sein.* Er begutachtete das winzige braune Tier, dessen Schwanz und Mähne schwarz waren. Sein erfahrener Blick verwarf diesen Gedanken fast so schnell, wie er gekommen war. Diese kompakten Miniatur-Pferde besaßen nicht das unfertige Aussehen und die schlaksigen Beine eines Fohlens.

Mack schaute in Wyatts verblüfftes Gesicht und brach in Gelächter aus. Pepes leises Lachen vermischte sich mit seinem.

„Zwerge?"

„Ja, Zwergpferde. Das Merkwürdigste, was ich je gesehen habe. Aber ganz niedlich, die kleinen Kreaturen. Schauen Sie sich mal den Rest an!"

Wyatt ging den Gang entlang und schaute über die Stalltüren. Ein schwarzes, ein kastanienbraunes, ein grau geflecktes und ein cremefarbenes mit Beinen, Mähne und Schwanz ganz in Schwarz ... Keines reichte ihm weiter als bis zu den Hüften.

Das brennende Gefühl wanderte von seinen Ohren über seine Stirn auf seine Wangen. Warum hatte diese Witwenfrau nicht erwähnt, dass es Zwergpferde waren? Er knirschte mit den Zähnen. Keine gute Art, um die Beziehung mit seiner neuen Nachbarin aufzunehmen.

Samantha trat in den vollen Laden und schloss die Tür hinter sich. Ein scharfer Geruch nach Essig und Dill aus einem Keramikgefäß mit eingelegtem Gemüse neben der Tür weckte ihre Aufmerksamkeit. Sie liebte Essiggemüse, vor allem das, was sie als Kind in Deutschland gegessen hatte.

Sie ließ ihren Blick vom Gefäß über die reich gefüllten Regale und Gänge schweifen, ignorierte landwirtschaftliche Geräte und Männerbekleidung von der Stange, um sich auf die Stoffrollen zu konzentrieren, die auf einem Ladentisch ganz in ihrer Nähe gestapelt lagen. Sie zog sich einen ihrer schwarzen Ziegenlederhandschuhe aus, streckte die Hand aus und strich ehrfürchtig mit einem Finger über den plüschigen Flor des Stoffballens mit grünem Samt. Sie konnte sich bildlich vorstellen, wie sie mit einem Kleid aus diesem Material aussehen würde. Sobald sie Genaueres über ihre Finanzlage wusste, würde sie sich etwas gönnen.

Hinter einem schweren Eichentresen zu ihrer Linken stürmte eine korpulente Frau in hellblauem Baumwollkleid hervor. Samantha widerstand dem Drang, über die Falten ihres Mantels zu streichen. Sie hatte sich seit einem Monat nicht mehr frisch gefühlt, ganz zu schweigen von völlig sauber.

Die engstehenden braunen Augen der Frau schienen die Güte von Samanthas schwarzem Mantel und Hut zu untersuchen. Ihr fleischiges Gesicht verzog sich zu einem Lächeln, bei dem sie spitze Eckzähne zeigte. Das Lächeln erreichte ihre Augen nicht ganz. „Darf ich Ihnen helfen?", fragte sie mit schriller Stimme.

„Ich bin Mrs Rodriguez."

„Ro-drie-ges?" Das Lächeln wich aus dem Gesicht der Frau. „Ich bin Mrs Cobb. Mein Mann und ich sind die Besitzer dieses Geschäfts."

„Mrs Cobb." Samantha nickte. Ihr Magen zog sich zusammen. Sie hoffte, dass die Frau nicht auf ihren spanischen Nachnamen reagierte. „Ich habe die Ranch meines Onkels Ezra Sawyer geerbt. Ich dachte, ich besorge mir die Vorräte für die nächsten paar Tage. Bis ich herausgefunden habe, was benötigt wird."

Mrs Cobb schnaubte. „Wahrscheinlich alles. Ezra hat das Anwesen völlig herunterkommen lassen. Natürlich gab es niemanden, der ihm helfen konnte. Keine Familie."

„Nein, es gibt keine anderen Familienmitglieder außer meinem Sohn und mir selbst. Und wir haben in Argentinien gelebt." Warum machte sie sich die Mühe, dieser Frau etwas zu erklären?

„Argentinien?" Wieder ein Schnaufen. „Ein Land voller Mexikaner … Katholiken."

Ich bin katholisch. Am liebsten hätte sie ihr die Worte an den Kopf geworfen. *Sei nett, Sam.* „Ich glaube, Mexikaner leben in *Mexiko*, Mrs Cobb. Argentinien ist in Südamerika."

„Das ist doch das Gleiche", schnaubte Mrs Cobb angewidert. „Macht doch keinen Unterschied."

Ignorante Frau. Samantha presste die Lippen zusammen, um die scharfen Worte zurückzuhalten, die sie am liebsten gesagt hätte. Sie zog ein gefaltetes Blatt Papier aus ihrer Manteltasche. „Ich habe eine kurze Liste mit Grundnahrungsmitteln erstellt, die erst einmal reichen sollten." *Dann werde ich eine große Bestellung aufgeben, damit ich dieses Geschäft nicht oft besuchen muss.*

„Zahlung in bar", sagte Mrs Cobb. „Amerikanisches Geld. Kein Geld von den Heiden." Sie hielt inne und wartete offensichtlich auf Samanthas Zustimmung.

Samantha hielt ihr Temperament im Zaum und nickte.

Mrs Cobb riss ihr die Liste aus der Hand. „Milch oder Eier sind nicht nötig. Wyatt Thompson hält Ezras Vieh, oder das, was davon übrig ist, auf seiner Ranch. Er wird es Ihnen morgen bestimmt zurückbringen."

Wieder Mr Thompson. Sie würde sich unbedingt bei ihm für

all seine Mühe bedanken müssen. Vielleicht, indem sie ihm und seiner Familie eine Schwarzwälder Kirschtorte backte, wie sie es immer für Juan-Carlos getan hatte. Für den Kuchen würde sie noch mehr Mehl und Zucker brauchen.

Mrs Cobb eilte zum Tresen. Samantha folgte ihr. Eine Wolke Kaffeeduft aus den Säcken voller Bohnen, die neben der Mühle gestapelt waren, erhellte ihre düstere Stimmung. Die Vorstellung von frischem Kaffee nach Jahren der Yerba Mate war genau die Stärkung, die sie jetzt brauchte.

Mrs Cobb begann, Säcke auf den Tresen zu stellen. Samantha drehte sich um und sah, wie Daniel mit Dreck im Gesicht und schief hängender Krawatte polternd auf sie zukam. Schlitternd kam er zum Halt, als er die Gläser mit Bonbons entdeckte.

Sie wuschelte in seinem Haar. „Immer langsam, mein Sohn. Und du musst nicht fragen. Ja, ich kaufe dir ein paar Bonbons, aber du musst warten, bis wir gegessen haben, bevor du einen bekommst."

„Darf ich aussuchen?"

„Wie wäre es mit einem von jedem? Aber erst möchte ich dir Mrs Cobb vorstellen." Sie drehte ihn so lange an der Schulter herum, bis er die Frau ansah.

Daniel verbeugte sich förmlich. *„Buenos dias*, Mrs Cobb."

Mrs Cobb versteifte sich. „Wir sprechen hier *nur* Englisch."

Bevor die Frau noch mehr sagen konnte, hob Samantha mit einer ruckartigen Bewegung den Deckel vom nächsten Bonbonglas und zog einen Pfefferminzstab heraus. „Hier, Daniel! Den darfst du draußen essen. Ich komme in ein paar Minuten nach."

Samantha kochte vor Wut und musste sich zusammenreißen, um nicht zu platzen. Sie wollte ihren ersten Tag hier nicht damit beginnen, dass sie der Geschäftsinhaberin ihren hochmütigen Ausdruck aus dem

Gesicht prügelte. Schweigend zahlte sie für ihren Einkauf. Dann vereinbarte sie mit Mrs Cobbs die Lieferung zum Mietstall, griff zu den leichteren, mit Papier und Bändern geschnürten Paketen auf dem Tresen und rauschte aus dem Laden.

Draußen angekommen, zwang sie sich dazu, einen langsameren und entspannteren Gang einzulegen. Daniel sollte nicht sehen, wie aufgebracht sie war. In Argentinien hatten sie beide unter den Vorurteilen ihres Schwiegervaters gegen sie als Yankee gelitten. Jetzt schienen sie vor ähnlicher Voreingenommenheit zu stehen — nur andersherum. Sie schaute auf das glückliche Gesicht ihres Sohns hinab, dessen blaue Augen im Kontrast zu seiner goldenen Haut funkelten, während seine Lippen von der Süßigkeit klebrig waren, und schwor, dass sie ihn vor allen Mrs Cobbs in Sweetwater Springs beschützen würde.

Kapitel Vier

Angesichts Macks Gegacker, als er – wahrscheinlich auf dem Weg in den nächsten Saloon – den Stall verließ, wusste Wyatt, dass sich die Geschichte wohl innerhalb weniger Stunden in der ganzen Stadt verbreiten würde. Die Hitze in seinem Gesicht ließ seine Haut glühen wie bei einem frischen Sonnenbrand. Er hatte hier in der Gegend den Ruf eines ruhigen und rationalen Mannes von Substanz. Die Menschen hatten Respekt vor ihm. Er hatte sich ein wohlhabendes Leben aufgebaut und die Katastrophen und Schanden seiner jungen Jahre ausgelöscht. Und jetzt hatte irgendeine spanische Witwe es in wenigen Minuten geschafft, seine hart verdiente Gelassenheit zu trüben. Und er hatte diese Frau noch nicht einmal kennengelernt. Wyatt drehte sich um und ging den Gang entlang, wobei er ein wachsames Auge auf das Kätzchen warf.

Vor der Tür rief eine Jungenstimme: „Hier rein, Mama."

Bevor Wyatt die Zeit hatte, aus dem Weg zu gehen, wurde er schon von einem kleinen Jungen umgerannt. Irgendetwas stieß in seine Seite. Er packte den Jungen an den Schultern, bevor er zu Boden fallen konnte, und stellte ihn wieder auf die Beine.

„Entschuldigen Sie, *Señor*."

Wyatt musterte seinen Fang. Ein bisschen zu elegant für

einen Werktag. Er erkannte das Kind nicht, der klebrige rot-weiße Zuckerstab in der Hand des Jungen war ihm jedoch vertraut. Der Favorit seiner Tochter.

Wyatt schaute an sich herab. Wie er vermutet hatte, wurde sein einst sauberes weißes Hemd von einem roten Fleck verunstaltet.

Der Blick des Jungen folgte dem von Wyatt. Ein betretener Blick huschte über sein Gesicht. „*Sentir* ... Ich meine, Verzeihung, Sir."

„Immer langsam, mein Sohn, und schau, wo du hingehst!"

„Ja, Sir. Verzeihung, Sir."

Eine melodische Frauenstimme fragte: „Gibt es ein Problem?"

Wyatt schaute auf. Kein Zweifel: die spanische Witwe. Von Kopf bis Fuß in Schwarz gekleidet, hielt sie einen Stapel Pakete und Säcke umklammert. Ihre Züge wurden von den Schatten an der Tür verhüllt. Er gab dem Jungen einen sanften Stoß und drängte ihn zurück nach draußen. „Vielleicht solltest du dich waschen gehen. Benutze die Pumpe neben der Pferdetränke."

Pepe eilte herbei. „*Señora* Rodriguez, lassen Sie mich das tragen." Er nahm ihr die Bündel aus den Armen und verschwand draußen. Dann tauchte er noch einmal im Stall auf und fragte: „Kann ich noch etwas für Sie tun, *Señora*?"

„*No, gracias*, Pepe."

„*De nada, Señora*." Pepe eilte zurück nach draußen.

Ich hätte ihr helfen sollen. Wyatt vergrub die kurz aufkeimende Scham unter seiner wachsenden Wut. Sie war der Grund für seine aktuelle Lage. „Ich nehme an, Sie sind die Besitzerin dieser *Zwerge*?"

Sie trat ins Licht und ihre Schönheit versetzte ihm einen Schlag in die Magengrube – wie ein Tritt von einem ihrer Zwergpferde. Unter dem schwarzen Strohhut entdeckte er flammend rotes Haar. Rotbraune Augenbrauen und

Wimpern umrahmten große blaue Augen. Ihre Wangen nahmen einen pfirsichfarbenen Ton an und ihr entschlossenes Kinn, das sich nun um einige Zentimeter gehoben hatte, verlieh ihr ein mutiges Auftreten. Ganz und gar nicht die verwelkte, dunkelhäutige Witwe, mit der er gerechnet hatte.

„Falabellas", berichtigte sie ihn.

„Ich schere mich nicht darum, was für einen hochgestochenen Namen Sie ihnen geben. Diese Pferde sind Zwerge."

„Nein, das sind sie nicht."

„Wozu sollen diese *Falabellas* überhaupt gut sein? Man kann nicht einmal auf ihnen reiten."

Ihm entging nicht, dass ihre kornblumenfarbenen Augen aufblitzten, und er beobachtete mit Gefallen, wie ihre Brust vor Wut anschwoll.

Sie straffte ihren Kiefer und riss sich sichtbar zusammen, um ihm eine höfliche Antwort zu geben. „Sie können eine besondere Kutsche ziehen. Und sie sind sehr verspielt."

„Verspielt?" Spott tränkte seine Worte. Ein Gefühl der Scham drang in sein Bewusstsein, aber es konnte ihn nicht aufhalten.

„Ja."

„Wer braucht denn ein verspieltes Pferd? Ein gutes Pferd ist ein hart arbeitendes Pferd." Wusste sie denn gar nichts? Mit solchen Pferden würde es ihre Ranch niemals zu etwas bringen.

„Sie kommen sehr gut mit Kindern zurecht. Obwohl Sie das wohl auch nicht zu schätzen wissen."

Er hörte, wie die Höflichkeit ihre Stimme verließ und lächelte insgeheim. Es gab einen Weg, um ihr kühles Äußeres zu überwinden. „Wenn Sie damit sagen wollen, dass ich keine Kinder mag, dann muss ich Sie darüber in Kenntnis setzen, dass ich eine Tochter habe. Christine hat in wenigen Minuten Schulschluss und dann können Sie sie kennenlernen. Vielleicht können wir diese … diese …"

„Das sind Falabellas."

„Ich habe den Namen verstanden. Falabellas. Hüten Sie sie wie Schafe oder führen Sie sie wie Esel?"

„Chico und Mariposa ziehen die Kutsche", sagte sie abgehackt. „Die anderen brauchen nur ein Seil, um geführt zu werden. Ich werde für Manuel, meinen Stallburschen, ein Pferd mieten. Wenn wir die größeren Pferde langsamer laufen lassen, dann ist das für sie in Ordnung. Obwohl ich wirklich nicht weiß, was Sie das angeht, Mr …?"

Hinter der kühlen Stimme und dem frostigen Blick in den blauen Augen der Witwe loderte eine Leidenschaft, die so feuerrot war wie ihr Haar. Das konnte er spüren. So wie vom Feuer der Hölle konnte ein Mann von solchen Flammen verzehrt werden. Vielleicht konnten sie sogar die kalte Leere in ihm erwärmen. Er schob diesen Gedanken beiseite. *Konzentriere dich lieber auf das Thema, um das es geht.* „Ich bin die Hilfe, um die Sie in ihrem Brief an Reverend Norton gebeten haben."

Er verbeugte sich spöttisch vor ihr. „Wyatt Thompson, zu Ihren Diensten."

Sie trat einen Schritt zurück und straffte ihre Schultern. „Ich bin sicher, wir kommen allein zurecht, Mr Thompson. Ich möchte Ihnen keine Umstände bereiten."

„Umstände?" Irgendwie löste sich seine Wut bei der Diskussion mit ihr in Luft auf. Er grinste. „Das werden wir schon sehen."

„Mr Thompson …"

„Nennen Sie mich ruhig Wyatt."

Hinter ihnen hörte man Schritte.

„Pa!"

Er drehte sich um und wusste, dass seine Tochter sich in seine Arme werfen würde, deshalb sollte er besser bereit sein. Angesichts Christines Wachstumsschubs in diesem Jahr waren die Tage gezählt, an denen er sie bis zu seinen Schultern schwingen konnte.

Christine rannte, den blauen Mantel unter einen Arm geklemmt, in den Stall, sodass ihre blonden Zöpfe auf ihren Schultern wippten und ihr rosaroter Baumwollrock hinter ihr herflog. Sie ließ ihre Schultasche fallen und ihre ausgebreiteten Arme landeten zur Umarmung auf seiner Taille. Er beugte sich vor und drückte sie.

„Pa, du warst nicht vor der Schule."

„Ich weiß. Es tut mir leid." Er nahm ihre Hand und drehte sie zur Witwe. „Das ist Mrs Rodriguez, unsere neue Nachbarin."

Christine machte einen zittrigen Knicks. „Es ist mir eine Freude, Sie kennenzulernen, Ma'am."

Er sah, wie sich das Gesicht der Frau entspannte und ihre Schönheit verschlug ihm den Atem. Tief in seinem Inneren war er aufgewühlt.

Sie berührte Christine sanft an der Schulter. „Danke, Christine. Wie alt bist du?"

„Acht, Ma'am."

„Acht. Das ist wundervoll. Mein Sohn Daniel ist neun. Ich hoffe, ihr beide werdet Freunde."

„Christine schließt überall Freundschaften. Ganz wie ihre Mutter", sagte Wyatt und spürte, wie sich seine Stirn bei dem Gedanken in Falten legte. Die Frage, mit wem sich seine Tochter als Nächstes anfreunden würde, reichte, um einem Mann graue Haare zu bescheren.

Das Kind schaute lächelnd zu ihm auf.

„Erinnerst du dich daran, dass ich dir von Mrs Rodriguez und ihren Falabella-Pferden aus Argentinien erzählt habe?"

Christine sah sich um. „Wo sind sie?"

„Geh in den leeren Ställen nachsehen!" Er berührte sie zur Warnung mit einem Finger an der Wange. „Und kein Gekreische, wenn du sie siehst."

Er war kein Mann, der Wetten abschloss, aber er wusste, dass sich niemand seiner Tochter widersetzen konnte, wenn sie etwas wollte – und mit Sicherheit würde sie bei diesen kleinen Pferden sein wollen. Samantha Rodriguez würde seine Hilfe annehmen und sich damit abfinden müssen.

Ein Gefühl der Befriedigung machte sich an dem Fleck seines Magens breit, dem der Schlag versetzt worden war. Aber er hielt nicht inne, um sich zu fragen, warum es ihm plötzlich wichtig war, der attraktiven Witwe zu helfen.

Thompson. Ihr Nachbar. Der Mann, den sie für so nett gehalten hatte. Dieser Mann! Samantha würde *seine* Dienste *nicht* annehmen. Obwohl ein Teil ihres Ärgers sich legte, als sie das Zusammenspiel zwischen ihm und seiner Tochter beobachtete.

Er trat in das Quadrat aus Licht, das durch die offene Stalltür drang. Die Sonnenstrahlen ließen sein braunes Haar und die gebräunte Haut glänzen und unterstrichen seine hohen Wangenknochen und seine leichte Adlernase. Belustigung blitzte in seinen grauen Augen auf. Er schien sich von seiner vorherigen Gereiztheit erholt zu haben.

Als sie ihren Kopf hob, um zu ihm aufzusehen, durchfuhr sie ein warmes Kribbeln. Sie konnte spüren, wie ihre Wangen rot wurden. Stimmte etwas mit ihr nicht? Attraktive Männer hatte sie schon andere Male gesehen. Die Familie ihres Ehemannes war voll davon. Aber keiner von ihnen hatte je so eine Reaktion in ihr ausgelöst. Sie errötete noch heftiger. Entsetzt bemerkte sie den Bonbonfleck auf seinem Hemd. *Daniels Werk.* Sie würde sich bei ihm entschuldigen und anbieten, sein Hemd zu waschen, aber seine Hilfe würde sie nicht annehmen.

Mit der Absicht, Wyatt Thompsons verwirrende Präsenz zu ignorieren, wandte Samantha sich ab und schaute zu seiner Tochter. Sie liebte es, die Reaktion von Kindern zu sehen, wenn sie zum ersten Mal ihre kleinen Pferde entdeckten.

Christine stand auf Zehenspitzen und spähte über die Stalltür. „Pa, oh, Pa!" Ihre Worte verschwammen zu einem aufgeregten Flüstern. „Was ist das?"

Samantha lächelte das Mädchen an und ein Teil ihres Ärgers verflog. Das hübsche, hellhaarige Kind musste ganz nach seiner Mutter kommen. Sie verdrängte den merkwürdigen Stich der Enttäuschung beim Gedanken daran, dass er eine Frau hatte. „Das sind Miniaturpferde. Größer werden sie nicht."

„Bitte, bitte, Ma'am, darf ich eins anfassen?"

Sie erwärmte sich für das Kind. „Natürlich darfst du das."

Vor dem Stall erklangen Schritte. Daniel rannte in den Stall, sein Gesicht war jetzt frei von Bonbonspuren. Als er Christine sah, kam er schlitternd und keuchend zum Stehen. Ein benommener Blick trat auf sein normalerweise so lebhaftes Gesicht. Vor ihrer Reise in den Westen hatte Daniel nicht viele blonde, blauäugige Kinder gesehen, und Samantha war sich sicher, dass es ihrem Sohn die Sprache verschlagen hatte.

Sie verbarg ein Lächeln und stieß ihn nach vorn. „Das ist Daniel." Sie deutete auf einen Stall. „Stell Christine Chita vor!"

Daniel trat hervor, lehnte sich über die Stalltür neben Christine und sagte: „Chita ist mein ganz eigenes Pferd. Mama hat es mir zu meinem letzten Geburtstag geschenkt. Sie ist meine beste Freundin."

Wyatt warf Samantha einen humorvollen Blick zu und schaute dann zu seiner Tochter. „Christy, ich werde Mrs Rodriguez und Daniel dabei helfen, die kleinen Pferde zu Ole Ezras Ranch zu geleiten."

Kleine anstatt *Zwerge*. Samantha hörte das Wort und hätte am liebsten gelächelt.

„Bitte", sagte das Kind, „dürfen wir mitkommen? Pa kennt sich gut mit Pferden aus."

Wyatt schaute Samantha mit gehobener Braue an, als würde er sie herausfordern, abzulehnen. Die Falten um seine Augen herum vertieften sich und die sinnliche Drohung in seinem Lächeln traf sie direkt ins Herz. Sein Blick forderte sie heraus. „Nur, wenn sie uns haben will."

Kapitel Fünf

Als sie einen Bogen um einen Hügel im Baumschatten fuhr, lockerte Samantha die Zügel des Pferdegeschirrs. Ihr braunes Falabella, Chico, warf seinen Kopf zurück, sodass seine schwarze Mähne flog. Die graue Mariposa verlangsamte ihren Schritt an der Seite des kleinen Hengstes. Zwischen Samantha und Maria auf den Kutschsitz gepresst, hüpfte Daniel auf und ab. „Guck mal Mama, ich kann das Haus sehen!"

Sie waren angekommen. Samanthas Armmuskeln brannten von den Strapazen. Den Wagen durch die Hügellandschaft von Montana zu fahren, verlangte ihr mehr ab, als das flache Grasland in der Umgebung der *Hacienda*. Nicht, dass Don Ricardo es ihr jemals erlaubt hätte, sehr weit zu kommen – auch dies war eine Art, um sie unter Kontrolle zu halten.

Sie schaute Wyatt Thompson an. Der große Mann auf dem braunen Wallach thronte über den zwei kleinen Pferden, die er führte. Er war ihr während des Ritts zur Ranch ferngeblieben, was ihr sehr gut passte. Ihre Wut brodelte immer noch unter der Oberfläche. Sie hatte nicht die Absicht, ihre Gefühle wieder hochkochen zu lassen. Vielleicht ging es ihm genauso. Sein schwarzer Hut warf einen Schatten auf seine Züge und bei den wenigen Malen, die er in ihre Richtung geschaut hatte, war sein Gesicht ausdruckslos geblieben. Wenigstens hatte er keine Spur von Verachtung mehr gezeigt.

Christine ritt neben der Kutsche auf ihrem Pony. Unter ihrem blauen Wollmantel brachte ihr hochgezogener rosaroter Baumwollrock geflickte graue Wollstrumpfhosen und hohe Knöpfstiefel zum Vorschein. Wenn das Pony trabte, wippten Christines blonde Zöpfe, die mit passenden rosa Schleifen zusammengehalten wurden, auf ihren Schultern auf und ab. Während ihrer Reise funkelten die großen blauen Augen des Kindes vor Aufregung. Sie stellte tausend neugierige Fragen, auf die Daniel antwortete und rasch wurden die Kinder Freunde.

Wäre da nicht Wyatt gewesen, hätte Samantha sich entspannt und amüsiert. Sie versuchte, sich auf die Landschaft um sich herum zu konzentrieren: Milchbüsche, aus denen federartige Frühlingsblätter keimten, samtige Grasspitzen, die aus der Erde sprießten, der gewölbte blaue Himmel – aber ihre Aufmerksamkeit kehrte immer wieder zu dem Mann zurück.

Er war ein Prachtexemplar von Mann, so viel größer als die meisten südamerikanischen Männer. Auf seinem kräftigen Wallach überragte Wyatt Manuel, der auf einem geliehenen Appaloosa ritt, um einen Fuß. Manuel führte die anderen zwei Miniaturpferde und von Zeit zu Zeit wechselten die beiden Männer ein paar Worte in gebrochenem Englisch oder Spanisch. Zum Glück schien Wyatt nicht die gleichen Vorurteile zu haben, die Mrs Cobb an den Tag legte. Seine Geringschätzung für ihre wertvollen Falabellas war genug.

Sie riss den Blick von Wyatt und überblickte prüfend ihre Ranch. Auf der anderen Seite eines rauschenden Flusses stand eine Gruppe von Häusern um einen großen Stall mit abplatzender brauner Farbe herum. Ein großes und ein kleines Gehege bildeten einen Kreis zwischen Stall und Haus.

Samantha wusste, dass Ezra das Haus ursprünglich für eine Braut aus dem Osten gebaut hatte, doch sie war vor ihrer Hochzeit gestorben. Samantha hatte schon immer gedacht, dass die Geschichte von Onkel Ezras verlorener Liebe so traurig war. Aber seit Juan-Carlos' Tod hatte sie noch größeres Mitgefühl mit ihm gehabt. Jetzt machte Samantha sich darauf gefasst, das vernachlässigte Haus eines Junggesellen vorzufinden, das die Leere in seinem Leben widerspiegelte.

Sie überquerten eine wackelige Holzbrücke. Die Hufe der Pferde und die Räder der Kutsche klapperten auf jedem losen Brett. Sie hielt während der gesamten kurzen Strecke die Luft an. Eine ihrer ersten Aufgaben würde es sein, die Brücke befestigen zu lassen, bevor die Struktur in sich zusammenfiel. Sobald sie sicher auf der anderen Seite angelangt waren, atmete sie erleichtert auf.

Aus der Nähe konnte sie sehen, dass das einst weiße Haus in der Witterung ein schmuddeliges Grau angenommen hatte. Die späte Nachmittagssonne glitzerte auf zwei Mansardenfenstern. Das Dach der Veranda hing schräg über der Fassade. Das Haus sah aus wie das Gesicht eines alternden Riesen, der zur Begrüßung zwinkerte und lächelte. Trotz des verfallenen Anblicks fasste Samantha neuen Mut.

Wyatt versuchte, Ezras Ranch mit Samanthas Augen zu sehen. Er wusste, wie heruntergekommen sie war, und viele Jahre lang hatte er darüber nachgedacht, wie er die Gebäude in Ordnung bringen sollte. Er hatte gehofft, wenn sie das Haus erblickte, würde sie diese lächerliche Möchtegern-

Kutsche zum Wenden bringen und zurück in die Stadt fahren.

Samantha hatte die Zügel gelockert und legte die Arme in den Schoß, als der Wagen zum Halt kam. Ein glückseliges Lächeln erhellte ihre Miene und besänftigte ihre blauen Augen, die zuvor vor Wut Funken gesprüht hatten.

Hitze durchflutete seinen Körper. Seine Leiste zog sich zusammen und er verlagerte seine Position im Sattel. Oh nein, sagte er sich. Sie *nicht*. Er hatte sich bereits eine andere Frau ausgesucht. Zwar hatte er noch nicht damit begonnen, um Edith zu werben, aber er würde nicht zulassen, dass eine vorübergehende Anziehung seine Pläne zunichtemachte – insbesondere nicht für eine Frau, die die Cassidy-Zwillinge aufnehmen wollte. Und doch: Ganz gleich, was er sich sagte, er konnte seinen Blick nicht von Samantha abwenden.

Ein Ziehen am Führstrick hätte ihn fast aus dem Gleichgewicht gebracht. Die Zwergpferde, die zerrend versuchten, ihrem Frauchen näher zu kommen, zeigten unerwartete Stärke. Er setzte sich wieder zurück auf den Sattel und umschloss die Seile fester. Er musste seine Gedanken und seinen Körper dort lassen, wo sie hingehörten.

Genau da leuchteten die Augen der Witwe vor Lachen über etwas, das ihr Sohn gesagt hatte, auf und ein schelmisches Lächeln huschte über ihr Gesicht.

Da hatte er sich ja ganz schön was vorgenommen!

Kaum hatte Samantha den Wagen vor dem Haus zum Stehen gebracht, sprang Daniel heraus. „Komm schon, Christine!"

Das Mädchen ließ sich von ihrem Pony gleiten und knotete die Zügel am Verandageländer fest.

Wyatt griff in seine Manteltasche. „Warte, Daniel!" Er

zog einen Schlüssel heraus. Mit einem Zucken der Brauen bat er Samantha um die Erlaubnis, ihrem Sohn den Schlüssel zu geben. Als sie nickte, warf er den Schlüssel Daniel zu, der diesen geschickt fing.

Die beiden Kinder eilten die Holztreppe hoch. Daniel schloss auf, drückte gegen die Tür und sie verschwanden im Inneren.

Samantha schüttelte belustigt den Kopf. Daniel hatte eine Gleichgesinnte gefunden. Ihr Blick traf Wyatts und in seinen Augen sah sie heitere Verwirrung. Ein paar Sekunden lang teilten sie die stille Kommunikation, die Eltern hatten, wenn es um ihre Kinder ging, und sie erwärmte sich für ihn. Dann schien er sich zu fangen und sein Blick verhärtete sich, sodass die kurze Verbundenheit zerschlagen wurde.

Sie hoffte, er würde die Kinder nicht von ihrer Freundschaft abhalten. Auf der *Estancia* waren die vielen älteren Cousins und Cousinen von Daniel nicht geneigt gewesen, einem Kind Aufmerksamkeit zu schenken, wenn es nicht in Don Ricardos Gunst stand. Also hatte er die Gesellschaft der Miniaturpferde gesucht. Sie schaute zu Chita hinüber, die am Ende von Manuels Seil herumtollte. Samantha sah auf Anhieb, dass das kleine schwarze Pferd Daniel nach drinnen folgen wollte.

„Vielleicht kannst du die Pferde und den Wagen in den Stall bringen", sagte sie Manuel auf Spanisch. „Ich sehe mir das Haus an." Sie stieg vom Wagen und reichte Manuel die Zügel. „Vielen Dank für Ihre Hilfe, Mr Thompson."

Er nickte und fasste sich an den Hut. „Ich hole nur meine Tochter, dann machen wir uns auf den Weg."

Auf Nimmerwiedersehen, dachte sie und verdrängte den unerwarteten Stich der Enttäuschung. „Ihre Frau fragt sich sicher, wo Sie bleiben."

Eine alte Trauer verdüsterte seine grauen Augen. „Christines Mutter ist bei ihrer Geburt gestorben."

Ihr Herz zog sich angesichts des vertrauten Kummers zusammen. „Das tut mir leid. Ich weiß, wie es ist, wenn man den Menschen verliert, den man liebt."

„Man lernt, damit zu leben."

„Ich weiß." Der kurze Moment gemeinsamer Anteilnahme hing zwischen ihnen in der Luft.

Dann räusperte Wyatt sich. „Morgen komme ich mit Ihrem Vieh."

„Danke", sagte sie und ging zum Haus. „Ich gehe die Kinder suchen." Als sie auf die Veranda trat, gab das Holz unter ihren Füßen nach. Kaputte Bretter, dachte sie. Behutsam schritt sie voran und hoffte, der Boden im Haus würde nicht in ähnlichem Zustand sein.

Die Angeln der schweren Holztüren protestierten quietschend, als sie sie aufstieß. *Ölkännchen.* Sie erstellte im Geiste eine Liste der Dinge, die sie brauchen würde. Hoffentlich stand irgendwo eines herum. Dann erreichte die Welle der Aufregung, die sich in den letzten Wochen in ihr aufgebaut hatte, ihren Höchststand und spülte sie über die Schwelle ins Haus.

Ein Flur mit einer Tür auf jeder Seite führte zu einer Treppe. Zu ihrer Erleichterung wirkten die staubigen breiten Bretter des Holzbodens solide. Über ihrem Kopf wies das Geräusch von trampelnden Stiefeln auf dem Boden und von aufgeregten Stimmen darauf hin, wo sich die Kinder befanden.

Sie blieb stehen, um den ungewöhnlichen Kleiderständer zu untersuchen, der an der rechten Wand stand. Statt der üblichen Holz- oder Metallhaken, an die man Mäntel, Hüte und Regenschirme hängte, bot das Geweih von irgendeinem Tier, vielleicht von einem Hirsch, eine kunterbunte Sammlung.

Auf der einen Seite hing ein zerfetzter Pelzmantel, daneben ein abgenutzter Lederhut. Eine Jacke aus Wolldeckenstoff, der ursprünglich leuchtend rot und grün war, war so verblasst, dass seine Farbe Rost und toten Blättern glich. Ein Blick in den düsteren Spiegel in der Mitte des Kleiderständers zeigte Samantha ihr eigenes Gesicht: Ihre Haut war blass und ihren blauen Augen sah man die Strapazen der wochenlangen Reise an.

Vorsichtige Schritte ertönten auf der Veranda und ließen sie ahnen, dass Wyatt behutsam auftrat. Die Vorstellung von unter ihm einbrechendem Holz ließ sie zusammenzucken. Wenn die Veranda seinem Gewicht jedoch standhielt, eilte es vielleicht nicht mit der Reparatur.

Fast versteckt hinter dem Pelz hing ein blauer Schal, dessen engmaschiges Garn Mottenlöcher hatte. Sie fühlte Nostalgie in sich aufsteigen. Mit ausgestreckter Hand befühlte sie den Schal. Samantha konnte sich daran erinnern, wie ihre Mutter ihn im Salon bei ihnen zu Hause in Spanien gestrickt hatte. Ein Weihnachtsgeschenk für Onkel Ezra.

Plötzlich trübten Tränen ihre Sicht. Sie ließ den Schal sinken. Irgendwo am unteren Rand sollten ein paar ungleichmäßige Maschen sein. Ihre. In ihrer Erinnerung konnte sie den Arm ihrer Mutter um sich spüren – und das leise Klappern der Stricknadeln hören, als Samantha sich darum bemühte, die fließenden Bewegungen ihrer Mutter nachzuahmen. Sie lauschte wieder sanft gesprochenen Anweisungen und fühlte, wie weiche Hände sie führten.

Auch wenn ein Teil von ihr das Quietschen der Eingangstür vernahm, verharrte sie in einem Traumzustand. Samanthas suchende Finger fanden das Fleckchen, das genau unter einem kleinen Mottenloch lag. Ein Lächeln umspielte ihre Lippen, während sich Tränen in ihren Augen sammelten und ihre Wangen hinunterliefen.

Hinter ihr setzte Wyatt mit sanfter Stimme zum Sprechen an. „Ezra hat diesen Schal jeden Winter getragen. Hat sich immer geweigert, einen neuen zu kaufen."

Beschämt darüber, beim Weinen ertappt worden zu sein, tupfte Samantha sich die Augen mit dem Schal trocken. Der Staub in der Wolle kitzelte in ihrer Nase und sie nieste. Sie kramte in ihrem Ärmel nach einem Taschentuch, bis ihr einfiel, dass sie es Daniel gegeben hatte.

„Hier!" Wyatt griff in seine Tasche und zückte ein großes weißes Stoffquadrat.

„Danke. Es ist der Staub." Sie wischte sich über die Augen und putzte sich dann die Nase. Als sie auf das Taschentuch hinunterblickte, wurde Samantha bewusst, dass sie es ihm unmöglich in benutztem Zustand zurückgeben konnte. Das hier war nicht die gleiche Situation, wie wenn sie sich das persönliche Tuch ihres Ehemannes auslieh. Sie spürte, wie Hitze in ihren Wangen aufstieg.

Sie hielt ihre Hand hoch. „Ich werde es waschen und Ihnen bei der ersten Gelegenheit zurückgeben. Und wenn Sie mir Ihr Hemd bringen ..." Sie deutete mit einem Kopfnicken auf den Fleck.

Er grinste. „Kein Problem. Ich habe noch viele andere."

Sie hing den Schal zurück, nahm sich dann die Haube ab und hängte den Hut über den Ständer.

Wyatt deutete auf eine Tür. „Möchten Sie sich auch das restliche Haus ansehen, um zu kontrollieren, ob es größere Probleme gibt, bei denen Sie Hilfe brauchen?"

Sie entschied sich für die linke Tür, öffnete sie und trat ins Wohnzimmer. Ihre Nase kräuselte sich wegen des modrigen Geruchs und sie musste ein weiteres Niesen unterdrücken. Sie ging zum Fenster hinüber und zog die staubigen Vorhänge auf, die vom Gefühl her aus Samt sein mussten. In dem schummrigen, durch das schmutzige Fenster fallenden Licht konnte sie sehen, dass der grüne Stoff zerfetzt war. „Bei einer gründlichen Reinigung würden sie wahrscheinlich zerfallen", murmelte sie zu sich selbst.

Sie schaute sich um und schüttelte den Kopf. Die

verblasste Schönheit des Zimmers berührte sie. Die Tische und die Anrichte aus Mahagoni und Marmor sahen aus, als müssten sie mal ordentlich poliert werden, aber im grünen Samtsofa und den dazu passenden Sesseln hatten Mäuse sich ihr Heim gebaut. An vielen Stellen war die Tapete von William Morris in Fetzen gerissen. An den Wänden hingen keine Bilder und auf dem Tisch lag auch nicht der übliche Krimskrams verstreut. Ezra hatte offensichtlich geplant, es seiner Verlobten zu überlassen, dem Haus den letzten Schliff zu geben und hatte dann nach ihrem Tod nichts mehr darin verändert.

Wyatt sprach hinter ihr. „Ich habe Ezra nie in diesem Raum gesehen. Er lebte in der Küche. In letzter Zeit hat er dort sogar geschlafen."

Samanthas Kehle schnürte sich zusammen. Sie hätte Ezra von ihren Umständen schreiben sollen. Schuldgefühle legten sich schwer auf ihre Brust. Wenn sie ihren Stolz doch bloß heruntergeschluckt hätte. Vielleicht hätte Ezra sie und Daniel holen lassen. Dann hätte er sein letztes Lebensjahr nicht einsam in diesem Elend verbracht.

Wyatt spürte ihre Gefühle. Er berührte ihre Schulter. „Er war ein mürrischer alter Mann. Ein wahrer Einzelgänger. Er hätte keine Hilfe angenommen. Ich habe meine Haushälterin zu ihm rübergeschickt, aber er hat sie nicht hereingelassen."

Sie riskierte es, zu ihm aufzublicken, und sah nichts anderes als Mitgefühl in seinen Augen. „Aber ich bin seine Nichte. Mit uns wäre es anders gewesen."

„Das bezweifle ich. Er hätte Sie holen lassen können. Er wollte nur in Ruhe gelassen werden."

Samantha fuhr mit einem Finger über die Marmorplatte eines Beistelltisches und hinterließ eine Spur im Staub, die dem Kielwasser eines Bootes glich. „Wenn ich mir sage, dass er im Himmel in Frieden ruht, vereint mit der Frau, die er liebte, dann fühle ich mich nicht so schuldig."

Warum vertraute sie sich diesem Fremden an, einem Mann, mit dem sie zuvor fast gestritten hatte? Aber irgendwie wusste sie, dass er ihre Gefühle in diesem Augenblick verstand. Schade, dass er für die Pferde nicht genauso viel Verständnis gezeigt hatte. Da sie nicht bereit war, noch mehr von sich preiszugeben, wandte sie sich ab. „Ich sollte mir die Küche ansehen."

Sie ging durch den Flur und trat durch die rechte Tür. Ezras Küche vermittelte den Eindruck, der im Wohnzimmer fehlte: Sie war abgewohnt. Ein Fichtentisch, wegen der intensiven Nutzung voller Kratzer und Dellen, beherrschte die Raummitte. Auf der einen Seite des schwarzen Gussofens stand ein abgenutzter Ledersessel. Auf der anderen Seite bekundete ein schmales Bett mit einem Stapel Steppdecken, wo Ezra geschlafen hatte. Ein Regal über dem Herd enthielt ein paar Töpfe, Pfannen, verschiedene Teller und Tassen aus blauer Emaille und eine alte Kaffeekanne. Eine angeschlagene Kaffeetasse stand auf dem Ofen, um für den Morgenkaffee benutzt zu werden.

Wyatt ging zum Waschbecken hinüber und betätigte den Griff der Pumpe. „Das Wasser hier kann man trinken." Rostiges Wasser plätscherte heraus. „Obwohl man das nicht denken würde, wenn man es sieht." Er pumpte weiter, bis das Wasser klar war. „Schon besser."

„Danke."

Samantha setzte ihre Inspektion fort. Mit Spinnweben bedeckte Gardinen aus schmutziger Spitze hingen vor dem Fenster. Sie ging um den Tisch herum zum schmierigen Seitenfenster und schaute hinaus.

Ein Zaun mit abgeplatzter weißer Farbe umgab das, was wohl der Gemüsegarten sein musste. Sie würde sich ans Anpflanzen machen müssen. Ihre Finger zuckten vor Vorfreude. In dem Haus, in dem sie mit Juan-Carlos gelebt hatte, hatte sie immer einen Garten gehabt, aber auf der *Estancia* bestellte nur das Dienstpersonal das Land.

Man hörte die Schritte der Kinder die Treppe hinunter- und zur Tür hinauspoltern. Sie konzentrierte sich wieder auf das Zimmer.

Neben dem Fenster enthielt eine Porzellanvitrine, in krassem Kontrast zur rauen Umgebung, blaue Teller. Sie nahm einen Teller und wischte mit ihrer behandschuhten Hand über die staubgraue Oberfläche. Blue Willow. Wahrscheinlich hatte Ezra das Geschirr nie verwendet. Samantha stellte den Teller wieder zurück an seinen Platz.

Sie holte Luft und atmete ein tiefes Versprechen aus. Sie würde dieses Haus übernehmen, sein Inneres säubern, sein Äußeres renovieren und es in ein Zuhause verwandeln. Sie würde das Porzellan und alles andere benutzen. Dann würde sie dieses Haus, in dem Ezras letzte einsame Jahre spukten, mit Jungen füllen, die nichts anderes als ein einsames Leben kennengelernt hatten. Es würde keine Einsamkeit mehr geben. *Für niemanden von uns.*

Kapitel Sechs

Als sie die Kutsche hörte, eilte Samantha durch die Küche zum Fenster, das einen Blick vor das Haus bot. *Wer konnte bloß gekommen sein?* Durch das staubverschmierte Glas konnte sie einen älteren weißhaarigen Mann in schwarzem Mantel sehen, der von einem klapprigen alten Wagen kletterte. Er drehte sich um und forderte die beiden ungehobelten Jungen in der Kutsche zum Aussteigen auf.

Wyatt trat zu ihr ans Fenster. „Reverend Norton. Und diese beiden Cassidy-Teufelsbraten, für die er ein Zuhause suchte. Ich hatte ihm gesagt, er solle sich fernhalten, bis Sie sich eingerichtet haben. Dieser Ort ist nicht mehr sicher, wenn sie hier sind. Wahrscheinlich werden sie den Stall noch abbrennen, bevor die Woche zu Ende ist. Am besten schicken Sie sie wieder weg."

Samantha unterdrückte ein Keuchen. Ihre anfängliche Bestürzung über unangemeldeten Besuch löste sich in Luft auf. *Wie konnte er es wagen, ihr zu sagen, was sie zu tun hatte? Davon hatte sie mit ihrem Schwiegervater schon genug. Insbesondere, wenn es um Kinder ging.* „So etwas mache ich ganz bestimmt nicht!"

„Warten Sie, Samantha!" Er berührte ihren Arm. „Diese Jungen machen nichts anderes als Ärger. Sie haben sich geprügelt, gestohlen, den Heuhaufen von Witwe Murphy angezündet – und das ist allein das, was wir mit Sicherheit wissen. Niemand ist gewillt, sie zu adoptieren." Seine Stimme wurde sanfter. „Ich denke, auch ohne sich noch um anderes zu kümmern, haben Sie hier genug zu tun."

„Jedes Kind hat ein Zuhause und eine liebevolle Familie verdient. Ich habe dafür gebetet, dass der liebe Herrgott mir die Möglichkeit gibt, Waisenkinder aufzuziehen. Jetzt, da Gott meine Gebete erhört hat, werde ich diesen Jungen nicht den Rücken zukehren, nur weil Sie nicht einverstanden sind, Mr Thompson." Samantha stürmte aus dem Zimmer, durch den Flur und nach draußen auf die Veranda.

Der Pfarrer zog die beiden widerwilligen Jungen die Stufen hinauf. Er warf den beiden einen vorwurfsvollen Blick zu, bevor er Samantha anlächelte. „Ach, Mrs- Rodriguez. Ich bin Reverend Norton."

„Reverend Norton, was für eine Freude, Sie kennenzulernen."

Der Pfarrer nickte. „Ich sehe, dass Wyatt Ihnen behilflich war. Keine Probleme mit diesen Faleebelles?" Seine blauen Augen zwinkerten Wyatt zu, der ihr auf die Veranda gefolgt war.

Wyatt presste den Kiefer zusammen und brummte: „Gar kein Problem, Reverend."

„Gut, gut. Nun …", wandte er sich lächelnd an Samantha, „Ich weiß, dass Sie sich noch gar nicht hier eingelebt haben, aber in Ihrem Brief stand, Sie hätten vor, Waisenjungen aufzunehmen."

Der Junge, den Norton mit der rechten Hand umfasst hielt, versuchte sich loszureißen. Der Körper des Pfarrers geriet ins Schwanken, was auch der zweite Junge zum Anlass nahm, um sich zu winden.

„Das stimmt, Reverend", sagte sie.

Wyatt machte einen Schritt nach vorn und packte beide Jungen an einer Schulter. „Das reicht!" Er sprach mit festem Ton, der keine Spur der Feindseligkeit in sich trug, die

Samantha angesichts seiner Worte in der Küche erwartet hatte. „Steht gerade und achtet auf eure Manieren!"

Die Jungen stellten sich unter seinen Händen ergeben aufrecht hin. Samantha nahm sich die Zeit, sie zu mustern. Identische Zwillinge, vielleicht ungefähr elf Jahre alt. Stumpfes braunes Haar, das zu lang gewachsen war, schmale Gesichter und Körper, als hätten sie nie genug zu essen, abgewetzte und zu kleine Kleider. Derselbe missmutige Blick.

Samanthas Herz schlug schneller. Konnte sie das tun? Diese Jungen aufnehmen und sie von ihrem Elend heilen? Noch bevor sie sich überhaupt selbst in ihr neues Leben eingewöhnt hatte? Sie erinnerte sich an *Kleines Volk* und an Jo Marchs Kampf mit Dan. Samantha würde *zwei* haben. Und sie hatte keinen Ehemann wie Fritz Bhaer, der ihr half.

Wyatt trat zurück und ließ die Jungen los. In einem Paar grüner Augen sah sie Angst aufblitzen, das Gesicht des anderen Zwillings wirkte traurig. Aber schon waren ihre flüchtigen Gesichtsausdrücke verschwunden, als hätte eine Hand ein Muster im Sand weggewischt, und an ihre Stelle trat Verdrossenheit. Aber das war Beweis genug für Samantha.

„Hallo Jungs."

Ihre Blicke senkten sich zu den Spitzen ihrer schlammigen, abgewetzten Stiefel, die aufgeschlitzt waren, um ihren eingeengten Zehen Platz zu bieten.

Der Pfarrer berührte das Kind zu seiner Rechten. „Das ist Tim Cassidy." Mit einem Kopfnicken deutete er auf den anderen. „Jack Cassidy. Ihr Vater ist letzten Monat gestorben. Sie haben keine Verwandten, und wenn Sie sie nicht aufnehmen, dann werden wir sie ins Waisenhaus schicken müssen."

Ein Waisenhaus. Im Bruchteil einer Sekunde schrumpfte Samantha zu einer Sechsjährigen, die durch eine regenverschmierte Fensterscheibe spähte, als eine Frau in schwarzem Mantel ihren gerade verwaisten Freund Günter die Stufen des Hauses auf der anderen Straßenseite hinunterzerrte. Sie hatte seinen verzweifelten Gesichtsausdruck nie vergessen.

„Natürlich nehme ich sie." Da die Jungen nicht von ihren Stiefeln aufschauten, verlieh Samantha ihrer Stimme einen möglichst warmen Klang. „Ich fürchte, da wir gerade erst angekommen sind, ist das Haus ein Chaos. Für eine Weile werden wir ziemlich provisorische Zustände haben."

Keine Antwort. Samantha betrachtete die Zwillinge und suchte nach etwas, um sie unterscheiden zu können. Beide trugen geflickte hellbraune Denimhosen, die ihnen einige Zentimeter zu kurz waren, und ihre Mäntel waren ungeschickt aus einer alten grünen Decke genäht worden. Tims abgetragenes Baumwollhemd war einst blau gewesen, während Jack eins in verblasstem Braun trug.

Wie kann man sie unterscheiden? Wenn die Jungen die Angewohnheit hatten, ihre Hemden auszutauschen, um die Leute an der Nase herumzuführen, dann würde sie ein Problem haben. Die hellen Sommersprossen, die sich über ihre Gesichter verteilten, gaben ihr einen Anhaltspunkt. Die Sommersprossen auf Jacks rechter Wange formten ein Muster, das an das Siebengestirn der Plejaden erinnerte.

Sie lächelte zufrieden. „Lassen Sie uns doch in den Stall gehen, damit ich Ihnen die anderen Familienmitglieder vorstellen kann."

Reverend Norton nickte. „Gute Idee. Ich würde diese Faleebelle-Pferde, von denen alle sprechen, gerne sehen. Aber ich muss noch einen anderen Besuch erledigen."

Aus den Augenwinkeln heraus sah Samantha, wie Wyatt eine Grimasse schnitt.

Der Pfarrer nickte. „In ein paar Tagen komme ich zurück und sehe nach dem Rechten. Dann schaue ich mir auch die Spielzeugpferde an."

Samantha machte einen Schritt nach vorn, um seine Hand zu ergreifen. „Auf Wiedersehen, Reverend Norton. Wir sehen uns am Sonntag."

Ein freudiges Lächeln huschte über sein ernstes Gesicht. „Das habe ich mich schon gefragt. Wir würden uns freuen, wenn Sie mit uns beten." Er winkte den Zwillingen zu. „Adieu, Jack, Tim. Ihr beiden kümmert euch jetzt um Mrs Rodriguez."

Keiner der Jungen antwortete.

Samantha legte jedem der Kinder einen Arm um die Schulter. „Lasst uns in den Stall gehen und uns die Falabellas ansehen."

Wyatts Blick begegnete dem von Samantha. „Ich hole meine Tochter. Die Arbeit wartet schon auf uns." Er ging mit Tim im Gleichschritt und schaute sie unentwegt an. „Ezra hat ein Pferdegespann und ein Reitpferd. Die Pferde des Gespanns sind eingeritten. Ich habe sein Vieh zusammen mit meinem eigenen getrieben. Er hat nie eine große Herde gehabt. Seine beiden Männer haben für mich gearbeitet. Ich schicke sie morgen zusammen mit dem Vieh zurück."

„Danke", sagte Samantha und fühlte sich von der Verantwortung, die sich um sie herum aufbaute, überfordert.

Er deutete auf ein kleines Gebäude, das genauso grau und verwittert aussah wie die anderen. „Die Schlafbaracke. Da übernachten die Männer. Ein gutes Stück hinter dem Stall steht auch eine Hütte, die für Maria und Manuel nett hergerichtet werden könnte. In besseren Tagen wohnte dort der Vorarbeiter."

Maria würde begeistert davon sein, ihr eigenes kleines Häuschen zu haben, anstatt die Räume des Dienstpersonals mit anderen zu teilen wie auf der *Hacienda*.

„Und die Hühner und Ziegen."

„Ziegen?" Jacks Schulter zuckte unter ihrer Hand und sie

bemerkte einen Anflug von Interesse in seinem Blick. Sie fragte ihn: „Habt ihr Jungs jemals Ziegen gehalten?"

Jack schaute kurz auf. „Ja. Nanny und ihre zwei Kinder. Gute Milch."

„Gott sei Dank", murmelte sie. Zumindest würde Jack sprechen.

Wyatt nickte. „Ezra hat auch wegen der Milch Ziegen gehalten." Er deutete auf ein kleines Gehege aus Stacheldraht, der an in den Boden geschlagenen Pfosten befestigt war, sodass ein wackeliger Zaun geformt wurde. „Der Ziegenpferch."

„Oh." Samantha kannte Ziegenmilch und -käse aus ihrer Kindheit, als ihre Familie in Deutschland gewohnt hatte. Daniel würde es bestimmt gefallen, Ziegen zu haben. Wie stellte man Ziegenkäse her? Das würde sie lernen müssen. Sie fügte die Aufgabe zu ihrer immer länger werdenden Liste hinzu. Die Erschöpfung lag wie ein schwerer Mantel auf ihr. Sie seufzte. Was würde sie nicht dafür geben, sich auf ein sauberes weiches Bett zu werfen und tagelang schlafen zu können!

Wyatt blieb stehen. In seine Augen trat ein Funkeln, das zu schnell wieder verschwunden war, als dass sie es hätte interpretieren können. Er seufzte ebenfalls, nahm sich den Hut ab und rieb sich den Kopf. „Sehen Sie mal! Sie sind gerade erst angekommen und erschöpft. Warum kommen Sie nicht alle mit zu mir? Gönnen Sie sich eine Nacht Schlaf und starten Sie erfrischt in den Morgen!"

„Oh … danke." Die geschärfte Wahrnehmung seiner Präsenz, die sie zu ignorieren versucht hatte, wurde lebendig. *Den Abend mit ihm verbringen und unter einem Dach schlafen?* Ihr Herz schlug schneller bei der Vorstellung. „Aber wir können unmöglich stören."

Seine Mundwinkel hoben sich zu einem halben Lächeln. „Meine Haushälterin wird dort sein. Es hat alles seinen

Anstand und Sie sind in Sicherheit. Mrs Toffels wird sie mit offenen Armen und einer warmen Mahlzeit empfangen."

Samantha machte den Mund auf und hatte die Absicht, ihm eine strikte Absage zu erteilen, aber zu ihrer Überraschung und ihrem Ärger rutschte ihr ein Ja heraus.

Sein Grinsen wurde breiter und entblößte seine geraden Zähne. „Also abgemacht. Lassen Sie uns die Kinder zusammentrommeln."

Samantha murmelte ein kleines Dankesgebet dafür, dass Don Ricardo nicht hier war und sehen konnte, welche Entscheidungen sie in den letzten paar Minuten getroffen hatte. Ihr Schwiegervater hätte womöglich seine oft ausgesprochene Drohung wahrgemacht, sie für immer in ihr Zimmer einzusperren. Sie hob den Blick zu Wyatt.

Freiheit.

Richtig oder falsch, sie hatte eine Wahl getroffen. Vor Aufregung lief ihr ein Kribbeln die Wirbelsäule hoch. Sie konnte sogar diesen Mann wählen. Schnell bremste sie ihre Gedanken: *Nicht*, dass sie *ihn* jemals aussuchen würde. Oder er sie, wenn es darum ging. Und doch, niemand würde ihr je wieder vorschreiben, was sie zu tun hatte. Sie widerstand dem Impuls, ihre Arme weit auszubreiten. *Montana. Meine eigene Ranch. Ein ganz neues Leben.*

Als er am leeren Ziegenpferch mit seinen langen, sich auf dem Schotter erstreckenden Schatten vorbeikam, konnte Jack nicht anders, als ein brennendes Interesse zu verspüren, wenn er sich herumlaufende Ziegen in dem leeren Gehege vorstellte. Aber die Vorsicht mahnte ihn, seine Gefühle nicht zu zeigen. Er hatte nur zu gut gelernt, dass schon die kleinste Veränderung seiner Miene ihn einen Schlag kosten konnte.

Und mit der Hand der Frau auf seiner Schulter würde er ein leichtes Ziel sein, es sei denn, er riss sich schnell frei.

Hinter seiner regungslosen Fassade sprangen seine Gedanken herum wie Flöhe auf einem verwahrlosten Köter. Vielleicht konnte er einen Weg finden, um seine Ziege zu stehlen. Vielleicht würde die Dame zulassen, dass er sie hier hielt. Schließlich war sie neu in der Stadt. Sie konnte nicht wissen, dass Widda Murphy seine Ziege behalten hatte und das Tier als Zahlung dafür betrachtete, dass sie die Zwillinge aufgenommen hatte.

Die Hand der Frau ruhte sacht auf Jacks Schulter. Sein Vater oder andere Männer packten seine Muskeln normalerweise mit hartem Griff, um ihn daran zu erinnern, wer das Sagen hatte. Ihre Berührung unterschied sich kaum von der der seiner Mutter. Bei der Erinnerung zuckte seine Schulter. Der Schmerz über Mas Tod vor zwei Jahren brannte noch immer wie ein Geschwür in seinem Herzen.

Es machte ihm nicht viel aus, dass sein Pa verstorben war. Er vermisste Nanny, seine Ziege, mehr als den alten Säufer. Nur dumm, dass sie jetzt in der Obhut von Weltverbesserern waren, und das war noch schlimmer. Widda Murphy hatte sich pausenlos beklagt und die Worte sprudelten aus ihrem verkniffenen Mund wie Wasser aus einer Pumpe. Und diese Worte gingen einem Jungen ganz schön auf die Nerven.

Seine Füße stießen gegen eine Erdscholle, sodass der Dreck und ein Stein durch das aufgeschlitzte Leder in seine Stiefelspitzen befördert wurden, was ihn an seine kalten Füße erinnerte. Er zuckte zusammen, sträubte sich aber dagegen, stehenzubleiben. Sein Blick wanderte zu dem Mann, dessen Kleidung – ein gebügeltes weißes Hemd und Denimhosen – von fast neu aussehenden Stiefeln abgerundet wurde. Es war besser zu humpeln, als sich die Blöße zu geben, die Aufmerksamkeit auf das Schuhwerk zu lenken, aus dem er herausgewachsen war.

Die Dame schaute hinab. „Alles in Ordnung?"

Jack nickte und riss seinen Blick von der Sorge in ihren sanften blauen Augen los. Als er spürte, dass sie ihre Augen abgewandt hatte, wagte er einen kurzen Blick und versuchte, ihre Schönheit in sich aufzunehmen. Noch nie hatte er solche Haare gesehen. Lebendig wie ein knisterndes Feuer, nicht wie das welke graubraune Haar von Ma. Aber er hatte Leute sagen gehört, dass die Ehe mit seinem Pa seiner Ma sicher ihr Aussehen ruiniert hatte – sie gealtert hatte und so.

Die Gefühle, die ihm die Kehle zuschnürten, waren bitterer als Weidenrindentee. Es war nicht fair, dass Ma es so schwer gehabt hatte. Es war nicht fair, dass diese Dame mit ihren sanften Augen und der weichen Haut sie jetzt aufziehen sollte.

Er suchte den Blick seines Bruders, doch Tim schleppte sich dahin wie ihr altes Maultier, die Augen auf den Schotter vor sich gerichtet. Tim war immer der Ruhigere gewesen, der seine Gedanken für sich behielt. Allzu oft musste Jack für seinen Bruder einstehen. Aber Jack konnte seinem Zwillingsbruder an dessen Schultern ansehen, dass sich auch sein Magen schmerzhaft zusammengezogen hatte.

Während die vier weiter zum Stall liefen, nagten die Sorgen an Jack wie ein Biber an einem Baum. Würde die Dame wie Widda Murphy sein und sie immer ausschimpfen? Sie sah nicht so aus, als würde sie die Fäuste schwingen wie Pa. Aber Widda Murphy hatte ihnen ein paar Mal einen heftigen Klaps versetzt, bis die Zwillinge es gelernt hatten, auszuweichen. Die Hand, die so sanft auf seiner Schulter lag, konnte ihm genauso schnell ins Gesicht schlagen. Nun gut, wenn es nötig war, konnte er sich schneller als ein Kalb bewegen, das einem Lasso entkommen wollte.

Er spannte seinen Körper an. So lange sie ihm so nah war, sollte er besser bereit sein.

Als der Nachmittag sich dem Ende zuneigte, verschwand die Wärme der Frühlingssonne. Samantha zitterte. Als sie den Stall erreichten, konnte sie sehen, dass das Gebäude genauso heruntergekommen aussah wie das Haus. Ihr Mut ließ nach. Die Farbe war abgeblättert und brachte verwitterte graue Bretter zum Vorschein. Die Überreste von Blättern aus dem letzten Herbst lagen in Haufen an der Wand und ließen das Holz zweifellos vermodern. Spinngewebe hingen vom Dachvorsprung. Samantha machte einen großen Bogen um eine braune Spinne, die über ein Netz lief.

Wyatt stieß die halbgeschlossene Stalltür ganz auf und winkte sie dann mit einer überschwänglichen Geste hinein. Samantha trat ein. Während sie darauf wartete, dass ihre Augen sich an die Dunkelheit gewöhnten, atmete sie die vertrauten Stallgerüche ein: Pferde, frisches Heu …

Frisches Heu?

Sie hatte keins bestellt. Sie hatte geplant, dass ihre Getreidesäcke so lange reichen mussten, bis sie in die Stadt fahren und mehr Futter bestellen konnte. Und das Innere des Stalls sah verdächtig sauber aus. Sie schaute nach oben, um nach Spinnennetzen zu suchen, konnte aber keine entdecken. Sie sah zu Wyatt hinüber. „Sind Sie für das Heu verantwortlich?"

Er nickte. „Habe ein paar Männer hergeschickt, damit sie hier saubermachen und Vorräte bringen." Ein schelmisches Funkeln blitzte in seinen grauen Augen auf. „Natürlich hatte ich nicht mit einem Haufen Zwergpferde gerechnet. Sonst hätte ich nur die halbe Menge geschickt."

„Falabellas", berichtigte sie ihn automatisch und spürte, wie in der Nähe ihres Herzens eine Glut aufflammte. „Ich schätze Ihre Hilfe sehr."

„Gern geschehen."

„Los Jungs, ich stelle euch die Pferde vor." Sie trieb sie näher an die Ställe heran.

Daniel, gefolgt von Christine, kam von der anderen Seite des Stalls durch den Mittelgang angerannt. „Mama." Beim Anblick der beiden Zwillinge blieb er abrupt stehen und machte vor Neugier große Augen. „Hallo."

„Daniel, das ist Jack Cassidy." Sie tätschelte Jacks Schulter. „Und das hier sein Zwillingsbruder Tim. Erinnerst du dich an das, worüber wir gesprochen haben? Sie werden mit uns zusammenleben."

Daniel betrachtete die Jungen und schaute ihr dann in die Augen. „Sie werden meine Brüder sein?"

Sie lächelte ihn an. „Genauso ist es, mein Sohn."

„Gut." Er packte Jack am Handgelenk. „Komm mit! Ich zeige dir Chita." Daniel drehte sich um und wollte den Jungen den Gang entlang ziehen.

Mit einem Knurren riss Jack sich los. Er ballte die Hand zu einer Faust und schlug Daniel gegen die Schulter.

„Autsch!" Für Daniel war es nichts Neues, schikaniert zu werden. Bevor Samantha reagieren konnte, hatte er Jack schon in den Bauch geschlagen.

Jack stieß lautstark den Atem aus, während er sich krümmte, aber schnell hatte er sich erholt und beide Fäuste vor sich geballt.

Tim, zum Kampf bereit, sprang an die Seite seines Bruders.

Wyatt stellte sich zwischen die Jungen, packte eine von Jacks Fäusten und blockte Tim mit seiner Hüfte ab. „Das reicht!" Er schaute auf Jack hinunter. Zwischen ihnen schien eine wortlose Kommunikation stattzufinden und Jack ließ die Hände sinken.

Tim entspannte seine Arme.

Wyatt schaute mit süffisanter Miene zu ihr hinüber. *Sehen Sie*, schien er zu sagen.

Samantha wich seinem Blick aus und konzentrierte sich stattdessen auf Daniel. Ihr Herz zog sich beim Anblick seiner vor Anspannung hochgezogenen Brauen und dem verletzten Blick in seinen Augen zusammen. Sie hatte diesen Ausdruck so viele Male gesehen, wenn Daniels Vetter nicht mit ihm spielen wollten. In ihrer Fantasie hatte sie sich vorgestellt, dass sie sich das Vertrauen ihrer Waisenkinder erkämpfen musste, aber nie war ihr in den Sinn gekommen, dass auch Daniel einen ähnlichen Prozess durchlaufen musste. Sie hatte nicht die Absicht gehabt, ihren Sohn darunter leiden zu lassen, dass sie missratene Jungen adoptierte. War es ein Fehler gewesen, die Zwillinge aufzunehmen?

Sie unterdrückte ein Seufzen beim Gedanken an all die Arbeit, die sie erwartete. Das Gefühl von Erregung und Freiheit, das ihr in den letzten Stunden Auftrieb verliehen hatte, ließ mit jedem neuen Hindernis nach, und jetzt fühlte sie sich platt wie ein leerer Kissenbezug. Da sie niemandem ihre Erschöpfung zeigen wollte, bemühte sie sich, einen leichten Schritt zu bewahren und bat Gott um ein wenig zusätzliche Kraft. Alle waren darauf angewiesen, dass sie stark war – dass sie die Kontrolle hatte.

Wyatt sah Jack an und gab ihm einen zarten Stoß gegen die Schulter. „Ich denke, ihr solltet Daniel und Christine folgen." Ein eiserner Ton mischte sich in seinen Ratschlag. Er milderte seinen Befehl mit einem Grinsen ab. „Ich denke, das was ihr findet, wird euch gefallen."

Christine griff nach der Hand ihres Vaters und lehnte sich gegen ihn. Sie musterte die beiden Zwillinge. „Bitte kommt mit und seht euch die kleinen Pferde an", drängte sie. „Ihr werdet sie mögen."

Jack wandte den Blick ab und richtete ihn dann wieder auf sie, offensichtlich fasziniert von Christines blauen Augen. Der Widerstand verließ sein Gesicht. Er nickte steif mit dem Kopf.

Christine antwortete mit einem Lächeln, dem niemand leicht hätte widerstehen können. Sie ließ die Hand ihres Vaters los und forderte die Zwillinge mit einer Geste auf, ihr zu folgen.

Samantha hielt ein Lächeln zurück. In ein paar Jahren würden Christines Verehrer die Veranda von Wyatts Haus füllen … es sei denn, er war der Typ, der mit einem RevolverWache stand. Sie bemerkte seinen schroffen Gesichtsausdruck, während er die Kinder beobachtete, und wusste die Antwort. Er war definitiv ein Vater mit Beschützerinstinkt und Revolver.

Sie hob eine Braue, als sie sich an ihn wandte. „Sehen wir mal, ob die Falabellas ihren Zauber bewirken können."

„Zwergenzauber. Das kann ja was werden", sagte er mit ironischem Ton.

Trotz ihrer Müdigkeit weigerte sich Samantha, sich von Wyatts geringschätziger Meinung von den Zwillingen herunterziehen zu lassen. Mit der Zeit würde es ihr gelingen, ihnen zu helfen. Dann würde er schon sehen … Sie ging den Kindern nach.

Daniel entriegelte die erste Stalltür und hielt sie allen offen. „Das ist meine Stute, Chita." Das kleine schwarze Pferd schnüffelte an Daniels Hand.

Tim trat an sie heran und berührte sanft Chitas Rücken, dann ließ er seine Handfläche über ihre Seite gleiten und strich ihr den Staub von der Reise ab. „Ich glaube, mich laust der Affe!"

Daniel machte große Augen und schaute Samantha forschend an.

Sie biss sich auf die Lippe und antwortete ihm wortlos mit einem Kopfschütteln. *Sag nichts!* Jetzt, da Tim endlich gesprochen hatte, wollte sie ihn nicht für die ersten Worte zurechtweisen, die er äußerte. Sie war sich sicher, dass es noch unzählige Male Gelegenheit dazu geben würde, den Jungen beizubringen, anständig zu reden.

Jack blieb still, doch der gespannte Blick in seinen Augen traf sie direkt ins Herz. Sie beugte sich vor und berührte seine Schulter. „Es gibt noch mehr." Sie lächelte die beiden Jungen an. „Chita ist Daniels Stute. Mein Favorit ist Chico. Ihr könnt euch beide je ein Pferd als euren ganz eigenen Freund aussuchen."

Ihre Gesichter erstarrten vor misstrauischer Ungläubigkeit, als hätten sie Angst, ihr zu vertrauen.

Sie hob warnend den Zeigefinger. „Aber ihr seid dafür verantwortlich, euch um die Tiere zu kümmern. Auch um das Ausmisten."

Das schien sie zu beruhigen. Schweigend gingen sie von Stall zu Stall und ließen ihre Hände über jeden kleinen Körper wandern, wobei sie ein leises Schnalzen von sich gaben. Ohne ein Wort zu sagen, landete Tim auf Knien in Bonitas Stall, die Arme um die kleine kastanienbraune Stute geschlungen. Jack hockte neben Mariposa und streichelte ihr verstaubtes graues Fell, während er ihr leise Worte ins zuckende Ohr flüsterte.

Die Szene berührte ihre Seele und Samantha musste blinzeln, um die Tränen zurückzuhalten, denn sie spürte bereits eine mütterliche Bindung zu den Jungen. Die Erleichterung vertrieb einen Teil ihrer Müdigkeit. Als sie sah, wie lieb die Zwillinge mit den Pferden umgingen, entspannte sie sich.

Meine neuen Söhne. In ihnen steckt Gutes. Das weiß ich. Ich muss es nur hervorbringen.

Kapitel Sieben

Wyatt ritt neben Samanthas kleiner Kutsche her und seine Gedanken waren in Aufruhr. Hinter ihm auf dem Pferderücken saß Jack Cassidy, der sich locker an Wyatts Taille festhielt. Auf der anderen Seite des Wagens plauderte Christine mit Daniel. Hinter ihnen folgten Tim und Manuel zu zweit.

Immer noch erstaunt über den Impuls, seine neuen, ungebetenen Nachbarn zum Übernachten einzuladen, schüttelte er den Kopf. Wie konnte er die Cassidy-Zwillinge auf Abstand zu Christine halten, wenn er sie direkt bei sich zu Hause willkommen hieß? Darüber musste er sich später Gedanken machen. Ein Mann konnte sie nicht guten Gewissens in Ezras verstaubtem, baufälligem Haus schlafen lassen.

Die Sonne ging hinter dem Copper Mountain unter, sodass sich der blaue Himmel purpurrot färbte und ihre Umgebung mit grauen Schatten bedeckt wurde. Ein Espenhain bot einer kleinen eingezäunten Grabstätte Schutz, das Zittern der frischen Blätter in der Brise diente den Geistern, die vielleicht ein wenig plaudern wollten, als musikalische Untermalung. Er war noch nie hier vorbeigeritten, ohne an Alicia zu denken. Wenn es die Zeit erlaubte, hielt er gern an, setzte sich auf die Holzbank neben ihrem Grab und erzählte ihr von der Ranch, ihrem Garten und besonders ihrer Tochter. Ein kleines Mädchen, das ohne seine Mutter aufwuchs. Er fragte sich, was Alicia über seinen Tag sagen würde … und über Samantha.

Wyatt versuchte, Ordnung in sein Gefühlschaos zu bekommen. Er war frustriert in den Morgen gestartet, weil die Witwe Ezras Ranch übernommen hatte. Er hatte sich über ihre Zwergpferde geärgert, fast mit ihr gestritten und dann eine unerwartete Anziehung für sie empfunden. Zu guter Letzt hatte er Schuldgefühle bei dem Gedanken bekommen, sich auf und davon zu machen und sie mit diesen Tunichtguten von Cassidys auf der heruntergekommenen Ranch zurückzulassen. Jetzt schleppte er genau diese Jungen zu sich nach Hause. Er wollte gar nicht daran denken, was der Abend vielleicht noch bringen würde …

Vor seinen Augen stieg das Bild von Samantha in seinem Bett auf: Das Licht des Feuers spielte mit ihrer nackten weißen Haut und leuchtete auf einer Strähne ihres rotbraunen Haares, das sich auf ihren Brüsten lockte. Er stellte sich vor, wie er die Haare beiseite strich und ihre weichen Brüste berührte, mit seinen Fingern, seinem Mund …

„Wyatt? Wyatt!"

Er schreckte hoch und die Hitze in seiner Leiste stieg bis in sein Gesicht auf. Was hatte er sich dabei gedacht? Eine Dame über Nacht einzuladen, ihr in seinem Haus Gastfreundschaft und Schutz anzubieten und dann solche unanständigen Gedanken zu haben … Er war ein Gentleman, kein Schuft. Er hoffte nur, dass seine Fantasien ihm nicht so klar ins Gesicht geschrieben standen, dass Samantha sie lesen konnte. Oder Alicias Geist. „Verzeihung, ich war gedanklich woanders."

Ihr nach oben gerichtetes Gesicht drückte nur Neugier aus. Seine Erleichterung nahm die Scham von ihm.

„Ich fragte mich nur, wie weit es noch bis zu Ihrer Ranch ist."

„Wir sind schon seit einer guten Weile auf meinem Land. Ich hätte Ihnen Bescheid sagen sollen, als wir über die Grenze geritten sind." Er streckte den Zeigefinger aus. „Hinter dieser Baumgruppe werden wir gleich das Haus und die Ställe sehen. Dann sind es nur noch ein paar Minuten."

„Gott sei Dank."

Obwohl die Erschöpfung ihre Augen trübte, saß sie aufrecht mit gestrafften Schultern auf dem Sitz der Kutsche. Ein Stechen der Bewunderung ging ihm unter die Haut. Sie war so lange gereist und hatte wer weiß wie viele Unannehmlichkeiten und Strapazen erlebt. Bei ihrer Ankunft war sie unfreundlich von ihrem nächsten Nachbarn empfangen worden, hatte erfahren, dass ihr neues Heim zu verwahrlost war, um dort die erste Nacht zu verbringen, und war jetzt auf dem Weg in ein fremdes Haus. Er hatte keinen Zweifel daran, dass sie morgen bis zu den Ellenbogen in Seifenlauge stecken würde, um ihr Heim vom Boden bis zur Decke zu schrubben. Sie schien nicht die Art von Frau zu sein, die diese Arbeit Maria allein überlassen würde.

Wyatt bewunderte diese Eigenschaft. Er beugte sich näher zu ihr. „Sie müssen müde und hungrig sein."

„Sehr."

„Ich bin sicher, Sie würden sich gern waschen."

Sie seufzte. „Ja. Und die Jungen könnten sicherlich ein Bad gebrauchen."

Er räusperte sich. „Das dürfte kein Problem sein. Ich habe letztes Jahr ein Badezimmer im Haus bauen lassen. Sie können sich ein Bad gönnen ...", er verdrängte die Vorstellung von ihr in seiner Wanne, „... während die Jungen in der Schlafbaracke baden. Ich kümmere mich um sie."

„Die Zwillinge könnten es Ihnen schwer machen."

„Ich werde schon mit ihnen fertig."

„Danke", Dankbarkeit erhellte ihren erschöpften Gesichtsausdruck. „Schon allein in einem Bett zu schlafen, das sich nicht bewegt, wird ein Luxus sein. Sind Sie sicher, dass Sie genug Platz für uns alle haben?"

Er grinste. Sie bogen um die letzte Baumgruppe. „Sehen Sie nur!"

„Ach du meine Güte!", sagte Samantha.

Wie immer rief der Anblick seiner Ranch tief in seinem Bauch ein Gefühl der Befriedigung hervor. Ganz anders als die Bruchbude, in der er seine Jugend verbracht hatte … Nie nahm er dieses Bild als etwas Selbstverständliches hin. Er ließ den Blick herumwandern und kontrollierte, ob alles stimmte. Das große, weiße Haus schimmerte golden in den letzten Strahlen der untergehenden Sonne. Die Fliederbüsche, die Alicia in der Ecke des eingepfählten Gartens angepflanzt hatte, trieben Knospen. In einem Monat würde jede noch so leichte Brise den süßen Duft in diese Richtung wehen. Er atmete voller Vorfreude ein und lächelte, als er bemerkte, dass Samantha sich mit interessiertem Blick in ihren blauen Augen in ihrem Sitz aufrichtete.

Abgesehen von einigen Pferden in einem der Gehege sah es um die zwei roten Ställe herum ziemlich ruhig aus, und auf der Veranda der weißen Schlafbaracke auf der anderen Seite des Hauses lagen keine Männer herum. Die Rancharbeiter waren noch nicht zurück, sondern noch dabei, das Vieh auf die nördliche Weide zu treiben. Aber bald war es Zeit für das Essen, deshalb würden sie bald eingeritten kommen. Besser sollte sich seine seltsame Gruppe von Gästen zuerst einrichten.

Doch er hielt die Zügel einen Moment lang still und Bill blieb stehen. In den letzten zehn Jahren hatte er Schritt für Schritt sein Leben geplant. Ezras Ranch zu kaufen war sein nächster Zug gewesen. Dann hatte er geplant, um Edith Grayson zu werben. Einen wohlhabenden Bankier als

Schwager zu haben, hatte seinen Reiz. Obwohl er sich da jetzt nicht mehr so sicher war. Der feste Boden, auf dem er stand, konnte sich in Treibsand verwandeln. Wenn man nicht aufpasste, konnte man ganz schön im Schlamassel sitzen.

Wyatt führte sie zum nächsten Stall. Das große, rote Gebäude würde den Falabellas jede Menge Platz bieten.

Samantha lockerte die Zügel ihres Wagens und entspannte sich, um ihren schmerzenden Armen etwas Ruhe zu gönnen.

Ein junger Mann um die fünfzehn kam aus dem Stall gelaufen. Groß und spindeldürr mit orangem Haarschopf und Sommersprossen, die sein ganzes Gesicht bedeckten, wirkte er beim Gehen so unbeholfen, als wäre er noch nicht in seine Beine hineingewachsen. Sein Karohemd war zu kurz und brachte knochige Armgelenke und Hände zum Vorschein. Als er die Falabellas erblickte, blieb er stolpernd stehen und seine nussbraunen Augen weiteten sich. Hinter seinem verblassten blauen Bandana, das er sich um den Hals gebunden hatte, wanderte sein Adamsapfel auf und ab.

Er erinnerte Samantha an eine Vogelscheuche, die plötzlich das Laufen lernte, und sie verkniff sich ein belustigtes Lächeln. Jungen in seinem Alter waren sehr besorgt um ihre Würde: Sie wollte ihn nicht bloßstellen.

Wyatt winkte ihn heran. „Harry, ich möchte dir Mrs Rodriguez und ihren Sohn Daniel, sowie Manuel und Maria vorstellen. Ich glaube, die Cassidy-Jungen kennst du wohl schon. Harry ist unser Pferdebursche. Manchmal nennen wir ihn Deuce, weil wir noch einen Cowboy mit dem gleichen Namen haben."

Harry beachtete sie kaum und seine Augen wurden wieder von den Pferden angezogen. „Was … was…", stammelte er.

Wyatt warf Samantha einen erheiterten Blick zu. „Falabellas." Er rollte mit den Augen. „Ich sehe schon: Das werde ich in den nächsten Tagen ziemlich oft wiederholen müssen. Ich bringe sie hier unter und verschwinde aus dem Stall, bevor die Arbeiter zurückkommen. Wenn wir Glück haben, werden sie sie nicht bemerken." Er nickte Harry zu. „Es sei denn, irgendjemand hier hat wieder die Kraft zum Reden und Tratschen."

Samantha lachte. Sie war froh zu sehen, dass er einen Sinn für Humor für ihre Miniaturpferde entwickelt hatte.

„Christine", sagte er zu seiner Tochter. „Bringe die Damen rein und stelle sie Mrs Toffels vor." Er wandte sich Samantha zu. „Unsere Haushälterin."

„Aber die Jungen …"

„Ich werfe ein Auge auf sie."

Samantha legte ihre Verantwortung in seine kompetenten Hände. Wie gut es sich anfühlte, wenn sich jemand um einen kümmerte. Natürlich war diese Atempause nur vorübergehend. Morgen würde sie ausgeruht genug sein, um ihren Haushalt und ihre Menagerie wieder selbst in die Hand zu nehmen.

Sie reichte Harry die Zügel. Er sah verwirrt aus, als wüsste er nicht, was er damit anstellen sollte.

Wyatt stieg ab und trat an ihre Seite. Er reichte ihr die Hand. Sie legte ihre Finger in seine Handfläche und fühlte die Kraft in seiner Hand, dann stieg sie vom Wagen ab.

Christine rannte an ihre Seite. „Mrs Toffels backt die besten Zimtkekse."

Samantha lächelte sie an. „Ich kann es kaum erwarten, sie zu probieren."

Christine stieß die Lattentür auf und streckte den Arm aus, um Samantha an die Hand zu nehmen. Gemeinsam gingen sie den Backsteinpfad entlang. Maria folgte ihnen.

In parallel zur Veranda verlaufenden, langen Blumenbeeten blühten rote Tulpen so schön wie die, die sie in Europa gesehen hatte.

Christine bemerkte ihre Bewunderung. „Pa bestellt sie jedes Jahr in Holland. Ich helfe ihm dabei, sie einzupflanzen. Bevor Mama gestorben ist, hat sie sie immer gepflanzt. Pa sagt, die Blumen helfen uns, sie in Erinnerung zu bewahren."

Berührt von Wyatts Geste seiner verstorbenen Frau gegenüber, blinzelte Samantha, um gegen ihre plötzlich feucht werdenden Augen anzukämpfen. Sie hatte versucht, ihre ganz persönlichen Rituale zu finden, um Daniel dabei zu helfen, Juan-Carlos in Erinnerung zu behalten. Wie viel schwerer war es, einem Kind die Erinnerungen an eine Mutter zu vermitteln, die es nie kennen gelernt hatte. Sie fragte sich, ob Wyatt noch immer in seine Frau verliebt war. Hatte er deswegen nie wieder geheiratet?

Sie schrieb die plötzlich aufkeimende Enttäuschung ihrer Müdigkeit in die Schuhe. Das Leben ihres neuen Nachbarn ging sie nichts an.

Als Samantha Christine in die Küche folgte, wurde sie vom süßen Duft nach frisch gebackenem Apfelkuchen begrüßt. Sie atmete genüsslich ein und wurde sofort von ihren Erinnerungen an Apfelstrudel eingeholt, den sie als Kind so geliebt hatte.

Sie hatte dem Koch immer beim Ausrollen des Teigs geholfen. Gemeinsam hatten sie ihn mit ihren Knöcheln so lange in die Länge gezogen, bis er fast so dünn wie ein Blatt Papier war. Dann hatten sie die Apfelscheiben und Gewürze auf dem Teig verteilt und das Ganze von einer Ecke aus zusammengerollt. Sie hatte zu vielen Anlässen Apfelstrudel für Juan-Carlos und Daniel gebacken. Aber auf der *Estancia* hatte Don Ricardo es seiner Schwiegertochter verboten, sich der Küche zu nähern. Ihr fehlte das Backen.

Die Küche im Hause Thompson schien der perfekte Ort

zu sein, um einen Nachmittag lang zu backen. Der makellose Raum und Ezras schmutzige, baufällige Küche hätten unterschiedlicher nicht sein können. Der große Arbeitsbereich bot eine ähnliche Ausrüstung: Ofen, Tisch, Porzellanvitrine – aber statt eines Bettes und eines abgenutzten Ledersessels standen in dieser Küche ein Küchenschrank, ein langer Tisch, bedeckt mit einer rot-weiß karierten Tischdecke, und ein Schaukelstuhl mit einem Black and Tan Coonhound daneben, der sich auf einem kleinen Fleckenteppich zusammengerollt hatte.

Der Hund schlug zur Begrüßung mit seinem Schwanz auf den Boden, stand aber nicht auf, um sie zu empfangen. Ein Regal unter dem Fenster enthielt Tontöpfe mit grünen Keimen, wahrscheinlich Kräuter. Die rot-weiß karierte Decke auf dem Tisch passte zu den sauberen Vorhängen am Fenster.

An einem Gussofen mit sechs Löchern stand eine in blauem Gingan gekleidete Frau, die von dem Topf aufschaute, in dem sie gerade rührte. Mit einem überraschten Ausruf legte sie den Kochlöffel auf dem Topf ab und strich ihre weiße Schürze glatt.

Samanthas erster Eindruck war, dass Mrs Toffels eine gemütliche, runde Frau war. Sie war klein und korpulent, ihr Busen quoll hinter ihrer Schürze hervor. Auf ihr rundes Gesicht traten lauter Lachfältchen, als sie sie sah. Sie steckte eine lose Strähne ihres grauen Haars zurück in ihren Dutt und stürmte ihnen entgegen.

„Nein, ich glaube es nicht! Sie müssen unsere neue Nachbarin Mrs Rodriguez sein." Sie zog den Schaukelstuhl heran. „Setzten Sie sich gleich hier hin und ruhen sich aus. Sie müssen erschöpft sein, Sie Arme!"

Samantha berührte Maria an der Schulter, bevor sie zum Schaukelstuhl ging. „Das ist Maria Sanchez. Sie ist bei mir, seit mein Sohn Daniel geboren wurde."

Mrs Toffels holte schnell einen Holzstuhl vom Tisch und gab Maria zu verstehen, dass sie sich setzen sollte.

Maria lächelte schüchtern und zog den Kopf ein, bevor sie sich niederließ.

Ein Bellen lenkte Samanthas Aufmerksamkeit auf den Hund und seine grauhaarige Schnauze. Christine sprang auf ihn zu und hockte sich neben den Hund, um seinen Kopf zu streicheln. Das Tier pochte mit dem Schwanz auf den Boden.

Mrs Toffels deutete auf den Hund. „Achten Sie nicht auf Matilda. Sie ist eine sehr alte Dame und bewegt sich nicht mehr allzu viel."

„Danke", Samantha ließ sich auf den Schaukelstuhl sinken und stützte ihre Hände auf der Armlehne ab, um ihre schmerzenden Muskeln zu entlasten. „Es wird guttun, sich einen Moment auszuruhen." Sie war erleichtert, dass die Köchin auf den ersten Blick nicht die gleichen engstirnigen Ansichten zu haben schien wie Mrs Cobb. Sie konnte sich entspannen.

Die Haushälterin streckte die Arme aus und drückte Christine an ihren üppigen Busen. „Hallo Liebling."

Christine, die unbedingt ihre Neuigkeiten verkünden wollte, entzog sich der Umarmung. „Sie sollten ihre kleinen Pferde sehen, Mrs Toffels." Sie hüpfte auf und ab. „Klein wie Fohlen, nur dass sie ausgewachsen sind. Sie werden als Falabellas bezeichnet."

„Nun, nun, das hört sich ja recht interessant an: Ich möchte gleich alles erfahren. Aber zuerst brauchen Mrs Rodriguez und Maria mit Sicherheit eine Stärkung. Sie haben einen langen Weg hinter sich. Hol doch den Topf mit den Keksen. Ich setze Teewasser auf." Sie sah Samantha an. „Oder möchten Sie lieber Kaffee?"

Samantha lächelte die Haushälterin an. „Sehr gerne Tee. Christine hat von ihren wundervollen Zimtkeksen erzählt."

Mrs Toffels strahlte. „Das sind eindeutig ihre Lieblingskekse."

Christine stellte sich auf Zehenspitzen und hob ein blaues Gefäß mit Salzglasur aus einem Regal. Sie nahm den Deckel ab und brachte Samantha den Behälter. „Hier, Mrs Rodriguez, probieren Sie einen!"

„Danke, mein Liebes."

Christine hielt Maria das Gefäß vor und diese nahm mit einem schüchternen Kopfnicken einen Keks.

Mrs Toffels reichte Samantha einen Teller. „Ich habe mir natürlich Hoffnungen gemacht, als Wyatt mir erzählt hat, dass eine Witwe Ezras Ranch übernehmen würde."

„Hoffnungen?"

„Dass Sie jung und schön sein würden." Sie lächelte mit all ihren Fältchen. „Und das sind Sie. Ich habe eine Vorliebe für rotes Haar. Es erregt das Interesse in der Nachbarschaft – sage ich. Manche Menschen hier müssen ihr Herz aus einem Grab befreien."

Samantha schluckte und ihr Gefühl der Entspannung flog zum Fenster hinaus. *Mit Sicherheit versuchte Mrs Toffels nicht, sie mit Wyatt zu verkuppeln.*

„Ich verstehe, dass man sein Herz zusammen mit seinem Partner begräbt."

Die Frau warf ihr einen durchtriebenen Blick zu. „Da bin ich mir sicher. Aber das Leben ist dafür da, gelebt zu werden. Das sage ich. Und ich sollte es wissen. Ich habe selbst zwei Ehemänner beerdigt."

Christine blieb an der Seite der Haushälterin, ohne den Unterton ihrer Unterhaltung zu bemerken. „Darf ich bitte auch ein paar Kekse haben?"

„Einen, sonst verdirbst du dir den Appetit aufs Essen."

Essen. Erschrocken wurde Samantha klar, dass Mrs Toffels erfahren musste, dass es noch mehr unerwartete Gäste gab. Da es ihr etwas peinlich war, dass sie der nichtsahnenden Frau mit ihrer rasch wachsenden Bande ins Haus geplatzt war, setzte sie nur zögernd zum Sprechen an. „Mrs Toffels, ich muss Sie warnen: Ich habe zwei Erwachsene und drei Jungen mitgebracht, die noch wachsen."

Die Haushälterin sah überrascht aus. „Ich dachte, Wyatt hätte erwähnt, dass Sie ein Kind haben."

„Das stimmt. Aber ich habe gerade noch zwei weitere dazubekommen."

Christine meldete sich zu Wort. „Reverend Norton hat ihr Jack und Tim Cassidy gebracht. Sie werden bei ihr wohnen."

Mrs Toffels griff zu ihrem Kochlöffel und rührte weiter. „Sie sind eine Heilige, dass Sie die aufnehmen, Mrs Rodriguez. Eine Heilige, wirklich. Ich habe mir Sorgen um die beiden gemacht. Die Jungen brauchen ein richtiges Zuhause."

Ein richtiges Zuhause. Ein richtiges Zuhause. Die Worte hallten in ihren Gedanken nach. Das Bild von der heruntergekommenen Ranch fiel ihr wieder ein und säte einen Moment lang Zweifel in ihr. Würde es ihr gelingen, für sie alle ein richtiges Zuhause zu schaffen?

Kapitel Acht

Jack Cassidy beobachtete die Frauen dabei, wie sie den Backsteinpfad zum großen weißen Haus entlanggingen. Statt ihnen zu folgen, wandte sich Thompson den Schlafbaracken zu und gab den Jungen ein Zeichen, ihm zu folgen.

Jack verlangsamte seinen Schritt und blieb zurück. Er warf verstohlene Seitenblicke auf das Haus und den Stall. Sehr gepflegt. Frische Farbe, weder Unkraut oder Pferdeäpfel, noch herumliegende verrostete Teile oder Metallstückchen waren zu sehen. Die Ordnung war ihm unangenehm – als würde er nicht in seine Haut passen. Er schaute hinab und versuchte, die Scham zu vermeiden. Doch der Anblick seiner über den Zehen geöffneten Stiefel machte das Gefühl nur noch schlimmer.

Also musterte er Thompsons breiten Rücken – er traute ihm nicht. Jack war sich nicht sicher, wohin sie der Mann brachte, und er wollte weglaufen können, falls es nötig war.

Blumen. Jack entdeckte kleine grüne Knospen an den Fliederbüschen und zuckte zusammen. Er versuchte, der Erinnerung zu entkommen, aber sie bohrte sich schlimmer als die Zähne eines beißenden Hundes in ihn. Er konnte sie nicht abschütteln. Seine Ma hatte Flieder immer geliebt, aber in der Raserei seiner Trunkenheit hatte sein Vater die Büsche ausgerissen, die sie gepflanzt hatte. Sie hatte es nie wieder versucht.

Aber jeden Frühling hatte Jack die blühenden Zweige in den Gärten anderer Leute abgeschnitten und sie ihr gebracht. Seit ihrem Tod lösten die duftenden Blüten immer einen Schmerz in ihm aus.

Thompson führte sie um die Ecke der langen weißen Schlafbaracke hinter der Veranda. Abseits vom großen Haus und dem Stall, und gegenüber den Bergen, stand ein hoher Zaun, der eine Pferdetränke mit einem Pumpaggregat an einem Ende abschirmte. Jack versuchte herauszufinden, warum es hier eine Pferdetränke gab, wenn Thompson doch schon eine vor dem Stall hatte.

Thompson deutete auf die Pumpe. „Du da", er zeigte auf Tim, „wie wäre es, wenn du die Wanne füllen würdest?"

Tim warf Jack einen Blick zu.

Die Aufforderung des Mannes schien ziemlich harmlos zu sein und er nickte seinem Bruder zu.

Tim trat heran und pumpte Wasser heraus.

Jack sah zu und wünschte sich, seine Ma hätte so eine gehabt. Wasser aus dem Bächlein zu holen, war mit Sicherheit ein ganz schöner Aufwand gewesen.

„Hier waschen sich die Männer", erklärte Thompson. „Ich habe Harry ins Haus geschickt, damit er ein paar Eimer Wasser heiß macht. In der Zwischenzeit zieht ihr Jungs euch aus."

Ausziehen? Baden? Das kam nicht in Frage! Er würde auf den Sommer warten und im Bach schwimmen. Davon wurde er normalerweise sauber genug. Nicht einmal der Witwe Murphy war es gelungen, die Zwillinge zum Baden zu zwingen. „Ich nehme kein Bad."

Dieser Thompson schaute ihn an, wobei seine grauen Augen so scharf wie die Scherbe eines zerbrochenen Spiegels wirkten. „Oh doch, das tust du, mein Junge."

Jack gefiel es nicht, wie die ruhige Stimme des Mannes dem Blick in seinen Augen widersprach. *Er ist ganz schön groß.*

Vielleicht ist es keine gute Idee, sich ihm zu widersetzen, flüsterte ihm eine innere Stimme zu. Er schob den Gedanken beiseite. *Jetzt nachgeben, wer weiß, was dann als Nächstes geschieht!* „Ich nehme kein Bad."

Thompson ignorierte ihn und wandte sich ab. „Daniel, du zuerst."

Der Junge nickte und fummelte an seiner Krawatte. ·

Feigling, dachte Jack.

Thompson tippte auf einen der am Zaun angebrachten Metallhaken. „Hänge deine Kleidung hier auf!"

„*Sí,* ich meine, ja, Sir."

Jack räusperte sich. „Ich habe es schon gesagt: Ich nehme kein Bad."

„Willst du was essen?"

„Lieber verhungern."

„Wie schade. Du lässt dir Mrs Toffels Huhn mit Klößen entgehen. Und ich wette, zum Nachtisch hat sie Apfelkuchen gebacken."

Jack geriet ins Schwanken. Apfelkuchen lief ihm nicht sehr oft über den Weg, aber er erinnerte sich noch sehr deutlich an diese wenigen Male. Meistens waren es Geburtstage. Seine Ma hatte immer versucht, einen Kuchen zum Geburtstag der Zwillinge zu backen. Es war schon lange her, seit er das letzte Stück gegessen hatte. „Ich wasche mir die Hände und das Gesicht", gab er nach. Schließlich hatte Ma immer verlangt, dass er sich vor dem Abendessen wusch. Hier konnte er das genauso gut machen.

Der große Mann ließ seine Hand auf Jacks Schulter sinken und drückte zu. Nicht so hart und schmerzhaft wie sein Pa es getan hätte. Aber Jack verstand die Warnung.

„Sieh es mal so, mein Junge: Du hast die Wahl. Entweder ziehst du dir deine Kleidung aus und wäscht dich überall, oder *ich* werde dich abschrubben. Und ich bin nicht zimperlich mit Seife und Scheuerbürste."

Schritte auf der Veranda der Schlafbaracke und klirrende Sporen verkündeten das Eintreffen einer Gruppe von Cowboys. Ein kleiner, stämmiger Mann mit Hasenzähnen stellte sich neben Thompson. „Ach, was haben wir denn da?"

Thompson schaute Jack an und ließ ihm eine stille Botschaft zukommen. „Gesellschaft. Die gleich ein Bad nehmen wird."

Jack nahm die drei anderen Männer neben Thompson wahr und wusste, dass er unterlegen war. Vielleicht konnte er Thompson entkommen, aber nicht allen Arbeitern. Die Vorstellung, zu Boden gerungen, ausgezogen und in die Tränke geworfen zu werden, schnürte ihm die Luft wie ein Galgenstrick ab. Heute würde er die Sache mit dem Bad einmal über sich ergehen lassen – und sich ein Stück Apfelkuchen gönnen. Aber zu viel Seife und Wasser würde ihn vielleicht veranlassen, sich Tim zu schnappen und sich auf und davon in die Hügel zu machen.

Ein friedliches Gefühl glühte wie ein aus der Asche befreites Stück Kohle in Samanthas Bauch auf und ließ nach und nach die Anspannung von ihr abfallen. Mit einem zufriedenen Seufzen lehnte sie sich gegen den Ohrensessel aus rosarotem Samt in Wyatts Salon und genoss die Wärme, die aus seinem Kamin drang. Morgen erwarteten sie so einige Herausforderungen. Aber jetzt, da sie sauber und gut genährt und die Kinder im Bett waren, konnte sie diese Minuten auskosten, bevor sie sich zum Schlafen zurückzog.

Ihr gegenüber stand ein passender Ohrensessel mit einem Gobelinkissen, auf das eine Provence-Rose in Rosa- und Rottönen gestickt war. Auf dem riesigen Kaminsims standen

Vasen, die ebenfalls mit Rosen verziert waren. Das Portrait über dem Kaminsims weckte ihre Aufmerksamkeit.

Christines Mutter. Das erkannte sie an den lockigen blonden Haaren und den großen blauen Augen. Das rosafarbene Kleid mit Tournüre, das die Frau trug, passte zu den Rosen, die sie in der Hand hielt. *Vermisst Wyatt sie noch immer?*

Samantha beneidete ihn darum, dass er ein Portrait von seiner Frau besaß. Juan-Carlos hatte nie Portrait gesessen oder eine Fotografie von sich machen lassen. Sie hatten immer vorgehabt …

Das Geräusch von verhaltenen Schritten riss sie aus ihren Gedanken.

Wyatt. Sie kannte den Klang seiner Schritte bereits. Er betrat den Raum und versuchte, eine Tasse mit Untertasse in jeder Hand im Gleichgewicht zu halten. Vor dem Essen hatte er den Jungen dabei geholfen, ein Bad zu nehmen und hatte dann selbst gebadet. Mit seinem hinter den Ohren zurückgelegten dunklen Haar und in dem sauberen grauen Hemd, das seine Augen versilberte, sorgte er für männliche Präsenz in dem frauenhaften Raum.

Samantha wandte den Blick ab, da es ihr unangenehm war, dass sie sich seiner Anwesenheit so bewusst war.

„Ich dachte, wir sollten unseren ersten Abend mit einer Tasse heißer Schokolade feiern."

„Heiße Schokolade." Sie setzte sich auf. „Oh, ich habe schon so lange keine mehr getrunken."

„Gut." Er reichte ihr die Tasse und die Untertasse, bevor er sich in dem Ohrensessel ihr gegenüber ausstreckte. Ein schelmisches Lächeln erhellte sein Gesicht. „Sagen Sie das nicht den Kindern. Christine würde es mir nie verzeihen, dass ich ihr so eine Köstlichkeit vorenthalten habe."

Samantha lachte. „Daniel auch nicht." Sie hob die Tasse an die Lippen und nippte daran. Der vollmundige Kakaogeschmack rann über ihre Zunge und weckte süße

Erinnerungen aus der Vergangenheit. „Das letzte Mal, das ich heiße Schokolade getrunken habe, war am Weihnachtsfest bevor mein Mann starb."

„Ich hoffe, ich habe keine traurigen Erinnerungen geweckt."

„Ganz im Gegenteil. Wir haben in Argentinien nur selten heiße Schokolade getrunken. Aber als Kind habe ich das Getränk recht oft in Deutschland getrunken." Sie lächelte ihn an. „Die Deutschen machen die beste Schokolade. Unglaublich köstlich. Damals habe ich sie für etwas ganz Selbstverständliches gehalten. Mir war nicht bewusst, wie verwöhnt ich war."

„Deutschland, Argentinien. Sie sind ja ganz schön reiselustig."

„Mein Vater war Mitglied des Diplomatischen Corps. Wir haben überall gelebt. Ich habe nur ein paar Jahre in den Vereinigten Staaten gelebt."

„Das Leben auf einer Ranch in Montana wird ganz anders für Sie sein."

Irgendetwas in seiner Stimme veranlasste sie, den Kopf schief zu legen. Aber sein freundlicher Gesichtsausdruck blieb unverändert. „Ich freue mich auf die Veränderung. Diese Situation wird sich nicht so sehr von dem unterscheiden, an das ich gewöhnt bin. Ich habe die letzten zwei Jahre auf der Ranch meines Schwiegervaters verbracht."

Stille trat ein, während sie ihre heiße Schokolade tranken.

Samantha genoss die letzten Schlucke, bevor sie Tasse und Untertasse auf der Marmorplatte des Beistelltisches abstellte. „Das war wunderbar. Ganz anders als der *Yerba Mate*, den die Argentinier immerzu trinken."

„*Yerba Mate*?"

„Ja, ein getrocknetes Kraut, das in einem Kürbis aufgegossen und dann durch eine silberne *Bombilla* – so etwas wie ein Strohhalm mit einem Netz am Ende – in kleinen Schlucken getrunken wird." Sie kräuselte die Nase. „Oft teilt man sich einen. Einer trinkt und reicht die *Bombilla* dann an den Nächsten weiter. Ich habe nie Geschmack an dem Getränk gefunden."

„Wenn wir heiße Schokolade in einem Kürbis zubereiten würden, dann ..."

„Eigentlich haben nur die Arbeiter den *Mate* aus Kürbissen getrunken. Wir haben Silbergefäße benutzt."

„Mir gefällt die Vorstellung vom Teilen."

„Nicht mit meinem Schwiegervater, glauben Sie mir das!"

Ein halbes Lächeln umspielte seine Lippen. „Ich meinte, eine *Bombilla* mit Ihnen zu teilen ... an Schokolade zu nippen ..."

Sein Vorschlag war so intim, dass die friedliche Kohle in ihrem Bauch hoch aufflammte. Sie konnte spüren, wie ihre Wangen sich röteten, und hoffte, er würde es im Schatten des Feuers nicht bemerken. „Danke für die Schokolade." Sie erhob sich. „Ich hatte einen sehr langen Tag. Ich sollte mich ausruhen."

Langsam erhob sich sein Körper in voller Größe vom Sessel.

Sie eilte schnell auf die Tür zu und versuchte, nicht den Anschein zu machen, dass sie fliehen wollte. Wovor sollte sie schließlich fliehen? *Oder vor wem?*

Ein belustigtes Funkeln trat in seine Augen und verwandelte sich dann in ein Lächeln. „Ich hoffe, Sie werden das Bett für bequem befinden."

„Ich werde auf allem gut schlafen, solange es nicht schaukelt."

Sein Lächeln wurde noch breiter.

Verwirrt nickte sie. „Gute Nacht."

Samantha stürmte durch die Tür. Im Flur angelangt, presste sie sich ihre Hände auf die Wangen, verlangsamte ihren Schritt jedoch nicht. All das, was sie in den letzten Tagen durchgemacht hatte, hatte sie sicherlich aufgewühlt. Harte Arbeit würde sie wieder zur Normalität zurückbringen. Und davon erwartete sie zweifellos genug. Es gab keine Zeit, um sich von ihrem attraktiven Nachbarn ablenken zu lassen.

Am nächsten Tag tauchte Samantha ihre Scheuerbürste in den zinnernen Eimer voller Schmutzwasser und kräuselte die Nase angesichts ihrer roten, vom Wasser verschrumpelten Hände. Das Leben auf der *Estancia* hatte ihre Haut weicher gemacht. Beim stundenlangen Schuften hatte sie das Brennen der Laugenseife ignoriert, aber jetzt wurde die Reizung immer schlimmer.

Sie raffte sich auf und drückte sich die Fäuste ins Kreuz. Endlich hatte sie die Küche zu ihrer Zufriedenheit gereinigt. Sie war sich ihrer schmerzenden Muskeln bewusst, als sie sich in ihrem neuen Heim umsah. Alles war so sauber, wie es Seife, Wasser und zwei Paar Frauenhände erlaubten. Wie viel erfüllender war es doch, in ihrem eigenen Haus zu arbeiten − ganz gleich, wie bescheiden es war − anstatt sich im luxuriösen Gefängnis der *Estancia* ihres Schwiegervaters zu erholen.

Sie begegnete dem schüchternen Blick von Maria am anderen Ende des Zimmers und die beiden Frauen drückten sich schweigend ihre Anerkennung aus. „Das Haus eignet sich wieder zum Wohnen", sagte sie auf Spanisch zu Maria. „Nach dem Essen können wir im Wohnzimmer anfangen."

Samantha schaute sich prüfend im Raum um. Die Küche sah jetzt größer aus, da Wyatt und Manuel Ezras Bett und Stuhl in eines der Schlafzimmer nach oben gebracht hatten.

In einer Wedgwood-Kanne aus blauer Emaille köchelte Kaffee auf dem frisch geschwärzten Ofen vor sich hin und lud sie dazu ein, sich zu setzen und eine Tasse zu trinken. Sonnenlicht funkelte durch die sauberen Fenster und erhellte den ganzen Raum. Eine weiße Leinentischdecke bedeckte den zerkratzten Fichtentisch, der jetzt mit Blue Willow-Geschirr gedeckt war.

Am frühen Morgen hatte Christine einen Armvoll roter Tulpen für Samantha gepflückt, bevor sie sich auf den Weg zur Schule gemacht hatte. Der Strauß füllte die geschliffene Glasvase in der Tischmitte und gab der Küche Farbe. Samantha hatte die Vase in den Jahren auf der *Estancia* weggepackt. Jetzt hatte ihr wertvolles Eigentum endlich einen Platz zum Strahlen.

Plötzlich musste sie einen Kloß im Hals herunterschlucken, als sie sich daran erinnerte, wie ihre Mutter in dieser Vase Blumen aufstellte. Eine vertraute Traurigkeit legte einen Schleier auf ihre Augen und sie wünschte sich, ihre Mutter wäre hier bei ihr. Sie hätte Montana geliebt.

Samantha hob das Kinn und sog die Luft ein, die nach Seife und Ammoniak roch. Sie tröstete sich mit dem Gedanken, dass ihre Mutter vielleicht noch immer über sie und Daniel wachte. Manchmal glaubte sie, Mamas Anwesenheit sogar spüren zu können.

Ein Hagel aus Hammerschlägen trieb sie ans Fenster, um zu Wyatt hinauszuspähen. Er hatte sich angeboten, heute Vormittag die Brücke zu reparieren. Sie hatte gezögert und darauf bestanden, dass er schon genug für sie getan hatte. Daraufhin hatte er erklärt, dass Christine nicht über eine unsichere Brücke reiten oder sich verletzen sollte, wenn sie über das morsche Holz der Veranda lief. Natürlich hatte Samantha sich seinen Argumenten beugen müssen.

Auf einem Knie hockend, nagelte Wyatt die neuen Bretter fest. Selbst aus der Ferne konnte sie sehen, wie sich seine Muskeln an Rücken und Armen bei jedem Hammerschlag spannten. Ihr Herzschlag pochte im Takt mit der rhythmischen Bewegung.

Als hätte er ihren prüfenden Blick gespürt, hielt er inne und warf ihr ein Lächeln zu, bevor er seine Arbeit wieder aufnahm.

Verwirrt wandte sie sich vom Fenster ab. „Schenk bitte den Kaffee ein", sagte Samantha zu Maria. „Die Männer und die Jungen werden hungrig sein. Ich rufe sie herein und wir können Mrs Toffels Proviantkorb öffnen."

Sie ging mit behutsamen Schritten hinaus auf die Veranda vor dem Haus. Sie legte sich die Hände trichterförmig um den Mund und rief: „Zeit zum Essen!"

Um die Ecke des Hauses herum klopften die Jungen den Staub aus den Läufern. Sie hörte Daniel jauchzen und schreien. „Kommt schon! Lasst uns gehen!"

Wyatt nickte ihr von der Brücke aus zu. „Bin gleich da", rief er.

Samantha lächelte und ging wieder ins Haus. Innerhalb weniger Minuten würde eine hungrige Horde hereinbrechen. Aber Mrs Toffels hatte genug Essen eingepackt: Brathähnchen, gebackene Bohnen, Sauerteigkekse, winzige Mohrrüben, eine Kanne Limonade und zwei Apfelkuchen – genug um eine Armee zu versorgen.

Sie hielt die Luft an, als sie das Klappern auf der Veranda hörte. Nur noch ein paar Stunden und sie würde sich keine Sorgen mehr machen müssen, dass jemand durch das morsche Holz fallen und sich ein Bein brechen könnte. Wyatts Hilfe war ein unerwarteter Segen. Irgendwie würde sie sich für seine Liebenswürdigkeit bedanken müssen.

Die drei Jungen erschienen in der Küche.

Sie lächelte und atmete tief aus. „Wascht euch, bitte!"

Daniel meldete sich zu Wort: „Wir haben uns in der Pferdetränke gewaschen."

„Naja, ihr könnt euch einfach noch einmal waschen. Richtig. Mit Seife und sauberem Wasser. Und einem Handtuch."

Die beiden Zwillinge sahen rebellisch aus.

„Mrs Toffels hat Apfelkuchen für uns gebacken. Es wäre wirklich eine Sünde, ihn wegzuwerfen, weil ihr Jungs euch nicht saubergemacht habt."

Wyatts Stimme ertönte. „Wegwerfen würden wir ihn nicht. Manuel und ich können die Stücke der Jungen essen." Er wechselte einen amüsierten Blick mit ihr.

Daniel schlitterte an ihr vorbei in Richtung Spülbecken. „Ich wasche mich sofort."

Samantha stemmte die Hände in die Hüften und betrachtet die Zwillinge. „Nun, Jungs?"

Jack nickte und ging um sie herum Daniel hinterher.

Tim schloss sich hinten an.

Na bitte. Überzeugungskraft und eine Spur von Bestechung. Das funktioniert immer.

Samantha verteilte das Huhn und die restlichen Speisen, während Maria Kaffee und Limonade einschenkte.

Die Jungen wuschen sich eilig und kletterten auf ihre Stühle.

Manuel und Maria ließen sich zwischen Tim und Jack nieder.

Wyatt rückte einen Stuhl für Samantha zurecht und sie lächelte ihn an. „Danke!"

Jack streckte den Arm aus, um sich vom Huhn zu nehmen.

Samantha berührte seine Hand. „Zuerst danken wir Gott." Sie sah zu Wyatt hinüber. „Mr Thompson, sprechen Sie das Gebet?"

Er nickte, faltete die Hände und schloss die Augen.

Als seine klangvolle Stimme ein einfaches Gebet aufsagte, fühlte Samanthas Herz sich erfüllt an. Sie hatte einen guten Nachbarn, jede Menge Essen auf dem Tisch und ihren Sohn sowie die ersten beiden von ihren Jungen um sich herum. Ihr Traum wurde wahr.

Unter gesenkten Lidern schaute sie über den Tisch hinweg zu Wyatt und ihre Brust schwoll voller Wärme an. *Wenn unsere Mahlzeiten doch bloß immer so sein könnten.* Sie wagte es nicht, ihren Gedanken fortzusetzen.

Als hätten sie sich nicht gerade erst den Bauch mit Mrs Toffels ausgiebigem Frühstück vollgeschlagen, sondern seit Jahren nichts gegessen, stürzten sich die Zwillinge auf das Hähnchen und die Bohnen. Sie hatte geplant, in den nächsten Tagen an ihren miserablen Tischmanieren zu arbeiten. Ihre erste Aufgabe war es, ein bisschen Fleisch auf ihre mageren Knochen zu bekommen und ihnen zu versichern, dass sie nie wieder Hunger leiden würden. Mit Ausnahme ihrer Bitten um Nachschlag, aßen sie ihre Mahlzeit schweigend, denn sie waren alle zu hungrig zum Reden. Als sein Hunger gestillt war, begann Daniel sprudelnd von den Taten der Jungen zu berichten und er stellte Wyatt jede Menge Fragen.

Samantha freute es zu sehen, wie geduldig der Mann antwortete. Ihr Schwiegervater war immer über Daniels Fragen hinweggegangen oder hatte ihm befohlen, still zu sein – welch ein grausames Verhalten! Das Schweigen hatte nie in der Natur ihres Sohnes gelegen.

Samantha wartete, bis die Jungen mit ihrem Apfelkuchen recht weit waren. „Morgen ist Schule für euch drei."

Daniel zuckte angesichts des Unvermeidlichen resigniert mit den Schultern.

Jack hielt den Blick auf seinen Teller gerichtet. „Ich gehe zu keiner Schule."

Tim murmelte mit vollem Mund: „Ich auch nicht."

Samantha bemühte sich um einen beiläufigen Ton. „Natürlich geht ihr. Schule ist wichtig."

Jack zog den Kopf ein und sagte: „Unser Pa hielt nichts vom Bücherlernen. Sagte, das macht uns zu Faulpelzen."

Wyatt warf ihr über den Tisch hinweg einen Blick zu. Sie wandte die Augen ab und wünschte, er würde nicht Zeuge ihres ersten Machtkampfes mit den Zwillingen werden. Sie wollte nicht, dass er dachte, er hätte mit seiner Meinung über die Aufnahme der Jungen Recht gehabt. Und genauso wenig wollte sie, dass er eingriff. Hiermit musste sie allein zurechtkommen. „Seid ihr beiden jemals zur Schule gegangen?"

„Als wir klein waren und Ma noch gelebt hat", sagte Tim.

„Es hört sich ganz so an, als wäre eurer Ma Bildung wichtig gewesen. Meint ihr nicht, sie würde sich wünschen, dass ihr jetzt, da ihr die Chance habt, die Schule besucht?"

Jack schüttelte den Kopf. „Ich gehe zu keiner Schule."

„Ich auch nicht", stimmte Tim zu.

Samantha fiel ein, wie sie vorher versucht hatte, sie dazu zu bekommen, sich zu waschen. Sie brauchte ein Bestechungsmittel. Obwohl sie nicht auf solche Erziehungsmethoden zurückgreifen wollte, machte die Situation manchmal solche Taktiken erforderlich. „Bevor ich euch zur Schule bringe", sagte sie zu Jack, „machen wir einen Abstecher zum Geschäft und besorgen euch neue Kleidung und alles Nötige für die Schule."

„Ich brauch keine neuen Kleider. Ich gehe zu keiner Schule."

„Aber hättest du denn nicht *gerne* neue Kleider? Neue Schuhe?"

Auf der anderen Seite des Tisches sah sie Tim, offensichtlich ins Schwanken geraten, schlucken.

Als hätte er gespürt, dass sein Bruder schwächelte, presste Jack seine Lippen zu einer verbissenen Linie zusammen. „Wir gehen zu keiner verdammten Schule." Er schob seinen leeren Teller über den Tisch und stieß mit der Kante gegen die Vase mit den Tulpen. Der Inhalt schwappte über.

Samantha keuchte.

Als die Vase schwankte, schoss Wyatts Arm hervor und seine Hand griff zu dem Glas, bevor es umfiel.

Mit langsamer Präzision richtete Wyatt die Vase auf. Dann riss er sich die Serviette herunter und schob den Stuhl lautstark zurück. Er ging zu Jack, legte dem Jungen eine Hand auf die Schulter und drehte ihn auf seinem Stuhl herum. „Das reicht jetzt mit deiner Sprache und deinem Benehmen. Hier gibt es Damen."

Maria sprang auf und beugte sich über den Tisch, um die verstreuten Blüten aufzusammeln.

Wyatt zog den Stuhl vom Tisch weg, damit Maria mehr Platz hatte. „Ihr beiden werdet zur Schule gehen – auch wenn ich dafür rüberkommen, euch an Händen und Füßen fesseln und in die Stadt schleppen muss. Ist das klar?"

Jack nickte und die Verdrossenheit vom Vortag kehrte auf sein Gesicht zurück.

Wyatt schaute zu Tim und wartete auf seine Zustimmung.

Tim nickte mit bekümmerter Miene.

Sobald Wyatt aufgestanden war, hatte sich Samantha der Magen umgedreht. Auch wenn sie erleichtert war, dass die Zwillinge sich gefügt hatten, so ärgerte sie sich doch über Wyatts Eingreifen. Hätte sie noch weiter auf die Jungen eingeredet, hätten sie sicher eingewilligt, zur Schule zu gehen.

Aber was, wenn sie es nicht getan hätten?

Samantha verdrängte den Gedanken. Sie musste ein ernstes Wörtchen mit Wyatt reden.

Wyatt versenkte den letzten Nagel in der Veranda. Er seufzte erschöpft, wischte sich mit dem Ärmel über das Gesicht und lehnte sich an das verstärkte Geländer. In ein paar Minuten musste er los, um Christine von der Schule abzuholen, aber erst einmal genoss er den Frieden, obwohl das Leben auf einer Ranch nie ganz ruhig war.

Er hörte das Brausen des Flusses, der von den nahegelegenen Bergen kommend durch die Landschaft rauschte. Am Ziegengehege zeugte Gemecker davon, dass die Tiere am Morgen hierher getrieben worden waren. Im Haus sprachen die Frauen auf Spanisch miteinander und die weichen Worte überschlugen sich fast.

Er fragte sich, wie die Situation auf seiner Ranch war. Er hatte dort viel zu tun, und doch war er hier und besserte das Anwesen von jemand anderem aus. *Dein zukünftiges Anwesen*, rief er sich in Erinnerung.

Durch die offene Tür hörte er Schritte. *Samantha.* Er kam auf die Beine.

Sie trat nach draußen. „Mr Thompson, möchten Sie Limonade?"

Er drehte sich um und schaute sie an.

Sie hielt ihm ein Glas hin. Ihre Hände berührten sich, als er zum Glas griff, und sie wurde rot.

Er nickte dankend und setzte zum Trinken an, dankbar für die stechend saure Flüssigkeit. Nachdem er das Glas zur Hälfte geleert hatte, hielt er inne und begutachtete Samantha. Die fleckige, schmutzige Schürze, die sie über ihrem schwarzen Kleid trug, zeugte von ihrer harten Arbeit. Der Staub zeichnete die Umrisse ihres Kiefers unter ihrer Wange nach.

Bevor er sich zurückhalten konnte, hatte er die Hand ausgestreckt. Mit einem Finger strich er ihr über das Gesicht und folgte der Schmutzspur. Ein unerwarteter Stromschlag fuhr durch seine Finger. Er umschloss ihr Kinn und wünschte sich, er könnte sie nach vorn ziehen und sie küssen.

Als hätte Samantha die gleichen Funken gespürt, weiteten

sich ihre Pupillen und ihre weichen rosa Lippen teilten sich. Dann wich sie zurück und ging auf Abstand.

„Sie haben Staub im Gesicht. Ich wollte nur den Schmutz abwischen."

„Oh." Sie griff zum Rand ihrer Schürze und rubbelte sich die Haut ab. Versuchte sie, seine Berührung abzuwischen? Ihre Wangen waren rot, als sie die Schürze fallen ließ. „Besser?"

„Ja." Besser, dass er sich nicht von einem Schmutzfleck hatte ködern lassen.

Samantha holte tief Luft.

Er beobachtete, wie sich ihr Busen hob und senkte. Sie würde zauberhaft in einem ausgeschnittenen Kleid aussehen. Hellblaue Seide. Wie das Lieblingsstück von Alicia. Aber die Erinnerung an seine Frau kühlte seine Gedanken ab. Er hob das Glas, trank die restliche Limonade aus und gab ihr dann das Glas zurück. „Danke. Ich gehe jetzt besser. Ich muss Christine abholen."

„Mr Thompson." Samantha faltete beide Hände vor sich.

„Nennen Sie mich Wyatt."

„Wyatt. Ich möchte Ihnen für alles danken, was Sie für uns getan haben. Sie sind ein guter Nachbar gewesen und ich weiß nicht, wie ich mich revanchieren kann."

„Wir hier draußen kümmern uns umeinander."

„Trotzdem bin ich sehr dankbar."

Er schaute sich um und sah, wie viel Arbeit noch geleistet werden musste. „Vielleicht haben Sie mehr abgebissen, als Sie essen können."

Sie verspannte sich. Wut blitzte in ihren Augen auf und trat an die Stelle der Dankbarkeit, die er in ihrem Blick gesehen hatte. „Ich habe Zähne aus Stahl." Sie entblößte sie ihm.

Er konnte das Lachen, das tief aus seinem Bauch kam, nicht unterdrücken. *Die Frau hat Temperament.* „Es ist ja nicht Ihre Fähigkeit zu beißen, die ich anzweifle."

Sie hob das Kinn.

„Diese Zwillinge sind schwierig. Es wird nur noch schlimmer werden, weil sie keinen Mann bei sich haben, der sie unter Kontrolle hält."

„Sie haben Ihre Ansichten klar gemacht."

Ihr Ton erstickte sein Gelächter. „Aber Sie haben nicht zugehört."

„Ich brauche weder Ihre Ratschläge noch Ihre Einmischung beim Umgang mit den Zwillingen."

„Einmischung?" Die Wut stieg in seiner Brust hoch. Merkte die Frau denn nicht, dass sie sich übernommen hatte? Es würde ihr nie gelingen, mit diesen Jungen zurecht zu kommen.

„Ich hätte sie in Hinsicht auf die Schule noch umgestimmt. Ich hätte nur noch ein bisschen Zeit gebraucht. Und dann haben *Sie* eingegriffen."

„Zum Glück. Ich gehe zu keiner Schule", äffte Wyatt Jack nach. „Er hat seine Hacken wie ein dickköpfiges Kalb in den Boden gestemmt. Wenn so etwas passiert, muss man sie einfangen."

„Die Jungen sind keine Tiere."

„Manchmal benehmen sie sich so."

„Man kann ihnen gute Manieren beibringen."

„Ich sage ja nicht, dass man sie nicht ein bisschen zähmen kann." Trotz all seinem Zorn über sie, bewunderte er trotzdem, wie die Wut Samanthas hübsches Angesicht zu wahrer Schönheit aufflammen ließ. Ihre blauen Augen funkelten, ein Pfirsichton belebte ihre blasse Haut und ihr feuerrotes Haar formte sich knisternd um ihren Kopf herum zu einer Strahlenkrone. Ihre Brust schwoll vor Empörung an. *Es lohnt sich fast, mit ihr zu streiten, um ihre Reaktion zu sehen.* „Allerdings haben Sie jede Menge Verantwortung übernommen."

„Damit werde ich schon fertig."

Dickköpfige Frau.

„Die Jungen müssen es lernen, auf *mich* zu hören", sagte sie. „Und das werden sie nicht, wenn Sie sich weiterhin einschalten."

Er hob als Zeichen der Kapitulation beide Hände hoch. „Gut. Sie kümmern sich um sie. Aber kommen Sie nicht zu mir angerannt, wenn sie Ihnen aus dem Ruder laufen und Ihren Sohn mitgenommen haben."

„Darüber brauchen Sie sich keine Gedanken zu machen."

Er nahm seinen Stetson vom Geländer und setzte sich den Hut auf den Kopf. „Einen schönen Tag, Mrs Rodriguez." Er drehte sich um und ging davon, ohne sich noch einmal umzusehen.

In Ordnung. Lass sie allein siegen oder untergehen! Wenn sie untergeht, kaufe ich ihre Ranch.

Aber aus irgendeinem Grund verschaffte ihm dieser Gedanke nicht mehr die gleiche Befriedigung wie früher.

Kapitel Neun

Je näher sie der Stadt kamen, desto zappeliger wurde Daniel. Als er mit dem Ellenbogen in ihre Seite stieß, seufzte Samantha ungeduldig. Sie nahm die Zügel der Kutsche in eine Hand und tätschelte sein Knie. „Daniel, warum bist du so unruhig?"

Er zuckte die Schultern, aber seine Augenbrauen hoben sich – ein klares Zeichen von Kummer.

Um ihn zu beruhigen, sagte sie: „Ich erinnere mich daran, dass ich jedes Mal nervös war, wenn ich eine neue Schule in einem neuen Land besuchen musste. Es ist nicht leicht … wenn man die Routine nicht kennt und keine Freunde hat. Wenigstens kannst du die Sprache."

Er schaute zu ihr auf und seine blauen Augen wirkten verletzlich.

Ihr Herz zog sich zusammen. Als sie noch in Argentinien in der Stadt lebten, hatte Daniel die Schule gefallen. Er hatte jede Menge Freunde und einen netten Lehrer gehabt. Aber auf der *Estancia* hatte der Hauslehrer die anderen Enkel bevorzugt. Seine Cousins waren ihm gegenüber grausam oder gleichgültig gewesen und in den letzten zwei Jahren hatte sie mitangesehen, wie der heitere Übermut ihres Sohnes immer weiter in sich zusammenbrach.

Sie drückte sein Knie. „Hier ist die Schule bestimmt anders.

Du hast schon mit Christine Freundschaft geschlossen."

„Ach, sie ist doch ein Mädchen!"

Samanthas Lippen zuckten, als sie versuchte, ihr Lächeln zu verbergen. „Was ist mit Jack und Tim?"

„Sie mögen mich nicht."

„Das werden sie schon noch. Gib ihnen nur Zeit."

„Und wenn es nicht so ist?"

Sie verstand seine ungesagten Worte. Seine Cousins hatten das nie getan.

Sie schaute zu den Zwillingen, die jeweils auf einem von Ezras Pferden ritten. Beide ritten sicher und mühelos, saßen aber etwas zusammengesackt im Sattel. Aus ihren zu kurzen Ärmeln ragten knochige Handgelenke und Hände hervor, während die aufgeschlitzten Stiefel in den Steigbügeln ruhten.

Sie beugte sich näher zu ihm. „Jack und Tim haben in ihrem gesamten Leben nicht viel Liebe erhalten. Sie haben auch nicht sehr oft die Schule besucht. Das hier ist für sie fast genauso neu wie für dich."

Plötzlich leuchtete sein Gesicht hoffnungsvoll auf.

„Ehrlich gesagt …", ihre Stimme wurde zu einem vertraulichen Flüstern, „denke ich, sie haben vielleicht auch Angst. Ich bin mir sicher, dass die anderen Kinder sich schon früher über sie lustig gemacht haben … mit einem betrunkenen Vater und zu kleiner Kleidung. Bestimmt brauchen Sie genauso dringend Freunde wie du."

„Meinst du?"

„Ganz sicher."

Daniel holte langsam und tief Luft und ließ sich wieder in den Wagensitz zurückfallen. Er hatte nichts gesagt, aber Samantha konnte sehen, dass sie ihm neuen Stoff zum Nachdenken geliefert hatte.

Wenn ich meine Sorgen nur genauso leicht loswerden könnte. Was war, wenn die Kinder sich über ihn lustig machen würden?

Oder über die Zwillinge? Was war, wenn der Lehrer Vorurteile hatte? Die Sorge beschäftigte sie, bis sie den Stadtrand erreichten.

Viele Menschen, die ihren Geschäften nachgingen, blieben stehen, um die Falabellas zu betrachten. Ein paar Kinder, die unter der großen Eiche neben der Schule spielten, lachten und liefen auf sie zu.

Samantha zügelte die Pferde, damit sie langsam liefen. Bis sie beim Geschäft angelangt waren, hatte eine murmelnde Traube von Menschen sie umringt.

Chico, der immer gern im Rampenlicht stand, streckte seinen Hals und warf seine schwarze Mähne zurück. Die graue Mariposa an seiner Seite trottete gesetzter vor sich hin.

Samantha hielt vor dem Geschäft. „Ist schon in Ordnung", rief sie den Kindern zu. „Ihr dürft sie streicheln."

Sie legte ihrem Sohn die Hand auf die Schulter. „Das ist Daniel. Er erzählt euch alles über sie." Sie stieg aus der Kutsche und reichte dem Jungen die Zügel. „Du bleibst bitte mit den Pferden hier, mein Sohn. Die Zwillinge müssen mit mir reingehen."

Daniel nickte. Die anderen Kinder bestürmten ihn sofort mit einem Haufen Fragen. Er schaute auf und sah glücklich und zufrieden aus. Chico und Mariposa würden ihrem Sohn den Weg ebnen. Aber was war mit den anderen Jungen?

Als sie in Jacks grüne Augen blickte, sah sie, dass ihm das Absteigen widerstrebte. Ein kurzer Blick auf Tims Gesicht zeigte ihr, dass er seine Gefühle von der Welt abgeschottet hatte. Sie machte ihnen keinen Vorwurf daraus, dass die den neugierigen Blicken und dem Getuschel entkommen wollten. Oder daraus, dass sie Mrs Cobb nicht die Stirn bieten wollten. Auch *sie* wollte der Frau am liebsten nicht begegnen. Samantha richtete sich auf und deutete mit einem Nicken auf das Geschäft, als würde sie die Zwillinge dazu drängen, ihr zu gehorchen. „Kommt mit, Jungs."

Langsam stiegen beide von ihren Pferden ab und knoteten die Zügel an die Pferdestange. Sie folgten ihr.

Jetzt zu Mrs Cobb.

Das Ladeninnere hatte sich in den letzten zwei Tagen nicht verändert – ein großes Durcheinander und ein Geruch nach Essig. Dieses Mal fühlte Samantha sich anders: wachsam statt hoffnungsvoll. Sie bezweifelte, dass Mrs Cobb die Anwesenheit der Zwillinge begrüßen würde. Sie wappnete sich genauso wie sie es bei ihrem Schwiegervater getan hatte – umgürtet von einer geistigen Schutzrüstung. Hätte sie doch nur die Jungen beschützen können!

Mrs Cobb eilte aus dem Hinterzimmer und ihr aufgesetztes Lächeln schmolz dahin, als sie die Zwillinge sah. „Bringen Sie diese Raufbolden hier raus!" Als würde sie einen streunenden Hund verjagen, wedelte sie mit den Händen.

Samantha legte jedem der Jungen einen Arm auf die Schulter. Ihre Muskeln spannten sich unter ihren Fingern an. Wie konnte es diese Frau *wagen*, sie wie Tiere zu behandeln? Als Nächstes würde die alte Hexe vielleicht zu einem Besen greifen und anfangen, um sich zu schlagen. Ihre Worte waren eisig. „Diese *Kunden* hier verlangen, *komplett* neu eingekleidet zu werden, bis hin zu ihren Schuhen."

Ihre Worte brachten die Frau dazu, abrupt stehenzubleiben. „Bleibt, wo ihr seid, ihr beiden!" Die Geschäftsinhaberin zeigte auf die Jungen. „Und fasst nichts an! Ich hole Mr Cobb."

Samantha runzelte die Stirn genauso, wie Don Ricardo es immer gemacht hatte, wenn er jemanden einschüchtern wollte.

Mrs Cobb erklärte hastig: „Er ist immer den Männern behilflich."

Samantha hob noch immer die Brauen. „Gut, gut."

Kaum hatte Mrs Cobb den Raum verlassen, drängte

Samantha die Jungen zu den Regalen, in denen die Herrenbekleidung lag. Sie brauchten so vieles, aber da sie sich nicht sicher war, wie es um ihre Finanzen stand, würde sie besser nur ein Stück von allem kaufen. Nach ihrem Treffen mit dem Bankier konnte sie immer noch zurückkommen, um mehr zu kaufen. Ihr Blick wanderte zu der Rolle mit dem grünen Samt. Vielleicht würde sie auch für sich selbst etwas Neues kaufen.

Sie nahm eine blaue Denimhose und hielt sie Jack an die Taille. Zu groß. Sie legte die Hose zur Seite und griff nach einem anderen Paar. Immer noch zu groß.

Von der Tür zum anderen Raum drang Mrs Cobbs schrille Stimme zu ihr: „Oh, Mrs Rodriguez, hier ist mein Mann, um Ihnen zu helfen." Sie ging auf sie zu.

Ein großer, dünner Mann folgte ihr dicht auf den Fersen. Seine rote Knollennase zuckte und er warf den Zwillingen einen herablassenden Blick zu.

Samantha stellten sich die Nackenhaare auf. Sie hob das Kinn und runzelte die Stirn. „Jack und Tim müssen komplett neu eingekleidet werden – von Kopf bis Fuß." Sie beobachtete, wie sich Verachtung und Habgier auf ihren Gesichtern bekriegten.

Die Habgier siegte.

Er zeigte auf eine Reihe Holzregale, die in der Ecke verstaut waren. „Hosen für Jungen sind hier. Der mittlere Stapel müsste ihnen passen."

„Danke!" Samantha bewahrte ihren kühlen Ton, senkte das Kinn jedoch ein Stück. Sie nahm das oberste Paar blaue Denimhosen aus dem Regal und hielt es vor Jack. *Sieht aus, als wäre es die richtige Größe.*

„Halt mal!" Sie reichte ihm die Hosen und nahm noch ein Paar, das sie Tim vor den Körper hielt. *Ja, Länge und Weite stimmen.*

Während sie sich zu einem Ständer mit Hemden

umdrehte, sagte sie: „Ihr beiden braucht Hemden in verschiedenen Farben, damit euer Lehrer euch unterscheiden kann. Blau oder braun, was wollt ihr?" Sie schaute einen nach dem anderen an.

Jack zuckte die Schultern und wich ihrem Blick aus.

Tim, der aussah wie ein Welpe, der Angst hatte, bestraft zu werden, weil er ein Leckerli angenommen hatte, zeigte auf ein braunes Hemd.

Samantha lächelte, nahm das Hemd vom Ständer und hielt es ihm an die Schultern. „Sehr schön." Sie reichte ihm das Kleidungsstück.

Ein schüchternes Lächeln funkelte in Tims grauen Augen und hätte es fast bis zu seinem Mund geschafft. Sein Ausdruck rührte ihr das Herz und sie musste sich zusammenreißen, um ihn nicht in die Arme zu schließen. Eines Tages wollte sie sehen, wie sich ein sorgenloses Grinsen auf seinem Gesicht breitmachte.

Sie wandte sich Jack zu. „Blau für dich." Sie reichte ihm das Hemd.

Hinter ihr räusperte sich Mr Cobb. „Ich kümmere mich um die Unterwäsche."

„Vielen Dank, Mr Cobb. Und wir brauchen für jeden Stiefel und mehrere Paar Strümpfe." Sie erinnerte sich an die Hüte, die sie die Männer hatte tragen sehen. „Und Hüte."

Er ging zu einem Weidenkorb hinüber, der vor Stiefeln überquoll. Er wühlte darin und wählte mehrere Paar aus, dann winkte er die Jungen zu sich. Er stellte einen Stiefel neben Jacks aufgeschlitzten Schuh. „Ist das die neuste Schuhmode, Junge?"

Samantha hätte den Mann am liebsten erdrosselt. Sie ballte die Fäuste, um sich zurückzuhalten. „Mr Cobb, es ist nicht nötig, sich über den Jungen lustig zu machen."

Der Blick des Geschäftsinhabers löste sich von ihrem. Er schüttelte den Kopf. „Falsche Größe." Er versuchte es mit einem anderen Stiefel. „Der müsste gehen. Dein Bruder braucht wahrscheinlich die gleiche Größe."

Nicht mehr viel Zeit. Samantha musste die Kinder in die Schule bringen. Sie wollte mit dem Lehrer reden, bevor der Unterricht losging. „Mr Cobb, die Zwillinge müssen sich umziehen, damit sie in die Schule gehen können."

Er schüttelte so entschieden den Kopf, dass Samantha sich fragte, ob er sich den Nacken verrenkt hatte.

„Bitte, Mr Cobb! Sie können nicht in diesem Aufzug in die Schule gehen."

Er schüttelte wieder den Kopf.

Samantha gab es auf, versöhnlich sein zu wollen. „Mr Cobb, ich glaube kaum, dass Sie eine christliche Haltung zeigen", sagte sie scharf. „Diese Jungen sind Waisen und Reverend Norton hat sie in meine Obhut gegeben. Ich glaube nicht, dass er es schätzen würde, wenn Sie sie keine anständige Kleidung anziehen lassen."

Ein unsicherer Ausdruck huschte über sein Gesicht und er fuhr sich mit der Hand über seinen kahl werdenden Kopf, bevor er wieder seine Frau anschaute.

Sie schüttelte den Kopf.

Samantha spürte, wie sich vor Zorn wieder farbige Flecken auf ihren Wangen bildeten. Mit einer flinken Bewegung riss sie den Jungen die Kleider aus der Hand und warf sie auf den Ladeninhaber. „Behalten Sie sie. Wir bestellen aus dem Katalog. Die Jungen können noch ein paar Wochen warten, bis sie mit der Schule anfangen." Sie packte beide Jungen an der Hand. „Kommt. Wir gehen."

Mr Cobbs Augen blitzen erschreckt auf und er ging ihr aus dem Weg. „Also, Mrs Rodriguez, es ist nicht nötig, überstürzt zu handeln." Die Worte drangen erstickt aus seiner Kehle. Er sah seine Frau ängstlich an.

Daraufhin eilte Mrs Cobb herbei und hob beschwichtigend eine Hand, um Samantha aufzuhalten.

„Mrs Rodriguez. Wir haben voreilig gesprochen. Es ist doch nicht nötig, sich deshalb so aufzuregen."

Samantha presste die Zähne zusammen, um nicht auf den falschen Ton in der Stimme der Frau zu reagieren. „Also erlauben Sie es, dass sie sich umziehen?" Sie deutete mit dem Kopf zur Tür. „Dort."

„Selbstverständlich." Mrs Cobb warf ihrem Mann einen ernsten Blick zu. „Frank, geh mit den Jungen!"

Samantha widerstand dem Drang, sich die Hände abzuwischen. Als sie sich wieder Mrs Cobb zuwandte, tat sie so, als würde sie sich im Laden umsehen, während sie versuchte, ihr Temperament unter Kontrolle zu bekommen.

Einige Zeit später veranlasste sie das Geklapper von mehreren Paar Stiefeln auf dem Holzboden dazu, sich umzudrehen. Die Zwillinge, die nun ihre neue Kleidung trugen, flüchteten vor Mr Cobbs aufgebrachten Versuchen, sie in ihre Richtung zu treiben.

„Vielen Dank, Mr Cobb. Sie können die Jungen jetzt mir überlassen." Sie lächelte stolz. Obwohl sie sich in der steifen neuen Kleidung offenbar nicht ganz wohl fühlten, war ihr missmutiges Aussehen verschwunden. „Sehr gut seht ihr aus, alle beide. Bitte nehmt eure Pferde und sagt Daniel, er soll die Kutsche zum Mietstall bringen. Wir sehen uns dort."

Sie holte tief Luft und wandte sich den Cobbs zu, um ihre Einkaufsliste weiter abzuarbeiten. Die erste Schlacht hatte sie gewonnen. *Jetzt war der Lehrer dran.*

Die Arme voller Schulsachen, eilte Samantha aus dem Geschäft und begab sich zum Mietstall. Als sie die Schotterstraße überquerte, suchte sie sich ihren Weg zwischen den schlammigen Schlaglöchern. Gerade heute musste ihre Kleidung tadellos sein.

Sie sah, wie die drei Jungen vor der weit geöffneten Stalltür auf sie warteten. „Hier, Jungs!", rief sie und hielt die Riemen von drei braunen Umhängetaschen aus Leder hoch. „Eine für dich." Sie reichte sie Jack. „Die hier ist für dich, Tim. Und das ist deine, Daniel."

Daniel spähte hinein. „Bonbons!" Er holte einen Pfefferminzstab heraus.

„Die sind zum Mittagessen. Jeder von euch hat einen. Als Nascherei für euren ersten Schultag."

„Danke, Mama."

„Ihr habt auch je eine Schiefertafel, Kreide, Papier und einen Stift. Und hier sind eure Henkelmänner." Sie reichte jedem eine glänzenden neuen Blechbehälter.

Jack hielt seinen eigenen Pfefferminzstab so, als hätte er noch nie einen gesehen. Sein Blick wanderte zu ihr und dann wieder zu der Süßigkeit.

Sie sah, wie er schluckte, und fragte sich, was er wohl gerade dachte.

„Danke." Das Wort kam ihm wie ein ersticktes Flüstern aus dem Hals.

Seine Dankbarkeit grub sich in Samanthas Herz. Sie hätte Jack am liebsten an sich gezogen und ihn umarmt, doch sie spürte, dass der Moment für so eine mütterliche Geste noch nicht gekommen war. Sie gab sich damit zufrieden, ihn anzulächeln und sanft über sein Haar zu streichen. „Gern geschehen."

Tim scharrte mit den Füßen. „Danke", sprach er dem anderen nach.

„Bitte, Tim. So, jetzt nehmt ihr alle euer Mittagessen aus dem Wagen und packt es in eure Henkelmänner."

Samantha legte einen Arm um Daniel und einen um Tim. Da sie es bereute, keinen dritten Arm zu haben, nahm sie damit vorlieb, Jack ein aufmunterndes Lächeln zuzuwerfen. Sie hob das Kinn, um auf die Schule zu deuten. Schon konnte sie andere Kinder sehen, die auf das weiße Holzgebäude zuliefen. „Kommt mit, Jungs. Eure Lehrerin wartet."

In einem grünen Baumwollkleid mit einer runden Brosche am hohen Kragen stand die Lehrerin auf den schmalen Stufen der Schule und unterhielt sich mit einigen Kindern, während sie eine Klingel in der Hand hielt. Sie sah jung und freundlich aus, aber so etwas konnte sich von einem Moment auf den anderen ändern.

Samantha ging mit angespannten Schultern und gehobenem Kinn auf die Schule zu und ihr Magen schnürte sich zusammen. *Lieber Gott, bitte mach, dass sie lieb zu meinen Jungen ist.*

Aus der Nähe wurde Samanthas Eindruck vom jungen Alter der Lehrerin bestätigt. Sie war hübsch und zierlich und trug ihr hellbraunes Haar zu einem geflochtenen Dutt gebunden. Die sanften grauen Augen der Frau hießen die Jungen willkommen. Sie warf Samantha ein flüchtiges Lächeln zu, dann den Zwillingen ein länger andauerndes. „Jack und Tim Cassidy, ich habe gehofft, dass ihr in die Schule kommen würdet."

Samanthas angespannte Schultern lockerten sich ein wenig.

Die Lehrerin streckte ihre Hand aus. „Ich bin Miss Stanton."

Samantha nahm den Arm von Tims Schultern und ergriff Miss Stantons Hand. „Mrs Rodriguez." Wie eine Katze, die eine Maus betrachtete, studierte Samantha die Augen der Lehrerin und suchte nach irgendeiner Reaktion auf ihren spanischen Nachnamen. Als sich der herzliche Ausdruck nicht veränderte, entspannte sie sich noch mehr. Sie schob Daniel vor sich. „Das ist mein Sohn Daniel."

„Es ist eine Freude, dich kennenzulernen, Daniel. Ich habe gehört, du kommst aus Argentinien?"

Daniel nickte.

„Also dann hast du uns sicher viel über dein Land beibringen. Vielleicht kannst du über die verschiedenen Tiere, die dort leben, berichten?"

Lebhaft leuchtete Daniels Gesicht auf. „Wie den Emu, den Guanaco und den Armadillo? Mama sagt, diese Tiere gibt es nicht in Montana."

Miss Stanton lachte. „Ja. Und auch deine kleinen Pferde."

Samanthas Herz erwärmte sich für diese Frau. *Alles wird gut gehen.*

Miss Stanton schaute über Samanthas Schulter und ein wehmütiger Blick huschte über ihr Gesicht, bevor er so schnell wieder verschwand, dass Samantha sich fragte, ob sie sich ihn nur eingebildet hatte. „Nick, ich sehe, dass Sie die Kinder der Carters heute in die Stadt gebracht haben."

„Guten Morgen, Miss Stanton", sagte eine Stimme hinter Samantha. „Ich musste noch mehr Bauholz besorgen."

Samantha drehte sich um und schaute einem grünäugigen Mann ins Gesicht, dessen braunes Haar sich bis zu seinen Schultern wellte. In den Händen hielt er einen schwarzen Hut, den er – den Spuren vom Hutband auf seinen Locken nach zu urteilen – offensichtlich gerade erst abgenommen hatte. Er nickte ihr zu.

Miss Stanton deutete auf Samantha. „Mrs Rodriguez ist aus Argentinien hierher gezogen. Mrs Rodriguez, das ist Mr Nick Sanders."

„Es ist mir eine Freude, Sie kennenzulernen, Ma'am."

Samantha nickte. „Mr Sanders."

„Ich habe Ihre kleinen Kerle eben gesehen, als ich meine Pferde eingestellt habe. Es war ganz schön schwer, die Kinder von ihnen loszureißen." Er deutete mit dem Arm auf eine Gruppe von Kindern mit lebhaften Gesichtern, die sich an den Stufen versammelt hatten und sich unterhielten.

Samantha lachte. „Sie haben tatsächlich diese Wirkung auf die Leute." Sie klopfte Daniel auf die Schulter. „Das ist mein Sohn Daniel. Und ich bin sicher, Jack und Tim kennen Sie schon."

Nick nickte. „Hallo Jungs." Er hob die Stimme. „Mark, Sara!"

Zwei Kinder lösten sich aus der Gruppe und rannten zu ihm. „Das hier ist Mark Carter und das ist seine Schwester Sara. Den Carters gehört die Ranch neben meiner. Kinder, ich möchte euch Mrs Rodriguez und Daniel vorstellen."

Mark, der in etwa Daniels Alter haben musste, sprach zuerst. „Es ist mir eine Freude, Sie kennenzulernen, Mrs Rodriguez." Seine blauen Augen funkelten und sein Lächeln hieß Daniel willkommen. „Jetzt werden wir mehr Jungen als Mädchen in der Schule sein."

Sara streckte ihrem Bruder die Zunge heraus und wandte ihm dann den Rücken zu, sodass ihr der lange braune Zopf über die Schulter fiel.

Ein misstrauischer Blick trat auf Marks Gesicht, als er die Zwillinge ansah. „Hallo, Jack, Tim."

Beide Zwillinge nickten.

Sara wippte auf ihren Zehen. „Mrs Rodriguez, meine Mama freut sich schon, sie am Sonntag in der Kirche kennenzulernen. Reverend Norton hat uns erzählt, dass Sie da sein werden."

Klatsch verbreitete sich in Montana genauso schnell wie in Argentinien. „Ich freue mich schon darauf, ihre Bekanntschaft zu machen." Samantha musterte die Kinder und versuchte einzuschätzen, was für eine Art von Freunden sie für ihre Jungen sein würden. Sie schienen sympathisch zu sein. Aber das war bei Kindern schwer zu sagen. Wie sie es bei Daniels Cousins gesehen hatte, konnten auch noch so engelhaft wirkende Kinder wenig freundschaftlich sein.

Saras Miene erhellte sich. „Da ist Christine." Sie sprang die Stufen hinunter und fing schon an, mit ihrer Freundin zu plaudern, bevor sie bei ihr angekommen war.

Christine, deren blauer Mantel ihr von den Schultern rutschte, legte ihre Hand in Saras. Sie richtete ein warmherziges Lächeln an Samantha. „Guten Morgen, Mrs Rodriguez."

„Guten Morgen, mein Liebes."

Miss Stanton berührte Daniels Arm. „Kommt schon! Ich zeige euch, wo ihr eure Sachen unterbringen könnt."

Die Jungen liefen ihr im Gänsemarsch hinterher. Daniel drehte sich um und warf seiner Mutter einen letzten Blick zu.

Samantha hauchte ihm einen Luftkuss zu und er verzog das Gesicht.

Aus den Augenwinkeln heraus sah sie Wyatt Thompson auf sich zukommen und drehte sich um, um ihn zu begrüßen. Als sie Wyatts Blick begegnete, verspannten sich ihre Schultern wieder und das Blut rauschte schneller durch ihre Adern. *Was ist es, das an diesem Mann so eine Wirkung auf mich hat?*

„Guten Morgen, Mr Thompson."

Er berührte die Krempe seines Hutes und stellte einen bestiefelten Fuß auf die erste Stufe der Schultreppe. „Guten Morgen, Mrs Rodriguez." Sein Blick folgte den Zwillingen. „Wie ich sehe, haben Sie es schon geschafft, sie ein bisschen aufzupolieren."

Aus Unbehagen über seine Nähe verlagerte Samantha ihr Gewicht um einen halben Schritt nach hinten. „In der Tat."

Er schaute Nick an. „Sanders. Ich wette, Sie sind in der Stadt, um mehr Bauholz zu besorgen."

Nick lachte und seine Augen leuchteten smaragdgrün. „Das war ja auch nicht schwer zu erraten. Auch wenn meine Frau ...", er zögerte bei diesem Wort, „etwas bei Cobb kaufen will."

Wyatt klopfte ihm auf die Schulter. „Ich sehe, Sie sind noch im Glücksrausch eines Frischvermählten. Ich kann mich noch zu gut an diese Zeit erinnern."

Nicks Gesicht lief rot an. „Elizabeth und ich haben vor zwei Wochen geheiratet", erklärte er Samantha.

Wyatts Lachen ließ Fältchen auf der Haut um seine Augen entstehen. „Nick hat ihr vor der Hochzeit ein Haus gebaut. Noch nie im Leben habe ich eins so schnell in die Höhe schießen sehen."

Nick errötete noch mehr. „Unser Haus ist noch nicht ganz fertig. Elizabeth hat sich einfach geweigert, noch länger zu warten." In seiner Stimme klang Verwunderung mit.

Samantha spürte die Emotionen in ihrem Hals aufsteigen und schluckte. Sie erinnerte sich daran, wie Juan-Carlos sich in den ersten Wochen nach ihrer Hochzeit benommen hatte. Stolz, glücklich, als würde er sein Glück selbst nicht fassen können. Was für eine einmalige Zeit das gewesen war – wie sehr er ihr doch fehlte! „Ich wünsche Ihnen eine glückliche Ehe, Mr Sanders!"

„Nennen Sie mich ruhig Nick, Ma'am." Das Rot verschwand von seinen Wangen und hinterließ ein Glühen. „Danke. Ich richte Elizabeth Ihre Glückwünsche aus."

„Werde ich sie am Sonntag kennenlernen?"

„Ja, Ma'am."

„Ich freue mich schon darauf, ihre Bekanntschaft zu machen."

Er grinste sie schüchtern an. „Ich denke, Sie werden Freundinnen werden."

„Selbstverständlich."

Nick setzte seinen Hut wieder auf. „Ich gehe besser die Post abholen."

Wyatt lächelte, obwohl Kummer in seinen Augen lag. Hatte auch er ähnliche Erinnerungen? „Bis bald, Sanders. Sie wollen ihre Braut doch wohl nicht warten lassen."

Mit einem Grinsen und einem Kopfschütteln ging Nick davon.

Samantha sah ihm nach und beneidete ihn um sein Glück. Auch wenn der Schmerz über den Tod ihres Ehemannes im Laufe der letzten zwei Jahre nachgelassen hatte, blieb ihr wahre Freude vorenthalten. Sie schaute Wyatt von der Seite aus an. Würden diese Gefühle jemals zurückkehren?

Ein Fuß immer noch auf der Stufe der Schule, schaute Wyatt Nick Sanders' Rücken hinterher. Obwohl er dem Mann in seiner frischen Ehe Glück wünschte, hatte Nicks offensichtliche Freude den wunden Punkt der Leere in Wyatt getroffen, der sich noch an Alicia erinnerte. Die Zeit hatte eine Schorfschicht auf der Wunde, die ihr Tod verursacht hatte, gebildet. Aber ab und zu stieß etwas gegen sein Herz und erinnerte ihn daran, dass er noch nicht ganz geheilt war. *Vielleicht werde ich das nie.*

Samantha seufzte neben ihm. „Seine Frau muss sehr glücklich sein."

Wyatt erinnerte sich daran, was für eine strahlende Braut Elizabeth Hamilton gewesen war. „Am Tag ihrer Hochzeit sah sie ganz danach aus."

„Tun das nicht die meisten Bräute? Ich mit Sicherheit."

„Die meisten, die ich gesehen habe." Er erinnerte sich an seine eigene Hochzeit – an Alicias strahlende Miene und die Freude, die sichtbar durch ihren Spitzenschleier hindurch leuchtete. Er wusste, dass sein Gesicht eine ähnliche Glückseligkeit ausgestrahlt hatte. Er hatte feuchte Augen gehabt und trotzdem ein Grinsen zur Schau getragen, das nicht mehr enden wollte.

„Ich freue ich mich schon darauf, Nicks Frau kennenzulernen."

„Ich bin sicher, Sie werden sie mögen. Sie ist letztes Jahr aus Boston hergekommen, um bei den Carters zu wohnen – das sind die reichsten Rancher in unserer Gegend. Eine Zeit lang munkelte man, dass unser Bankier Caleb Livingston der Glückliche sei, aber Sanders, das dunkle Pferd hier, hat sich von hinten angeschlichen und die Zuneigung der hübschen Dame für sich gewonnen."

„Wie romantisch."

„Wo wir gerade von Livingston sprechen: Hier ist er! Das ist sein Neffe Ben, der bei ihm wohnt – er ist gerade aus Boston eingetroffen."

Samantha drehte sich um und musterte den Bankier. „Oh gut, ich hatte geplant, als nächstes zur Bank zu gehen."

„Nun, es sieht so aus, als wäre die Bank zu Ihnen gekommen."

Sie lächelte ihn an und kräuselte scherzhaft die Nase, dann wandte sie ihr Gesicht den Neuankömmlingen zu.

Livingston, der in einen marienblauen Geschäftsanzug aus Walkstoff gekleidet war, trat ihnen mit Ben an der Seite entgegen.

Wyatt fühlte sich im Vergleich zu ihnen schmutzig in seinen Deminhosen und dem braunen Hemd.

Livingston nickte ihm zu. „Thompson." Er richtete einen bewundernden Blick auf Samantha.

Aus irgendeinem Grund irritierte das Wyatt.

„Ich glaube es nicht", sagte der Mann. „Sie müssen Ezras Nichte Mrs Rodriguez sein. Ich habe von Ihren …" Er schaute zu Wyatt hinüber und sein rechter Mundwinkel hob sich. „… Falabellas gehört."

Samantha schaute Wyatt mit gehobener Augenbraue an. „Alle scheinen von meinen kleinen Pferden gehört zu haben."

„War zu erwarten." Livingston richtete seine Aufmerksamkeit wieder auf sie. „Ich bin Caleb Cabot Livingston und das hier ist mein Neffe Benjamin Cabot Grayson."

Ben verbeugte sich: Er war eine Miniatur seines Onkels, ebenfalls in marineblauem Anzug. „Es ist mir eine Freude, Sie kennenzulernen, Mrs Rodriguez." Seine Worte klangen mit der für Boston typischen Präzision abgehackt, aber Wyatt wusste, dass seine edlen Manieren und sein unschuldiger Blick alle Damen dahinschmelzen ließ – seine eigene Tochter eingeschlossen. Irgendjemand musste dem Jungen zeigen, wie man sich im Westen wie ein Mann verhielt.

Wyatt konnte Samanthas Gedanken von ihrem Gesicht ablesen: *Wie attraktiv, der Junge. Was für gute Manieren! So anders als die Zwillinge.* Er wusste, dass sie etwas über die Zwillinge sagen würde, und sie enttäuschte ihn nicht.

„Vielleicht hast du gehört, dass ich die Cassidy-Zwillinge aufgenommen habe, Ben. Ich hoffe, du wirst dich mit ihnen anfreunden."

„Natürlich, Ma'am." Sein Gesicht strahlte Aufrichtigkeit aus. „Ich gehe rein." Er verneigte sich erneut, dann drehte er sich um und trottete die Stufen zum Gebäude hinauf.

Einen Moment lang gelang es Livingston nicht, seinen Unmut zu verbergen. „Ich habe gedacht, Reverend Norton hätte geplant, diese beiden Unbelehrbaren in ein Waisenhaus zu bringen."

Samantha war gereizt wie ein provoziertes Stachelschwein. „Kein Kind hat es verdient, in einem Waisenhaus zu leben."

Wyatt unterdrückte ein Lachen. *Kein kluger Schachzug, ihre zwei geliebten Zwillinge zu verunglimpfen, Livingston.*

Der Bankier erholte sich rasch. Er lächelte, wobei er seine geraden Zähne zeigte. „Ein liebevolles Zuhause wird ihnen guttun. Wenn jemand diese Jungen zähmen kann, Mrs Rodriguez, dann Sie, da bin ich mir sicher. Ich wünsche Ihnen alles Gute."

Der kriegerische Blick in Samanthas Augen beruhigte sich. „Danke, Mr Livingston", sagte sie, noch immer mit kühler Stimme. „Ich weiß, es wird nicht leicht sein."

„Sie zeigen wahre christliche Barmherzigkeit, Mrs Rodriguez. Dafür bewundere ich Sie."

Wyatt gefiel es nicht zu sehen, wie sich Samanthas Porzellanhaut langsam rötete. *Heuchler!* Er hasst die Vorstellung, diese Jungen hier zu haben, genauso wie ich. Es war ihm nie bewusst gewesen, dass der attraktive Bankier vor Charme sprühte wie ein mit Dreck vollgesaugter Schwamm. Er hatte immer den Eindruck eines Geschäftsmannes vermittelt, auch wenn er für Wyatts Geschmack ein bisschen zu viele Ansichten der Bostoner Mittelschicht vertrat. Eine Spur von Eifersucht keimte in seiner Brust auf.

Livingston bot ihr den Arm an. „Es gibt ein paar geschäftliche Angelegenheiten, die ich mit Ihnen klären möchte, Mrs Rodriguez. Darf ich Sie zur Bank begleiten, damit wir uns Ihre Konten ansehen? Ich sorge dafür, dass Sie gut betreut werden."

„Vielen Dank, Mr Livingston." Samantha hakte sich bei dem Bankier unter und schaute mit fast kokettem Blick zu ihm auf.

Die Eifersucht brodelte in Wyatt. Ihn hatte sie nie so angelächelt. *Was sollen diese Gedanken? Ich habe es doch nicht nötig, dass Samantha Rodriguez mir schöne Augen macht.*

Samantha winkte ihm kurz zu. „Schönen Tag, Mr Thompson."

Livingston nickte. „Thompson."

Anstatt zuzusehen, wie sie gemeinsam zur Bank spazierten, machte Wyatt sich auf den Weg zum Geschäft und beschloss, seine Aufmerksamkeit auf die Liste von

Vorräten zu richten, die Mrs Toffels ihm gegeben hatte. Und doch konnte er nichts dagegen ausrichten, dass sein Bewusstsein quälend der Spur von Samantha und Livingston folgte.

Kapitel Zehn

Samantha genoss das Gefühl, bei einem Gentleman untergehakt die Straße entlang zu gehen. Die Straße unter ihren Füßen wies immer noch die Schwammigkeit des Frühlings auf. Der Bankier navigierte sie um die übrig gebliebenen Löcher im Schotter vorbei, als wäre er Sir Walter Raleigh persönlich.

Seit Juan-Carlos' Tod habe ich nicht mehr die Aufmerksamkeit eines galanten Gentlemans bekommen. Und auch wenn sie sich nicht sicher war, ob sie ihn mochte, so war Mr Livingston mit Sicherheit attraktiv …

Sie sah auf in sein Gesicht und bewunderte die perfekte Krümmung seiner Nase, seine hohen Wangenknochen. Vor ihr tauchte das Bild von Wyatt im Vergleich dazu auf: dunklere Haut, eine römische Nase, die zu seinem breiteren Gesicht passte, graue Augen, die silbern funkelten, wenn er sie neckte. Sie schob den Gedanken beiseite. Warum machte sie sich überhaupt Gedanken über diesen nervtötenden Mann?

Mr Livingston räusperte sich. „Ich hoffe, Ihre Reise war nicht beschwerlich."

Samantha spitze ihre Lippen kläglich. „Von Südamerika nach Montana? Eine Herausforderung. Ich habe mich entspannt, wenn Daniel schlief und ich mir keine Sorgen machen musste, dass der kleine Affe das Tauwerk hochklettern und von Bord fallen …. oder die Ausdrücke der Matrosen übernehmen könnte, die sich wohl kaum für einen Gentleman ziemen. Aber der Ozean war wunderschön. Ich hätte ihn stundenlang anschauen können und dabei beobachten, wie das Licht sich in den Wellen bricht. So hypnotisch!"

Ein gleichgesinnter Blick leuchtete in seinen braunen Augen. „Eins der Dinge, die ich vermisse, ist der Ozean. Ich habe einen Teil meines Lebens in Boston verbracht. Meine Großeltern hatten eine Freizeityacht und als Junge habe ich mich an Bord gemogelt, wann immer ich konnte."

„Der Westen hat seine ganz eigene Schönheit", sagte Samantha. „Ich liebe die Pracht der Berge. Die wilde Landschaft ist ganz anders als die Gebirge in Europa. Die Alpen, zum Beispiel, wirken viel zivilisierter. Mit all den kleinen Dörfern, die sich an Berghänge schmiegen.

„Es hört sich so an, als wären Sie weit gereist."

„Mein Vater arbeitete im diplomatischen Corps und wir haben in Deutschland, Spanien und dann in Südamerika gelebt."

Er blieb vor einem weiß getünchten Backsteinhaus stehen. „Vielleicht können wir uns noch weiter über Ihre Abenteuer in Europa unterhalten. Ich würde Sie gern bei meiner Schwester und mir zum Abendessen einladen. Ihr fehlt die Gesellschaft von geistreichen Frauen."

„Vielen Dank für Ihre Einladung. Vielleicht, wenn ich mich etwas eingelebt habe." Gab es wirklich einen Mangel an gebildeten Frauen in Sweetwater Springs? Das Bild von Mrs Cobb tauchte vor ihrem inneren Auge auf. Das wäre eine Schande. Natürlich musste eine Frau nicht gut gebildet sein, um eine Freundin zu sein. Ihre liebe Maria war eine ungebildete indianische Bäuerin und war trotzdem immer eine von Samanthas treusten Anhängerinnen gewesen. Aber

Elizabeth Sanders klang interessant. Und sie war aus Boston gekommen. Samantha fragte sich, warum Mrs Grayson sie nicht mochte.

Er führte sie die zwei Holzstufen hinauf und über die Veranda bis zur Tür, über der in schwarzen Buchstaben *Livingston's Boston Bank* stand. „Willkommen in meiner Bank, Mrs Rodriguez. Sicher nicht sehr imposant im Vergleich zu dem, was Sie gewöhnt sind, vermute ich."

„Unsinn, Mr Livingston. Dieses Gebäude passt perfekt zu Sweetwater Springs."

„Es tut mir nur leid, dass eine Dame wie Sie hier eintreten muss."

„Was meinen Sie damit?"

„Ich meine, dass Sie als Frau sich nicht mit Geschäftlichem plagen sollten. Ich hoffe, Sie gestatten mir, Ihnen Ratschläge zu erteilen."

Erinnert an meinen Schwiegervater, er sagt es nur viel charmanter. „Was für ein nettes Angebot. Natürlich werde ich mir Ihren Rat anhören. Alles andere wäre dumm von mir." *Erwarten Sie nur nicht, dass ich ihn befolge.*

Er verneigte sich leicht, öffnete dann die Tür, trat zurück und ließ sie eintreten.

Hinter einem hohen Bankschalter hob ein älterer Mann den Kopf vom Geschäftsbuch, das er gerade studierte. Unter der grünen Kappe, die er auf seinem kahl werdenden Kopf trug, musterten seine blassblauen Augen Samantha. „Guten Morgen, Mr Livingston. Ma'am."

„Horace. Darf ich Ihnen Ezras Nichte, Mrs Rodriguez, vorstellen? Mrs Rodriguez, das hier ist mein Angestellter, Horace Hatter."

„Es ist mir eine Freude, Sie kennenzulernen, Ma'am. Ezra und ich waren eng befreundet, als wir jung waren. Der Tod seiner Verlobten hat ihn radikal verändert. Danach war er nie wieder der Gleiche."

113

„Ja, ich weiß."

Mr Livingston legte ihr eine Hand auf das Kreuz. Mit der anderen deutete er auf die geschlossene Tür. „Hier entlang, bitte."

Als sie im Zimmer angelangt waren, ließ sie ihren Blick durch das Büro schweifen: von einem großen Schreibtisch aus Mahagoni bis zu einem goldenen Vogelkäfig in der Ecke. Als sie hereinkamen, flatterten drei Finken wie zur Begrüßung mit den Flügeln.

„Oh, Sie haben Vögel! Mein Mann hatte einen ganz schrecklichen Papagei. Dieses böse Ding biss alle, außer Juan-Carlos. Und was für Sachen dieser verfluchte Vogel sagte! Wie oft hätte ich ihm fast den Hals umgedreht! Diese hier sehen viel friedlicher aus."

„Das sind sie auch." Er deutete auf einen Holzstuhl mit gerader Rückenlehne vor seinem Schreibtisch. „Nehmen Sie doch bitte Platz!" Er schaute auf ein silbernes Teeservice, das auf einem Tischchen stand. „Soll ich Horace bitten, Ihnen einen Tee zu kochen?"

„Nein, danke. Es ist schon gut. Ich möchte so schnell wie möglich anfangen."

Er griff zu einem Stapel mit Unterlagen. „Ich habe schon geahnt, dass Sie mir einen Besuch abstatten würden, und habe Ezras Papiere vorbereitet, damit Sie sie ansehen können."

„Danke!"

Er seufzte und Sorge legte sich wie ein Schatten über seine braunen Augen. Er fuhr mit den Fingerspitzen über die Ränder der Unterlagen. „Ich muss es Ihnen ganz unverblümt sagen, Mrs Rodriguez. In den letzten Jahren hat Ezra sich die Angelegenheiten auf der Ranch entgleiten lassen. Es schien ihn einfach alles nicht mehr zu kümmern. Auf seinem Konto ist noch ein wenig Geld übriggeblieben, aber es wird nicht lange reichen."

„Wie lange?"

„Wenn Sie sparsam haushalten, können Sie die Ranch wohl mit dem Nötigsten ausstatten – Reparaturarbeiten, neues Vieh, Löhne für die Arbeiter. Aber wenn Sie nicht anfangen, Gewinne zu erzielen, dann werden Sie bis zum Winter ruiniert sein."

Sechs Monate. „Ich verstehe."

Er hob die Hand, als würde er sie davon abhalten wollen, noch etwas zu sagen. „Es gibt noch mehr schlechte Nachrichten. In den letzten zwei Jahren wurde keine Vermögenssteuer gezahlt."

„Wäre die Bank bereit, mir einen Kredit zu gewähren, um die Steuern zu zahlen?"

„Ehrlich gesagt sträube ich mich gegen diese Idee, Mrs Rodriguez. Ezras Gut ist in schlechtem Zustand – kein gutes Pfand. Und ich glaube, dass es Ihre Fähigkeiten übersteigt, diese Differenz wettzumachen – wie die jeder Frau. Die Viehwirtschaft ist ein hartes Brot."

Samantha rang mit sich, um einen ausgeglichenen Ton zu bewahren. „Darüber bin ich mir bewusst, Mr Livingston. Ich habe die letzten zwei Jahre auf einer Ranch in Argentinien gelebt."

„Das ist nicht das Gleiche, wie wenn man eine betreibt, fürchte ich. Ich rate Ihnen, zu verkaufen und in die Stadt zu ziehen."

„In die Stadt?"

„Wyatt Thompson wartet schon lange darauf, das Anwesen zu kaufen. Ich bin sicher, er macht Ihnen ein faires Angebot."

Wyatt will meine Ranch kaufen.

Ein Gefühl des Verrats schlich sich in ihr Herz. Obwohl sie seinen Rat verworfen hatte, hatte sie geglaubt, dass er sich um sie Sorgen machte – dabei hatte er die ganze Zeit nichts anderes im Schilde geführt, als ihr Land in die Finger zu bekommen.

Sie war sich nicht sicher, ob sie wütender auf Mr Livingston oder auf Wyatt war, aber ihr Zorn entflammte. „Ich bin nicht an einem Verkauf interessiert." *Besonders nicht an Wyatt Thompson.*

„Ich kann verstehen, dass Sie eine emotionale Bindung zu dem Gut haben. Aber wenn Sie erst einmal in aller Ruhe rational darüber nachgedacht haben, dann ..."

Sie verkniff sich eine bissige Antwort und sagte: „Ich habe schon ausgiebig darüber nachgedacht. Aber danke für Ihre Sorgen."

Sie bewahrte ihre ruhige Fassade, als sie ihr Gespräch beendeten und Mr Livingston sie aus dem Büro führte.

Als sie wieder auf der Straße stand, atmete sie mit einem Schnaufen aus und erstellte sich dann im Geiste eine Liste, von allem, was sie tun musste. Sie würde diesen Männern schon beweisen, dass eine Frau eine Ranch führen konnte!

Am Sonntagvormittag verschränkte Jack in seiner steif gebügelten Kleidung, die Samantha für ihn bezahlt hatte, die Arme vor der Brust und federte auf seinen Absätzen, als würde er seine neuen Stiefel in den Holzboden rammen wollen. Das frühe Sonnenlicht, das durch das Küchenfenster schien, spielte auf seinem Gesicht voller Sommersprossen. „Ich gehe in keine Kirche", sagte er, den Mund zu dem dickköpfigen Ausdruck verzogen, der Samantha inzwischen vertraut war.

Sie hörte kurz auf, Milch in die Gläser auf dem Tisch zu gießen. Hinter ihm am Ofen wendete Maria immer wieder den Teig in einer Bratpfanne, um deutsche Pfannkuchen, die Crêpes glichen, zuzubereiten. Samantha konnte es nicht erwarten, die Zwillinge ihr liebstes Sonntagsfrühstück probieren zu lassen.

In den letzten paar Tagen waren die Zwillinge ruhig und brav gewesen. Gestern hatten die drei Jungen die Pferde gestriegelt, die Ställe ausgemistet, den Wagen gesäubert, mit dem sie heute zur Kirche fahren würden und ohne Diskussion ein Bad genommen. Samantha hatte angefangen zu glauben, dass sie dabei waren, sich einzuleben. Jacks rebellische Worte überrumpelten sie. Sie schaute zu Tim hinüber, der bereits neben Daniel am Tisch saß, und fing den verzweifelten Blick auf, den er seinem Bruder zuwarf.

Sie setzte den Krug ab. „Warum nicht?"

Jack verschränkte die Arme vor der Brust fester. „Weil ich einfach nicht gehe."

Samantha holte tief Luft und sog den Duft nach Speck und Pfannkuchen ein. „Die Kirche ist ein besonderer Ort, wo wir den Herrn loben."

„Es gibt keinen Gott."

Als sie die schmerzhafte Bedeutung in den Worten des Jungen erkannte, zog sich Samanthas Magen zusammen. Sie signalisierte Jack, sich zu den anderen Jungen zu gesellen.

Ohne seine Arme zu lösen, ließ er sich neben seinen Bruder sacken.

Sie strich sich die blau gestreifte Baumwollschürze glatt, die sie über ihrem schwarzen Kleid aus Kaschmir trug, und nahm Platz. Sie sah Tim auf der Suche nach Bestätigung an. „Glaubst du wirklich, dass es keinen Gott gibt?"

Er schaute auf seinen Teller hinab. „Nicht für mich", murmelte er.

„Warum denkst du das?"

Jack schaltete sich ein: „Wir haben gebetet, als Ma krank war. Sie ist gestorben."

Daniels blaue Augen leuchteten voller Verständnis auf und er zappelte auf seinem Stuhl, so dringend wollte er seine Gedanken teilen. „Als mein Papa bei einem Unfall verletzt wurde, habe ich für ihn gebetet, damit es ihm wieder besser gehen möge. Natürlich war ich zornig auf Gott, als mein Papa starb."

Samantha nickte zustimmend. „Ich auch. Ich habe bei demselben Unfall auch meine Mutter und meinen Vater verloren." Sie streckte die Hand aus, um Tims Schulter zu berühren. „Ich vermisse sie immer noch sehr, und genauso weiß ich, dass Ihr eure Mutter vermissen müsst. Ich sage mir, dass wir alle irgendwann sterben müssen. Es ist hart, die Menschen zu verlieren, die wir lieben. Wir können nicht immer wissen, warum solche schlimmen Dinge geschehen. Aber ich weiß sicher, dass ich meistens sehe, wie sich das Schlechte zum Guten wandelt."

Jacks Mund verhärtete sich. „Der Tod unserer Mutter hatte nichts Gutes an sich."

„Nein, das hatte es nicht."

„Unser Vater war ein Fiesling."

„Aber jetzt seid ihr mit Daniel und mir hier. Ich hoffe, dass ihr denkt, dass das gut ist." Sie hielt Jacks Blick stand, bis er seinen Kopf senkte. „Ich weiß, dass es eine große Veränderung ist, bei uns zu leben. Mit der Zeit wird alles besser werden."

Stillschweigend näherte Maria sich mit einer Servierplatte voller großer, dünner Pfannkuchen dem Tisch und reichte sie Samantha. Sie nahm sich einen und stellte die Platte auf den Tisch. „Das Sonntagsfrühstück vor der Kirche ist immer etwas Besonderes. Als Kind habe ich die hier immer gegessen." Sie schmierte Butter auf den Pfannkuchen und griff dann zu einem Glas mit Mrs Toffels' Erdbeermarmelade. „Zuerst die Butter, dann die Marmelade. Dann rollt ihr das Ganze zusammen." Sie machte es vor.

Daniels geschwungene Augenbrauen hoben sich und zuckten und er griff zur Platte. „Ich erinnere mich noch daran, Mama."

„Selbst nach zwei Jahren noch", scherzte sie.

„Ja."

„Na dann, nur zu." Sie reichte ihm den Teller.

„Danke, Mama."

Samantha lächelte Jack an. „Ich habe mich schon auf heute gefreut. Daniel und ich haben schon eine Weile lang keine Chance mehr gehabt, den Gottesdienst zu besuchen. Euch beide bei uns zu haben, wird mich sehr glücklich machen."

Jacks angespannter Mund entspannte sich, aber seine Arme blieben verschränkt.

Samantha reichte Tim die Platte. „Bediene dich!"

Jack blieb ein paar Minuten still sitzen.

Samantha schnitt ihren Pfannkuchen in Stücke und nahm ein paar Happen davon. „Könntet ihr nicht einfach mir zuliebe gehen?"

„Nein, Ma'am, das kann ich nicht."

„Bist du sicher?"

„Ich gehe zu keiner Kirche."

„Was ist mit dir, Tim?" Sie hielt die Luft an, während sie auf seine Antwort wartete.

Tim ging Jacks Blick aus dem Weg. „Ich komme mit", sagte er murmelnd und starrte auf seinen Teller.

Jack sah so aus, als hätte ihn der Blitz getroffen. Er machte den Mund auf, um etwas zu sagen.

Obwohl sie sich über Tims Zustimmung freute, ermahnte Samantha Jack mit einem Kopfschütteln dazu, still zu bleiben.

Jack sackte in seinem Stuhl zusammen.

„Du bleibst hier und hilfst Manuel."

„Wieso müssen die beiden nicht mitkommen?"

Sie sah ihn mit ernstem Blick an. „Maria und Manuel sind katholisch. Sie müssen darauf warten, dass der reisende Priester ankommt, bevor sie einen Gottesdienst besuchen können. Obwohl sie herzlich eingeladen sind, mit uns zu beten, sagt ihnen der Gedanke nicht zu. Deshalb gehen sie nicht in die Kirche."

Mit einem verstohlenen Seitenblick in ihre Richtung griff Jack zu seiner Gabel und begann zu essen. Innerhalb weniger Minuten war der kriegerische Blick in seinem Gesicht dem von einem Jungen mit Appetit gewichen, und er stürzte sich auf sein Frühstück.

Samantha wünschte, sie wäre wirklich so ruhig, wie sie vorgab. Die Enthüllung der Jungen über ihren Mangel an religiösen Überzeugungen verstörte sie. Ihr Glauben war das Einzige gewesen, an das sie sich klammern konnte, um nicht aufzugeben, als das Leben zu schmerzhaft erschien – ein Trost, den die Zwillinge nie erfahren hatten. Irgendwie musste sie ihnen helfen, zum Glauben an sie, an sich selbst und – vor allem – an den lieben Herrgott zu finden.

Kapitel Elf

Wyatt schaute noch einmal in das Spiegelglas seines Schlafzimmers und versicherte sich, dass seine schwarze Krawatte gerade saß. Ein lästiges Ärgernis, das jedoch nötiger Teil des sonntäglichen Kirchenbesuchs war. Außerdem würde er heute jemandem den Hof machen. Ein Mann musste sich für seine Rolle zurechtmachen.

Der marineblaue Anzug aus Walkstoff saß wie angegossen auf seinen Schultern und er wusste, dass das graue Hemd zu seinen Augen passte. Das hatte ihm natürlich Alicia gesagt. Sie hatte ihm sein erstes graues Hemd gekauft. Seitdem trug er sie zur Erinnerung an sie. Er summte einen Musikfetzen vor sich hin, während er eine kleine Fussel vom Aufschlag zupfte.

Fertig!

Im Flur hörte er das Klappern von Christines Stiefelabsätzen, als sie die Treppe herunter rannte. Mrs Toffels hatte ihr ein neues blaues Kleid geschneidert und sie hatte während des gesamten Frühstücks über nichts anderes geredet, als dass sie so aufgeregt war, es heute in der Kirche zu tragen.

Mit einem Lächeln verließ er den Raum, um seiner Tochter zu folgen. Es machte ihm Freude, sie zu verwöhnen – und ihr all das zu geben, was ihm als Kind gefehlt hatte.

121

Nie würde es ihr an etwas fehlen, nie würde sie missbraucht oder verletzt werden. Dafür würde er sorgen. Seine Tochter würde nie irgendetwas vermissen.

Außer eine Mutter, flüsterte eine leise Stimme in seinem Kopf.

Nun, schon seit er Edith Grayson, die Schwester des Bankiers, kennengelernt hatte, hatte er geplant, dem Abhilfe zu schaffen. Ihr kühles, dunkles Äußeres, ihr ruhiges, damenhaftes Benehmen und die Art, wie gut ihr Sohn erzogen war, hatten ihn angezogen. Sie würde die perfekte neue Mutter für Christine sein. *Es ist an der Zeit, meinen Plan umzusetzen und ihr den Hof zu machen.*

Das Bild von Samantha Rodriguez tauchte in seinen Gedanken auf. Eigensinnig und temperamentvoll, wenn es um ihre lächerlichen Spielzeugpferde ging, ihre Entschlossenheit, missratene Jungen aufzunehmen, und eine feurige Schönheit, die so anders war als die von Edith – es würde schwer sein, so eine Frau aus seinen Gedanken zu verbannen. Sein Körper begann, auf das Bild von Samantha zu reagieren, wie es sich anfühlen würde, sie zu küssen, zu …

Sonntag ist nicht der richtige Tag, um an körperliche Freuden zu denken.

Wyatt fuhr sich mit der Hand über das Gesicht, als würde er versuchen, seine Phantasie auszulöschen. Obwohl der liebe Gott, der Eva für Adam geschaffen hatte, mit Sicherheit Verständnis hatte, musste er Samantha für seinen eigenen Seelenfrieden aus seinen Gedanken streichen. Er hatte Edith seit letztem Sonntag nicht gesehen. Wenn er erst einmal in ihrer Nähe war, würde er wieder in die Normalität zurückfinden.

Er ging in die Küche und schnupperte den Duft des Apfelkuchens, der auf dem Ofen stand. „Bereit?", fragte er Mrs Toffels.

„Lassen Sie mich nur noch das Essen für die Nortons zu

Ende packen." Die Haushälterin, die ihr bestes schwarzes Seidenkleid trug, auf dem ein Bündel aus Spitze mit einer perlenbesetzten Anstecknadel festgesteckt war, beugte sich über einen geflochtenen Korb-Satz auf dem Tisch. „Ich weiß, dass Mrs Norton diese Woche krank war und wahrscheinlich nicht zum Kochen in der Lage war. Mal sehen ..." Sie legte sich einen Finger neben den Mund. „Kaltes Huhn, kalte Kartoffeln, ein Glas mit meinem Essiggemüse ...", sie tippte sich bei jedem Wort auf die Wange, „... und der Apfelkuchen." Sie drehte sich zum halb geöffneten Fenster und schrie auf. „Mein Kuchen!"

Sie eilte zum Fenster, riss den Schieberahmen hoch und lehnte sich hinaus, als würde sie den Boden absuchen. „Er ist weg."

Wyatt zeigte auf den Ofen. Auf der Platte stand ein Kuchen. „Da drüben."

„Nein, das ist der, den ich für das Abendessen am Sonntag gebacken habe. Ich habe den Kuchen für die Nortons auf das Fensterbrett gestellt, damit er abkühlt, bevor ich ihn in den Korb stelle."

Als er die Küche mit den Augen nach der verschwundenen Süßspeise absuchte, spürte Wyatt, wie sich seine Brauen zusammenzogen. Hätten sie in der Stadt gelebt, dann hätte er angenommen, dass einer der Jungen sie gestohlen hatte. Ganz sicher war das für ihn selbst die einzige Art gewesen, um in den Genuss von etwas Süßem zu kommen. Aber hier waren die Arbeiter bereits auf dem Weg zu den südlichen Weiden.

„Wir haben keine Zeit, um den Kuchen zu suchen, sonst kommen wir zu spät zur Kirche."

Mrs Toffels Mund rundete sich und ihr Gesicht legte sich vor Verzweiflung in Falten.

„Geben Sie ihnen einfach den anderen. Wir kommen einen Sonntag auch ohne aus." Er öffnete die Tür und

123

schlich hinaus und zum Fenster hinüber. Er schaute sich um und suchte nach Fußstapfen, die auf den fehlenden Kuchen hinwiesen. Alles sah normal aus. Wenn Menschen oder Tiere am Fenster gestanden hatten, so hatten sie keine Spuren im Tulpenbeet zurückgelassen. Er zuckte die Achseln und machte sich auf zum Stall.

Als er die Stalltür aufstieß, blinzelte er im Dämmerlicht. „Deuce!"

Der Junge in der ersten Box hob den Kopf und legte die Striegel, die er gerade benutzt hatte, auf der Mauer ab. „Ja, Mr Thompson?"

„Weißt du irgendetwas über Mrs Toffels Apfelkuchen?"

Deuces haselnussbraune Augen blinzelten. Er ließ eine Hand über seinen Kopf fahren, sodass sein Haar an den Spitzen abstand wie ein orangefarbener Staubwedel. „Ihr Kuchen?"

„Er ist vom Fenstersims der Küche verschwunden."

Sein Adamsapfel bewegte sich auf und ab. „Ich habe ihn nicht genommen."

Wyatt musterte das Gesicht des Jungen, sah aber nur ehrliche Bestürzung. „Hast du etwas Merkwürdiges gesehen?"

„Nein, Sir."

„Nun, dann scheint hier etwas Mysteriöses vor sich zu gehen. Hol deinen Revolvergürtel! Trage deinen Colt bei dir! Pass gut auf, hörst du?"

„Ja, Mr Thompson."

„Jetzt hol das Gespann und hilf mir, die Kutsche anzuspannen, in Ordnung?"

Der Junge drehte sich um und ging auf seine unbeholfene Art den Gang entlang.

Wyatt trat wieder an die offene Stalltür und schaute, verstört über die Tragweite des gestohlenen Kuchens, zum Haus. Ein ehrlicher Wanderer hätte an die Tür geklopft und um Nahrung gebeten.

Tunichtgut.

Mensch oder Tier? Höchstwahrscheinlich Mensch. Ein Tier hätte die Reste vom Kuchen übrig gelassen. Und Wyatt Thompson fand keinen Gefallen an Tunichtguten auf seinem Grundstück – und in der Nähe seiner Tochter. Er würde alle notwendigen Schritte einleiten, um zu schützen, was ihm gehörte.

Samantha näherte sich der Kirche mit weißer Holzfassade und ihr Magen zog sich beklommen zusammen. Wie würden diese Menschen sein? Würden sie ihren katholischen Sohn akzeptieren?

Sie widerstand dem Drang, nach Daniels Hand zu greifen, der halb gehend, halb hüpfend neben ihr war. Ihr Sohn war aus dem Alter raus, in dem er mit seiner Mutter Händchen halten wollte. Tim auf der anderen Seite strotzte nur so vor Widerwillen. Sie fragte sich, wie es ihm ohne seinen Zwillingsbruder an der Seite gehen würde.

Samantha konnte Menschengruppen sehen, die sich rings um das Gebäude mit weißer Holzfassade, einem Glockenturm und einem in den strahlend blauen Himmel ragenden Kreuz versammelt hatten. Sie vermutete, dass die Gemeindemitglieder gern ein Pläuschchen im milden Frühlingswetter hielten, bevor der Gottesdienst begann. Sie versuchte, nicht zuzulassen, dass sie nach Wyatt Ausschau hielt – und doch suchten ihre Augen nach einem großen, dunklen Mann.

Als sie die erste Gruppe erreichte, erkannte sie Nick Sanders, der mit einem weiteren Mann und zwei Frauen dort stand. In einen schwarzen Anzug gekleidet, hatte er eine schützende Hand auf den Rücken einer blonden Frau gelegt, deren blaue Kleidung, eine Hemdbluse aus Spitze und ein Rock, sofort Samanthas Neid weckte. Sie strich ihr verhasstes schwarzes Kleid glatt. *Das muss Elizabeth sein.*

Nick schaute auf und bemerkte sie. Er beugte sich vor und sagte etwas zu seiner Frau.

Sie drehte sich mit einem freundlichen Lächeln im Gesicht zu Samantha um.

Nick kam auf sie zu, um sie zu begrüßen. „Guten Morgen, Mrs Rodriguez. Darf ich Ihnen meine Frau Elizabeth vorstellen?" Er geleitete Samantha zu seiner Gruppe. Der stille Stolz in seiner Stimme erinnerte sie an Juan-Carlos, wenn er sie neuen Bekanntschaften vorstellte, und kurz vermisste sie ihn so sehr, dass es ihr einen Stich versetzte.

„Mrs Sanders." Samantha streckte ihre Finger zu einem kurzen Händedruck aus. „Ihr Mann hat mir versichert, dass wir uns anfreunden würden."

Elizabeth Sanders warf ihrem Mann einen strahlenden Blick zu und ihre leuchtende Haut errötete leicht. Ihre blauen Augen passten zur Farbe des azurblauen Himmels über ihnen. „Dann muss das wohl stimmen. Nennen Sie mich ruhig Elizabeth." Sie berührte Samantha am Ellenbogen. „Mrs Rodriguez, als meine neuste Freundin möchte ich Ihnen meine älteste Freundin Pamela Carter und ihren Ehemann John vorstellen. Pamela und ich sind zusammen in Boston aufgewachsen." Sie streckte einen Arm aus, um auf ihre Freundin zu zeigen.

Die waldgrüne Seide von Pamelas Kleid raschelte, als sie auf Samantha zuging und nach ihrer Hand griff. Ganz im Gegensatz zur schönen Elizabeth konnte Mrs Carters Gesicht mit den Pausbacken und der Hakennase nur als unattraktiv betrachtet werden, bis man ihre warmen Augen strahlen sah. „Elizabeth und ich wissen, wie es ist, in den Westen zu ziehen, Mrs Rodriguez", sagte sie und ließ

Samanthas Hand los. „Eine ganz schöne Umstellung. Sagen Sie uns ruhig, wie wir Ihnen helfen können."

Samantha fühlte sich den beiden Frauen sofort verbunden und ihre Nervosität verebbte. „Schon alleine neue Freunde zu haben, ist wundervoll. Ich beneide Sie um Ihre lange Beziehung. Meine Eltern waren Mitglieder des Diplomatischen Corps und wir sind so oft umgezogen, dass ich meine Freunde nie länger als ein paar Jahre hatte."

John Carter, ein älterer Mann mit schmalem Gesicht und dünner werdendem rotblonden Haar, nickte verständnisvoll. Seine freundlichen blauen Augen hießen sie auf seine Art willkommen. „Nick und ich sind aus dem Westen – hier geboren und aufgewachsen. Er umfasste den Ellenbogen seiner Frau. „Aber wir haben die schönen Frauen, die sich in Sweetwater Springs niedergelassen haben, mit offenen Armen empfangen." Er warf Nick einen schmunzelnden Blick zu.

Nicks Wangen erröteten, aber er nickte grinsend.

Drei Kinder kamen angerannt. Samantha erkannte Mark und Sara Carter, die Daniel und Tim ausgelassen begrüßten. Aber das kleine Mädchen, das ihnen folgte, kannte sie noch nicht. Das zart aussehende Kind schlich sich zu Pamela Carter. Lange braune Locken rahmten ihr anmutiges Gesicht ein; blaue Augen mit schwarzen Wimpern spähten zu Samantha, bevor das Mädchen sich hinter seiner Mutter verbarg. Sara und der kleine Engel trugen waldgrüne Miniaturen des Kleides ihrer Mutter.

Elizabeth lachte. „Das ist genau die gleiche Reaktion wie die, die Lizzy auf mich hatte, als wir uns zum ersten Mal begegnet sind." Sie griff hinter Pamelas Rücken und nahm das Kind auf den Arm.

Lizzy vergrub ihren Kopf in Elizabeths Schulter.

„Also, mein Liebes, ich weiß, dass du nicht so schüchtern bist, wie du tust."

John Carter streckte die Hand aus und zog sanft an einer von Lizzys langen Locken. „Mrs Rodriguez, das hier ist unsere Kleinste, Lizzy."

Elizabeth fügte hinzu: „Und meine Patentochter." Sie beugte sich zu ihr und sagte sanft: „Erinnerst du dich noch an die Pferde, von denen ich dir erzählt habe?"

Das Kind hob seinen Kopf gerade einmal hoch genug, um Samantha anzusehen. „Babypferde?"

Was für ein süßes Kind! „Ja, ich habe kleine Pferde. Aber auch wenn sie klein sind – Babys sind es nicht."

Lizzy schaute sich stirnrunzelnd um.

Samantha deutete ihre unausgesprochene Frage. „Sie sind wieder auf der Ranch. Heute haben wir die großen Pferde benutzt."

Lizzys rosa Lippen formten sich zum Schmollmund.

Samantha konnte nicht widerstehen. „Du musst uns einmal besuchen kommen, dann kannst du sie dir selbst ansehen."

Das Kind nickte ernst.

Nick lachte. „Mrs Rodriguez, Sie sind die neuste Gefangene unseres kleinen Vögelchens. Niemand kann ihr etwas ausschlagen." Er streckte die Arme aus, um seiner Frau das Kind abzunehmen. „Wir gehen besser rein."

Elizabeth drückte Samanthas Hand. „Mrs Norton ist krank. Ich spiele die Orgel an ihrer Stelle. Wir unterhalten uns nach der Kirche."

Sie gingen davon, Lizzy immer noch auf dem Arm. Pamela winkte ihrer Tochter zu. „Wahrscheinlich denken Sie, dass wir sie alle verwöhnen."

Johns Lächeln ließ die Fältchen um seine Augen im Sonnenlicht glitzern. „Und da haben Sie recht." Sein Lächeln verschwand. „Sie war schon immer zerbrechlich. Schon einige Male hätten wir sie fast verloren."

Pamela nickte. „Jeder Tag ist ein Geschenk."

Samanthas Herz schwoll ihr bis zur Kehle und sie dankte

Gott für Daniels stabile Gesundheit. Den meisten Kinderkrankheiten war er entgangen, während er eher zu verstauchten Fußgelenken und gebrochenen Armen neigte. Die waren schlimm genug gewesen. Sie schaute zu ihrem Sohn hinüber, der mit den Kindern der Carters plauderte, und konnte den Gedanken, ihn zu verlieren, nicht ertragen. Er war alles, was sie hatte.

Weit abgeschlagen stand Tim alleine herum, seine Arme hingen seitlich an ihm herab und er gab eine schlaffe, einsame Figur inmitten all der anderen Leute ab. *Nein, nicht alles, was ich habe*, korrigierte sie sich. *Meine Familie wächst – und auch mein Freundeskreis.*

Sie deutete auf Tim. „Schade, dass so viele Eltern nicht erkennen, was für ein Segen ihre Kinder sind."

„Manche Menschen haben es nicht verdient, Eltern zu werden", knurrte John.

„Da kann ich nur zustimmen."

Johns Augen wurden zu Schlitzen. Samantha wusste, dass er zu den Cobbs sah. „Manche sagen bestimmt, sie haben sich ins eigene Fleisch geschnitten, indem sie diese Jungen aufgenommen haben. Aber ich bewundere Sie dafür."

Die Glocke im Turm läutete. Ihr Herz schlug im Takt mit der Glocke. Die Nervosität, die während ihrer Unterhaltung mit den Sanders und Carters nachgelassen hatte, keimte wieder in ihrem Bauch auf. Sie hoffte, sie würde bei der Teilnahme am Gottesdienst keinen Fehler machen. Alle würden das bemerken.

Pamela nickte in Richtung Kirche. „Normalerweise sitzen Elizabeth und Nick neben uns. Aber heute bleiben sie in der Nähe der Orgel. Setzen Sie sich doch mit den Jungen in unsere Reihe!"

„Danke!" Samantha senkte ihre Stimme zu einem Flüstern. „Ich habe schon so lange keine evangelische Kirche mehr besucht, dass ich Angst habe, etwas falsch zu machen."

Samanthas Geständnis schien Pamela nicht zu stören. „Setzen Sie sich neben mich! Ich gebe Ihnen einen Stoß, wenn es nötig ist."

Samantha holte Daniel und Tim. Je eine Hand auf eine Schulter der Jungen gelegt, folgte sie der Familie Carter in die Kirche, wo sie gemeinsam in Richtung Altar marschierten. Im Inneren strömte das Licht durch helle Glasfenster.

Neugierige Blicke richteten sich von links und rechts auf sie. Samantha konnte sie nicht ignorieren. Ihre Wangen erwärmten sich und sie hob das Kinn, während sie gegen die Anspannung ankämpfte, die ihr den Magen enger als ihr Korsett zuschnürte. In den letzten zwei Jahren war jede auf sie gerichtete Aufmerksamkeit kritischer Art gewesen. *Natürlich interessiert sich die Gemeinde für neue Menschen*, erinnerte sie sich.

Pamela blieb neben einer Bankreihe stehen. „Ihr Kinder könnt zusammensitzen – vorausgesetzt, ihr benehmt euch anständig!"

Pamela kannte ihren Daniel nicht. Vielleicht würde die Neuheit einer unbekannten Kirche ihn zum Schweigen veranlassen. Um sich seiner Kooperation zu vergewissern, hielt sie seine Schulter fest und ließ die anderen Kinder weiterrücken. Sie setzte sich neben Daniel, mit Pamela auf der anderen Seite.

Samantha schaute sich um und die Schlichtheit des Raumes gefiel ihr. Kein verschnörkelter Innenraum im Dämmerlicht, kein Geruch nach Weihrauch. Keine Nischen mit Heiligen, vor denen Kerzen brannten. Die einzigen Kerzen waren weiße Wachskerzen, die in Ständer aus schwerem Messing gesteckt auf einem in Leinen gehüllten Altar standen.

Ein Holzkreuz hing oben an der Wand und sie war dankbar zu sehen, dass die Figur vom leidenden Christus darauf fehlte. Eine grüne Glasvase zwischen den

Kerzenständern enthielt rote Tulpen wie die, die sie in Wyatts Garten wachsen gesehen hatte. Sie fragte sich, ob er sie mitgebracht hatte.

Wie von ihren Gedanken ausgelöst, sah sie Wyatt mit Christine an der Hand durch den Mittelgang kommen. In blauen Anzug und graues Hemd gekleidet, schien er den Raum mit seiner Anwesenheit auszufüllen.

Mrs Toffels folgte ihnen mit gemächlicherem Schritt.

Samanthas Herz schlug schneller. Verärgert über ihre Reaktion auf ihn, hielt sie den Blick starr nach vorn gerichtet.

Elizabeth begann mit dem Orgelspiel.

Samantha erkannte die Musik von Johann Sebastian Bach, auch wenn sie das genaue Stück nicht bestimmen konnte. Ihre Eltern hatten die Werke von Bach geliebt. In Deutschland hatte sie oft Gelegenheit gehabt, seine Musik in Kirchen oder auf Konzerten zu hören. Seitdem war eine lange Zeit vergangen und sie ließ zu, dass eine Welle der Nostalgie über sie hereinbrach.

Die Erinnerungen begleiteten sie den ganzen restlichen Gottesdienst über und sie folgte Pamelas Führung, stand auf und setzte sich, sang und war still. Das Ritual unterschied sich nicht allzu sehr von dem, das sie in Erinnerung hatte. Ab und zu musste sie Daniel eine beruhigende Hand aufs Bein legen, wenn er zu sehr zappelte.

Elizabeth wählte noch ein Stück von Bach für den Auszug. Als sie aufstanden, um zu gehen, trat Samantha genau im gleichen Augenblick in den Mittelgang wie Wyatt.

Ihr Magen zog sich unter ihrem steifen Korsett zusammen. Warum verunsicherte dieser Mann sie so?

„Morgen, Mrs Rodriguez."

„Guten Morgen, Mr Thompson."

Christine ging um Wyatt herum, hakte sich bei Sara unter, und die beiden begannen zu flüstern.

131

Als Wyatt seine Tochter ansah, funkelten seine Augen vor Freude silbern. Er zuckte die Achseln. „Kleine Mädchen. Zumindest haben sie nicht gekreischt, als sie sich begegnet sind. Eine Stunde lang nicht zu schwatzen ist schwer."

„Oder still zu sitzen." Sie schaute über ihre Schulter zu Daniel, der den Gang halb springend, halb laufend zurücklegte und sich dann, gefolgt von Tim, durch die Menschenmenge an der Tür drängte. Sie schüttelte den Kopf. Sie würde später mit ihnen reden.

Aus den Augenwinkeln heraus sah sie einige Frauen, die stehen geblieben waren, um sie zu beobachten. Ihre Wangen wurden heiß. Sie tat so, als würde sie es nicht bemerken, und hielt stattdessen mit den anderen Gemeindemitgliedern Schritt.

Wyatt lief neben ihr her. „Gut eingewöhnt?"

„Alles bestens, danke." Sie erinnerte sich daran, dass er ihre Ranch kaufen wollte. Bald würden sie eine kleine Diskussion über das Thema führen müssen. Er musste wissen, dass ihre Ranch *nicht* zum Verkauf stand.

Sie versuchte, nicht darauf zu achten, dass er neben ihr stand, doch das war schwierig, wenn ihr Gespür für ihn ihr den Nerv raubte. Verärgerung, versuchte sie sich zu sagen. Doch sie wusste es besser.

Draußen reichte Reverend Norton, dessen weißes Haar von der Brise verweht war, jedem die Hand. „Mrs Rodriguez, wie schön, Sie wiederzusehen. Es tut mir nur leid, dass ich noch keine Gelegenheit hatte, Ihnen meine liebe Frau vorzustellen. Sie ist zu Hause und liegt im Bett."

„Es tut mir leid, dass ich sie nicht …"

„Ihr wird es auch leidtun. Ich bin mir sicher, bis nächsten Sonntag geht es ihr wieder gut." Er schaute an ihrer Schulter vorbei. „Ach, unser Bankier und seine Schwester. Hat man sie Ihnen schon vorgestellt?"

„Mr Livingston und ich haben uns bereits kennengelernt.

Mrs Grayson und ich wurden einander noch nicht vorgestellt", sagte Samantha.

„Gut, überlassen Sie das mir." Der Pfarrer machte die beiden miteinander bekannt.

Angesichts Edith Graysons Hemdbluse aus lavendelfarbener Seide und ihres Rockes mit dem dunkleren Saum aus Samt fühlte Samantha sich schäbig. In ihren Ohren glitzerten Tropfen aus Diamant. Genau wie ihr Bruder hatte Edith Grayson faszinierende schokoladenbraune Augen und dunkles Haar. Auch die gerade Nase hatten sie gemeinsam, aber ihr Mund war breiter und ihre Lippen wirkten so prall und rosa, dass Samantha sich fragte, ob sie geschminkt waren.

Die Lippen teilten sich zu einem Lächeln. „Mrs Rodriguez, seit mein Bruder mir von Ihnen erzählt hat, habe ich mich darauf gefreut, mit Ihnen Bekanntschaft zu machen."

Caleb Livingston, groß und attraktiv in seinem braunen Anzug – in einem anderen als dem, den er am Tag ihrer Bekanntschaft getragen hatte – schaute zustimmend drein.

Samantha hoffte, sie würde die Schwester lieber mögen als den Bankier. „Ich ebenfalls."

„Ich sehe, dass auch Sie Witwe sind?"

„Ja."

„Dann haben wir vieles gemeinsam. Witwen, die versuchen, ihre einzigen Söhne im Wilden Westen aufzuziehen. Liegt Ihr Verlust erst kurz zurück?" Sie blickte auf Samanthas schwarzes Kleid.

„Über zwei Jahre. Aber in Argentinien tragen Witwen immer Schwarz. Ich freue mich darauf, dieser Farbe endlich zu entkommen."

Mrs Grayson lächelte verständnisvoll.

Samantha erwärmte sich für sie.

„Ich befürchte, Ihre Auswahl in Sweetwater Springs wird begrenzt sein. Aber man kommt damit zurecht." Edith zuckte die Schultern und spitzte ihre vollen Lippen reumütig; in ihrem Mundwinkel bildete sich ein Grübchen.

Samantha dachte an ihren begrenzten Kontostand. „Das wird kaum etwas ausmachen. Ich muss meine Ausgaben auf die Ranch und die Jungen konzentrieren. Sie wissen, wie schnell sie aus ihrer Kleidung herauswachsen." Sie lächelte stolz. „Ich bin nicht mehr nur die Mutter von einem Kind."

Edith zeigte auf Tim, der am Rande der Menge stand. „Das muss einer dieser Zwillinge sein, von denen ich gehört habe."

„Ja, Tim Cassidy."

„Wo ist der andere?"

„Zu Hause. Er hilft bei der Arbeit."

„Wechseln Sie die beiden immer gegeneinander aus? Je einer pro Woche?"

„Ich hoffe nicht." Vom trockenen Ton verzog sich Samanthas Mund.

Edith lachte. „Manchmal kann schon ein Junge allein schwierig sein. Ich beneide Sie nicht um drei. Viel Glück!"

Wyatt gesellte sich zu ihnen. „Guten Tag, Mrs Grayson."

Ihre Lippen formten sich zu einem sinnlichen Lächeln. „Mr Thompson."

„Ich sehe, dass Sie meine Nachbarin bereits kennengelernt haben."

„Wir sind gerade dabei, Bekanntschaft zu schließen. Sagen Sie mir doch, Mr Thompson, ..." Mrs Grayson senkte ihre Stimme.

Mr Livingston wählte genau diesen Moment, um seine Hand unter Samanthas Ellenbogen gleiten zu lassen. „Vielleicht kann ich Sie zu Ihrer Kutsche begleiten."

„Es ist nur ein Wagen."

„Ein praktisches Fahrzeug." Er führte sie davon.

Sie warf einen letzten Blick auf Wyatt, der in sein Gespräch mit Mrs Grayson vertieft war. Sie schluckte den

Kloß der Eifersucht herunter, der ihr in der Kehle aufstieg, als sie offenbar gar nicht bemerkten, dass sie ging.

Sie haben einander verdient.

Aber warum ging es ihr bei diesem Gedanken nicht besser?

Wyatt konzentrierte seine Augen auf Edith Graysons Mund. Er hatte sie küssen wollen, seit er diese üppig geschwungenen Lippen zum ersten Mal erblickt hatte – einer der Gründe, warum er sie an die Spitze seiner Liste der potentiellen Ehefrauen gesetzt hatte. Aber heute konnte er sie anstarren, wie er wollte: Ediths sinnliche Lippen konnten nicht die bisherige Reaktion in ihm hervorrufen und die Worte, die sie aussprachen, summten in seinen Ohren. Seine Aufmerksamkeit verließ ihn und folgte Samantha und Livingston.

„Mr Thompson", sagte Mrs Grayson. „Wyatt." Ihre Stimme wurde sanft wie ein samtiges Schnurren. Sie legte ihm die Hand auf den Arm.

Als wäre er ein Fisch an der Angel, wurde seine Aufmerksamkeit wieder zu ihr zurückgeholt.

„Mein Bruder möchte, dass ich Sie nächsten Sonntag nach dem Gottesdienst zum Abendessen bei uns einlade."

Er hielt inne, bevor er antwortete. Wenn er die Einladung annahm, würden alle in der Kirche es erfahren. *Samantha würde es erfahren.* Irgendwie gefiel ihm die Vorstellung nicht. Außerdem würde er sich auch noch darum kümmern müssen, wie Christine und Mrs Toffels nach Hause kommen sollten. Der Aufwand schien ihm größer als ihm lieb war. „Das hört sich nach einer überaus höflichen Einladung an, Mrs Grayson ..."

„Nennen Sie mich Edith!"

„Edith. Ich würde mit meiner Tochter und Mrs Toffels kommen."

Sie runzelte fragend die Stirn.

„Ihre Haushälterin? Kann die nächsten Sonntag nicht mit Christine zu Hause bleiben?"

Er lachte. „Mrs Toffels niemals. Für sie ist es ein Frevel, wenn zu viel Schnee liegt, um die Kirche zu erreichen. Sie besteht darauf, dass wir trotzdem beten. Sie würde keinen Gefallen daran finden, nicht zum Sonntagsgottesdienst zu gehen."

„Oh."

„Und ich will nicht, dass Christine ihn verpasst. Ihre Mutter wäre gar nicht zufrieden mit mir."

„Ihre Mutter?"

„Ich bin sicher, sie schaut noch immer auf ihre Tochter herab. Haben Sie bei Ihrem Mann nie dieses Gefühl?"

„Nein." Sie gab dem Wort eine gleichgültige Betonung. „Mein Mann …" Sie schlug die Wimpern nieder.

Wyatt empfand plötzlich Unbehagen. Er war sich nicht sicher, ob sie ihn für lächerlich hielt oder ob er vielleicht alten Kummer geweckt hatte. Bei dem Gedanken empfand er Reue. Er wusste nur zu gut, wie unerwartet eine Erinnerung zuschlagen und alten Schmerz wieder ans Licht bringen konnte. Er würde das wieder gutmachen müssen.

„Wenn Sie und Ihr Bruder nichts gegen Gesellschaft einzuwenden haben, schaue ich gerne mal einen Abend vorbei."

Ihre Lippen hoben sich zu einem sinnlichen Lächeln. „Wie wäre es am Mittwoch? Kommen Sie zum Abendessen!"

„Diese Woche bin ich mit der Arbeit auf der Ranch beschäftigt. Wie wäre es am Ende des Monats? Da müsste Vollmond sein. Das erleichtert den Ritt nach Hause."

„Das wäre wunderbar."

„In der Tat." Er verneigte sich. „Wenn Sie mich nun entschuldigen, ich muss meine Tochter finden und sie nach Hause bringen."

„Dann sehen wir uns nächsten Mittwoch." Sie drehte sich um und spazierte fast gleitend davon.

Ihr mit dem Blick folgend, beobachtete er, wie sich ihre kleine Tournüre beim Gehen langsam hin und her bewegte und er fragte sich, warum der nächste Mittwoch nicht mehr Begeisterung in ihm auslöste.

Kapitel Zwölf

Zwei Wochen später hatte Samantha ihr Kleid bis über den Stiefelschaft hochgezogen, um mehr Bewegungsfreiheit zu haben. Sie trat mit dem Fuß auf die obere Schaufelkante und empfand Befriedigung, als das Blatt tief in die Erde glitt. Die Nachmittagssonne brannte auf ihren Rücken nieder.

Ein langer rosa-brauner Wurm schlängelte sich wieder zurück in die freigelegte Erde, was ein Beweis für die Fruchtbarkeit des Bodens war. Nachdem sie einige Stunden gegraben hatte, war es ihr fast gelungen, den gesamten Bereich des Gartens umzugraben, den sie für Kartoffeln vorgesehen hatte. In einer anderen Ecke pflanzte Maria gerade Bohnen, während Manuel in den Maiseihen arbeitete.

In den nächsten Tagen würden sie verschiedene Arten von Kürbis, Tomaten, Karotten, Erbsen, Gurken und Rüben anpflanzen. Samantha hatte geplant, einen Kräutergarten zu schaffen und den kleinen Obstgarten zu vergrößern.

Sie stützte die Schaufel an ihrem Bein ab und ließ die Schultern rollen, um zu versuchen, ihre verkrampften Schulterblätter zu entspannen. Ihr Körper sehnte sich nach einer Pause und nach Ruhe, doch ihre Dickköpfigkeit trieb sie weiter an. Sie hatte ein Ziel zu erreichen und eine Familie zu ernähren.

Die Arbeit in den Beeten, die auf Ezras Grundstück lagen, war recht einfach von der Hand gegangen, da der Boden nach jahrelangem Ackerbau weich war. Aber Samantha hatte ein viel größeres Beet vor Augen: eines, das groß genug sein würde, um sie das ganze Jahr über zu ernähren und vielleicht das so dringend nötige Geld einzubringen. Aber unbestelltes Land umzugraben, war eine wesentlich härtere Arbeit. Sie musste sich die Hilfe der Jungen sichern, wenn sie aus der Schule kamen.

Mit einem Seufzen richtete sie sich auf und rieb sich den Rücken. Unter ihren Arbeitshandschuhen aus Leder brannte die Haut ihrer Handflächen. Sie spürte, wie sich Blasen bildeten. Auf der *Estancia* hatte Don Ricardo ihr das Arbeiten nie gestattet und sie hatte die Schwielen verloren, die sie in der Zeit ihrer Ehe glücklich durch die stundenlange Gartenarbeit angesammelt hatte. Die Haut ihrer Hände war weich geworden. Ihre Muskeln ebenfalls. Oder war es nur, dass sie älter wurde …?

Nein. 31 ist nicht alt. Sie zupfte sich eine Haarsträhne aus den Augen, stopfte sie unter den Strohhut, den sie trug, und hoffte, keinen Schmutzstreifen auf ihrem Gesicht hinterlassen zu haben. Manchmal fühlte sie sich immer noch wie eine junge Frau, auch wenn ihr ganzer Körper jetzt nach der harten Arbeit schmerzte.

Die umgegrabene Erde lag dunkel und fruchtbar zu ihren Füßen. Sie atmete den lehmigen Geruch ein, der vom Boden aufstieg, und schaute zu den Bergen, wo violette Felsrücken grünen Hängen im Baumschatten wichen. Die Berge markierten die Grenze ihres Eigentums und sie fragte sich, ob sie jemals die Zeit finden würde, deren Wunder zu entdecken.

Der April verging wie im Flug. Sie war so beschäftigt mit dem Aufräumen in Haus, Stall und Garten gewesen, hatte sich darüber hinaus um die Hühner, Ziegen, Pferde und

Jungen gekümmert, dass sie noch nicht einmal die ganze Grenze der Ranch entlang geritten war.

Sie hatte die beiden Arbeiter, Mike und Ernie, damit beauftragt, die kleine Viehherde zu beaufsichtigen. Sobald die Kalbezeit gekommen war, waren sie mit den Kühen ausgezogen. Alle paar Tage kam einer von ihnen zurückgeritten, um Vorräte zu holen und ihr von ihren Fortschritten zu berichten. Bisher hatten sie nicht ein einziges Kalb verloren. Sie hatte Vertrauen in ihre Fähigkeiten. Und doch hatte sie vor, ihr Land zu erkunden, sobald sie mit dem Garten fertig war.

Sie schaute zum großen Gehege hinüber, wo die Falabellas herumtollten. Mariposa war in den letzten Wochen langsamer geworden. Die Zeit, in der sie fohlen würde, rückte näher. Bonita sah auch so aus, als würde sie bald so weit sein, aber bei Pampita und Bella würde es noch eine Weile dauern, bis ihre Babys kamen. Die junge Chita war die einzige Stute, die nicht in Argentinien gedeckt worden war. Nächstes Jahr würde sie zu Chico, Samanthas einzigem Hengst, gestellt werden.

In Argentinien hatte Samantha unterschiedliche Zuchthengste herangezogen, weil sie geplant hatte, ihre Herde zu vergrößern, bevor sie erfahren hatte, dass sie nach Amerika kommen würde. Wie gut, dass sie das getan hatte. Es gab hier keine anderen Falabellas, die sie für die Zucht verwenden konnte.

Sie stützte sich auf dem Griff der Schaufel ab. Jetzt, da sie aufgehört hatte zu arbeiten, holte sie der Traum wieder ein, den sie letzte Nacht gehabt hatte und den sie den ganzen Tag zu verdrängen versucht hatte: ein sinnlicher Traum, der anders war als alles, was sie je erlebt hatte.

Wyatt küsste sie – nein, er küsste sie nicht nur, er verschlang ihren Mund, ließ seine Küsse auf ihren Nacken und ihre Schultern prasseln und ließ ihren Körper vor Verlangen nach ihm schwach werden. Sie hatte sich ihm hingeben und spüren wollen, wie ihr Widerstand mit jeder Berührung seiner Lippen dahinschmolz, und doch hielt etwas in ihr sie zurück. Sie war nicht sicher, ob sie bereit war, sich ihm zu ergeben. Oh, aber wie sehr sie es gewollt hatte!

Irgendetwas hatte sie geweckt und sie hätte vor Frustration und Enttäuschung fast geschrien. Sie hatte versucht wieder einzuschlafen, ihren Weg in die Traumwelt zurückzufinden, aber das Schlummern blieb ihr versagt. Als sie ihr volles Bewusstsein zurückerlangt hatte, fühlte sie sich beschämt über das Verlangen ihres Körpers – Gelüste, die sie für tot und mit Juan-Carlos begraben gehalten hatte. Und doch waren sie losgebrochen – vielleicht sogar noch stärker, weil sie verborgen waren – und auch noch für einen Mann, von dem sie sich nicht einmal sicher war, dass sie ihn mochte.

Für einen Mann, der sich für Edith Grayson zu interessieren schien.

Sie verlagerte ihren Griff um die Schaufel und stieß sie tief in den Boden. Arbeit war die Antwort. Arbeit, bis ihr Geist und ihr Körper zu müde zum Denken waren – geschweige denn, zum Träumen.

Der späte Apriltag war inzwischen warm genug, dass Wyatt seine Jacke ausziehen konnte. Er lehnte sich gegen Bills Hinterbacken und sah sich die Unterseite des Hufes an, den er in der Hand hielt, um den Dreck daran zu beseitigen. Deuce hatte den Stall ausgemistet und während Wyatt arbeitete, sog er den frischen Duft nach Stroh ein, das den Boden bedeckte.

„Wyatt. Wyatt", rief Mrs Toffels vor dem Stall.

Als er den Zorn in ihrer Stimme hörte, richteten sich seine Gedanken sofort auf den Verbleib und die Sicherheit seiner Tochter. Es gab nicht viel, das seine friedliche Haushälterin reizte – normalerweise passierte das nur, wenn etwas ihren Bärenmutterinstinkt Christine gegenüber weckte.

„Hier bin ich!" Er zog die Hand unter dem Pferdebein weg und stand auf, sodass seine korpulente Haushälterin ihn über die Stalltür hinweg sehen konnte.

Mrs Toffels schwankte in den Stall, in den Armen einen Wäschekorb aus Weide, der fast so breit wie sie war, und vor gefalteter Kleidung fast überquoll. Als er den Korb sah, brach eine Welle der Erleichterung über ihn herein und er entspannte sich. Sie würde keine Wäsche durch die Gegend tragen, wenn etwas Schlimmes passiert wäre.

Sie sah ihn über den Berg aus Kleidung hinweg an und änderte ihre Richtung, um schnurstracks auf ihn zuzukommen. Sie stellte den Korb ab, richtete sich auf, und stemmte die Arme in die Hüften. Unter ihrem Kleid aus grünem Gingan, das von einer fleckenlosen weißen Baumwollschürze bedeckt wurde, schwoll ihr voller Busen an. „Wyatt, irgendjemand hat Ihr Hemd gestohlen."

„Mein Hemd?"

„Ihr blau-grau gestreiftes Lieblingshemd aus Flanell. Ich habe es nicht bemerkt, bis ich fast die gesamte Wäsche abgenommen habe. Ich hatte das Hemd ganz ans Ende gehängt."

„Sind Sie sicher, dass es nicht nur weggeweht wurde?"

Als hätte er sie beleidigt, richtete Mrs Toffels sich auf. „Ich stecke *jedes* Stück Wäsche, das ich aufhänge, gut fest. Dieses Hemd war mit *drei* Klammern befestigt."

„Selbstverständlich." Er hielt inne, um nachzudenken. Die Männer waren schon den ganzen Tag draußen auf den südlichen Weiden und er hatte vorgehabt hinzuzustoßen. Er hatte Mrs Toffels beim Aufhängen der Wäsche gesehen, nachdem sie fort waren. Niemand von ihnen hätte sich sein Hemd ausgeliehen. *Aber irgendjemand hat es.* Vor drei Wochen war jemand mit dem Kuchen geflüchtet. Letzte Woche war ein Laib Brot verschwunden, der zum Auskühlen auf dem Fenstersims lag. Jetzt sein Hemd – sein *Lieblingshemd.*

Er hatte nicht länger vor, den Männern nachzureiten. Der Tunichtgut würde wahrscheinlich Kurs auf die Berge nehmen und Wyatt wollte ihm auf den Fersen bleiben. „Ich werde mich darum kümmern, Mrs Toffels. Sie gehen ins Haus. Ich reite los und schaue mich um. Eventuell komme ich zu spät zum Essen."

„Ich bereite Ihnen schnell etwas zum Mitnehmen vor."

„Schicken Sie Deuce in die Stadt, damit er Christine abholt, in Ordnung? Ich will nicht, dass sie heute zur Rodriguez-Ranch geht und mit diesen Zwergpferden spielt. Solange ich den Dieb nicht gefasst habe, will ich nicht, dass sie alleine nach Hause reitet."

Wyatt beschäftigte sich damit, Bill zu zäumen und zu satteln. Er nahm seinen Revolvergürtel von einem Haken beim Stall und wägte das Gewicht nachdenklich ab, bevor er ihn sich um die Hüften legte. Er führte das Pferd nach draußen und band die Zügel an den Zaun. Er würde seine Winchester aus dem Haus holen. Vielleicht würde er nicht nur den Tunichtgut fassen, sondern auch gleich auf die Jagd gehen.

Er schwang sich in den Sattel und ritt in Richtung des Flusses, der die Grenze zwischen seiner und Samanthas Ranch darstellte. Er hatte das Gefühl, der Schuldige könnte einer der Cassidy-Zwillinge sein. Das hoffte er. Ein Verbrecher hätte wahrscheinlich ein Pferd gestohlen. Es würde einfacher sein, mit den Jungen fertigzuwerden, als es mit einem Banditen aufzunehmen. *Obwohl es vielleicht schlimmer sein würde, mit Samantha über diese Zwillinge zu diskutieren, als einen gefährlichen Mann in die Enge zu treiben.*

Wyatt ritt mit wachsamen Sinnen. Obwohl er sich der Schönheit des frühen Frühlingstages bewusst war, achtete er

143

nicht auf die Bäume und Büsche, die Knospen trieben, sondern suchte stattdessen in ihnen nach Lebenszeichen. Er musterte einen Falken, der über seinem Kopf flog, um zu sehen, ob er entspannt oder aufgeschreckt zu fliegen schien und suchte das frische grüne Gras nach menschlichen Spuren ab.

Als er an der Furt des Flusses vorbeikam, fiel ihm hinter dem Wasser eine Bewegung auf Samanthas Grundstück auf. Etwas blau-grau Gestreiftes verschwand hinter einem Baum.

Ha! Er hatte also mit seiner Vermutung über die Cassidy-Zwillinge recht gehabt! Er hätte wetten können, dass es Jack war.

„Hab dich!" Er trieb Bill ins Wasser und das Pferd planschte durch den Strom. Vorsichtshalber zückte Wyatt seinen Colt. Natürlich würde er den Jungen nicht verletzen – nur erschrecken. Aber wenn er Jack eingeholt und nach Hause gebracht haben würde, würde Samantha zugeben müssen, dass sie einen Fehler gemacht hatte, als sie diese Zwillinge aufgenommen hatte.

Er umrundete den letzten Baum; der Bursche rannte los. Wyatt trieb ihm Bill hinterher, doch selbst aus 30 Metern Entfernung konnte er erkennen, dass er nicht Jack Cassidy jagte. Fliegendes schwarzes Haar, ein blau-grau gestreiftes Hemd, Leggings aus Wildleder. *Ein Indianerjunge.*

Innerhalb weniger Minuten hatte das Pferd ihn überholt. Wyatt drehte Bill um und schnitt dem Jungen den Weg ab. Er kam zum Halt und richtete seinen Revolver auf den jungen Indianer. „Stehengeblieben!"

Der Jugendliche musste etwa 13 sein. Sein langes schwarzes Haar fiel ihm offen über den Rücken. Sein dürrer Körper wirkte verloren in dem viel zu großen gestreiften Hemd, dessen Zipfel dem Jungen bis zu den in Wildleder gekleideten Knien hing. Seine schwarzen Augen funkelten trotzig, aber in ihren Tiefen konnte Wyatt nicht nur Wut, sondern auch eine Spur von Furcht entdecken.

Er hatte den Dieb gefasst, in Ordnung. *Aber was in aller Welt soll ich jetzt mit ihm anstellen?*

Samantha stand an ihrem Schlafzimmerfenster und sah durch ihren frisch gepflanzten Garten hindurch zur großen Ranch dahinter. *Jetzt kann ich meine Ranch kennenlernen.* Ihre Füße wippten voller Vorfreude. Jetzt, wo der Druck etwas nachgelassen hatte, weil sie die wichtigsten Arbeiten erledigt hatte – der Garten war bepflanzt, das Haus sauber und bewohnbar, der Stall, die Außengebäude und die Gehege betriebsfähig –, konnte sie sich Zeit für sich selbst nehmen. Sie hatte immer noch eine lange Liste von Ausbesserungen, die sie vornehmen wollte, aber diese würden warten müssen, bis die Ranch anfing, Gewinn abzuwerfen.

Heute würde sie, solange die Jungen noch in der Schule waren, auf Entdeckung gehen. Die Spannung packte sie von Kopf bis Fuß. In den letzten Wochen hatte sie nicht bemerkt, wie schwer die Last der Ranch auf ihren Schultern lastete. Auf einmal fühlte sie sich leichter. Sie drehte sich vom Fenster weg und schaute sich in ihrem Zimmer um. Auf dem großen Himmelbett sorgte eine Patchworkdecke mit Double-Wedding-Ring-Muster, die ihre Mutter angefertigt hatte, für Farbe: jedes Quadrat war ein Fenster zur Vergangenheit.

Samantha ging zum Bett hinüber und strich mit den Fingerspitzen über ein smaragdgrünes Quadrat aus Samt, das von einem Abendkleid ihrer Mutter stammte. Ihre wunderschöne Mutter hatte in diesem Kleid wie eine Königin ausgesehen, mit ihrem feuerroten, aufwendig zurechtgemachten Haar und den smaragdgrünen Tropfen, die an ihren Ohren hingen. Seit dem Tod ihrer Eltern hatte Samantha die Ohrringe weggepackt und nie getragen. Sie erinnerte sich an die Stoffrolle beim Händler. *Vielleicht eines Tages.*

Das war jetzt genug Zeit in der Vergangenheit. Samantha ging zur Truhe, in der sie einige Dinge aufbewahrte, öffnete den Deckel und schob ein paar Decken und saubere Laken beiseite. Am Boden lag Juan-Carlos' Hab und Gut, das sie für Daniel aufhob. Sie betastete einen verzierten Ledergürtel, der mit silbernen Medaillons besetzt war, bevor sie ihn zur Seite legte und eine blaue Deminhose und ein weißes Baumwollhemd herausholte, welche sie für ihn genäht hatte. Sie würden zu groß sein, aber sie konnte die Hosenbeine hochkrempeln und Träger benutzen. Sie war unentschlossen, ob sie einen Gaucho-Poncho in Blau und Weiß tragen sollte, entschied sich dann aber für eine Jacke.

Samantha zog sich um, entfernte die Nadeln aus ihrem Haar, schüttelte es aus und flocht die Locken dann zu einem langen Zopf. Sie wünschte, sie hätte ein Spiegelglas in ganzer Länge, um sich in Männerkleidung sehen zu können. Der kleine Spiegel über dem Tisch zeigte nur ihr Gesicht. Natürlich spielte ihr Aussehen keine Rolle. Es würde sowieso niemand in der Nähe sein, der sie sehen konnte.

Sie hüpfte wie ein Kind die Treppe hinunter, griff zu Ezras altem Mantel und dem Lederhut am Ständer und eilte zur Tür hinaus. Am Gehege verlangsamte sie den Schritt und war versucht, stehenzubleiben, um mit ihren Falabellas zu spielen. Ihre Babys hatten in letzter Zeit nicht allzu viel Aufmerksamkeit von ihr bekommen und sie vermisste es, Zeit mit ihnen zu verbringen.

Aber so sehr Samantha sich auch danach sehnte, mit den Falabellas zu spielen − sie wollte die Ranch noch weiter erkunden. Sie zwang sich dazu, weiter in Richtung Stall zu gehen.

Im Stall angelangt, blinzelte sie im dunklen Innenraum und wanderte den Mittelgang entlang zur letzten Box. Das einzige Pferd im Stall, das noch zum Reiten geeignet war, war ein Pinto-Wallach namens Windy. Als Samantha ihn zum ersten Mal gesehen hatte, war sie von seinen Abzeichen fasziniert: Sein Fell war braun mit großen weißen Flecken. Die Arbeiter, Mike und Ernie, hatten ihr beide versichert, dass sie mit ihm keinerlei Probleme haben würde.

„Hey, Junge!" Samantha rieb dem Pferd über die samtweiche Nase. „Tut mir leid, keine Leckerli. Du wirst warten müssen, bis wir einen Vorrat an Mohrrüben und Äpfeln haben."

Sie legte dem Pferd das Zaumzeug an, warf eine Decke über Windys Rücken, zog dann einen schweren Sattel herunter, der hoch oben in der Box lag, und hievte ihn auf die Decke. Sie zog den Sattelgurt fest und führte das Pferd nach draußen.

Samantha zog die Zügel zurück und zögerte einen Moment lang. Wenigstens würde sie mit diesem Sattel keine Aufstiegshilfe oder Räuberleiter brauchen. Und im Herrensitz zu reiten, war einfacher und sicherer.

Los geht's!

Sie schlüpfte mit dem linken Fuß in den Steigbügel, hievte sich am Horn hoch und schwang ihr rechtes Bein hinüber, wo sie es in den anderen Steigbügel stellte. Als sie saß, atmete sie aus — ihr war nicht bewusst gewesen, dass sie die Luft angehalten hatte.

Samantha lenkte Windy flussaufwärts. Das Wasser, etwa zweieinhalb Meter breit und höchstens einen knappen Meter tief, spritzte und sprudelte über die moosgrünen Steine. Die frisch sprießenden Blätter der Weiden und Espen zitterten inmitten der dunkleren Fichten. Die Farbe des Himmels faszinierte sie. Sie spielte mit den Blautönen — Azurblau, Wasserblau und Türkis — und versuchte, die genaue Farbe auszumachen.

Ein Rascheln in den Büschen und plötzlich auftauchende

braune Federn, die zu schnell verschwunden waren, um sie zuordnen zu können, faszinierten sie. Sie würde alles über die Kreaturen lernen müssen, mit denen sie sich ihr Land teilte.

Im Rhythmus des Pferdegangs lief in ihrem Kopf ein Tagtraum ab: Sie und Wyatt ritten gemeinsam und er teilte sein Wissen über die Pflanzen und Tiere mit ihr. Sie würden über die Ranches sprechen, über ihre Kinder ... Sie zügelte ihre Gedanken. Nur zu gut konnte sie sich vorstellen, was er über ihre Jungen zu sagen hatte.

Sie zwang sich dazu, sich auf die Flora und Fauna um sie herum zu konzentrieren und sich mit ihrer Umgebung vertraut zu machen. Sie ritt an einer Gruppe Fichten vorbei und stieß auf einen Anblick, der ihrem Tagtraum ein abruptes Ende bereitete, ihr den Magen umdrehte und sie zu einer sofortigen Handlung zwang.

Wyatt. Drauf und dran, ein Kind zu erschießen!

„Nein! Nein! Stopp, Wyatt!" Eine kreischende Todesfee mit tizianrotem Haar galoppierte, rittlings auf einem Pinto-Pferd sitzend, zwischen ihn und den Indianer.

Mit einem gedämpften Fluch steckte Wyatt seinen Colt ins Holster. „Ich hätte ihn nicht erschossen, Samantha. Obwohl *Sie* vielleicht schon hätten erschossen werden können, so wie sie mich erschreckt haben." Bei dem Gedanken zog sich sein Herz zusammen.

„Sie haben den Revolver direkt auf ihn gerichtet."

In ihren Augen sah er Angst gegen Wut kämpfen und ihr Gesicht war milchig blass.

„Ich hätte ihn nicht erschossen."

Hinter ihr schlich sich der Junge davon. „Du bleibst sofort stehen!", rief Wyatt in der Hoffnung, dass der Indianer

Englisch verstand. Er glaubte nicht, dass seine begrenzte Kenntnis der Sprache der Schwarzfußindianer von Nutzen war.

Der Junge hielt inne und sein Körper neigte sich, zum Kampf bereit, immer noch nach vorn.

„Lassen Sie ihn in Ruhe!", schrie Samantha und ließ den Pinto zurückweichen, bis er neben dem Jungen stand. Ihr elfenbeinfarbener Teint war weiterhin blass, aber nicht mehr aus Furcht. Stattdessen sah sie fuchsteufelswild aus. Ein Glück, dass er den Revolver in der Hand hielt.

„Potzblitz, Samantha, er hat mein Lieblingshemd und einen von Mrs Toffels Apfelkuchen gestohlen." Noch während die Worte seine Lippen verließen, wurde ihm klar, wie lächerlich sie sich anhörten.

„Sie wollen wegen eines *Hemdes* ein *Kind* erschießen?"

Er zuckte zusammen und betrachtete das kämpferische Leuchten in ihren blauen Augen. Wie konnte er sie zur Einsicht bringen? „Nein, aber andere Männer hätten den kleinen Dieb vielleicht erschossen, sobald sie ihn gesehen hätten."

„Das hätte ich niemals von Ihnen gedacht, Wyatt, niemals."

„Was hätten Sie nicht gedacht?" Er hörte, wie seine Stimme lauter wurde.

Sie fuhr fort, als hätte er nichts gesagt. „Obwohl ich es angesichts Ihrer Haltung meinen Zwillingen gegenüber hätte wissen müssen." Die rosa Farbe kehrte in ihre Wangen zurück.

Seine Ohren fingen an zu brennen und er musste der Versuchung widerstehen, sie aus dem Sattel zu reißen und zu schütteln, damit sie ihm zuhörte. Wenn er sah, wie die Wut ihre Augen zum Funkeln brachte und ihre Haut lebendig machte, hätte er sie am liebsten so lange geküsst, bis ihr Zorn sich mit einer Explosion in Leidenschaft verwandelte.

Der Junge fing an, sich fortzuschleichen.

„Stehenbleiben, habe ich gesagt!", raunzte Wyatt ihn an, bevor ihm bewusst wurde, dass er seine Wut an dem Jungen abließ.

„Sie lassen ihn in Ruhe!" Samantha hielt inne und schaute den Indianer eingehend an. „Er sieht aus, als würde er verhungern."

Wyatt konnte den Schmerz in ihrer Stimme hören. „Wahrscheinlich tut er das."

„Dann sollten Sie ihn ernähren, nicht erschießen!"

Er öffnete den Mund, um ihr zu sagen, dass der Junge Essen und Kleidung erhalten hätte, wenn er nur gefragt hätte – und dass er darüber hinaus in ein paar Minuten das Essen mit ihm geteilt hätte, das Mrs Toffels in seiner Satteltasche verstaut hatte.

Doch Samantha schenkte ihm schon keine Aufmerksamkeit mehr. Stattdessen konzentrierte sie sich auf den Jugendlichen. „Komm mit in mein Haus", drängte sie. „Ich sorge dafür, dass du genug zu essen und warme Kleidung hast."

Der Schwarzfußindianer senkte den Blick, sodass ihm das schwarze Haar das Gesicht verschleierte. Er bohrte die Spitzen seiner abgenutzten Mokassins in den Boden.

„Ich habe Brathähnchen, Brot und Erdbeermarmelade. Du kannst bei mir wohnen, wenn du möchtest." Sie warf Wyatt einen vernichtenden Blick zu und lächelte den Jungen dann an.

Dieser Blick brannte sich seinen Weg von Wyatts Ohren bis ganz nach unten in seine Zehen, sodass er seine Beherrschung verlor. „Oh nein, das machen Sie nicht! Sie adoptieren diesen kleinen Dieb nicht!"

„Oh doch, das mache ich. Sie können mich nicht davon abhalten."

„Ich kann ihn beim Sheriff abliefern." Er hoffte, dass sie ihm glaubte.

„Ich habe gehört, dass es bei uns in der Stadt keinen Sheriff gibt."

So viel zu diesem Bluff.

Sie wandte sich wieder dem Jungen zu. „Keine Sorge! Niemand wird dir wehtun."

Die Schwarzfußindianer sah nicht auf. Wahrscheinlich wollte er ihnen entkommen.

Wyatt beugte sich nach vorn, öffnete den Riemen seiner Satteltasche und holte die in Papier verpackten Sandwiche heraus. Er trieb Bill mit dem Knie nach vorn und hielt dem Jungen das Päckchen vor. „Nimm es! Das ist Essen."

Der Indianer hob ruckartig den Kopf: Seine schwarzen Augen waren misstrauisch, aber er nahm das Angebot an.

„Und behalte das Hemd!"

„Schon besser." Samanthas eisiger Ton taute um ein paar Grad auf.

Sie streckte eine Hand nach dem Jungen aus. Er wich ihr aus.

„Ich tue dir nichts. Ich will nur, dass du mit mir nach Hause kommst."

„Er ist ein Indianer, Samantha. Lassen Sie ihn zu seinem Volk zurückkehren."

Sie ignorierte Wyatt. „Hast du eine Familie? Jemanden, der sich um dich kümmert?"

Ein kurzes verneinendes Kopfschütteln war alles, was er zur Antwort gab.

„Dann komm mit mir nach Hause. Du bekommst dein eigenes Pferd."

Der Junge strich sich die Haare aus den Augen und starrte sie an – offensichtlich wagte er nicht, ihren Worten Glauben zu schenken.

Sie lächelte.

Wyatt kannte die Macht dieses Lächelns. Er hatte verloren.

Samantha lockte den Jungen: „Deine eigenen Pferde. Ein kleines, mit dem du spielen kannst, und ein großes zum Reiten."

Sie tut es schon wieder! Ein Druck baute sich in seiner Brust auf. *Wer konnte wissen, wozu dieser Indianer imstande war? Vielleicht war Samantha in seiner Gesellschaft nicht sicher. Oder Christine.* Seine Sorge nahm beim Gedanken an seine Tochter zu. Er musste sie beschützen. „Sie nehmen nicht noch ein …"

„Wagen Sie nicht, ein weiteres Wort von sich zu geben, Wyatt Thompson. Das ist meine Ranch. Mein Land."

„Dessen bin ich mir durchaus bewusst, Samantha", sagte er sarkastisch.

„Und ich bin mir durchaus bewusst, dass Sie diese Ranch haben wollen."

Seine Augen wurden zu Schlitzen; sein Kiefer straffte sich. „Ja, das will ich." Er bemühte sich darum, kühl zu klingen.

In ihren Augen loderte ein Feuer auf. „Mein Haus bekommen Sie nicht!"

„Samantha …"

„Sie befinden sich auf fremdem Eigentum. Verschwinden Sie von meinem Grundstück!" Ihre Augen wurden zu Schlitzen. „Sofort."

„Gut!" Die Wut brodelte in ihm, aber sein Ton war genauso frostig wie ihrer. „Sie können darauf vertrauen, dass Sie weder mich noch meine Tochter je wieder auf Ihrem Land sehen werden."

Kapitel Dreizehn

Samantha atmete heftig, während sie Wyatt bei seinem Rückzug beobachtete. *Verabscheuenswerter Mann.* Sie konnte immer noch nicht fassen, dass er eine Waffe auf ein Kind gerichtet hatte. Aber langsam schlich sich Reue in ihren Zorn. Sie hatte nicht die Absicht gehabt, so weit zu gehen – ihn von ihrer Ranch zu schmeißen. Ihr Temperament war mit ihr durchgegangen. Sie hätte Wyatt die Gelegenheit geben sollen, ihr alles zu erklären. Sie biss sich auf die Lippe. Aber er war mit Bill schon über den Fluss geritten. Sollte sie ihm folgen?

Der Stolz erlaubte ihr das nicht.

Schlage ihn dir aus dem Kopf! Dieser Spruch war ihr inzwischen vertraut. *Vielleicht höre ich dieses Mal zu.*

Samantha drehte sich zu dem Jungen um, der das Brot herunterschlang, als hätte er seit Tagen nichts gegessen. Wenn sie sich seine spindeldürre Figur mit den deutlich hervortretenden Wangenknochen im dunklen Gesicht ansah, kam sie zu dem Schluss, dass es tatsächlich so war. Das Mitleid zerriss ihr das Herz. „Immer langsam! Wenn du zu schnell isst, wird dir noch übel!"

Der Junge hielt inne und nahm dann noch einen großen Bissen. Dieses Mal kaute sein Kiefer langsamer.

„Schon besser." Sie wartete, bis er geschluckt hatte. „Wie heißt du?"

„Kleine Feder."

Seine Worte waren sanft und klangen steif, als hätte er seine Stimme schon eine Weile nicht benutzt. Armer Junge. Wie lange war er schon allein? Sogar jetzt hatte er sein Gewicht noch so verlagert, dass er jederzeit fliehen konnte.

Samantha sammelte dieselbe beruhigende Energie in sich zusammen, die sie benutzt hätte, um ein scheues Pferd zu beschwichtigen. „Komm mit!" Sie beugte sich hinunter und berührte seine Schulter.

Obwohl er fügsam unter ihrer Hand stehen blieb, waren seine Muskeln angespannt und sie konnte die stille Debatte in seinem Körper spüren. Als seine Schultern zusammensackten, wusste sie, dass er mit ihr kommen würde. Eine Welle der Freude überraschte sie. Sie fühlte sich bereits unerschütterlich mit ihm verbunden – vielleicht, weil sie ihn gerettet hatte. „Iss noch den letzten Bissen auf!"

Er tat, was sie sagte und kaute so wild, dass die mütterlichen Gefühle in ihr geweckt wurden.

Sie wartete und widerstand der Verlockung, ihm das lange Haar aus der Stirn zu streichen. Diese Geste konnte vielleicht ausreichen, um ihn in die Flucht zu schlagen. *Er ist ein Wilder.*

Samantha sah in seine dunklen Augen. Ein verwundetes Tier, ihren Zwillingen nicht unähnlich. Er würde noch mehr Geduld erfordern als die beiden. Und Freiheit. Aber sie würde nicht zulassen, dass ihre Überzeugung ins Schwanken geriet. Immer noch euphorisch über die Erhörung ihrer Gebete, wusste sie, dass sie in ihrem Inneren die Fähigkeit finden würde, jedem ihrer Jungen die Liebe zu geben, die er brauchte.

Diese Frau machte ihn verrückt. *Dickköpfig. Irrational. Schön.* Wenn sie allein gewesen wären, hätte Wyatt sie vielleicht von ihrem Pferd gerissen und sie so lange geküsst, bis sie keinen Atem zum Diskutieren mehr gehabt hätte.

Wenn sie ihm nur zugehört hätte, hätte er sich um alles gekümmert. Wie, das wusste er nicht. Aber ihm wäre schon seine eigene Lösung für den Indianerjungen eingefallen. Er brauchte nur Zeit zum Nachdenken. Samantha hatte ihm keine gelassen.

Was hättest du getan?, flüsterte sein Gewissen.

Irgendetwas, knurrte er, verärgert über die Frage.

Was?

Die Worte nagten an ihm. Es war schon schlimm genug, mit einer rothaarigen Hexe zu streiten, aber wenn ein Mann anfing, mit sich selbst zu diskutieren, dann stimmte irgendetwas definitiv nicht.

Alles klar. Er ging seine Möglichkeiten durch. Er hätte den Jungen zu sich mitgenommen. Ihn im Auge behalten, während Mrs Toffels ihm Essen und Kleidung gegeben hätte.

Und dann?

Dann hätte ich ihn nicht bei mir behalten können, nicht in Christines Nähe.

Aha! Er hätte ihn zu seinem Volk in sein Reservat gebracht. Mit Sicherheit gab es dort ein Waisenhaus oder eine Schule oder so etwas. Hatte er das nicht gehört? Aber er hatte auch über den Vertreter der Indianer, der die Stätte betrieb, Geschichten gehört. Was er gehört hatte, gefiel ihm nicht.

Er konnte ihn nicht zu Reverend Norton bringen. Der Junge wäre dann sowieso bei Samantha gelandet.

Er grübelte weiter, nach neuen Ideen.

Roter Charlie. Das war die Antwort. Zu dem hätte er ihn gebracht. Der Schmied hatte noch keinen Lehrling.

Wyatts Narben brannten in Erinnerung an die

Misshandlungen durch die Hand des grausamen Meisters, und er rieb sich die Seite. Aber er wusste, dass Roter Charlie fair zu dem Jungen sein würde. Wenn nötig, hätte Wyatt etwas für Unterkunft und Verpflegung gezahlt.

Na also! Er triumphierte innerlich. Er hätte die perfekte Lösung ausgetüftelt. Fast hätte er Bill gewendet, um zu einer weiteren Diskussionsrunde mit Samantha zurückzukehren.

Dieses Mal gewinne ich.

Dann erinnerte er sich an ihren letzten Schlagabtausch, seine Verbannung von ihrer Ranch, und das Gefühl des Triumphes verschwand und ließ ihn müde zurück. Er konnte nicht gehen. Er hatte es geschworen.

Wyatt zuckte beim Gedanken an Christine zusammen. Sie würde gar nicht glücklich sein, wenn sie von den Zwergpferden und von Daniel getrennt werden würde. Wahrscheinlich würde sie ein ziemliches Theater veranstalten. Die ganze Zeit über war ihm nicht wohl dabei gewesen, dass sie mit den Zwillingen zusammen war. Wie immer hatte er nachgegeben, weil es ihm schwerfiel, seiner Tochter ihren Willen zu verweigern. Jetzt musste er sich zumindest keine Sorgen mehr machen, dass diese Zwillinge ihr Probleme bereiten könnten.

Er hielt die Zügel fester umklammert. Hoffentlich würde sie nicht weinen. Christine war ein starkes Kind, das selten eine Träne vergoss. Aber wenn sie es tat, dann zog sich sein Herz fester zusammen als Mrs Toffels ausgewrungene Wäsche. Normalerweise machte es ihn hilflos anzusehen, wie Tränen in diese großen blauen Augen traten, und er tat alles in seiner Macht Stehende, damit sie aufhörte. Aber jetzt musste er standfest bleiben.

Dieses Mal wird meine Tochter mir gehorchen.

Ein paar Tage später ging Samantha zu ihrem Stall und blieb abrupt stehen. Ihr Magen zog sich zusammen. Sie roch Rauch. *Das ist ja merkwürdig.* Mit einer Hand schirmte sie ihre Augen vor der späten Maisonne ab, drehte sich im Kreis und versuchte zu sehen oder zu riechen, wo die Quelle war. Ihr Blick wanderte über das Gehege, die Fassade des Stalls und über die Heuhaufen, die links davon aufgeschüttet waren. Sie formte die Augen zu Schlitzen und suchte. Weit und breit keine feinen grauen Spuren.

Üblicherweise spielten die Jungen zu dieser Zeit am späten Nachmittag mit den Falabellas. Der Zauber der kleinen Pferde wirkte immer noch: Sie besänftigten die groben Zwillinge und banden Kleine Feder an die Ranch. Der Indianer war vor einer Woche angekommen und verschwand immer noch für einen Großteil der Zeit. Nur zum Essen und Schlafen kehrte er zurück. Samantha ließ es zu. Einen Adler konnte man nicht in einen Käfig sperren, aber sie hatte noch die Hoffnung, diesen zu zähmen.

Stimmen hinter dem letzten Heuhaufen lockten sie in diese Richtung. Sie ging um den letzten Stapel herum und sah ihre vier Jungen, ihre Rücken gegen die Stallwand gelehnt, dort sitzen. Kleine Feder, dessen schwarzes Haar ordentlich zu zwei Zöpfen geflochten war, trug Wyatts Hemd, von dem er sich nicht mehr trennen wollte. Er hob eine Pfeife zum Mund und atmete ein. Er versuchte, nicht zu husten und gab sie an Jack weiter.

Samantha wurde sofort wütend und wollte anfangen, sie anzuschreien, doch dann machte sie abrupt den Mund zu, als sie sich daran erinnerte, dass auch sie selbst die Pfeife in ihrer Kindheit ausprobiert hatte. Die von ihrem Vater. Sie hatte den Geruch immer geliebt, wenn er geraucht hatte, und sein Ritual beim Anstecken verinnerlicht.

Eines Morgens hatten sie und ihr Freund Günter die Pfeife aus dem Arbeitszimmer ihres Vaters gestohlen und sich nach draußen geschlichen. Das Rauchen war nicht so, wie sie erwartet hatte. Beiden war vom üblen Geschmack schlecht geworden und sie hatten es nie wieder probiert.

Sie würde ihren Zorn im Zaum halten und warten, bis die Jungen die gleiche Lektion erhielten.

Tim atmete ein und blies die Backen auf. Er rollte mit den Augen und würgte.

Samantha schlug sich die Hand auf den Mund, um nicht zu lachen.

Ihre Belustigung legte sich, als ihr Sohn die Pfeife nahm. Sie biss sich in die Lippe, um nicht laut zu rufen. Er musste die Konsequenzen am eigenen Leibe erfahren, aber später würden sie ein ernstes Wörtchen darüber reden müssen, dass er sich von den älteren Jungen nicht dazu anstiften lassen durfte, Dummheiten zu begehen. Sie seufzte und bezweifelte, dass eine Standpauke viel bringen würde.

Kleine Feder beugte sich vor und korrigierte die Ausrichtung der Pfeife.

Daniel saugte am Stiel und sein Mund verzog sich vor Anstrengung. Er hielt die Luft an.

Sie musste sich bremsen, auf ihn zuzurennen.

Er stieß die angestaute Luft mit einem Husten aus.

Samantha atmete auf. Während sie darauf wartete, dass Jack an der Reihe war, durchdachte sie ihre nächsten Schritte. Im Laufe der Zeit war ihre Wut verschwunden und der Erkenntnis gewichen, dass die Jungen sich endlich anfreundeten – etwas, auf das sie so lange gehofft hatte. Ihr Unfug würde ganz von selbst bestraft werden. Bald würde sie die Übelkeit packen. Sie würde sie direkt ohne Abendessen ins Bett schicken – auch wenn sie natürlich ohnehin keinen Appetit gehabt hätten. Und sie würden es hassen, im Bett zu liegen, während es draußen noch hell war.

Eigentlich wäre es vielleicht gut, wenn die Jungen früh schlafen gingen. Morgen würden Elizabeth Sanders und

Pamela Carter und ihre Kinder nach der Kirche zum Tee kommen. Samantha hatte bis dahin noch viel vorzubereiten. Sie wollte, dass alles perfekt war.

Als er fertig war, legte sich Jack eine Hand auf den Mund, um sein Husten zu dämpfen. Inzwischen sollten sie alle leicht grün im Gesicht sein. Es war Zeit, einzuschreiten.

Samantha ging auf sie zu. Jack sah sie als Erster und sprang mit einer Hand hinter dem Rücken auf. Die anderen Jungen taten es ihm nach und versuchten, unschuldig zu wirken, was ihnen aber nicht ganz gelang.

Ohne ein Wort zu sagen, blieb sie vor Jack stehen und streckte ihre Hand mit der Handfläche nach oben aus. Seine grünen Augen wichen ihr aus.

Sie wartete mit ausgestrecktem Arm.

Langsam holte er seinen Arm hervor und legte ihr die Pfeife in die Hand.

„Wessen Idee war das?"

Jack schaute auf seine Schuhe hinab. „Meine, Ma'am. Kleine Feder hat uns davon erzählt, wie die Krieger in seinem Stamm die Pfeife herumgehen lassen."

„Ich verstehe." Sie hob eine Braue hoch und sah Kleine Feder an.

Der Schwarzfußindianer nickte zustimmend.

„Also habt ihr gedacht, ihr ahmt die Krieger nach?"

Jack runzelte die Stirn. „Nachahmen?"

„Es so machen wie sie – ihr Verhalten nachmachen."

„Ja, Ma'am."

Kleine Feder löste seine geballten Finger, bis seine Hand vom Handgelenk ausgehend nach oben gespannt war.

Samantha versuchte seine wortlose Kommunikation zu deuten. *Flehen? Mit dem Fragen aufhören?*

Seine Hand hob sich ein paar Zentimeter. „Eine Friedenspfeife. Tradition meines Volkes."

Zwei Sätze. Eine lange Unterhaltung für Kleine Feder.

Zumindest hatten sie einen guten Grund, Unfug anzustellen. „Frieden zu schließen scheint mir eine gute Idee zu sein, Jungs. Aber neben einem Heuhaufen zu rauchen, ist gefährlich. Ihr hättet einen Brand verursachen können."

Jack verzog das Gesicht und vor Unbehagen bildeten sich Fältchen um seine Augen.

„Wie geht es dir jetzt?"

Jack legte sich eine Hand auf den Bauch. „Nicht allzu gut."

„Ich glaube, ihr Jungs müsst euch hinlegen. Ich schlage vor, ihr nehmt jetzt alle ein Bad und geht dann direkt ins Bett."

Vor Empörung hob Daniel abrupt den Kopf, aber der Blick, den sie ihm zuwarf, ließ alles, was er sagen wollte, gefrieren.

Schweigend verschwanden die vier in Richtung Stall. Sie schaute ihnen hinterher und verbarg ihr Lächeln – nur, falls einer von ihnen noch einmal zurückschauen sollte. *Eine erfolgreiche Lektion. Wenn sich doch nur alles so leicht hätte lösen können.*

Wer konnte wissen, in was für einen Unsinn sich diese Jungen als Nächstes verstricken würden?

Kapitel Vierzehn

Samantha saß auf der Kante des abgenutzten Ohrensessels aus grünem Samt in ihrem Wohnzimmer und nahm die weiße Teekanne mit Veilchenmuster von einem gravierten Silbertablett. Sie goss einen dünnen Strahl duftenden Earl Grey Tees in eine passende Teetasse mit violetten Tupfen. Sie vermutete, dass Pamela Carter und Elizabeth Sanders, die rechts von ihr auf dem Sofa saßen, ihre Fähigkeiten begutachten würden.

Während ihre Hände mit dem Teeritual beschäftigt waren, versuchte Samantha ihre Nervosität zu dämpfen. Jedes Detail musste an diesem Nachmittag stimmen. Das Teeservice ihrer Mutter, die Teller mit Keksen und kleinen Sandwiches sahen ziemlich verlockend aus. In ihrem schwarzen Kleid aus Kaschmir vermittelte Samantha einen ehrbaren Eindruck.

Sie wünschte sich so sehr, dass Pamela und Elizabeth sie mochten. Würden sie angesichts ihres baufälligen Hauses abfällige Bemerkungen machen? Sie wusste, dass beide aus Boston und aus vornehmen Verhältnissen stammten, und in ihren Ehen recht vermögend waren.

Sicherlich würden sie bemerken, dass das durch die nackten Fenster fallende Sonnenlicht Risse in der salbeigrün gemusterten Tapete von William Morris hervortreten ließ.

Obwohl Samantha versuchte, die losen Streifen wieder aufzukleben, waren einige Ränder abgebröckelt und hatten krumme Löcher zurückgelassen, hinter denen Kiefernholz hervortrat.

Wenigstens konnten sie die Mauselöcher in den Möbeln nicht sehen. Gehäkelte Zierdeckchen, die ihre Mutter angefertigt hatte, bedeckten die hohlen Stellen auf Sofa und Stühlen und verliehen dem Tisch vor ihnen einen Hauch von Weiblichkeit. Bei ihrer Ankunft hatte Samantha eine der sympathischeren Stallkatzen durch das Haus gejagt und dem Mäusebefall so ein Ende gesetzt.

„Zucker?", erkundigte sich Samantha.

„Nein, danke." Pamela schüttelte den Kopf. Eine feine Haarsträhne war dem fest gebundenen Dutt an ihrem Nacken entkommen und strich ihr über die Wange. Geistesabwesend streifte sie die Locke hinter ihr Ohr, bevor sie die Tasse mit Untertasse an sich nahm.

Diese kleine Geste rief kurz eine sehnsuchtsvolle Erinnerung hervor. Samanthas Mutter hatte das gleiche feine Haar, das immer aus den Nadeln rutschte.

Pamelas freundliches Lächeln erhellte ihr reizloses, pausbäckiges Gesicht. Sie nippte an der Tasse und stellte sie dann mitsamt Untertasse wieder auf den Tisch, dann lehnte sie sich auf dem Sofa zurück und betastete die granatrote Brosche, die an ihrer kaffeebraunen Samtbluse befestigt war.

Samantha schaute zu ihren Gästen auf. „Ich habe das hier schon so lange nicht mehr gemacht."

Pamelas Interesse erwärmte ihre braunen Augen. „Wird in Argentinien kein Tee serviert?"

Samantha schüttelte den Kopf. „Nicht so recht." Sie goss Elizabeth Sanders Tee ein und setzte sich auf die andere Seite von Pamela. „Zucker, Mrs Sanders?"

„Gern, und denken Sie daran: Ich habe Sie gebeten, mich Elizabeth zu nennen." Bei ihrem Lächeln bildeten sich

Grübchen. „Obwohl es noch nicht seinen Reiz des Neuen verloren hat, Mrs Sanders genannt zu werden."

Pamela kicherte. „Ich bin froh, dass ich dich nicht Mrs Sanders nennen muss. Nachdem ich dich mein ganzes Leben lang als Elizabeth Hamilton gekannt habe, bin ich froh, dass ich dich einfach Beth nennen kann." Sie schaute zu Samantha hinüber. „Bitte nennen Sie mich Pamela."

„Gern. Wenn Sie mich Samantha nennen."

Elizabeth beugte sich nach vorn. Ihr blaues Spitzenkleid passte zu ihrer Augenfarbe. Perlentropfen an ihren Ohren wippten jedes Mal, wenn sie den Kopf bewegte. „Erzählen Sie uns von Ihrem Land!"

„Oh, eigentlich ist Argentinien gar nicht mein Land. Ich bin Amerikanerin. Mein Vater arbeitete für das Diplomatische Corps. Ich habe in Deutschland, Spanien und Argentinien gelebt. Ich habe meinen verstorbenen Gatten kennengelernt, als er in Buenos Aires zur Schule ging. Wir haben fünf Jahre nach seinem Abschluss geheiratet."

„Haben Sie weiterhin in Buenos Aires gelebt?"

„In einem kleinen Ort außerhalb der Stadt. Mein Mann wollte genug Land für seine Falabellas haben."

„Ach, die berühmten kleinen Pferde."

Sie lachten alle, stürzten sich in die Unterhaltung und erzählten sich Geschichten aus ihrer Vergangenheit. Während sie sprachen, fühlte Samantha, wie zwischen ihnen ein Band der Freundschaft entstand – zart wie ein Spinnennetz, aber mit jedem Wort stärker. Pamelas fürsorglicher Charakter trat immer deutlicher hervor, während die elegante Elisabeth zu Samanthas Überraschung einen schlagfertigen Sinn für Humor hatte.

Sie entspannte sich und fühlte sich zuversichtlich, dass alles gut gehen würde.

Ihre Gäste waren so nett gewesen, Begrüßungsgeschenke mitzubringen. Elizabeth Sanders hatte ihr ein gerahmtes

Aquarell geschenkt, das einen Gebirgsbach, transparentes grünes und über Steine rauschendes Wasser sowie Fichtenbäume zeigte, die ihre Schatten auf den Boden warfen. Samantha hatte die Absicht, das hübsche Gemälde über die schlimmsten Risse in der Tapete zu hängen. Pamela Carters mit Blumen besticktes Kissen verzierte bereits das Sofa neben ihr. Berührt von der Aufmerksamkeit der beiden Frauen, hoffte Samantha, dass sie echte Freundinnen sein würden, wenn der Besuch vorbei war.

Dann sah Samantha aus den Augenwinkeln eine kleine Bewegung, die ihre Aufmerksamkeit weckte. Sie verspannte sich. Oh, bitte nicht. Ein kurzer Seitenblick bestätigte ihre Vermutung.

Eine Maus.

Sie spähte aus einem Loch links von Pamela in der Armlehne des Sofas und ihr Kopf wurde vom Rand eines Spitzendeckchens wie von einem Schleier bedeckt. Diese miserable Stallkatze hatte offensichtlich eine entkommen lassen.

Bitte verschwinde, versuchte sie der Kreatur einzuflößen und hoffte, sie würde sich nicht regen. Sie wagte es nicht, in diese Richtung zu schauen. Die anderen Frauen würden womöglich ihrem Blick folgen und die Maus sehen.

Die Maus ignorierte ihre geistige Bitte, schlüpfte aus dem Loch und am Bein des Sofas entlang nach unten. Samantha bemühte sich, an der Unterhaltung interessiert zu wirken, aber ihre Aufmerksamkeit war auf die Maus gerichtet, die unter der Couch herumlief. Das Ungeziefer tauchte wieder auf, kroch um den Saum von Pamelas Kleid, der um ihre Füße herum gebündelt war. Dann verschwand es in einer Falte. Samantha stockte der Atem.

Das Schamgefühl stieg ihr bis in die Wangen! *Verschwinde!*

Sie machte sich steif, als ob ihr Körper so zu einem Taktstock hätte werden können, mit dem sie die Maus dirigieren konnte. Aber es hatte keinen Zweck, der winzige Körper schlängelte sich tiefer in die Falte.

Jack Cassidy fläzte sich an den Holzzaun des Geheges und beobachtete Daniel, Tim und die Kinder der Carters beim Spielen mit den Falabellas. Beim Anblick der Gäste hatte Kleine Feder sofort das Weite gesucht. Jack vermutete, dass der Schwarzfußjunge wahrscheinlich erst zum Abendessen wieder zurück sein würde.

Auf der anderen Seite des Geheges traten Daniel, Mark und die schwarze Chita gegen den Ball, den Mrs Samantha aus einem Jutesack angefertigt hatte. Ganz in der Nähe zeigte Tim Sara seine kastanienbraune Stute Bonita.

Aus einem Impuls heraus hatte Jack der kleinen Lizzy seine Mariposa zum Spielen gegeben. Eine große Dummheit – und warum er sie begangen hatte, war völlig unverständlich. Er hatte noch nie so jemanden wie dieses Kind gesehen. Sie war winzig mit langem lockigem Haar und trug ein weißes Spitzenkleid, das sich kaum von denen anderer Mädchen unterschied. Aber sie hatte mit ihren weisen blauen Augen zu ihm aufgeschaut, ihre Haut war zart und fein wie ein Regentropfen ... wie eine Fee oder eine Prinzessin aus den Geschichten, die Mrs Samantha ihnen erzählt hatte ... und irgendetwas, das tief in ihm verlorengegangen war, hatte sich ihr gegenüber geöffnet.

Sie musste ihn verhext haben, denn er hatte Mariposa zu ihr geführt, die beiden bekannt gemacht und ihr den Führstrick ausgehändigt. In seiner rauen Hand ruhte die von Lizzy, die die Größe eines Ahornblattes hatte und sich weicher anfühlte als Mrs Samanthas' Sonntagskleid.

Voller Unbehagen hatte er sich zurückgezogen,

165

beobachtete die Kleine aber weiter. Sie sagte kein Wort. Ganz anders als ihre Schwester, die immer auf Pampita einredete, als würden ihr nie die Worte ausgehen. Sie berührte nur still mit den Fingerspitzen das grau gefleckte Fell der kleinen Stute. Aber Jack ahnte, dass das Mädchen und das Pferd ihre ganz eigene Unterhaltung führten − als würden sie sich bereits kennen. In seinem Inneren juckte es und er hatte das Bedürfnis, sich zu kratzen, wusste aber nicht, wie er da herankommen sollte.

Er musste weg, etwas anderes finden, mit dem er sich beschäftigen konnte. Er schaute sich um. Als er den Heuhaufen neben dem Stall sah, kam ihm eine Idee. Er pfiff nach seinem Bruder. Tim ließ Bonita stehen und kam auf ihn zu. Daniel kannte das Signal ebenfalls und gab Mark ein Zeichen, dass er mitkommen und Chita mitbringen sollte.

Jack zeigte auf den Stall. „Los, springen wir in den Heuhaufen!"

Mark rieb Chitas Ohren und es widerstrebte ihm offensichtlich, sie zu verlassen.

„Schauen wir, wer am weitesten springen kann", forderte Jack die anderen heraus.

Interesse blitzte in Marks Gesicht auf. „In Ordnung. Aber danach möchte ich zu dem Kleinen hier zurück."

Jack gab ihnen ein Handzeichen. „Kommt mit!" Ohne sich die Mühe zu machen, das Tor zu öffnen, kletterte er über den Zaun. Die anderen Jungen folgten ihm.

Sara hob den Saum ihres weißen Kleides mit verärgertem Blick im Gesicht und folgte ihnen. „Ich komme auch mit."

„Wir spielen nicht mit Mädchen." Jack zeigte mit dem Kinn in Lizzys Richtung. „Du bleibst bei ihr."

Saras Gesicht nahm einen dickköpfigen Ausdruck an, der an Pas altes Maultier erinnerte, wenn es sich weigerte, auch nur noch einen Schritt zu gehen. „Nein. Sie kann mitkommen. Sie kommt uns nicht in den Weg, sie schaut nur zu."

Jack wusste, dass Diskussionen mit einem Maultier vergeblich waren. Er zuckte die Achseln und schaute zu, wie sie über den Zaun kletterte.

Als Sara oben angekommen war, blieb der untere Teil ihres Kleides am zersplitterten Holz hängen. Sie zog ihren Rock mit einem Ruck los, indem sie die Spitze vom Saum riss. Sie sah unbesorgt aus, aber er hoffte, ihre Mutter würde sie wegen des Risses nicht schlagen, so wie es ihr Vater getan hatte, wenn sie der Sammlung der Löcher in ihren Kleidern ein neues hinzugefügt hatten. Oder noch schlimmer: Ihre Ma konnte ihn dafür verantwortlich machen. Es war nicht seine Schuld. Er hatte versucht, sie abzuhalten.

Er verdrängte den Gedanken aus seinem Kopf, raste um den Stall und die anderen Kinder stürmten ihm nach. Zwei Heuhaufen, die doppelt so hoch wie die Jungen in die Luft ragten, verlockten ihn dazu, zu springen und zu rutschen. Der nächste Haufen war dort, wo die Heugabel genug für die Pferde herausgeholt hatte, von vielen Dellen verunstaltet. Auf der linken Seite war ein Misthaufen aufgeschüttet, der noch nicht weggebracht worden war und so mit Stroh und Heu bedeckt war, dass er einem Heuhaufen glich.

Jack rannte zum nächsten Heuhaufen und kletterte an der glatten Seite hoch. Es gab einen Trick beim Klettern: Man musste die Zehen und Hände tief im Heu vergraben. Die Halme kratzten und kitzelten seine Hände, und er atmete den staubig süßen Geruch ein. Seit er hier angekommen war, hatte er den Wunsch gehabt, auf diesen Haufen zu hüpfen, aber er hatte immer zu viel mit der Schule und den Arbeiten auf dem Hof zu tun gehabt. Aber sie waren da und zogen ihn ständig an.

Die anderen Jungen kletterten direkt hinter ihm auf die Spitze und versuchten schwankend, nebeneinander zu stehen. Sara fiel das Klettern schwer, denn ihr Kleid behinderte sie. Wenn sie sich vorbeugte, hing ihr langes braunes Haar herunter und nahm die feinen Ähren mit. Er lachte leise vor sich hin. Bald würde sie aussehen wie ein gelbes Stachelschwein. Lizzy setzte sich auf einen Heuballen in der Nähe des Stalls und schien zufrieden damit zu sein, zuzuschauen.

Was zuerst? Zum nächsten Hügel springen oder wie ein Otter eine Schlammrutsche herunterrutschen und wieder hochklettern?

Daniel fand seine eigene Lösung des Problems. Er warf die Arme nach hinten und dann wieder nach vorn und stürzte sich auf den nächsten Heuhaufen. Er kam auf den Füßen auf, balancierte nach oben, ruderte mit den Armen und lachte.

Jack knirschte mit den Zähnen. *Ich bin der Erste.* Ohne zu warten, sprang er los und schubste Daniel bei der Landung beiseite. „Aus dem Weg!"

Daniel verging das Grinsen, als er auf den Rücken plumpste.

Bevor er die Zeit hatte aufzustehen, segelte Tim durch die Luft.

Jack entdeckte ein schelmisches Lächeln im Gesicht seines Bruders. Dann schubste Tim ihn und Jack fiel auf Daniels Bauch.

Daniel stieß lautstark die Luft aus und seine Brust krümmte sich. „Hey!" Er boxte Jack in die Seite. „Geh von mir runter."

Mit einem Grinsen rollte Jack sich von ihm.

Tim warf seine Arme in die Luft. „Ich bin der König vom Berg!"

Jack streckte die Hand nach ihm aus, packte Tim am Fußgelenk und zog ihn nieder. „Nicht mehr lange."

Vom anderen Heuhaufen rief Mark: „Macht Platz oder ich lande auf euch."

Jack sprang auf die Füße. Er achtete nicht auf Daniel,

nahm seinen Bruder bei der Hand und zog ihn hoch. „Guck doch, ob du das kannst!", rief er zurück.

Mark sprang ab und stürzte sich auf Jack. Sie kämpften um ihr Gleichgewicht.

Daniels Füße rutschten weg, sodass Tim nach unten gerissen wurde, aber indem er sich an Tims Bein festklammerte, gelang es Daniel, nicht herunterzufallen.

Während er fiel, packte Tim Jack am Arm. Gleichzeitig schubste Mark auf der anderen Seite Jack. Während er fiel, klammerte sich Jack dickköpfig an Marks Schultern und riss ihn mit nach unten.

Lachend fielen sie alle wie ein Haufen Welpen der Länge nach übereinander. Jack fühlte sich merkwürdig, als wäre eine Laterne in seiner Brust angegangen. Er konnte sich das dumme Grinsen nicht aus dem Gesicht wischen.

Er schaute zum anderen Haufen hinüber.

Sara hatte ihre Hände in die Hüften gestemmt. Mit festgesetztem Maultierblick im Gesicht. „Ich bin dran."

Jack schubste die anderen Jungen zur Seite, um auf die Beine zu kommen. „Nein, bist du nicht! Hier ist kein Platz für Mädchen!"

Rempelnd kamen die Jungen auf die Beine.

„Keine Mädchen. Keine Mädchen", rief Daniel wie im Sprechchor.

„Keine Mädchen. Keine Mädchen", Als alle Jungen mit einstimmten, wurde der Gesang lauter.

Saras Gesicht wurde so rot wie seine alten langen Unterhosen für den Winter. Sie wedelte mit der Faust in ihre Richtung.

Eine Bande. Er und Tim und Daniel und Mark. Alle zusammen. Zum ersten Mal fühlte Jack sich zugehörig und nicht als Außenseiter. In impulsivem Rausch erhob er seine Stimme noch lauter. „Keine Mädchen!"

Sara streckte ihre Nase in die Luft und wandte sich von ihnen ab.

Jack lachte und fühlte sich siegestrunken.

Mit einer raschen Bewegung raffte sie mit einer Hand ihren Rock zusammen, warf den anderen Arm zurück und nach vorne und stürzte sich auf den anderen Berg.

Oh Mann! Jack machte den Mund auf, um ihr eine Warnung zuzurufen, aber es war zu spät. Sara landete mit den Füßen zuerst auf der Spitze des mit Stroh bedeckten Misthaufens. Sie drehte sich zu ihnen um und versank im Nu. Voller Entsetzten traten ihre Augen hervor.

Jack konnte sich nicht zurückhalten und brach in Gelächter aus. Sara sah wirklich lustig aus, wie sie bis zu den Knien im Dung stand und ihr einst sauberes weißes Kleid sich über dem Misthaufen bauschte.

„Lach mich nicht aus!", schrie sie.

Jack gluckste. Er hatte noch nie im Leben etwas so Komisches gesehen. Sie würde bis zum Himmel stinken.

„Ich versinke!"

Das tat sie wirklich. Bis zu ihren Hüften. Jacks Belustigung verdampfte schneller als Wasserspritzer in einer heißen Bratpfanne und wurde schlagartig von Entsetzen abgelöst. Der Misthaufen war viel höher als Sara. Innerhalb einer Minute würde sie bis über den Kopf bedeckt sein. Sie würde in Scheiße ertrinken und er allein würde die Schuld daran haben.

Sein Herz raste zum Zerspringen, als er den Heuhaufen nach unten stürzte.

Sara schien ihre Gefahr erkannt zu haben und schrie – ihre schrillen Schreie hätten ihn normalerweise dazu veranlasst, sich die Hände auf die Ohren zu pressen. Aber stattdessen grub er sich hektisch seinen Weg in den stinkenden Haufen.

Sie sackte weiter ein und war schon fast bis zu den

Schultern versunken. Er wusste, dass ihm nur wenige Sekunden blieben, um sie zu erreichen. Während er sich vorankämpfte, verschwand ihr Körper weiter, sodass auch ihr Hals bedeckt war. Sie hatte die Augen vor Angst weit aufgerissen und ihre Schreie wurden zu einem Winseln, das sich so scharf wie Bärenklauen in ihn bohrte. Die anderen Jungen kamen beidseitig dazu und jeder wühlte, wie ein Hund nach einem Knochen.

Sara ging weiter unter. Sie legte ihr Kinn zurück und versuchte, ihr Gesicht frei zu halten. Das Gewimmer brach ab. Jack wusste, dass sie es nicht wagte, ihren Mund zu bewegen.

Seine wühlenden Hände waren auf etwas gestoßen. Saras Arm. „Ich habe sie!", rief er. Er zog. Der Haufen wollte sie nicht frei lassen. Er vergrub seinen Arm tiefer und sein Gesicht drückte sich gegen ihre Schulter.

Er atmete den Gestank ein und ließ seine Finger über ihren Rücken gleiten, bis sie sich um ihre Seite herumschlossen. Wie ein Zugpferd zerrte er an ihr. Ihr Körper bewegte sich ein paar Zentimeter auf ihn zu. Sein Ohr an ihre Brust gepresst, konnte er ihr Herz schlagen hören, als wäre sie ein Vogel, der in einer Falle gefangen saß. Zumindest würde sie nicht noch tiefer versinken. „Ich halte sie fest. Jungs, ihr grabt sie aus!"

Mark hob den Mist vor ihr aus, Tim und Daniel nahmen sich ihre Rückseite vor. Als sie sich löste, zog Jack sie noch ein paar Zentimeter weiter heraus. Als er in ihr Gesicht aufsah, entdeckte er Tränen, die ihr über die mit Schlamm bedeckten Wangen kullerten. „Hab dich", flüsterte er ihr zu. „Ich lass dich nicht mehr los."

Sie schluckte schwer und lächelte schwach, als hätte sie Angst sich zu bewegen.

„Es wird alles gut." Er sprach so sanft zu ihr, als wäre sie Mariposa. „In Windeseile werde ich dich befreit haben."

Die Furcht in ihren Augen verwandelte sich in Vertrauen und versetzte ihm einen tieferen Stich ins Herz als ein Messer. Noch nie hatte ihn jemand so angesehen. Und er hatte es nicht verdient. Er hatte sie mit seiner Hänselei in diese Lage gebracht, aber er würde sie nicht im Stich lassen.

Inzwischen hatten die Jungen, die nun selbst mit Dreck bedeckt waren, Sara bis zur Hüfte befreit. Jack legte seinen anderen Arm um sie und schloss ihren zitternden Körper in eine feste Umarmung.

Er stellte sich fest auf beide Füße und zog sie heraus. Mit einem flutschenden Geräusch löste sie sich schlagartig und der unerwartete Schwung beförderte sie rücklings auf den Boden. Mit einem Schlag, der ihn wie der Donner traf, fiel Jack flach auf den Rücken, Sara lag erschüttert auf ihm. Einen Moment lang lag er da, hörte seinen eigenen harten Atem und fühlte sie sicher in seinen Armen liegen.

Sie ließ ihren Kopf auf seine Brust fallen und ihr Rücken bebte mit jedem Schluchzer. Sein Beschützerinstinkt meldete sich. Ungeschickt legte er einen Arm fest um sie und tätschelte ihr mit der anderen Hand die Schulter. „Habe dich in Sicherheit gebracht. Kein Grund zu weinen."

Mark ließ sich neben ihnen auf die Knie fallen und sein Gesicht voller Sommersprossen war blass. „Sara, Sara!" Er schloss sich Jack an und tätschelte ebenfalls ihre Schulter. „Es tut mir leid, Sara. Es tut mir so leid."

Lizzy kauerte sich neben Saras Kopf und berührte den Kopf ihrer Schwester mit zuckenden Fingern und summte leise vor sich hin. Als er die Sorge im Gesicht des winzigen Mädchens sah, fühlte sich Jack wie ein niederträchtiger Schurke.

Sara rollte ihren Kopf, um Jack in die Augen zu schauen. Das wässrige Blau ihrer Augen ließ die Mauern schmelzen, die er um sein Herz herum aufgebaut hatte. „Du hast mir das Leben gerettet."

Er fühlte sich unbehaglich und löste seine Arme. „Ich bin kein Held."

„Doch, das bist du!", beteuerte sie und legte ihren Kopf wieder auf seine Brust.

Ein alter Instinkt sagte ihm, dass er sie in einer Minute beiseiteschieben würde, um wieder ein Junge zu sein. Aber noch ein paar Sekunden lang würde er sie halten und sich schwören, dass er sich ändern würde. Eines Tages würde er erwachsen werden, Sara Carter heiraten und den Rest seines Lebens damit verbringen, diesen Nachmittag wieder gut zu machen.

„Ach du meine Güte!" Samantha entspannte ihre Schultern und ergab sich dem unausweichlichen Problem mit dem Ungeziefer. „Seien Sie tapfer, meine Damen, und heben Sie die Füße! Da kommt eine Maus in Ihre Richtung!"

Auf ihre Ankündigung folgten Japser und das Geklapper von Teetassen, die eilig auf dem Tisch abgestellt wurden. Beide Frauen hoben die Füße und sammelten den Stoff ihrer Röcke in den Händen.

Samantha stand auf und scheuchte die Maus in Richtung Tür. „Sch!" Sie trieb sie durch die Tür, indem sie mit den Füßen stampfte.

Im Flur kam Maria mit einem feuchten Geschirrtuch in der Hand aus der Küche.

Samantha zeigte auf die Maus.

Maria bekundete ihr Verständnis mit einem Nicken und wedelte mit der Hand, um Samantha wieder in das Wohnzimmer zurückzuschicken.

Würden die Frauen gehen? Voller Angst darüber, was sie erwarten würde, kehrte Samantha zu ihren Gästen zurück.

Zu ihrer Überraschung wurde sie von ruhigen Gesichtern und entspannten Körpern begrüßt.

Elizabeths lachende Augen telegraphierten ihre Gefühle. „Schreckliche kleine Kreaturen, oder?" Sie wechselte einen wissenden Blick mit Pamela. „Erinnerst du dich noch daran, als dein Bruder", sie schaute zu Samantha, „der Jüngste, Bobby", und wieder zu Pamela, „diese Mäuse beim festlichen Abendessen deiner Mutter freigelassen hat?"

Pamela lachte. „Mrs Millicot fiel umgehend in Ohnmacht und Miss Florence stieg auf ihren Stuhl und stieß schrille Schreie aus."

„Wir beide haben angefangen, wie Schulmädchen zu kichern."

Pamela streckte den Arm aus und berührte Samanthas Hand. „Zumindest hat es dieses Mal nicht einer ihrer Jungen getan."

Samantha brachte ein Lächeln zustande und verbarg ihre Erleichterung über die Reaktion. „Ja, wir wissen, dass sie sich gut benehmen. Ich bin sicher, die Falabellas bekommen ihre ganze Aufmerksamkeit."

„Die Kinder waren begeistert davon, mit den kleinen Pferden zu spielen. Sie haben seit Tagen über nichts anderes mehr geredet." Pamela beugte sich vor, um einen der *Alfajores* zu nehmen, die Maria gebacken hatte. Ihre dicken Finger schwebten über den Keksen und legten sich dann auf einen.

Schreie drangen durch die Stille des Nachmittags. Pamela ließ das Gebäck sinken. „Sara." Mit rauschenden Röcken war sie schon vom Sofa aufgesprungen und zur Zimmertür hinausgeeilt.

Und nun? Samantha lief Pamela hinterher, Elizabeth folgte ihr. Auf der Veranda suchte sie die Gegend ab: Fluss, Ziegenpferch, Gehege der Falabellas, Hühnerstall, Stall.

Keine Kinder.

Alle drei Frauen rafften ihre Röcke zusammen und machten sich auf in die Richtung der schrillen Laute. Die Schreie hörten auf und die Stille fühlte sich sogar noch unheilvoller an.

Bitte lieber Gott, mach, dass es ihnen allen gut geht.

Samantha keuchte, ihr Atem war abgehackt und flach wegen der Enge ihres Korsetts. Nicht zum ersten Mal verfluchte sie die Mode, die ihre Bewegungsfreiheit so einschränkte.

Die Frauen erreichten den Stall. Keine Kinder weit und breit.

Pamela blieb stehen. Sie schaute sich um, ihr Blick war wild und ihr braunes Haar hatte sich aus den Nadeln gelöst. „Wo sind sie? Sara!"

„Mama." Der Ruf klang schwach.

Samantha streckte den Zeigefinger aus. „Hinter dem Heuhaufen." Sie hob ihre Röcke an und rannte los. Sie lief um den Müllhaufen herum und kam abrupt zum Stehen.

Als würden sie auf ihre Verurteilung warten, standen die Kinder in der Reihe – alle von Kopf bis Fuß mit Mist und Stroh bedeckt. Der Gestank hing an ihnen wie Miasma. Nur Lizzy in ihrem weißen Spitzenkleid, das ursprünglich dem ihrer Schwester geglichen hatte, schien unversehrt.

Pamela trat vor Sara. „Was ist hier geschehen?" Ihre Hand schwebte über der Schulter ihrer Tochter, ohne sie zu berühren. „Sara, geht es dir gut?"

Sara nickte.

„Du meine Güte, Kind! Warum bist du völlig bedeckt mit …?" Pamela schien sich nicht dazu durchringen zu können, die Worte zu sagen.

Jetzt, da sie wusste, dass die Kinder nicht verletzt waren, stieg die Wut in Samantha auf. Was hatten sie sich dabei gedacht, im Misthaufen zu spielen? Wie konnten sie ihr ihre erste Einladung zum Tee ruinieren? Sie warf einen

Seitenblick zu Pamela und Elizabeth. War ihre aufkeimende Freundschaft damit begraben?

Jack trat hervor und scharrte mit den Füßen. „Es war meine Schuld. Wir sind auf den Heuhaufen gehüpft. Ich habe Sara nicht auf unseren gelassen." Er deutete auf den nächsten Berg, der nun wesentlich niedriger war, weil das Heu ringsherum verstreut lag. „Wir haben sie gehänselt. Deswegen ist sie auf den da gesprungen. Sie wusste nicht, was unter dem Stroh ist." Er senkte den Blick, bohrte seine Stiefel in den Dreck und schaute dann zu Pamela auf. „Ich habe Schläge verdient. Aber bitte bestrafen Sie nicht auch die anderen."

Mit einem Marschtritt gesellte Tim sich an die Seite seines Bruders – seine grünen Augen leuchteten entschlossen und sein Kinn neigte sich dickköpfig. „Ich nehme die Schläge auch auf mich."

Obwohl sie noch immer verärgert über die beiden war, mischte sich in Samanthas Wut der Stolz darüber, dass die Zwillinge Verantwortung übernahmen und die anderen Kinder beschützen wollten.

Sara schaute flehend zu ihrer Mutter auf. Ihr weißes Spitzenkleid, das unter den nassen braunen Flecken nicht mehr zu erkennen war, hing an ihrem stämmigen Körper herab. Ihre Lippe zitterte. „Jack hat mir das Leben gerettet. Ich wäre fast darin begraben worden. Ich dachte, ich würde sterben."

Pamela strich Sara mit der Hand über den Kopf. „Dank dem lieben Gott, dass du in Sicherheit bist."

Ja, sprach ihr Samantha im Geiste nach. *Danke, lieber Gott!*

Pamela tätschelte ihrer Tochter den Kopf. „Du hättest mich mit deinem Geschrei fast zu Tode erschreckt. Ich weiß nicht, ob ich dich umarmen soll", schniefte sie voller Komik, „oder lieber zehn Schritte zurück machen soll." Sie sah zu Samantha hinüber. „Was schlagen Sie vor? Was machen wir jetzt?"

Samantha musterte die mit Dreck bedeckten Kinder. Die Menge an Wasser, die sie würde erhitzen müssen, damit sie alle ein vernünftiges Bad nehmen konnten, überstieg ihr Vorstellungsvermögen. Sie schaute zum Flüsschen und erschauderte. Die Kinder würden blau vor Kälte sein, wenn sie dort badeten. „Wenn die Kinder sich schnell abspülen, einseifen, im Fluss abwaschen und wir sie sofort abtrocknen, in Decken wickeln und sie vor das Feuer setzen, müssten sie es schaffen."

Pamela tätschelte Sara den Kopf. „Das hört sich nach dem besten Plan an."

Samantha zeigte auf den Stall. „Jungs, geht los und sucht Manuel. Er soll euch helfen. Sara, renn ins Haus und sag Maria, sie soll Seife und Handtücher herausbringen."

Die Kinder flitzten in die jeweilige Richtung los. Lizzy lief zu ihrer Mutter und klammerte sich an ihren Rock.

Elizabeth schlug sich die Hand vor den Mund, aber trotzdem entwich ihr ein Kichern. „Ich habe noch nie so einen lustigen Anblick gesehen. Was für eine Erleichterung zu wissen, dass sie unbeschadet sind. Das ist mit Sicherheit eine Geschichte, mit denen wir die Kinder die ganzen nächsten Jahre aufziehen werden."

Als Elizabeths heitere blaue Augen ihrem Blick begegneten, fühlte Samantha das Gelächter in sich aufsteigen. Alles würde sich zum Guten wenden. Vielleicht nicht heute, aber in der Zukunft würde das eine ganz besondere Geschichte sein. Wenn sie so darüber nachdachte: Louisa May Alcott erzählte nichts vergleichbar Schlimmes in ihren Büchern. Vielleicht würde sie eines Tages ihre eigenen Geschichten über ihre wilden Jungen schreiben müssen. Sie tippte sich ans Kinn. *Sams Jungen.* Der Klang gefiel ihr.

In der Zwischenzeit muss ich ihre Erziehung überleben.

Kapitel Fünfzehn

Wyatt ritt die schmale Straße entlang, die von der Stadt zu seiner Ranch führte. Der volle Junimond über seinem Kopf tauchte die Nacht in silberne Grautöne – Licht genug, um der vertrauten Strecke zu folgen. Aber selbst das Mondlicht konnte die bekannten Sternbilder nicht verdunkeln. Ein heller Stern mit rötlichem Schimmer schien ihn anzublinzeln. Bill spitzte die Ohren, als in der Ferne das Heulen einer Eule zu hören war. Dann breitete sich um ihn herum wieder Stille aus, die nur vom Klappern von Bills Hufen unterbrochen wurde.

Als er das letzte Mal von einem Abendessen vom Haus der Livingstons zurückgekehrt war, war er vom Essen und von der weiblichen Gesellschaft gesättigt gewesen und seine Gedanken waren um Edith Grayson gekreist. Heute Abend war er zwar körperlich zufrieden, doch seine Gefühle sagten etwas ganz anderes. Ediths Erscheinungsbild war hübsch wie immer gewesen und ihre Lippen noch genauso sinnlich. Nur hatte er irgendwie das Bedürfnis verloren, sie zu küssen.

In seinen Gedanken tanzte flammenfarbenes Haar. *Samanthas Haar.* Es fiel ihm schwer, diese Frau aus seinen Gedanken zu verbannen. Trügerische Erinnerungen schlichen sich in den merkwürdigsten Momenten in seinen Kopf.

Er war diesen letzten Streit mit ihr mindestens 20 Mal durchgegangen und war oft zu unterschiedlichen, aber genauso befriedigenden Schlussfolgerungen gelangt. Die beste endete mit ihnen beiden völlig nackt, und ohne Kinder weit und breit.

Seine Finger legten sich um die Zügel, als würden sie eine ihrer Haarlocken umfassen. Als er bemerkte, was er da tat, lockerte er seinen Griff um das Leder. Er musste sich diese lästige Frau aus dem Kopf schlagen. Leichter gesagt als getan. Irgendwie schien sie sich unter seiner Haut einzunisten, wie ein Floh unter der Satteldecke.

Gedankenverloren ließ Wyatt Bill ohne große Führung den Weg nach Hause wählen. Vielleicht würde er sich besser fühlen, wenn er mit dieser nervtötenden Frau sprach und ihr alles erklärte. Sie würde ihn nicht einfach weiter als potentiellen Kindermörder abstempeln, sein Ruf wäre wieder hergestellt und er würde das Gefühl haben, die Sache gelöst zu haben. Vielleicht würde sie dann aufhören, in seinen Gedanken herumzuspuken und ihn zur Normalität zurückkehren lassen. Das bezweifelte er zwar, aber es war einen Versuch wert.

Allerdings würde er sie in der Stadt abpassen müssen. Er würde nicht sein Wort brechen und noch einmal einen Fuß auf ihr Land setzen. Außerdem brauchte er etwas Privatsphäre für den Fall, dass sie ihr rothaariges Temperament nicht unter Kontrolle hatte, und ihn vor allen Einwohnern der Stadt beschimpfte. Das war das Letzte, was er brauchte.

Während er noch über Wege und Methoden nachdachte, näherte er sich der Ranch. Der Klang galoppierender Hufe, die aus der Richtung der Ranch kamen, riss ihn aus seiner Grübelei. Seine Nackenhaare stellten sich auf: Er ahnte Böses.

Niemand sollte zu so später Zeit unterwegs sein. Er zog

Bill an die Seite der Straße und spähte durch die Schatten, um den Fluss zu sehen. Er erkannte Deuces hochgewachsene Figur und rief dem jungen Mann zu, stehenzubleiben. Sogar im Dunkeln konnte Wyatt sehen, dass die Augen des jungen Mannes vor Angst geweitet waren.

Wyatt verlangsamte Bills Schritt. „Was ist los?"

„Christine, Mr Thompson. Mrs Toffels hat mich geschickt, um Sie zu suchen. Christine ist nicht nach Hause gekommen."

Die Angst packte Wyatt im Würgegriff. Er trieb Bill zum Galopp an und stürmte auf das Haus zu. Er hörte, dass Deuce ihm folgte.

Am Tor angelangt, schwang er sich vom Pferd und warf Deuce die Zügel zu.

Mrs Toffels riss die Tür auf, raffte ihren Rock zusammen und eilte den Backsteinpfad entlang. Keuchend richtete sie sich vor ihm auf. „Christine ist nicht zum Abendessen nach Hause gekommen."

Als würde er hoffen, dass seine Tochter wie von Zauberhand auftauchte, schaute Wyatt sich verzweifelt um und sah tausende von Schatten, die ein verletztes Kind verstecken konnten. „Und die Männer?"

„Sie sind draußen auf der Suche."

„Was ist mit der Ranch von Samantha?"

Die Hände der Haushälterin zupften an ihrer Schürze. „Sie haben ihr verboten, dorthin zu gehen."

„Vielleicht hat sie nicht gehorcht." Während er die Worte aussprach, kam ihm eine Gewissheit. Er hätte wissen sollen, dass Christine sich nicht von diesen Falabellas fernhalten würde. „Deuce, bleib hier! Such noch einmal im Stall und in den Außengebäuden! Zentimeter für Zentimeter! Wenn Christine gefunden wird, hole mich bei Ezras Haus ab."

Deuce nickte. Er stieg ab und übergab Bills Zügel.

Wyatt schwang sich in den Sattel und wandte das Pferd in

Richtung Fluss. *Bitte, lieber Gott, mach, dass ich mein kleines Mädchen bei Samantha in Sicherheit finde.*

Samantha trat auf die Veranda und zog sich ihren schwarzen Strickschal enger um die Schultern. Sie wurde ein Gefühl des Unbehagens nicht los. Sie sog die Nachtluft ein, als würde sie versuchen, die Quelle ihrer Gefühle zu finden. Es waren nicht die Jungen. Sie schaute über die Schulter durch das beleuchtete Küchenfenster. Alle vier Jungen hatten die Hausaufgaben beendet und saßen nun am Küchentisch, wo sie ganz ruhig eine Partie Dame spielten. Oder zumindest war es momentan ruhig. Von einer Minute zur anderen würden sie sich über einen Speielzug in die Haare kriegen.

Sie zuckte die Schultern, als würde sie ihre Gefühle damit abschütteln können, dann kehrte Samantha in die Wärme der Küche zurück. Sie entschied sich für einen Stuhl am Ofen und nahm ihr Strickzeug. Die Jungen gruben sich schneller durch ihre Strümpfe als ein Erdhörnchen auf der Suche nach Tulpenzwiebeln.

Ein Klopfen an der Eingangstür überraschte sie. Die Jungen sprangen auf die Beine. Bevor sie ihren Platz verlassen konnte, hörte sie, wie die Tür aufgerissen wurde. „Samantha!" *Wyatts Stimme.*

Seine Stiefel klapperten auf dem Holzboden im Flur, dann erschien Wyatt in der Küchentür. Er war schwarz gekleidet und seine nassen Hosen klebten an seinen langen Beinen, von denen langsam Wasser auf den Dielenboden tropfte. Sein ängstlicher Blick richtete sich an ihr vorbei auf die Jungen, bis er schließlich zu ihr zurückkehrte und auf ihrem Gesicht ruhte. „Ist Christine hier?"

„Christine? Nein." Als sie die Furcht in seinen Augen

erkannte, hob sich ihre Hand zu ihrer Kehle. „Wird sie vermisst?"

„Christine ist heute Abend nicht nach Hause gekommen. Ich habe gehofft, sie wäre hier."

„Nein, ich habe sie nicht mehr gesehen, seit … seit wir …"

Seine Schultern sackten zusammen. Er wandte sich zum Gehen.

„Wyatt, warten Sie!" Sie griff zu einer blauen Decke, die über einem Stuhl hing. „Sie sind nass."

„Der Flusspegel ist gestiegen. Es muss ein Unwetter in den Bergen sein. Ich habe mir nicht die Zeit genommen, zur Furt zu reiten."

Sie reichte sie ihm. „Trocknen Sie sich ab und sagen Sie mir, was Sie bisher getan haben."

„Ich war nicht zu Hause. Ich war in der Stadt." Er fuhr sich mit der Hand über die Augen.

Samantha konnte die Reue in seiner Stimme hören.

„Als Christine nicht zum Abendessen gekommen ist, hat Mrs Toffels die Arbeiter auf die Suche nach ihr geschickt. Als ich nach Hause kam, war ich sicher, dass sie dort herumschleichen würde. Ich hatte gehofft …"

Samantha berührte seine Schulter. „Es tut mir so leid, Wyatt. Ich hole meinen Mantel. Wir helfen alle dabei, sie zu suchen."

Jack räusperte sich.

Samantha schaute zu den Jungen hinüber und sah in allen vier Gesichtern den gleichen schuldbewussten Ausdruck. „Jungs!", sagte sie mit unheilvollem Ton.

Jack hob sein Kinn. „Sie war da. Und es war auch nicht das erste Mal. Sie spielt gerne mit den Kleinen."

Samantha stemmte die Hände in die Hüften. „Warum habe ich sie nicht gesehen?"

„Sie hat sich hinter dem Stall versteckt."

Daniel meldete sich zu Wort: „Aber sie ist gegangen, als die Essensglocke geläutet hat."

„Die Essensglocke. Das ist schon Stunden her." Samantha begegnete Wyatts Blick. Sie brauchten nicht zu sprechen. Beide wussten es.

„Darüber sprechen wir später. Holt eure Mäntel! Daniel, dann holst du Manuel und sagst Maria, sie soll ins Haus gehen, falls Christine hierher zurückkehrt. Tim, geh in die Schlafbaracke und hole Ernie und Fred! Jack, du sammelst alle Laternen zusammen, zündest sie an und hilfst dann dabei, die Pferde zu satteln."

Ein Teil der Trostlosigkeit war aus Wyatts Augen gewichen. „Wir sind genug, um uns mit den Laternen in Sichtweite zu verteilen und flächendeckend von hier bis zu meiner Ranch reiten zu können."

„Trocknen Sie sich fertig ab. Ich gehe mich umziehen und hole ein paar Decken mehr." Sie berührte seine Schulter. „Wir finden sie, Wyatt."

Er legte seine Hand auf ihre und schloss seine Finger um ihre Handfläche. „Danke!"

Samantha drückte seine Hand zur Antwort und hoffte, dass ihre aufmunternden Worte sich bewahrheiten würden. Als sie seine kühle, schwielige Hand spürte, musste sie den plötzlichen Drang zum Weinen unterdrücken. Das war nicht der richtige Moment, um sich ihren Gefühlen hinzugeben. Sie mussten Christine finden.

Wyatt hielt seine Laterne hoch und beschwor die Dunkelheit, sich aufzutun und seine Tochter freizugeben. Der hügelige Boden versteckte schwarze Löcher, die selbst der Mondschein nicht erhellen konnte. Etwa 20 Meter zu seiner

Rechten, wippte Samanthas Licht mit jedem Schritt ihres Pferdes. Er wusste, dass zwei der Jungen auf ihrer anderen Seite ritten, während der Rancharbeiter Ernie am weitesten entfernt war und nur ein kleiner gelber Schimmer seine Anwesenheit verriet.

Zu seiner Linken ritt Kleine Feder sattellos und mit gesenkter Laterne, um den Boden abzusuchen.

Alle paar Minuten rief einer von ihnen ihren Namen. Jedes Mal hielt Wyatt die Luft an und horchte nach einer Antwort. Immer noch keine Antwort. Er räusperte sich. „Christine!" Er hörte seinen Ruf die Linie der anderen Reiter entlangschallen.

Die Schwere der Nacht lastete auf ihm, und da er wusste, dass er all seine Sinne schärfen musste, versuchte Wyatt, die Angst im Zaum zu halten, die in ihm kochte. Aber das Entsetzen tobte noch immer in ihm. Er wusste nur zu gut, wie zerbrechlich das Leben war. Hunderte schrecklicher Dinge konnten seinem kostbaren kleinen Mädchen zugestoßen sein, und er konnte nicht anders als über die Liste besorgt zu sein. In Gedanken murmelte er immer wieder Gebete, genauso wie damals in der Nacht, in der Alicia gestorben war.

Wenn Christine etwas zugestoßen war, glaubte er nicht, weiterleben zu können. Sich um ein mutterloses Baby kümmern zu müssen, war das Einzige, das ihn vom Aufgeben abgehalten hatte, als seine Frau gestorben war und die einzige Liebe mit sich genommen hatte, die er seinem Herzen gewährt hatte, seit er ein kleiner Junge gewesen war.

Er hörte das schnelle Aufschlagen der Hufe von Pferden, die aus der Richtung seiner Ranch angelaufen kamen. Sein Herz pochte im Takt mit dem Geräusch. Er kniff die Augen zusammen und versuchte, den Reiter zu erkennen, dachte sich aber, dass es Deuce sein musste.

Sie müssen sie gefunden haben. Sicher zu Hause. Seine Schultern entspannten sich erleichtert, strafften sich aber wieder ruckartig bei einem alarmierenden Gedanken. *Sie könnte verletzt sein. Oder noch schlimmer.*

Ungeduldig trieb er Bill zum Galopp an. Als er näher kam, konnte er Deuces hochgewachsene Figur ausmachen. „Habt ihr sie gefunden?", rief er.

Deuce zügelte sein Pferd. „Ihr Pony ist ohne sie zurückgekehrt", keuchte er, „nass bis zum Hals."

Kapitel Sechzehn

Samantha ritt näher an Wyatt heran – gerade rechtzeitig, um Harrys Worte zu hören. Obwohl sie in den Kleidern von Juan-Carlos dick verpackt war, fröstelte sie. „Ach du lieber Gott!"

Ertrunken.

Bei dem schrecklichen Gedanken schlug ihr Herz bis zum Hals. *Nein! Oh nein!* Sie schaute Wyatt ins Gesicht. Die Qual in seinen Augen zwangen sie, stark zu sein. Er brauchte sie.

Sie schob ihre schreckliche Vorstellung beiseite und weigerte sich zu glauben, dass Christine von ihrem Pony gespült worden und ertrunken war. Wenn sie sie finden würden, würde das Kind eine ruhige Frau brauchen, die sich um sie kümmerte. Sie schaute zu den Jungen und den Arbeitern hinüber, die zu ihnen geritten waren, um die Neuigkeiten zu erfahren. Auch sie würden ihre Stärke brauchen.

Daniels blaue Augen sahen im Schein seiner Laterne riesig aus und sein Gesicht war angstverzerrt.

Sie versuchte, ihrem Sohn ein aufmunterndes Lächeln zu schenken und wünschte sich, sie hätte ihn in den Arm schließen und vor dieser Erfahrung bewahren können. Er vergötterte Christine. Wenn ihr etwas zugestoßen war …

„Bewahre deinen Glauben, mein Sohn", murmelte sie ihm zu.

Daniel schluckte nickend.

Samantha trieb ihr Pferd näher an Wyatt heran. Sie griff nach seinem Arm und drückte ihn leicht. „Vielleicht ist sie vor dem Fluss heruntergefallen und das Pony ist nach Hause zurückgekehrt. Oder auch nachdem sie den Fluss überquert haben. Wir suchen weiter, bis wir sie gefunden haben." Sogar durch die Jacke konnte sie die Spannung in seinen Muskeln spüren. In stillem Trost fuhr sie mit ihrer Handfläche über seinen Unterarm und zog ihre Hand dann zurück.

Wyatt nickte ihr zu und schaute sich dann zu den anderen um. „Deuce, reite zurück zur Ranch. Hole die Arbeiter! Lass sie zwischen Haus und Fluss suchen! Wenn ihr sie nicht findet, dann teilt euch auf! Ein paar reiten flussaufwärts, die anderen flussabwärts. Wir kümmern uns um diese Seite." Er sah Samantha an.

„Hört sich vernünftig an", sagte sie.

Er stieß seinen Arm hervor. „Alle zurück in ihre Position!" Er trieb Bill voran.

Beim Reiten versuchte Samantha jedes Geräusch wahrzunehmen, während sie die Schatten mit den Augen absuchte. Ihr Arm schmerzte davon, die Laterne so hochzuhalten, damit sie etwas sehen konnte. Alle paar Minuten musste sie die Laterne auf ihrem Bein abstellen. Viele Ängste verschlangen sich in ihren Gedanken zum berühmten Gordischen Knoten – Angst um Christines Sicherheit, Sorge um die Gefühle ihrer Jungen, ihr Gewahrsein von Wyatt.

Wyatt.

Die Scham darüber, wie sie ihn behandelt hatte, nagte an ihr. *Mein gefürchtetes Temperament!* Sie verlor ihre Beherrschung nur selten, aber wenn sie es tat, dann war ihre Wut wie eine Explosion, die manchmal die Menschen um sie herum verletzte.

Juan-Carlos hatte immer ruhig auf ihre Gefühle reagiert und ihr geholfen, ihren Sturm zu überstehen. Dank ihm war es ihr gelungen, ihre aufbrausende Natur in den Griff zu bekommen – zumindest hatte sie das gedacht. Aber sie hatte die Unterstützung und das Verständnis ihres Mannes auch für selbstverständlich gehalten. Er hatte sie gekannt und darauf vertraut, dass nicht immer alles, was sie sagte oder tat, wenn sie ihre Beherrschung verlor, auch so gemeint war. Er hatte gewusst, dass ihre Aufregung sich wieder legen und sie vernünftig werden würde, und bevor er sich ihr näherte, hatte er abgewartet, dass sein geschultes Auge Anzeichen dafür entdeckt hatte, dass ihr Unwetter vorbei war.

Aber Wyatt kannte sie nicht. Bis zu diesem Moment war Samantha nicht bewusst gewesen, dass sie tief in ihrem Innersten darauf gewartet hatte, dass er zu ihr kommen würde. Irgendwie war sie davon ausgegangen, dass er wie durch einen Zauber wusste, dass sie nicht mehr wütend war – dass sie es bereute, ihn von ihrem Land verwiesen zu haben. Ihre eigene Blindheit für ihren Charakter erschreckte sie. Reue vermischte sich mit ihrer Angst und Scham. Sie hätte zu Wyatt gehen und sich entschuldigen sollen. Ihn und Christine zu einem Besuch einladen sollen. Dann hätte das Kind sich nicht heimlich davonstehlen müssen.

Samanthas eigene Charakterschwäche hatte zu dieser Situation geführt und sie schwor, dass sie alles in ihrer Macht Stehende tun würde, um ihr Temperament davon abzuhalten, sie jemals wieder zu übertrumpfen.

Wyatt rieb sich mit der Hand über die müden Augen und richtete seinen angestrengten Blick dann wieder in die Dunkelheit, um irgendeinen Hinweis zu entdecken, der ihm dabei helfen würde, seine Tochter zu finden. Zu seiner Rechten rauschte der Fluss über Felsen und war fast einen halben Meter höher als noch ein paar Stunden zuvor, als er ihn zum letzten Mal überquert hatte. Wenn Christine vom tobenden Wasser erfasst worden war …

Er hatte in seinem Leben schwere Zeiten durchgemacht – Momente, an denen er fast zerbrochen wäre, aber sie waren nichts im Vergleich zu der Qual, nicht zu wissen, ob das eigene Kind noch lebte oder ob es … Er schluckte das Gefühl herunter und die Verzweiflung fiel in seinen Magen, wo sie schwer wie ein Stein liegen blieb. Gefühle würden ihm nicht helfen, sie würden ihm nur im Weg stehen – und dazu führen, dass er etwas übersah. Er musste sich konzentrieren.

Weiter vorn zügelte Kleine Feder sein Pferd.

Wyatt ritt näher heran. Im Licht der Laterne sah er, wie der Junge zu einer mit Buschwerk bewachsenen Insel mitten im Wasser spähte – seine Nasenflügel bebten und sein Körper war still, als würde er mit seiner Haut horchen.

Wyatt folgte seinem Blick, konnte aber nicht sehen, was die Aufmerksamkeit des Schwarzfußindianers geweckt hatte. Er versuchte, die Stille des Jungen nachzuahmen, doch das Rauschen des Flusses übertönte jedes Geräusch und ließ den Geruch nach Feuchtigkeit in seine Nase steigen. Eine Erinnerung zerrte an ihm – der Geruch von Christines Haut als kleines Mädchen, wenn er sie umarmte, bevor er sie ins Bett steckte. Ein Klumpen schnürte ihm die Kehle zu. Was war, wenn er nie wieder die Chance bekam, seine Tochter in den Armen zu halten?

Kleine Feder hob eine Hand und zeigte über das wirbelnde schwarze Wasser hinweg zur Insel. „Christine ist hier."

Eine Welle der Hoffnung brach über ihn herein. „Christine!" Ihr Name blieb in seiner engen Kehle stecken, sodass kaum mehr als ein Krächzen herauskam. Die

Ungeduld zehrte an ihm und er presste den Klang mit aller Kraft heraus: „Christine, Christine!"

Samantha galoppierte, gefolgt von den Jungen, auf ihn zu. „Haben Sie sie gefunden?"

Kleine Feder zeigte auf die Insel. „Sie ist dort."

Samantha hielt die Laterne hoch. „Wo? Ich sehe sie nicht."

Wyatt konnte sie genauso wenig entdecken, klammerte sich aber an die Hoffnung, dass der Indianerjunge richtig lag. „Ich suche sie."

Samantha beugte sich vor und packte ihn am Arm. „Wyatt, das Wasser ist zu hoch. Was tun wir, wenn Sie fortgetragen werden?"

Verdammt. Er wollte ihre Einwände abschütteln, aber sie hatte recht. Er schaute sich in dem stillen Kreis um, in dem das Laternenlicht besorgte Gesichter beleuchtete. Es würde seiner Tochter nicht helfen, wenn er tollkühn war.

Wyatt klemmte sich die Laterne zwischen seinen Körper und das Sattelhorn. Er deutete auf eine Rolle Seil, die an Tims Sattel gebunden war, und sagte: „Gib mir dein Lasso!"

Der Junge beugte sich vor und fummelte an den Bändern herum.

Wyatt widerstand der Versuchung, ihn anzufahren, er solle sich beeilen.

Tim löste das Seil und warf es ihm zu.

Wyatt kniff die Augen im Dunkeln zusammen, während seine Hände damit beschäftigt waren, die Schlinge am Ende des Seils zu öffnen. Im düsteren Licht würde sein Ziel nur zu erahnen sein. Das, was wie ein solider Stein wirkte, war vielleicht in Wirklichkeit ein morscher Baumstumpf. Sein Leben und das von Christine hingen vielleicht von seiner Entscheidung ab.

Er entschied sich für einen großen Höcker in der Nähe der Insel. Er ließ das Lasso über seinem Kopf kreisen und ließ es dann fliegen, um zu sehen, wie es sich um die Wölbung legte. Er zog und drängte Bill zurück, bis er merkte, wie sich die Schlinge zusammenzog. Er zog noch ein paar Mal an dem Seil, bis er entschied, dass es halten würde. Den Rest band er um das Sattelhorn.

Samantha beugte sich vor und band ein Seil von ihrem Sattel los. „Das wird Ihnen nichts helfen, wenn sie davongespült werden. Binden Sie sich das hier um die Taille."

Jack drängte sein Pferd näher und streckte eine Hand aus. „Ich nehme das andere Ende. Brownie bleibt fest stehen."

Wyatt zögerte und verfluchte sich dafür, dass er die Arbeiter flussaufwärts geschickt hatte. Wagte er es, einem Tunichtgut sein Leben anzuvertrauen? Aber er hatte keine andere Wahl. Der Fluss schwoll mehr und mehr an; er musste Christine erreichen. Und der Junge hatte recht. Brownie war ein gutes Cowboy-Pferd. Er händigte das Seil aus.

Jack griff fest zu. Im Licht der Laterne konnte Wyatt die Entschlossenheit in den Augen des Jungen sehen. Irgendwie wusste er, dass Jack ihn nicht im Stich lassen würde.

Während Jack den Strick an seinem Sattelhorn befestigte, schaute Wyatt zu Samantha. „Halten Sie sich mit den Decken bereit!"

„Das werde ich. Sein Sie vorsichtig!" Ihre Stimme zerbrach.

Er beugte sich vor und als er ihre Hand drückte, musste er dem Impuls widerstehen, sie zu küssen – und ein wenig von ihrem Feuer in sich aufzunehmen. Er würde ihre Wärme im eisigen Wasser gebrauchen können. „Beten Sie!" Er ließ sie los und drängte Bill nach vorn ans Ufer des sich windenden, schäumenden Stroms.

Das Pferd scheute am Rande des Wassers. Wyatt versetzte ihm noch einen Tritt. Bill schnaubte und sprang in den Fluss. Er vertraute darauf, dass das Tier den besten Weg durch den heimtückischen Strom finden würde. Nach zwei Schritten rauschte das Wasser um Wyatts Knie und schwappte ihm in die Stiefel. Die eisige Flut war beißend kalt und bald waren seine Füße und Beine taub.

Bills Hufe rutschten weg und der Wallach stürzte seitlich in ein Loch, sodass er kämpfen musste, um sich aufrecht zu halten. Als das Wasser an ihm zerrte, hielt Wyatt seinen rechten Arm hoch, um die Laterne über Wasser zu halten, und klammerte die Beine um sein Pferd.

Einen fieberhaften Moment lang dachte Wyatt, der Strom würde sein Pferd auf die Seite fallen lassen und ihn mitreißen. Aber Bill hievte seine Vorderbeine hoch und fand seinen festen Stand wieder.

Wyatt richtete sich im Sattel auf – er war von der linken Schulter abwärts klitschnass, aber zumindest hatte er sein Licht nicht verloren.

Sein Atem quetschte sich durch seine Brust, die sich vor Kälte zusammenzog. Zitternd brachte er keuchend ermutigende Worte hervor, um Bill anzutreiben.

Als Bill sich seinen Weg durch den Strom kämpfte, zogen sich die nächsten Minuten länger als ein Karamellbonbon. Schließlich machte das Pferd einen Satz auf festen Boden, lief mit ein paar Schritten auf die Insel und blieb schnaufend stehen.

Wo war sie? Wyatts Blick wanderte herum und versuchte, jeglichen Schatten zu verschrecken.

Hatte sich der Indianer geirrt?

Die frische Luft traf ihn wie ein Schlag und er fühlte sich benommen. Um einen klaren Blick bemüht, blinzelte er mit den Augen und hätte in seiner Panik fast das Kind übersehen, das durchnässt halb unter einem Busch lag.

„Christine!" Er glitt vom Pferd und seine Beine waren wie Gummi.

Oh Gott. Bitte!

Er ließ sich neben sie auf die Knie fallen und bewegte die Laterne, um ihr Gesicht zu sehen. Ihre Augen waren geschlossen, ihre Zöpfe nass, ihre Haut blasser als das Mondlicht. Er ließ die Laterne sinken und streckte zitternd die Hand aus, um ihr Gesicht zu berühren. Eine Sekunde lang ließ ihn die eisige Kälte unter seinen Fingern das Schlimmste vermuten.

Sie lebt.

„Christine, mein Baby!" Er fuhr mit den Händen über ihre Glieder, dann über ihre Rippen. Als er keinen ersichtlichen Schaden feststellen konnte, hob er sie hoch und drückte ihren schlaffen Körper gegen seine Brust, während er ihre Stirn mit Küssen bedeckte. Er betete, dass er ihre Verletzungen nicht verschlimmern würde, ließ sie gegen seine Schulter gedrückt ruhen, so wie er sie getragen hatte als sie klein war. Er bewegte sich so wenig wie möglich und hievte sich mit einer Hand ungeschickt in den Sattel, dankbar dafür, dass Bill fest wie ein Stein stand.

Er hob Christine auf seinen Schoß und zog sie fest an sich.

Sie wimmerte. „Pa!" Sie öffnete ihre Augen zur Hälfte.

Er beugte sich näher zu ihr. „Ich bin hier, mein Sonnenschein."

„Ich wusste, dass du kommen würdest, Pa." Ihre Augenlider senkten sich und sie ließ den Kopf zurückrollen.

Wieder packte ihn eine Welle der Furcht. Er musste sie warm halten und sich um ihre Verletzungen kümmern. Er lenkte Bill zum Wasser. Aber zuerst würden sie dem Fluss die Stirn bieten müssen.

Jack presste seine Knie in Brownies Seite und drängte das Pferd ein paar Schritte nach vorn, um der Schlinge, die sich von seinem Sattelhorn über das Wasser bis zu Thompson spannte, mehr Spielraum zu geben. Der Fluss zwischen ihnen floss glatt und schwarz vorbei und spritzte über die Felsbrocken. Der dicke Mond am Himmel ließ die schaumigen Blasen weiß erstrahlen, wie Spitze auf Obsidian.

Die Laterne, die Thompson trug, warf nur ein Fünkchen Licht auf die Insel, aber es war genug für Jack, um zu sehen, dass der Mann zwei große Schritte machte und auf die Knie fiel.

Christine.

War das Mädchen tot? Er schluckte. Das Schuldgefühl, das seine Wirbelsäule umklammert hielt, seit Thompson ihm gesagt hatte, dass sie verschwunden war, griff fester zu, bis er dachte, dass seine Knochen brechen würden. Er hatte sich geweigert, viel mit ihr zu tun zu haben. Er interessierte sich nicht so sehr für kleine Mädchen. Sie war Dans Freundin. Und doch hatte ihr Mut von Zeit zu Zeit seine Aufmerksamkeit geweckt und er hatte Tim gehänselt, wenn sein Bruder erwähnt hatte, dass sie hübsch war.

Es war falsch, ihre Besuche geheim zu halten. Das wusste er jetzt. Er hatte sich bisher nie um das kleine Mädchen geschert – was Christine tat, ging ihn nichts an. Er zog es vor, die anderen ihren eigenen Weg gehen zu lassen, genauso wie er sich wünschte, dass die anderen auch ihm seine Ruhe ließen. Es ging sie überhaupt nichts an, was er und Tim taten. Zu viele Weltverbesserer, die ihre Nase in fremde Angelegenheiten steckten. Er hatte die Chance verpasst, mit Christine den Weltverbesserer zu spielen, und wozu hatte es geführt?

„Sie lebt." Die Stimme des Mannes hallte irgendwie hohl über das Wasser, als wäre seine Tochter schwer verletzt oder so.

Die Reue drückte Jacks Rippen gegen seine Lunge.

Thompson richtete sich mit Christine in den Armen auf.

Der große Mann stieg auf sein Pferd und ritt auf das Wasser zu.

Als sich die Leine lockerte, drängte Jack Brownie zurück, damit sie gespannt blieb. Er kniff die Augen in der vom Mondlicht getränkten Dunkelheit zusammen. Thompson hatte seine Laterne auf der Insel gelassen und Jack hatte es schwer, ihr Vorankommen zu beobachten, während er Brownie langsam rückwärts gehen ließ.

Er runzelte konzentriert die Stirn und biss die Zähne zusammen – fest entschlossen, weiterhin ein wachsames Auge zu haben. Wenn das Pferd von Thompson unterging, war es Jacks Aufgabe, den Mann und Christine davor zu bewahren, fortgerissen zu werden.

Bill rutschte im Fluss aus.

„Zurück, Brownie, Mädchen!" Das Grauen schärfte Jacks Worte. Mit sanfterem Ton sagte er: „Zurück, jetzt!"

Die Zeit verlangsamte sich noch schlimmer, als wenn er Bauchschmerzen hatte, weil er zu viele Äpfel gegessen hatte, und jede Bewegung des Pferdes, das gegen die mächtige Strömung ankämpfte, zog und zerrte an seinen Eingeweiden.

Bill kämpfte um Halt und rutschte dann wieder aus.

Jacks Herz hämmerte wie ein Tischler, der Nägel ins Holz schlug.

Das Pferd gewann seinen Stand zurück und endlich errcichte Thompson das Land. Jack, der die Luft angehalten hatte, atmete mehrmals tief aus. Sie waren in Sicherheit.

Miz Samantha stieß ihr Pferd an, um zu ihnen zu kommen. Sie hob die Laterne hoch, beugte sich vor und berührte Christines Wange. „Sie ist eiskalt." Sie reichte ihm eine Decke. „Wickeln Sie sie hier ein."

Thompson hüllte das Mädchen in die Decke ein.

Miz Samantha legte eine zweite um Thompson. „Bringen wir sie zu mir. Das ist näher."

Im Laternenlicht erhaschte er einen Blick auf Christines

Gesicht. Schock und Angst waren darin zu lesen. Normalerweise hatte das Mädchen blühend rosa Wangen, wie die Rosen in Witwe Murphys Garten. Aber jetzt war sie blasser als die Geister, von denen er in Geschichten gehört hatte.

Sahen Menschen, kurz bevor sie starben, so aus? Wie hatte seine Mutter ausgesehen? Sein Pa hatte die Zwillinge davongejagt, als sie im Sterben gelegen hatte, deshalb wusste er es nicht.

Thompson sah zu Jack hinüber. „Rufe Doc Cameron! Er soll ins Haus der Rodriguez' kommen."

Jack nickte und die Verantwortung ließ ihn aufrecht im Sattel sitzen. „Das Seil?"

„Binde mich los!"

Jack streckte die Hand aus. Er ließ seine Hand unter der Decke über den Strick fahren, der Thompsons Taille umgab, bis er den Knoten erreicht hatte. Als er an der steifen Schnur herumfummelte, spürte er die Ungeduld des Mannes. Das Gefühl in seinem Bauch verursachte Krämpfe in seinen Eingeweiden. „Jetzt geh schon auf, verdammt!", murmelte er, halb als Fluch, halb als Bitte. Wie als Antwort auf seine Worte lockerte sich die Schnur. Der Knoten in seinem Magen löste sich.

Jack wickelte das Lasso auf und band es an seinem Sattel fest. Dann ließ er Brownie in Richtung Stadt laufen. Er wollte galoppieren, wie eine Bande Verbrecher mit dem Sheriff auf den Fersen, entschied sich aber für eine stetige Gangart, da er wusste, dass er sein Pferd nicht quälen durfte. Vielleicht war der Arzt nicht einmal zu Hause und dann würde er weiterreiten und nach ihm suchen müssen.

Konnte der Doktor Christine helfen? Die Menschen sagten nur Wunderbares über den Mann. Wenn sein Vater zugelassen hätte, dass der Arzt seine Ma behandelte, dann wäre sie vielleicht noch am Leben gewesen. Eine bittere Traurigkeit bohrte sich in ihn und er musste sich die Tränen mit dem Ärmel seines Mantels aus den Augen wischen. *Ich kann doch jetzt kein Feigling sein.* Aber trotzdem quälte ihn die Erinnerung an Christines geisterhafte Züge.

Doc Cameron würde ihr helfen. Das musste er. Und je eher er ihn holte, desto besser.

Lieber Gott, bitte lass den Doc zu Hause sein!

Die Worte waren aus seinem Herzen gedrungen, bevor er sich überhaupt bewusst war, dass er sie gedacht hatte.

Ein Gebet!

Er hatte nicht mehr gebetet, seit seine Ma gestorben war – nicht einmal, als sie nach Christine gesucht hatten. Er hatte gewünscht, aber nicht gebetet. Aber jetzt – vielleicht, weil Thompson ihn mit der Pflicht betraut hatte – lastete die Verantwortung auf dem Jungen ... irgendwie dachte er jetzt anders. Was war, wenn die Weltverbesserer recht hatten und es tatsächlich einen Gott gab? Einen, der dem kleinen Mädchen helfen konnte. Wenn es so war, dann konnte er auch ganz in den verdammten Teich springen, anstatt nur einen Zeh hineinzustecken.

Bitte, lieber Gott dort oben! Mach, dass es dem Mädchen gut geht. Lasse sie ... Er erinnerte sich daran, wie sie an diesem Tag mit der kleinen Bella gespielt hatte. Die Sonne hatte auf ihrem goldenen Haar gefunkelt und ein glücklicher Ausdruck war über ihr strahlendes Gesicht getanzt – und dieses mädchenhafte Quieken. Er zuckte bei der Erinnerung daran zusammen. Warum Mädchen so verdammt schrille Töne von sich gaben, wenn sie Spaß hatten, ging über sein Verständnis hinaus.

Lieber Gott, mach, dass sie wieder quieken kann! So wie vorher!

Irgendetwas in ihm erwärmte sich, als würde etwas Zerrissenes in seiner Brust wieder zusammenwachsen, die Fetzen seiner Seele flicken und ihm Trost spenden. Er entspannte sich im Sattel, verringerte seine Geschwindigkeit aber nicht.

In Gedanken versunken erreichte er bald den Stadtrand. Als sie bei Witwe Murphy wohnten, waren er und Tim so oft nach draußen entwischt, dass er es gewohnt war, dass die Nacht die Gebäude verhüllte. Sie wussten, wie man vom einen zum anderen Ende huschte – sogar, ohne einen Hund zum Bellen zu bringen.

Zum Glück stand Doc Camerons Haus in der Nähe der Stadtgrenze und Jack zügelte Brownies Geschwindigkeit, als sie näher kamen. Immer hatte er sie bewundert, diese zweistöckigen Holzgebäude mit ihren großzügigen Verandas und den strahlend sauberen Fenstern über grün gestrichenen Kästen, aus denen Blumen und Efeu quollen. Auf diesen Garten war seine Ma immer neidisch gewesen. Mehr als einmal hatte sie eine Bemerkung über Mrs Camerons Gartengestaltung gemacht.

Jack hatte sich geschworen, dass er ihr so ein Haus kaufen würde, wenn er groß war – mit Rosen, die sich um einen Lattenzaun rankten. Die altbekannte Verbitterung umschloss sein Herz und drosselte die göttliche Wärme darin.

Er würde einfach abwarten und sehen, ob der Doc zu Hause war, bevor er Ja zum Herrgott sagen würde.

Als er am weißen Zaun ankam, der das Haus des Doktors umgab, stieg er von Brownie ab und wickelte die Zügel um die obere Latte, die den Zaun zusammenhielt. Er eilte den Backsteinweg entlang und nahm die Treppe mit einem Satz. Drei Schritte und schon hatte er die Veranda überquert. Er hob die Faust, klopfte gegen die grüne Tür und wartete ein paar Sekunden, bevor er erneut klopfte.

Nach einer Minute ging die Tür auf. Doc Camerons Umrisse erschienen, einen verglasten Kerzenständer in die Luft haltend, im Türrahmen. Der Arzt war offensichtlich aus dem Bett gesprungen, um die Tür zu öffnen. Er hatte sein Nachthemd in die Hose gesteckt, denn der Stoff hatte sich an einer Seite gebeult, und sein Haar, das im Kerzenlicht rostfarben wirkte, stand wilder als normalerweise ab.

Er wartete nicht darauf, dass der Mann etwas sagte. „Christine Thompson ist in den Fluss gefallen. Sie ist in schrecklichem Zustand. Kommen Sie schnell, Doc, ja?"

„Renn zum Mietstall und hol meine Kutsche. Du kennst mein Pferd, oder?"

„Ja, Sir."

„Gut, Bursche! Dann lauf! Spann meinen Wallach an, fahre den Wagen her und ich werde fertig sein."

Jack ließ Brownie zurück, drehte sich um und rannte die Straße entlang – die Erleichterung verlieh seinem Schritt Schwung. Der Doc würde dem Mädchen helfen.

Vielleicht gibt es einen Gott.

Aber andererseits sollte er vielleicht solange warten, bis er sah, was mit Christine geschah, bevor er eine endgültige Entscheidung traf.

Kapitel Siebzehn

Samantha, die noch immer die Hosen und das weiße Baumwollhemd von Juan-Carlos trug, schaute von der Tür ihres Schlafzimmers aus zu. Die Anspannung lag ihr schwer im Magen. Sie ballte ihre Hände zu Fäusten und betete, während sie auf Christines ärztliche Diagnose wartete.

Doctor Cameron beugte sich über das Kind, das in einem großen Himmelbett lag. Das Licht von drei Öllampen, die sie im Zimmer aufgestellt hatte, glänzte auf seinem zerzausten feuerroten Haar und tauchte seinen schwarzen Gehrock in bernsteinfarbenes Licht.

Er betastete Christines schlaffe Glieder, wobei seine langen Finger sanft nach gebrochenen Knochen suchten; das Licht der Lampe warf die Schatten all seiner Bewegungen vergrößert an die Wand hinter ihm. Mit seinem sanften schottischen Akzent beschwichtigte er den tränenreichen Widerstand des kleinen Mädchens.

Wyatt neigte sich über die andere Seite des Bettes und hatte seine Faust auf einen grünen Samtflicken der Wedding-Ring-Patchworkdecke gestützt, als würde er sich davon abhalten wollen, seine Tochter an sich zu reißen. Sein mitgenommener Blick verfolgte jede Bewegung des Arztes. Er war seiner Tochter nicht von der Seite gewichen – nur wenige Minuten lang, als Samantha darauf bestanden hatte, dass er sich Kleider von Ezras anziehen sollte.

Unter anderen Umständen hätte Wyatt in Ezras alten Kleidern einen komischen Anblick geboten. Die braunen Hosen reichten ihm nur bis zu den Schienbeinen und entblößten graue Wollsocken. Seine Muskeln traten hinter dem zu kleinen Hemd in ausgeblichenem Blau hervor. Die Decke, die sie um seine Schulter gelegt hatte, rutschte immer wieder herunter.

Obwohl Wyatt keinerlei Unwohlsein bekundet hatte, gefiel Samantha nicht, dass sich seine Gesichtshaut wegen der Erschöpfung spannte und seine Lippen von der Kälte immer noch blau waren. Doch ihr war klar, dass sie noch so sehr versuchen konnte, ihn zu überzeugen: Nichts würde ihn am Feuer im Erdgeschoss halten. Wäre es Daniel gewesen, hätte sie sein Bett genauso wenig verlassen.

Wyatt hatte den ganzen Heimweg über geschwiegen und ebenso im Haus, als sie sich um Christine gekümmert hatten. Ihre anfängliche Erleichterung darüber, dass sie Christine lebendig gefunden hatten, war von der Furcht ersetzt worden, dass sie ernsthaft erkrankt war. Zu diesen Gefühlen kam noch die nagende Sorge hinzu, dass Wyatt ihr die Schuld gab. Das musste er. Sie schrieb sich selbst die Schuld zu.

Endlich beendete der Arzt seine Untersuchung, legte die Decken über ihre regungslose, blasse Gestalt und zog sie ihr bis zum Kinn. Ihrer üblichen Lebendigkeit beraubt, sah Wyatts Tochter in Samanthas großem Bett klein und verloren aus.

Der Doktor richtete sich auf und fuhr sich mit der Hand durch das Haar, sodass es am einen Ende abstand. „Sie ist ein Glückspilz. Blaue Flecken, aber keine gebrochenen Knochen. Ich glaube nicht, dass innere Verletzungen vorliegen."

Samantha atmete die Luft aus, die sie angehalten hatte.

Doc Cameron hob die Hand, um vor Optimismus zu warnen. „Achtung: Sie ist noch nicht über den Berg.

Wahrscheinlich bekommt sie eine üble Erkältung und ich mache mir Sorgen wegen einer möglichen Lungenentzündung."

Wyatts Kinn hob sich schlagartig. „Eine Lungenentzündung!"

Eine Lungenentzündung, wiederholte Samantha im Stillen.

„Aber sie ist ein starkes Mädchen", sagte er, offensichtlich darum bemüht, Wyatt zu beruhigen. „Gesund wie ein Pferd. Sie haben meine Dienste nicht mehr für sie gebraucht, seit sie geboren wurde."

Wyatt senkte den Arm und strich Christine eine lose Haarsträhne aus der Stirn. „Wann werden wir Klarheit haben?"

„Bis morgen müssten wir uns eine Vorstellung machen können. Ich will nicht, dass sie woanders hingebracht wird, und sie muss sorgsam betreut werden."

Wyatt schaute mit Sorge in seinen grauen Augen zu Samantha.

Das war ihre Chance, um bei ihm – bei beiden, Vater und Tochter – ihre Fehler wieder gut zu machen. „Das dürfte kein Problem sein."

Doctor Cameron hob eine seiner feuerroten Augenbrauen. „Ich weiß, dass Sie alle Hände voll zu tun haben, Mrs Rodriguez."

„Ich werde das schon schaffen. Die Jungen kommen bei Manuel und Maria unter. Morgen sind sie in der Schule. Mr Thompson kann im Zimmer der Jungen schlafen. Ich bleibe heute Nacht bei ihr."

Wyatt schüttelte den Kopf. „Nein."

Samantha drehte sich der Magen um. Er traute ihr nicht zu, seine Tochter zu pflegen. Vor Scham brannten ihre Wangen.

Doctor Cameron sah ihn stirnrunzelnd an und seine freundlichen blauen Augen wurden ernst. „Mir gefällt es gar nicht, wie Sie aussehen. Sie haben heute Abend genug geleistet. Es hilft dem Mädchen nichts, wenn Sie auch noch krank werden. Ich verordne Ihnen Bettruhe!"

Wyatt schüttelte den Kopf.

Cameron legte Wyatt eine Hand auf die Schulter. „Es gibt nichts, was Sie jetzt tun können."

Wyatt schaute zu Christine hinunter, dann hob er den Blick zu Samantha. „In Ordnung. Aber nur, wenn Sie mich wecken, wenn ich gebraucht werde."

Der Arzt zog eine braune Glasflasche aus seiner Tasche. „Wenn das Mädchen aufwacht und unruhig ist, geben Sie ihr einen Teelöffel hiervon. Ich komme morgen früh zurück."

Samantha machte einen Schritt auf ihn zu. „Sie sind herzlich willkommen, hier zu schlafen."

„Ich danke Ihnen für das freundliche Angebot. Aber ich sollte lieber wieder zurück nach Hause, falls ich woandershin gerufen werde."

Wyatt und Samantha begleiteten den Doktor nach unten bis vor die Tür. Während Samantha eine Öllampe hochhielt, um ihm Licht zu machen, stieg der Arzt in seine Kutsche. Er griff zu den Zügeln und fuhr davon.

Wieder drinnen angelangt, lehnte Wyatt eine Schulter an den Türrahmen. „Ich will keine Last für Sie sein, Samantha."

Samantha stellte die Lampe auf dem Brett des Kleiderständers ab und legte ihm eine Hand auf den Arm. Durch die abgetragene Baumwolle von Ezras Hemd hindurch spürte sie die Stärke von Wyatts Muskeln unter ihrer Handfläche, obwohl sie wusste, wie erschöpft er sein musste. Ihr Herz öffnete sich für ihn. „Christine ist keine Last. Ich bin dankbar, dass sie am Leben ist."

Er wischte sich mit einem Handrücken über die Augen. „Was für ein Albtraum." Sein träger Ton wies darauf hin, dass er körperlich und emotional völlig ausgelaugt war.

Samantha biss sich auf die Lippe. „Wyatt, es tut mir so leid. Mein schreckliches Temperament. Wenn ich Sie nicht von meiner Ranch zitiert hätte, dann …" Sie hielt abrupt und voller Reue inne. „Es war alles meine Schuld. Dass Christine sich davongeschlichen hat, um mit den Falabellas zu spielen …"

„Und genau dafür habe ich mir den ganzen Abend lang Vorwürfe gemacht." Ein Funken leuchtete in seinen Augen auf. „Wenn ich die Situation mit Ihnen besser bewältigt hatte." Einer seiner Mundwinkel hob sich. „Wenn ich mit dem Hut in der Hand zu Ihnen gekommen wäre, um mich zu entschuldigen. Ihr erlaubt hätte, weiterhin hierher zu kommen … dann wäre sie heute Abend nicht von Zuhause ferngeblieben." Er zuckte die Achseln. „Sehen Sie, wie es läuft?"

„Sie müssen mir erlauben, mich zu entschuldigen! Ich habe gemerkt, dass Sie wütend auf mich waren."

„Wütend?"

„Sie haben kaum mit mir geredet."

„Samantha, das Einzige, was ich gefühlt habe, waren Todesängste. Wenn ich sie verloren hätte …" Seine Schultern sackten zusammen. „Ich kann sie immer noch verlieren."

„Das werden Sie nicht." Samantha ließ all die Leidenschaft ihres Herzens in ihre Antwort fließen.

Er stützte seinen Hinterkopf gegen den Türrahmen und schloss die Augen. „Wenn eine so feste Überzeugung wie Ihre sie doch bloß am Leben halten könnte."

„*Wir* sorgen dafür."

Er öffnete seine Augen und schaute auf sie herunter. „Ich bin froh, dass wir dieses Mal auf der gleichen Seite stehen."

„Ich auch", flüsterte Samantha und fühlte sich, als hätte sich eine unsichtbare Schlinge um ihre Körper gezogen und sie miteinander vereint. *Empfindet Wyatt das Gleiche wie ich?* Sie hob die Hand und strich über seine Wange.

Die Kälte seiner Haut erschreckte sie und machte ihr

bewusst, dass er Wärme und Schlaf brauchte. Wie kaltes Wasser, das ein Feuer löschte, ergoss sich ihr Schuldgefühl über ihre Empfindungen. „Wyatt, Sie frieren. Sie müssen ins Bett."

Er raffte sich auf, sein Körper bewegte sich steif. „Ich weiß. Ich gehe schon. Aber Samantha ..."

„Ja?"

Wyatt schüttelte den Kopf. „Ist schon gut!" Er rang sich ein müdes Lächeln ab. „Ein anderes Mal." Er löste sich von der Tür.

„Die Betten der Jungen sind gemacht. Suchen Sie sich eins aus! Nehmen Sie sich noch mehr Decken von den anderen Betten! Ich bin sicher, Sie brauchen sie."

„Ich werde sicher zurechtkommen. Rufen Sie mich, wenn Christine ..."

„Ja. Jetzt gehen Sie ins Bett! Es wird alles gut!" Aber während sie diese Worte sagte, hatte sie ihre Zweifel.

Den Flur entlang von Samantha wegzugehen, kostete Wyatt all seine verbliebenen Kräfte. Er spürte, dass sie ihn hinter seinem Rücken beobachtete. *Was dachte sie?* Er zwang sich dazu, nicht zurückzublicken.

Samanthas Trost berührte ihn zutiefst. Sie sorgte sich um sie. Diese fürsorgliche, weibliche Seite an ihr, die ihn in den letzten Monaten verrückt gemacht hatte, als sie ihre streunenden Jungen adoptiert hatte, fühlte sich so wundervoll an, wenn sie sich an ihn und seine Tochter richtete. Ein mächtiges Gefühl, wie das, was einen mit einer Ehefrau, einer Gefährtin, verband ...

Sein Körper schmerzte – sowohl von den Qualen, die er erlitten hatte, als auch von seinem Verlangen nach Samantha.

Er atmete erschöpft aus. Nach dem Arztbesuch fühlte er sich platter als ein Käfer, der von einem Felsbrocken zerquetscht worden war.

Samanthas Wärme und Überzeugung, dass es Christine wieder gut gehen würde, hatten Wyatt vorübergehend Auftrieb gegeben. Aber kaum hatte er ihr den Rücken zugekehrt, hatte sich der letzte Rest seiner dürftigen Energie in Luft aufgelöst, sodass er nur noch ein Schatten seiner selbst war.

Er nahm die ersten Stufen, aber das Treppensteigen erschöpfte ihn. Je weiter er sich von Samantha entfernte, desto mehr fühlte er sich, als hätten sich seine Füße in Steine mit Strümpfen verwandelt. Er hielt auf halbem Weg an, um wieder zu Atem zu kommen – nein, um seinen Atem *wiederzufinden*.

Er versuchte, seine Gedanken von Samantha abzulenken, indem er – so leise es seine steinharten Füße erlaubten – in Christines Zimmer ging, weil er seine Tochter nicht stören wollte. Im düsteren Licht der Lampe beugte er sich über ihren reglosen Körper und kontrollierte, ob sie atmete – so wie er es getan hatte, als sie noch ein Baby war. In ihren ersten Lebensmonaten hatte er Stunden an ihrer Wiege verbracht und beobachtet, wie sich ihre kleine Brust hob und senkte, während er ihr von ihrer Mama erzählte.

Seit dem Tag, an dem sie geboren war und er Alicia verloren hatte, hatte er sie mit einem stürmischen Beschützerinstinkt geliebt. Aber er hatte versagt: Trotz seiner Wachsamkeit hatte er ihre Sicherheit heute nicht gewährleistet.

Er ließ sich auf den Stuhl neben ihrem Bett fallen. Er streckte die Hand aus, strich ihr das Haar aus dem Gesicht und fühlte, wie sich ihre seidigen Strähnen an seinen rauen Fingern verhakten. Er bedeckte ihre Stirn mit sanften Küssen und legte dann seine Wange gegen ihre Braue.

„Erhole dich, mein Sonnenschein!" Er schloss die Augen und erinnerte sich an die Todesqualen, die er in den letzten Stunden durchgestanden hatte. „Verlass mich nicht, Christy. Deine Ma braucht dich im Himmel nicht so dringend, wie ich dich hier brauche."

Seine Tochter schlief weiter.

Noch ein Kuss. Dann fasste er an den nächsten Bettpfosten und zog sich auf die Beine. Er schaute zu Samantha hinüber, die ihm ins Zimmer gefolgt war und sich nun an den gegenüberliegenden Pfosten lehnte. Das Kerzenlicht ließ ihr Haar kupferfarben glänzen und warf einen Schatten auf ihre blauen Augen. Er kämpfte gegen den Impuls an, um das Bett zu gehen und sie in eine trostspendende Umarmung zu schließen. „Schaffen Sie es, bei ihr Wache zu halten?"

Sie nickte und lächelte ihn schwach an. „Ruhen Sie sich etwas aus!"

„Also dann: gute Nacht!" Er ging ins Zimmer der Jungen, denn er hatte Schlaf nötig. Trotzdem bezweifelte er, dass die Sorge um seine Tochter ihn schlafen lassen würde.

Durch das Schlafzimmerfenster färbte sich der Horizont in zarten Rosa- und Grautönen. Samantha streckte sich auf ihrem Stuhl aus und drückte sich die Handflächen gegen den Rücken. In dem Bett zu ihrer Rechten wand sich Christine hin und her, murmelte Unverständliches und warf einen Arm über die Decken.

Samantha beugte sich vor und steckte Christines Arm wieder unter die Wedding-Ring-Patchworkdecke, dann legte sie dem Kind die Hand auf die Stirn. Warm, aber nicht brennend heiß. Nur leichtes Fieber. Die Brust des Kindes hob und senkte sich, aber sie atmete frei, ohne zu rasseln.

Samantha griff zu einer Lampe auf dem Nachttisch und musterte Christines Gesicht. Die blasse Haut vom Vorabend war einem normalen rosigen Ton gewichen. Sie zog ihre Hand weg und atmete vor Erleichterung tief aus.

Samantha stellte die Lampe ab und setzte sich wieder auf den Stuhl. Sie würden Dr. Camerons Meinung hören müssen, um sicher zu sein, doch sie glaubte, dass es das Mädchen schaffen würde. Sie schloss die Augen einen Moment lang, um ein stilles Dankesgebet zu formulieren.

Schwere Schritte und das Quietschen der Bodendielen rissen sie aus ihrem Gespräch mit dem Allmächtigen. Sie sprang vom Stuhl auf, riss die Schlafzimmertür auf und winkte Wyatt herein.

Er hatte sein strubbeliges braunes Haar erfolglos zurückgelegt, so als hätte er sich Wasser ins Gesicht gespritzt um aufzuwachen und wäre sich dann mit den Fingern durch das Haar gefahren. Er hatte mehr Farbe im Gesicht, aber der mitgenommene Blick vom Vorabend hatte ihn noch nicht ganz verlassen.

„Wyatt, ich glaube, Christine geht es besser", flüsterte sie.

Die Furchen in seinem Gesicht glätteten sich; Hoffnung schimmerte in seinen grauen Augen auf.

„Sehen Sie selbst!" Sie zog ihn an die Bettkante.

Er nahm neben dem Bett Platz und drückte seinen Handrücken gegen Christines Wange.

Samantha zog sich einen Holzstuhl heran, den sie zuvor aus der Küche hochgeholt hatte. Flüsternd erzählte sie ihm im Einzelnen, wie sich Christines Gesundheit verbessert hatte.

Er lauschte mit seinem ganzen Körper und sein Blick war auf seine Tochter konzentriert. „Ich muss trotzdem noch Doc Cameron hören, um wirklich meinen Seelenfrieden zu finden."

„Selbstverständlich."

„Aber ich denke, Sie könnten recht haben."

Sie saßen eine Weile in stiller Zweisamkeit. Langsam erhellte das Morgengrauen die Dunkelheit im Raum. Die Erlösung von der Anspannung des Vorabends versetzte Samantha fast in einen Traumzustand. Das Licht der aufgehenden Sonne drang wie bernsteinfarbene Finger in jeden Winkel des Zimmers, von denen einer über das Gesicht des schlafenden Kindes fuhr und ihr Haar beleuchtete, als wäre es ein goldener Heiligenschein.

„Mein Sonnenschein", flüsterte Wyatt. „Wenn ich dich verloren ... Wenn ... Es hätte meinem Leben sein Licht genommen."

Samantha berührte seine Schulter mitfühlend. „Ich weiß, Wyatt. Aber in ein paar Tagen ist sie bestimmt wieder auf den Beinen und rennt mit den Jungen und den Falabellas herum. Das heißt, wenn Sie ..."

„So wie es aussieht, haben wir eine Waffenruhe erreicht, wenn es darum geht, dass die Familie Thompson die Grenzen der Rodriguez-Ranch übertritt."

„Fast hätten wir einen hohen Preis für diesen Streit bezahlt."

„Das stimmt."

„Wyatt, gestern Abend ist mir etwas klar geworden", sagte Samantha mit leiser Stimme. „In meiner Ehe ..." Ihre Stimme stockte.

Christine drehte sich auf die andere Seite.

Wyatt legte seine Hand auf Samanthas und drückte sie. „Kommen Sie!" Immer noch ihre Hand haltend, stand er auf und führte sie aus dem Raum. Dann ließ er sie los, um die Tür fast vollständig hinter ihnen zu schließen, und geleitete sie mit der Hand auf ihrem Kreuz zu den oberen Stufen der Treppe. „Setzen wir uns hier hin. Wir stören Christine nicht mit unserer Unterhaltung, aber wir hören es trotzdem, wenn sie aufwacht."

Etwas schwaches Licht drang von den Fenstern des Wohnzimmers und der Küche in den Flur, aber der obere Teil der Treppe bot eine intime Dunkelheit.

Samantha setzte sich auf die Stufe und rutschte nah an die Wand, um Platz für ihn zu machen. Wyatt ließ sich neben ihr nieder, sodass sich ihre Schultern berührten. Sie widerstand dem Drang, ihren Kopf an seinen Arm zu lehnen. Sie konnte es sich nicht erlauben, sich auf ihn zu stützen – so eine Schwäche konnte leicht zur Gewohnheit werden. Und doch neigte sie sich zu ihm, wollte ihn berühren, wenn auch nur ein kleines bisschen.

Sie schaute in sein Gesicht auf und senkte ihren Blick dann wieder – fast fühlte sie sich schüchtern. „Wenn ich die Beherrschung verlor, dann war Juan-Carlos, mein Mann, immer so geduldig mit mir. Er wusste, dass ich, wenn ich wütend war, manchmal Dinge sagte, die ich gar nicht so meinte. Er ließ mir Zeit, mich zu beruhigen, anstatt zurückzuschlagen. Später – wenn mein Unwetter sich verzogen hatte, wie er es sagte – redeten wir."

„Es hört sich so an, als wäre Ihr Mann ein guter Mensch gewesen."

„Der beste. Ich habe so vieles an ihm als selbstverständlich angesehen – bis ich ihn verloren habe. Dann sind Daniel und ich zu meinem Schwiegervater gezogen. Dieser despotische alte Mann hat mich mächtig wütend gemacht. Ich war gezwungen, mich zu fügen, meine Gefühle zu zügeln."

Wyatt ergriff ihre Hand und umschloss sie mit seiner. Ein kleines Lächeln umspielte seine Lippen. „Ich kann mir gar nicht vorstellen, wie Sie das gemacht haben."

Sie schnitt eine Grimasse. „Ich hatte keine Wahl. Wusste nicht wohin. Meine Eltern waren schon gestorben. Ich hatte keine eigenen Verwandten in Argentinien." Sie zögerte. „Aber das ist eine andere Geschichte."

Er nickte und rieb mit seinem Daumen über ihren Handrücken. „Irgendwann möchte ich sie hören."

Sie zitterte und versuchte, sich an ihrem roten Faden festzuklammern. „Ich bin davon ausgegangen, dass Sie wie Juan-Carlos sind." Sie lächelte reumütig. „Dass Sie irgendwie wissen würden, dass ich das, was ich gesagt habe, gar nicht so meine. Dass Sie irgendwann zu mir zurückkommen und alles wieder normal sein würde. Aber wie hätten Sie meine Gedanken lesen …"

„Sie wollten Magie."

„Ich vermute es."

Dieses Mal hoben sich beide Winkel seines Mundes und seine Stimme wurde tiefer. „Daran muss ich mich erinnern."

Flirtete er mit ihr? Nein, das konnte nicht sein. Aber er hatte ihre Hand nicht losgelassen. Hitze stieg in ihren Wangen auf. Ihr Mund hob sich und fast hätte sie gekichert wie ein Schulmädchen. Mit Mühe gelang es Samantha, seine Wirkung auf sie zu unterdrücken. Sie musste ihre Entschuldigung zu Ende bringen. „In Zukunft werde ich versuchen, mein Temperament unter Kontrolle zu halten." Ihre Worte klangen steif. Fast hätte sie sie abgemildert, hielt sich aber zurück.

„So wie Sie es mit Ihrem Schwiegervater getan haben?"

„Nein, da habe ich meine Wut verzweifelt angestaut."

Er tippte mit dem Finger auf ihre Nase. „Wut ist nicht immer schlecht. Wichtig ist, was man aus seiner Wut macht. Auch ich bin für das gleiche Problem bekannt. Wir sind jetzt Verbündete. Vielleicht können wir zusammenarbeiten − uns gegenseitig bei diesem bedauernswerten Kontrollverlust helfen." Er beugte sich in ihre Richtung und seine grauen Augen wirkten ernst.

„Ja", flüsterte sie. „Das wäre schön."

Samantha wusste, dass sie aufstehen und weggehen sollte,

aber ihre gesamte Aufmerksamkeit richtete sich auf seinen Mund. Eine langsame Lähmung sickerte in ihre Glieder und heftete ihre Füße an die Treppe. Ein verzweifeltes Verlangen sorgte dafür, dass sie sich ganz leicht nach vorn neigte.

Er hob ihre Hand, legte ihre Handfläche auf seine Brust und bedeckte sie mit seiner eigenen. Sie konnte seinen Herzschlag spüren, stark und tief, so anders als das schnelle Flattern ihres eigenen Pulses. Mit der anderen Hand hob er ihr Kinn. Dann strichen seine Lippen ganz zart über ihre und er küsste sie.

Ihr Körper wurde von Hitze überflutet und ein weit entfernter Teil ihres Verstandes wunderte sich, wie so eine kleine Berührung die Welt um sie herum wie einen Globus zum Drehen bringen konnte.

Wyatt zog sich ein paar Zentimeter zurück und musterte sie – offensichtlich suchte er nach ihrer Erlaubnis.

Samantha antwortete mit ihren Augen. *Ja!* Ihr Mund, der vom Küssen immer noch prickelte, war nicht imstande, Worte zu formulieren.

Scheinbar ermutigt, küsste er sie wieder, dieses Mal länger. Ihre Lippen, die von der Kälte am Morgen noch kühl waren, erwärmten sich rasch. Er verharrte, küsste die Winkel ihres Lächelns und bewegte sich dann auf die Mitte zu, um seinen Mund auf ihren zu pressen. Seine Zunge glitt sanft zwischen ihre Lippen.

Samantha öffnete sich ihm, genoss die Berührung seiner Zunge, die Form seiner Lippen. Bedürfnisse, die sie seit zwei Jahren begraben hatte, und Empfindungen, die sie fast vergessen hatte – außer in ihren Träumen –, sprossen wie Sämlinge in der Frühlingssonne.

Als seine Zunge ihren Mund erkundete, erweichte ihr Körper wie warmer Honig. Wie konnte sie sich so lebendig und gleichzeitig so nachgiebig und schwach fühlen? Sie ließ sich gegen ihn sacken. Wie Dornröschen war sie von einem

Kuss geweckt worden. Ihr Herzschlag beschleunigte sich. Sie fragte sich, ob er es hören konnte.

Sein Finger glitt über ihre Augenbraue, an ihrer Wange hinunter und an ihrem Kinn entlang. Die Versuchung hinterließ eine Spur bei jeder seiner Berührungen.

Sie schauderte angesichts des tobenden Kampfes in ihrem Inneren. „Wyatt ..."

„Hmmm?"

Seine sanften Küsse auf ihrem Kinn ließen einen Schauer durch ihren ganzen Körper gehen.

„Ich sollte Frühstück machen", flüsterte sie und spannte ihre Finger über seine muskulöse Brust. „Die Jungen können von einer Minute auf die andere zur Tür hereingestürmt kommen."

Nachdem er ein letztes Mal mit seinen Lippen über ihre gefahren war, richtete er sich mit Widerstreben in seinen Augen auf. Er drückte ihre Hand, als würde er zaudern, sie gehen zu lassen. Dann zog er sie beim Aufstehen hoch. „Sie haben recht. Ich habe wohl nicht nachgedacht. Nach allem, was ich durchgemacht habe, konnte ich vielleicht ein wenig Vergesslichkeit gebrauchen."

Sams Herz erstarrte. *Ist das alles, was ihm unsere Küsse bedeuten? Ablenkung.* „Nun, ich hoffe, ich habe helfen können." Sie zwang sich, ihm eine lockere Antwort zu geben.

„Ich werde Ihnen immer für all das dankbar sein, was Sie heute Nacht getan haben. Ich stehe in Ihrer Schuld."

In Ihrer Schuld. Vorher hätte sie sich glücklich geschätzt, wenn Wyatt das Gefühl gehabt hätte, dass er ihr etwas schuldig war. Aber jetzt wollte sie etwas anderes. Was, das wusste sie nicht genau. Ihre Gedanken und Gefühle waren wie ein Wollknäuel, das eine Katze gejagt und aufgewickelt hatte. Sie würde Zeit brauchen, um sie zu ordnen. Und mit Sicherheit konnte sie nicht nachdenken, solange dieser Mann direkt vor ihrer Nase stand. Eine zu große Ablenkung.

Er wartete auf ihre Antwort.

Sie zwang sich ein Lächeln ab und ging die Treppe ein paar Stufen hinunter. „Sie haben mir einmal gesagt, dass die Menschen hier draußen für sich selbst sorgen. Sie haben mir in der Vergangenheit geholfen und ich bin mir sicher, auch in der Zukunft wird es die Gelegenheit geben."

Er zog eine Augenbraue zur Antwort hoch. „Darauf können Sie wetten."

Aber als Samantha die restlichen Stufen hinabstieg fragte sie sich: Würde sie es wagen, diese Wette einzugehen?

Kapitel Achtzehn

Im Stall war Jack dabei, Brownie zu striegeln und die Heumenge im Futterkasten zu kontrollieren. In den Ställen auf beiden Seiten pflegten sein Bruder und Daniel das Fell ihrer eigenen Pferde. Kleine Feder, dem es immer irgendwie gelang zu wissen, wann die anderen Jungen aus der Schule zurück waren, half Tim.

Jack war in der Schule so zappelig gewesen, als würden Ameisen in seiner Hose herumkrabbeln – unruhiger als Daniel in seinen schlimmsten Momenten. Seine Gedanken waren immer wieder zur Ranch zurückgekehrt, während sein Körper auf dem harten Holzstuhl kauerte. Der einzig positive Teil war gewesen, als Miss Stanton mit ihnen ein Gebet für Christine aufgesagt hatte und er der Stimme der Lehrerin gefolgt war, anstatt sie wie in der Vergangenheit auszublenden. Er war sich immer noch nicht ganz sicher über diese ganze Sache mit Gott, aber falls es dem Mädchen wieder besser ging, würde er vielleicht anfangen, mit Miz Samantha in die Kirche zu gehen.

Als ihm das Warten plötzlich zu lang wurde, warf er mit einem geknüllten Lappen nach seinem Bruder. „Beeil dich, du Schnecke! Muss ich dir Feuer unterm Hintern machen?"

Tim sah zu ihm herüber. „Warum bist du so verflixt in

Eile? Auch wenn wir da sind, hilft das dem Mädchen rein gar nichts."

„Ich will wissen, ob sie uns verlassen hat."

Daniel ließ seinen Kamm fallen. „Verlassen? Sie wird nicht sterben." Seine Augenbrauen hoben sich und seine Lippe zitterte.

Jack rollte mit den Augen. „Jetzt reg dich nicht so auf, Danny. Du weißt doch, dass Doc Cameron ihr helfen wird." Er ging aus Brownies Stall hinaus und in den von Daniels Pferd. Er beugte sich vor, um den Striegel aufzuheben und boxte dem kleineren Jungen tröstend gegen den Arm. „Komm schon! Ich helfe dir. Hol du das Futter!"

Daniel wischte sich die Nase mit der Hand ab und befolgte Jacks Aufforderung.

Bald waren sie fertig. Von Jack geführt, rauschten die vier Jungen nach draußen, über den Hof, liefen die Stufen zur Veranda hoch und ins Haus.

Nur Maria war in der Küche und rührte in einem Topf auf dem Herd, der den Duft nach Rindereintopf im Raum verströmte. Als sie sie hörte, drehte sie sich um und auf ihr rundes, braunes Gesicht trat ein Lächeln. Sie sagte etwas auf Spanisch. Jack verzichtete darauf, Daniel übersetzen zu lassen. Stattdessen drängte er die anderen Jungen beiseite und lief die Treppe zum großen Schlafzimmer hinauf.

Im Türrahmen angelangt, blieb er abrupt stehen. Neben dem Himmelbett saß Thompson auf einem Stuhl mit harter Lehne. Er hatte ein Buch auf dem Bett neben dem kleinen Mädchen aufgeschlagen und war in die Seiten vertieft, sein Gesicht wirkte sogar in diesem entspannten Zustand müde. Er schaute zu Jack auf und hob eine Augenbraue.

Sie ist nicht tot. Jack entspannte seine angespannten Bauchmuskeln. „Bitte", flüsterte er. „Wie geht es ihr?"

Die Augenbraue senkte sich und die harten Züge im Gesicht des Mannes besänftigten sich. Er schaute zu

Christine hinunter und stand auf, offensichtlich zufrieden. Er trat durch die Tür und schloss sie hinter sich. „Draußen."

Die Jungen eilte wieder die Treppe hinunter und zur Tür hinaus. Draußen auf der Veranda stellten sie sich in eine Reihe an das Geländer.

Thompson überragte sie alle und sein trüber Blick bohrte sich in sie.

Jack krümmte sich beim Gedanken an das Unrecht, das sie Christine angetan hatten, blieb aber standfest.

Der Mann fuhr sich mit der Hand durch das Haar. „Doc Cameron sagt, sie soll ein paar Tage im Bett bleiben, aber er denkt, dass sie genesen wird. Bald kann sie wieder nach Hause. Vielleicht muss sie allerdings noch im Bett bleiben."

Daniel zappelte neben Jack. „Also wird sie nicht sterben?", fragte er und seine Stimme klang zerbrechlich.

Thompsons schwaches Lächeln warf Fältchen um seine Mundwinkel, aber seine Augen sahen immer noch müde aus. „Nein, Daniel. Dank euch wird es ihr wieder gut gehen."

Jack rümpfte die Nase. „Was meinen Sie? Wir haben das Unheil angerichtet. Indem wir sie versteckt haben."

Thompson murmelte vor sich hin, aber Jack verstand die Worte. „Noch einer, der sich die Schuld gibt." Lauter sagte er: „Ich denke, wir können uns alle die Verantwortung aufteilen. Ich spreche davon, wie ihr alle mit mir zusammengearbeitet habt, um sie zu retten." Er schaute zu Kleine Feder.

Der Schwarzfußindianer wandte den Blick ab.

„Ich bin stolz auf euch, Jungs. Ihr habt an der Suche teilgenommen." Thompson hob eine Hand in Richtung Kleine Feder. „Sie gefunden." Er nickte Jack zu. „Habt den Führstrick gehalten, seid zum Doktor geritten."

Die Wärme ließ Jacks Brust anschwellen und stieg ihm bis in die Kehle. Er hatte noch nie zuvor einen Mann stolz gemacht. Er wollte dem Gefühl entkommen – es war, als würde es seine Haut jucken oder so –, aber andererseits wollte er sich auch zurücklehnen und diese Güte in sich aufsaugen.

Thompson schaute zu den Bergen und dann wieder zu ihnen zurück. „In ein paar Tagen, vielleicht sogar schon morgen, kann Christine Gäste empfangen. Kann ich mich darauf verlassen, dass ihr Jungs euch gut mit ihr benehmt? Ihr vielleicht etwas vorlest oder etwas von der Schule erzählt?"

Alle nickten, sogar Kleine Feder.

Thompson wirkte zufrieden. „Also gut. Kümmert euch um eure Aufgaben, Jungs! Ich muss wieder nach oben. Und seid leise, versprochen? Mrs Rodriguez schläft. Sie hat die ganze Nacht an Christines Seite gesessen."

Thompson drehte sich um und ging wieder hinein. Hinter ihm blieb Stille zurück und jeder der Jungen schien Zeit zu brauchen, um die Worte des Mannes auf sich wirken zu lassen.

Daniel löste sich mit funkelnden Augen vom Geländer. „Ich werde ihr etwas aus Mamas Büchern vorlesen, aus einem von Louisa May Alcott." Sein eifriger Blick schwappte zu den anderen Jungen über und er grinste mit verschmitztem Gesichtsausdruck. „Ich lese ihr *Kleines Volk* vor. Das Buch ist wie wir: Ein Haufen Jungen, die zusammenwohnen", er warf Jack einen Seitenblick zu, „und sich zusammen ganz schön was einbrocken. Sie kann unsere Daisy sein, nein, unsere Nan."

Jack rollte mit den Augen. *Hört sich nach Blödsinn an.*

Dan klatschte in die Hände. „Und wir können die Falabellas herbringen, damit sie sie besuchen."

Ja, das war eine gute Idee! Manchmal ließ Miz Samantha ein Kleines ins Haus. Es würde das Mädchen fröhlich stimmen, wenn sie Bella hereinbringen würden.

Kleine Feder überraschte ihn, als er feierlich hervortrat.

Der Junge, der in sein blau-grau gestreiftes Lieblingshemd gehüllt war, griff sich in die Tasche und zog etwas heraus, das er mit der Faust umschlossen hielt. Er zeigte es ihnen nicht. „Ich werde meinen heiligen Stein mit ihr teilen. Ihr Lagerfeuergeschichten von meinem Volk erzählen." Er steckte seine Hand wieder in seine Tasche.

Die Zwillinge nahmen Blickkontakt auf. Jack erwartete, seine eigene Skepsis im Gesicht seines Bruders gespiegelt zu sehen, aber stattdessen sah er, dass Tim die Stirn runzelte. „Als Ma krank war, wollte sie, dass ich für sie singe. Aber nur, wenn Pa nicht dabei war."

Daniel federte auf den Zehen. „Singst du gerne?"

„Ma hat es uns beigebracht." Tim grinste Daniel an. „Ich glaube nicht, dass du das Lied kennst, Danny."

Daniels schräge Augenbrauen zogen sich zusammen.

Tim lachte. „Es ist ein irisches Lied." Sein Lächeln erstarb. „Ma hat immer gesungen, wenn sie Geschirr spülte."

Jack wandte sich ab und ging die Stufen hinunter, während er sich an die süße Stimme seiner Mutter erinnerte. Sie und Tim hatten oft zusammen gesungen. Ma hatte Jack oft damit aufgezogen, dass er all seine Fähigkeiten zum Singen seinem Bruder überlassen hatte. Weil Tim eine Engelsstimme hatte und Jack wie ein Frosch krächzte. Er hatte sich nie darum geschert, bis Ma krank wurde. Sie liebte es, Tim singen zu hören. Sagte, seine süße Stimme tröste sie. Seit ihrem Tod hatte Tim kein Wort gesungen.

Jack fummelte mit den Händen in seiner Tasche herum und schlurfte durch den Garten. Er hatte Christine nichts zu bieten. Als Ma krank wurde, hatte er ihr zumindest die Milch seiner Mutterziege bringen können. Sie sagte, die wäre besser als Medizin. Es war alles, was sie aß.

Wenn er doch nur die Ziegenmilch seiner Nanny gehabt hätte! Dem kleinen Mädchen Milch hätte geben können. Er wusste, es hätte ihr geholfen, gesund zu werden.

Er trat gegen einen Stein, der mit einem Satz in den dichten Matsch flog und an einem Holzpfahl vom Ziegengehege abprallte. Beim Anblick der beiden eingesperrten Tiere fühlte er sich nur noch schlechter. Da drin hätte seine Nanny sein sollen, so wie im größeren Gehege seine Mariposa stand. *Es war nicht gerecht, dass Witwe Murphy meine Ziege behalten hat. Gar nicht gerecht.*

Er hatte geplant, in Hinsicht auf seine Nanny etwas zu unternehmen, war aber mit den Aufgaben seines neuen Lebens schon voll eingespannt gewesen. Die Schuld nagte an ihm, weil er sie vernachlässigt hatte. Wahrscheinlich fragte sie sich, wo er steckte.

Es war an der Zeit, sich seine Ziege zu stehlen. Christine brauchte die Milch und er hatte vor, sie ihr zu besorgen.

Wyatts schwielige Hände fuhren spielerisch über ihren Körper, seine raue Haut stand im Gegensatz zu seiner sanften Berührung. Seine Mund zog einen Kreis aus Küssen um ihre Brüste. Eine matte Wärme lastete auf ihren Gliedern und sie sehnte sich nach ihm. Als würde er ihr Bedürfnis spüren, wanderten seine Hände tiefer. „Wyatt", flüsterte sie. „Bitte!"

„Bitte!" Samantha glitt vom sinnlichen Schlaf in einen schlaftrunkenen Wachzustand – das Wort noch immer auf den Lippen. Sie ließ sich mit schweren Augenlidern treiben und wollte zu ihrem Traum – zu Wyatt – zurückkehren.

Eine Bewegung neben ihr ließ sie aufschrecken. Sie setzte sich keuchend auf und erinnerte sich daran, dass Christine neben ihr schlief. Das schummrige Licht der Lampe, die Samantha dem Kind zuliebe hatte brennen lassen, beleuchtete ihre engelhaften Züge.

Ein Glück, dass ich nichts weiter gesagt habe. Einen Augenblick lang wurde ihr vor Scham ganz heiß. Sie legte sich wieder hin und versuchte, sich zu beruhigen. *Ich habe nichts falsch gemacht. Ich bin nicht für meine Träume verantwortlich. Und nach der Begegnung auf der Treppe heute Morgen …*

Samantha ließ sich ihre Phantasie noch einmal durch den Kopf gehen und genoss die Gefühle, die Wyatt in ihr weckte. Die Erinnerung lullte sie wieder in den Schlaf. Doch ihr Verstand weigerte sich, ihr völlige Ruhe zu gönnen. Irgendetwas war anders an diesem Traum …

Dann wurde es ihr bewusst: Sie hatte Wyatt nicht widerstanden. Sie hatte nicht nur reagiert, sondern ihn sogar angefleht. Lust und Scham ließen ihre Wangen erröten. Instinktiv wusste sie, dass sich etwas in ihr verändert hatte. Sie war bereit, sich von Juan-Carlos zu lösen.

Bei dem Gedanken kam Trauer in ihr hoch – jedoch keine schmerzhafte Trauer, sondern eher das Gefühl, dass sich etwas in ihrem Herzen verschoben hatte. Juan-Carlos würde immer einen besonderen Platz in ihrem Herzen und in ihren Erinnerungen einnehmen. Wie in einer Vision konnte sie ihren geliebten Ehemann sehen. Er lächelte und seine dunklen Augen waren voller Liebe, als er vielsagend eine Braue hob. Er umfasste ihr Gesicht mit seinen Handflächen und gab ihr einen Abschiedskuss.

Sie stellte sich vor, wie er mit einer edlen Verbeugung zurückwich, um Wyatt hervortreten und ihre Hand ergreifen zu lassen. Juan-Carlos würde weder sie noch Daniel jemals ganz verlassen. Aber Samantha wusste, dass es in ihrem Herzen und in ihrem Leben jetzt Platz für eine neue Liebe gab.

Samantha und Pamela Carter stiegen die Treppe zum Flur hinunter und setzten ihr Gespräch über die Falabellas fort, das sie begonnen hatten, als Christine eingeschlafen war. Sie blieben am Kleiderständer stehen, dessen Geweihstangen mit Mänteln und Schals und Pamelas Täschchen aus Schiffchenspitze behangen waren.

Pamela löste die Schnüre ihrer Tasche und nahm ein paar gefaltete Geldscheine heraus, die sie Samantha in die Hand drückte. „Ich möchte Ihnen schon einmal eine Anzahlung für das Fohlen geben."

Samantha schüttelte den Kopf. „Pamela, wir sollten warten, bis die Fohlen geboren sind."

„Nein, ich möchte jetzt eins reservieren. Die anderen werden bestimmt sofort weg sein, wenn die Leute einen Blick auf sie erhaschen."

„Meinen Sie wirklich?"

„Edith Grayson hat mir gegenüber erwähnt, dass sie vielleicht eins für Ben möchte. Und ich wette, Wyatt Thompson kauft eins für Christine."

Die beiden Frauen schauten die Treppe hinauf zu dem Zimmer, in dem Christine lag und sich von ihrer Erkältung erholte. Pamela hatte einen Korb mit Lebensmitteln mitgebracht. Während Christine einschlummerte, nutzten die beiden Frauen die Gelegenheit, um sich besser kennenzulernen. Samantha, die Pamelas warmer, freundlicher Art nicht widerstehen konnte, hatte sich ihrer neuen Freundin anvertraut und ihr von der heiklen finanziellen Lage der Ranch erzählt.

Samantha atmete tief aus. „Nun, die Fohlen zu verkaufen, würde sicher einen Unterschied machen. Dann müsste ich mir nicht solche Sorgen machen."

„Ich freue mich, einer Freundin zu helfen und gleichzeitig das perfekte Weihnachtsgeschenk zu finden."

„Es wird mir schwerfallen, das Fohlen so lange geheim zu halten. Hoffen wir, dass alle Kinder das Gleiche wollen."

Pamela verdrehte die Augen. „Nun, wenn nicht, dann gewinnt Lizzys Wahl. Die anderen beiden werden mitziehen."

„Ich bin sicher, ganz gleich, welches sie aussucht, sie werden es lieben."

„Sie werden ganz aus dem Häuschen sein." Scheinbar aus einem Impuls heraus, beugte Pamela sich vor und umarmte Samantha. „Ich bin so froh, dass wir Freundinnen geworden sind. Wollen wir uns duzen?"

Samanthas Körper wurde warm und ihre Augen feucht. Sie war von den Frauen auf der *Hacienda* so ausgegrenzt worden, dass sie seit langer Zeit keine enge Vertraute mehr gehabt hatte. „Natürlich! Und – ich bin auch froh", flüsterte sie und hielt blinzelnd die Tränen zurück, während sie die Umarmung erwiderte.

Pamela nahm einen braunen Strickschal von einem anderen Geweih. „Ich würde gern noch länger bleiben, aber ich sollte jetzt besser nach Hause."

Widerwillig trennten sich die beiden Frauen voneinander.

Samantha schaute Pamelas staubigem Wagen nach, bis er hinter einer Wegbiegung im Schatten der Bäume verschwunden war. Ein paar Minuten lang genoss sie das Gefühl der Zufriedenheit, während sie über all ihren Segen nachdachte. Ihre lang ersehnten Träume wurden endlich wahr. Daniel und sie hatten ihr eigenes Haus. Sie hatte sich ihre Waisenkinder zusammengesucht und es schien ihnen gut zu gehen. Sie hatte Freunde gefunden. Christine würde morgen nach Hause zurückkehren. Der Verkauf der Fohlen würde die Zukunft der Ranch sichern. Und Wyatt …

Ein Lächeln umspielte ihren Mund beim Gedanken an ihn. Er war zu seiner Ranch zurückgekehrt, sollte aber bald wieder da sein. In den letzten drei Tagen hatte er immer darauf geachtet, den späten Nachmittag mit seiner Tochter zu verbringen und war zu guter Letzt immer zum Abendessen geblieben. Sie waren sich körperlich nicht noch einmal nah gekommen, aber ganz langsam spannte sich ein unsichtbares Band zwischen ihnen.

Samantha versuchte, nicht weiter zu denken. Tiefe Gefühle für Wyatt zu haben, die unerwidert blieben, konnte ihr nur Schmerz zufügen. Und doch konnte sie die wachsende Anziehung, die er auf sie ausübte, nicht verhehlen.

Eine Kutsche, die um die Kurve gebogen kam, unterbrach ihre Gedanken. Eine Minute lang fragte sie sich, ob Pamela zurückgekehrt war, aber das Sonnenlicht funkelte auf der glänzenden schwarzen Equipage. Zwei Personen saßen vorne. Die Räder klapperten auf der Brücke über den Fluss und sie erkannte Edith Grayson mit ihrem Sohn.

Wie nett. Ich habe mir mehr weibliche Gesellschaft gewünscht und schon bekomme ich zwei Besuche am gleichen Tag.

Edith brachte den Wagen auf dem festgedrückten Erdboden vor dem Haus zum Halt.

Ben, der einen braunen Anzug anhatte, sprang ab und band die Pferde fest, bevor er um die Kutsche ging, um seiner Mutter beim Absteigen zu helfen.

Samantha ging zum Rand der Veranda, um sie zu begrüßen.

Edith Grayson richtete ihre gefiederte marineblaue Haube, die zu ihrem Kleid aus weicher Seidenwolle passte, und nahm einen Weidenkorb vom Wagen. „Mrs Rodriguez, ich hoffe, es macht Ihnen nichts aus, dass wir vorbeischauen."

„Wie schön, Sie zu sehen, Mrs Grayson." Sie lächelte den Jungen an. „Hallo Ben."

Sein süßes Lächeln erhellte seine klaren braunen Augen. „Hallo, Mrs Rodriguez."

„Wir sind gekommen, um uns nach Christine zu erkundigen." Edith hielt einen Korb hoch. „Und unsere Haushälterin Mrs Graves hat einen Schokoladenkuchen gebacken."

„Wie nett!" Samantha nahm den Korb an sich. „Ben, die

Jungen sind bei den Pferden im Stall. Warum gehst du nicht zu ihnen?"

„Ja, Ma'am." Sie deutete mit einem Kopfnicken in Richtung Stall.

„Denk daran, was ich dir gesagt habe!", rief seine Mutter ihm nach. „Mach dich nicht schmutzig!"

„Man kann Jungen nicht davon abhalten, sich auf einer Ranch schmutzig zu machen."

„Ben weiß es besser."

„Wenn Sie das sagen", murmelte Samantha skeptisch. Allerdings war das sicher kein großer Spaß für Ben. Nun, vielleicht würde der Junge nur auf einem Heuballen sitzen und den anderen zuschauen. „Möchten Sie nicht auf einen Tee reinkommen? Ich fürchte, Christine schläft gerade und ich möchte sie nicht stören."

Edith zögerte. „Tee wäre fantastisch."

Samantha ging ins Wohnzimmer voran und entschuldigte sich dann, um Maria auf den nächsten Besuch vorzubereiten. Zum Glück hatte Samantha vorher eine Schwarzwälder Kirschtorte für das Abendessen gebacken.

Maria brachte ein Tablett mit dem violetten Teeservice herein.

Samantha goss den Tee ein und schnitt für jeden ein Stück Kuchen ab. Sie legte eine silberne Kuchengabel auf den Teller neben das Kuchenstück, dann reichte sie ihn Edith.

Die beiden Frauen plauderten über Banalitäten, während sie ihren Tee tranken. Im Umgang mit Edith Grayson fühlte sich Samantha reservierter als mit Pamela Carter, obwohl sie und Edith sicher mehr gemeinsam hatten: beide waren Witwen mit Söhnen. Doch Edith fehlte Pamelas Wärme.

Vielleicht würden sie eine Bindung zueinander aufbauen, wenn sie sich besser kannten. Samantha hoffte es. Sie brauchte Freunde in diesem neuen Land.

Edith setzte ihren Kuchenteller ab. „Das war wunderbar. So etwas habe ich noch nie gegessen."

Samantha errötete vor Freude. Sie war stolz auf ihren selbstgebackenen Kuchen. „Schwarzwälder Kirschtorte ist in Deutschland sehr beliebt. Sie war immer meine Lieblingsnachspeise. Die Sahne und die eingemachten Kirschen geben der Schokolade zusätzlich Geschmack."

„Ich bin mir sicher, Wyatt würde sie schmecken. Er hat eine Vorliebe für Schokolade. Als er vorgestern bei uns zu Abend gegessen hat, hat er zwei Portionen gegessen", sagte sie mit besitzergreifendem Tonfall. „Und das ist nicht das erste Mal. Er liebt Mrs Graves Schokoladenkuchen."

„Vorgestern?" Samanthas Magen zog sich zusammen.

„Ja, der Abend, an dem Christine den Unfall hatte. Es fühlt sich entsetzlich an zu wissen, dass sie fast ertrunken wäre, als Wyatt bei mir zu Besuch war. Das arme Kind."

„Eine schreckliche Qual für sie." *Wyatt hatte Edith besucht, als Christine vermisst wurde.* Samanthas Hände zitterten und sie legte sich die Hände auf den Schoß, um sie ruhigzuhalten.

„Mich schaudert es, wenn ich daran denke, wie knapp es war. Ich wäre fast in Ohnmacht gefallen, als ich es gehört habe." Ediths zarte Hand legte sich auf ihren Busen. „Ach, meine Gefühle für dieses Kind sind fast, als wäre es mein eigenes."

Meine auch. „Sie ist ein liebenswürdiges Mädchen." *Eins, das ich schon langsam wie mein eigenes gesehen habe.* Ihr Herz zerbrach. Sie erinnerte sich daran, wie Wyatt und Edith nach der Kirche miteinander geredet hatten. *Wirbt er um sie?*

Edith beugte sich nach vorn. „Ich möchte Ihnen einen diskreten Hinweis geben, liebe Mrs Rodriguez. In der Stadt redet man darüber, dass Wyatt viel Zeit hier verbringt. Ich habe dafür gesorgt, solche unanständigen Gerüchte im Keim zu ersticken. Doch Sie sollten gewarnt sein und auf Ihren Ruf achten."

Samantha wurde von Ediths Worten überrascht. Ihre Wangen brannten vor Scham. „Sicherlich versteht jeder die Umstände. Christine …"

„Eine Frau kann nie vorsichtig genug sein, meine liebe Samantha, ich darf Sie doch so nennen? Seinen Ruf verliert man so leicht."

„Ja natürlich, aber …"

„Passen Sie einfach auf, meine Liebe." Edith stand auf und beendete ihren Besuch.

Samantha fühlte sich wie ein friedlich mit dem Strom schwimmender Fisch, der an die Angel gegangen und an Land gezogen wurde. Ihr Atem wurde flach und ihr Mund wollte sich öffnen und schließen, um gegen Ediths Vorwürfe zu protestieren, aber sie wusste nicht, was sie sagen sollte.

Samantha fühlte sich noch immer unruhig, als sie Edith auf die Veranda begleitete. Draußen sah sie Wyatt, der Bill in den Garten brachte. Ihr Herz machte einen freudigen Satz, bevor ihr Ediths Warnung einfiel. Sie strich sich den schwarzen Rock glatt und versuchte, sich zu fassen.

Wyatt stieg ab und sah attraktiv und männlich aus. Er band die Zügel an das Geländer der Veranda. Er trug ein frisches graues Hemd und saubere Denimhosen – offensichtlich hatte er sich nach dem Arbeitstag gewaschen und umgezogen.

Er blieb an den Stufen stehen und fasste sich an den Hut. „Mrs Grayson. Mrs Rodriguez." Er schaute Samantha mit fragendem Blick an.

„Ihr geht es gut. Sie schläft."

Er entspannte seine Schultern und lächelte.

Edith trat hervor. „Ich bin so froh, dass es Christine gut geht. Solch ein schreckliches Erlebnis – was das arme Kind doch durchgemacht hat!"

„Danke!" Wyatt hob den Hut und fuhr sich mit den Fingern durch das Haar. „Ich muss hunderte von grauen Haaren bekommen haben."

„Unsinn", trällerte Edith. „Ich sehe keine, mein lieber Wyatt."

„Nun, ich fühle mich um Jahre älter."

„Vielleicht hilft mein Schokoladenkuchen."

Er grinste. „Schokoladenkuchen. Mein Favorit. Christines auch."

Samantha trat zur Seite, da sie aus dieser Nebenhandlung ausgeschlossen war. Bildete sie es sich nur ein, oder schien Wyatt über den Besuch der schönen Witwe glücklich zu sein? Sie hätte Pamela fragen sollen, ob Wyatt um Edith warb – auch wenn dieser Gedanke ihr einen Stich versetzte. Eifersucht?

Ein Wagen erschien auf der Straße. Noch mehr Besuch, dachte Samantha und war nicht ganz erfreut darüber, eine dritte Runde Tee auf sich zu nehmen.

Die Kutsche war fast am Eingang angelangt, als sie erkannte, wer die Frau war, die sie lenkte. Die Witwe Murphy. Samantha hatte sie an einem Sonntag vor einigen Wochen kennengelernt.

Mrs Murphy stieg vom Wagen ab und eilte zu ihnen. Eine schwarze Strohhaube thronte auf dem grauen Haar, das willkürlich zu einem Dutt gebunden worden war. Ein fleischiger Lappen quoll unter den Bändern hervor, die unter ihrem Kinn zusammengebunden waren. Die verblasste rote Schürze, die sie über ihrem grauen Baumwollkleid trug, passte zu ihrem roten Teint.

Samantha hielt ein Lächeln zurück. Mit ihrer markanten Nase und den gespitzten Lippen glich die Frau einer von den Hennen, die Samantha weniger gern mochte, wenn sie versuchte, nach jedem zu hacken, der es wagte, eines ihrer Eier zu nehmen.

Samantha ging auf sie zu, um sie zu begrüßen. „Mrs Murphy, ich bin sicher, Sie sind froh zu hören, dass es Christine besser geht."

Die Frau warf ihr einen Blick voller Verachtung zu. „Ich bin nicht deshalb hier." Sie nickte Wyatt zu. „Obwohl ich froh bin, dass Ihre Tochter auf dem Weg der Besserung ist."

„Danke!"

Mrs Murphy schaute wieder zu Samantha. „Ich bin wegen dieser Cassidy-Zwillinge von Ihnen hier – wahrscheinlich wegen diesem Jack."

„Jack?"

„Ein Dieb ist er. Ein Kerl vom übelsten Schlag." Sie presste die Lippen aufeinander. Sein Bruder und er hätten in dieses Waisenhaus gebracht werden sollen. Raus aus der Stadt. Aber Reverend Norton ist zu weichherzig."

Samanthas Temperament fing an zu köcheln. „Vielleicht könnten Sie mir erklären, warum Sie *meinen* Jack des Diebstahls beschuldigen!"

„Meine Ziege hat er mir gestohlen. Direkt aus meinem Garten."

„Haben Sie ihn gesehen?"

„Nicht nötig. Ich kenne ihn."

Samanthas Wut brodelte heftiger. „Vielleicht ist die Ziege allein entkommen."

Die Frau richtete sich auf. „Mrs Rodriguez, ich bitte Sie: Vergeuden Sie nicht länger meine Zeit! Ich bin gekommen, um meine Ziege zu holen."

„Die Jungen sind im Stall. Schauen wir doch mal, wie die Angelegenheit mit den Ziegen aussieht."

Samantha neigte ihren Kopf zu Edith und Wyatt. „Wenn Sie mich jetzt entschuldigen würden." Sie eilte die Stufen der Veranda hinab.

Wyatt lief neben ihr her. „Ich komme mit."

Edith hob arrogant eine Augenbraue. „Ich sollte Ben holen."

Samantha konnte vom Ton von Ediths Stimme auf ihre Gedanken schließen. Die Vorstellung, ihr kostbarer Sohn

229

könnte mit einem möglichen *Dieb* zu tun haben, war nicht hinnehmbar.

Aus den Augenwinkeln sah sie, wie Wyatt stehenblieb und Edith seinen Arm anbot.

Sie lief schneller, ohne sich darum zu kümmern, ob die anderen ihr folgten. Sie nutzte die Zeit, um zu versuchen, ihr Temperament in den Griff zu bekommen. Erst vor drei Tagen hatte sie Wyatt versprochen, sie würde sich ändern. Das hier war ihre erste Bewährungsprobe. Sie dachte an die Ironie der Situation.

Samantha lief einmal rund um die Büsche herum, die das Ziegengehege abschirmten. Die Jungen hockten zusammen in dem kleineren Pferch. Das ist merkwürdig, dachte sie. Normalerweise war Jack der Einzige, der mit den zwei Ziegen spielte. Kaum hatte sie die Worte gedacht, bangte es ihr. Es konnte nur einen Grund geben, warum alle Jungen in dem kleinen Gehege waren.

Sie blieb abrupt stehen und sträubte sich, der Wahrheit ins Gesicht zu sehen. Hinter den wackeligen Holzpfählen mit gewundenem Draht konnte sie Jack sehen, der neben einer braunen Ziege kniete und ihr den Rücken streichelte.

Die anderen holten sie ein.

„Na, sieh mal einer an." Mrs Murphy streckte den Zeigefinger aus. „Was habe ich Ihnen gesagt? Da ist meine Ziege."

Die Jungen im Pferch schienen sich zu streiten. Jack sprang auf und schlug Ben in den Bauch.

Der Junge krümmte sich, richtet sich dann aber wieder auf und trat Jack gegen das Bein.

Jack warf sich auf Ben, sodass sie beide zu Boden fielen. Sie rauften und rollten sich zusammen durch den Dreck. Die anderen Jungen feuerten Jack an.

„Ben!", schrie Edith.

Samantha schüttelte ihre Starre ab und schritt zum Gehege.

Wyatt kam ihr am Gehege zuvor. Er riss das Tor auf und stürmte hinein. Er fasste nach unten, packte die Jungen an den Hemden und trennte sie voneinander. „Was ist hier los?" Er ließ beide Jungen auf ihren Fußballen baumeln.

Edith preschte voran. „Lassen Sie ihn los."

Wyatt ließ beide Jungen los.

Edith packte ihren Sohn und drückte ihn an ihre Brust. „Ben, geht es dir gut? Was hat dir dieser schreckliche Junge angetan?" Sie ließ ihre Hände über seinen Kopf und dann an seinen Arme hinabgleiten.

Samantha trat an Jacks Seite und nahm seinen Arm.

Er wich ihrem Blick aus.

Hinter ihnen ertönte Witwe Murphys schrille Stimme. „Ich habe Sie ja gewarnt. Das sind Schläger. Diebe. Einsperren sollte man sie."

Samanthas Temperament ging mit ihr durch. Sie fuhr zu der Frau herum. „Seien Sie still!"

„Ganz bestimmt nicht!", sträubte sich Mrs Murphy. „Da ist der Beweis. Diebe sind sie!"

Jack schüttelte Samanthas Hand ab. „Sie sind der Dieb, Sie alte Schachtel. Meine Ziege haben Sie gestohlen. Ich habe sie mir nur zurückgeholt."

Mrs Murphys rötliches Gesicht wurde puterrot. „Du Teufelsbraten! Du wagst es, mich als Dieb zu bezeichnen?" Sie schlug sich mit der flachen Hand auf die dürre Brust. „Mich, eine gottesfürchtige Frau, die euch aus reiner Nächstenliebe aufgenommen hat." Sie warf Wyatt einen Blick zu, der wahrscheinlich anziehend wirken sollte, sie aber noch mehr wie ein Huhn aussehen ließ. „So wird es mir vergolten."

Jack ballte seine Hände zu Fäusten. „Sie sind auch ein Dieb! Haben mir meine Nanny weggenommen, die ich von klein auf aufgezogen habe."

„Ich habe die Ziege als Zahlung für eure Unterkunft

genommen. Und nicht nur die Unterkunft. Die Laken, die ihr ruiniert habt. Den Teller vom Service meiner Großmutter, den ihr ruiniert habt. Die Blumenbeete, die ihr beide zerstört habt. Das Feuer, das ihr in meinem Hühnerstall gelegt habt und das meine besten Legehennen getötet hat. Die Ziege kann mich nicht einmal annähernd dafür entschädigen, dass ich euch einen Monat lang aufgenommen habe."

„Ich habe kein Feuer gelegt."

Sie sprang nach vorn und schlug Jack ins Gesicht. „Und ein Lügner obendrein."

Samantha keuchte. „Wie können Sie es wagen, ihn zu schlagen?" Sie schloss Jack schützend in ihre Arme. „Fassen Sie ihn noch einmal an und ich schlage *Sie*!"

Wyatt stellte sich zwischen Mrs Murphy und den Jungen und hielt eine Hand hoch, um die Witwe zum Schweigen zu bringen.

Mrs Murphy wedelte, Samantha zugewandt, mit dem Finger. „Der Junge ist ein Dieb und ein Lügner. Er brennt Ihnen das Haus ab. Wird Sie eines Tages alle in Ihren Betten ermorden. Merken Sie sich meine Worte."

Jack löste sich von Samantha und richtete sich auf. „Wir haben kein Feuer gelegt."

Witwe Murphy warf Wyatt einen vielsagenden Blick zu. „Er hat es verdient, dass ihn jemand mal ordentlich über das Knie legt."

Samantha sprach mit eisiger Stimme, um ihre Wut abzukühlen, und zog eine kreisförmige Verteidigungslinie um sich und Jack herum. „*Ich* bin diejenige, die bestimmt, wie Jack diszipliniert wird. *Niemand* wird ihn ohne meine Erlaubnis anrühren."

Edith, deren Arme ihren Sohn immer noch fest umschlangen, meldete sich zu Wort. „Nun, er muss bestraft werden, Mrs Rodriguez. Meinen Sohn so anzugreifen. Was ist denn das für ein Benehmen?"

Wyatt schaute zu Samantha. „Keine Sorge, das wird er." Seine Worte klangen abgehackt. Aber noch schlimmer war das frostige Funkeln in seinen grauen Augen. „Inzwischen begleite ich Sie beide zu Ihrer Kutsche, Mrs Grayson. Ich weiß, dass das ein Schock für ihr Zartgefühl war. Ist es nötig, dass ich Sie nach Hause begleite?"

Edith hob ihr Kinn und schürzte ihre vollen Lippen. „Ich würde Ihr Angebot liebend gern annehmen, lieber Wyatt. Aber ich weiß, dass Sie mit Christine genug zu tun haben. Ich habe keine Zweifel, dass Sie sie zu ihrer eigenen Sicherheit so schnell wie möglich aus diesem Haus fortschaffen möchten."

Kapitel Neunzehn

Wyatt konnte es nicht fassen, dass er tatsächlich angefangen hatte, Jack zu vertrauen. Da er sich betrogen und verärgert fühlte, wünschte er sich nichts sehnlicher, als wegzulaufen und irgendwo seine Gedanken und Gefühle zu ordnen. *Seine Tochter fortschaffen?* Ediths Worte drangen schließlich bis in seine Gefühlswelt vor. Gute Idee. Vielleicht konnten sie irgendwo eine verlassene Insel finden. Und wie die Schweizer Familie Robinson leben.

Aber er konnte sie heute nicht nach Hause bringen. Doc Cameron hatte gesagt, frühestens morgen. Er würde nicht die Anweisungen des Arztes missachten.

Er schaute Samantha an, die ihre Arme um ihn geschlungen hatte, als wäre sie eine Grizzlybärenmama, die ihr Junges beschützt. Ihre blauen Augen funkelten wütend und ihre Wangen waren vor Zorn gerötet. Wenn er Christine jetzt nach Hause brachte, würde er Samanthas Gefühle verletzen. Er wollte nicht darüber nachdenken, warum das nicht zur Wahl stand, denn in diesem Moment wollte er keinerlei Gefühle für sie haben. Samantha brachte zu viele Probleme mit sich.

Edith trat von ihrem Sohn weg und musterte ihn.

„Ben, du bist ganz schmutzig." Sie warf Jack einen vernichtenden Blick zu. „Du ungezogener Junge."

„Mrs Grayson." Wyatts Ton warnte sie davor, weiterzureden. „Ein Junge wird eben schmutzig – ganz gleich, was man ihm sagt." Er beugte sich zu Ben vor. Er strich und klopfte dem Jungen ein paar Mal über den Anzug und entfernte damit einen Großteil des Schmutzes. „So."

„Vielen Dank, Mr Thompson." Ben warf Wyatt sein typisches, engelhaftes Lächeln zu.

„Gern geschehen." Er bot Edith steif seinen Arm an.

Mit dankbarem Blick ließ Edith eine behandschuhte Hand auf seine Armbeuge gleiten. Die andere Hand legte sie ihrem Sohn um die Schulter. „Komm, Ben."

Sie gingen auf ihren Wagen zu. Wyatt blieb still und ließ Ediths klagenden Wortschwall über sich ergehen.

„Es ist ein Skandal, das ist es! Es diesen Jungen zu erlauben, hier zu leben. Sehen Sie das nicht auch so, Mr Thompson?"

„Natürlich." *Jack ein Dieb.* Genau jetzt, wo er angefangen hatte, diesen Jungen zu vertrauen und ihnen erlaubt hatte, mit seiner Tochter zu spielen, passierte das. Seine Fehleinschätzung nagte an ihm. Aber er musste noch die ganze Geschichte hören. Hinter Jacks Tat konnte mehr stecken.

„Ich bin mir mit Mrs Murphy einig. Diese Jungen sollten in ein Waisenhaus gesteckt werden. Irgendjemand sollte sich darum kümmern." Ihr zu ihm aufschauender Blick forderte Wyatt dazu auf, die Rolle des Helden einzunehmen.

Ja, weit weg von meiner Tochter. Doch die Vorstellung von einem Waisenhaus für die beiden sagte ihm nicht zu. Vielleicht sollte man sie zu einer Farmersfamilie im mittleren Westen schicken, wo sie neu anfangen konnten. *So wie er es getan hatte.*

„Sicherlich sollte es ihnen nicht gestattet sein, die Schule zu besuchen. Mein Sohn sollte zusammen mit anderen gut erzogenen Kindern ausgebildet werden. Nun, nicht alle hier draußen sind gut erzogen. Ich hätte fast Lust, einen Hauslehrer aus Boston einzustellen. Meinen Sie, Christine hätte Interesse daran, mit Ben zusammen Unterricht zu machen?"

Die Frage riss ihn aus seiner Grübelei. „Was?"

„Wenn ich einen Hauslehrer oder eine Gouvernante einstellen würde, wäre es Ihnen dann lieb, dass Christine mit Ben zusammen unterrichtet wird?"

„Ich …"

„Viel besser als eine Schule auf dem Land. Ich hatte von Anfang an meine Zweifel daran. Doch mein Bruder schien zu glauben, dass Miss Stanton genug ist, zumindest eine Weile lang. Aber ich denke, ich muss wirklich ein Machtwort sprechen. Sind Sie einverstanden?"

„Ähm …"

„Das habe ich mir gedacht. Ich schreibe als erstes nach Boston."

Wyatt blieb abrupt stehen und drehte sich zu ihr um. „Mrs Grayson, darüber muss ich nachdenken. Ich bin mit Miss Stanton vollkommen zufrieden."

„Provinziell. Schließlich hat die Frau noch nie in ihrem Leben Montana verlassen."

Das gilt für die meisten Leute in dieser Stadt.

„Christine braucht den letzten Schliff, den ihr eine Gouvernante geben würde."

Noch ein Dilemma. Er verstand Ediths unterschwellige Botschaft, dass Christine nicht fein genug war. Christines Manieren waren vollkommen in Ordnung, vielen Dank! Ein Teil von ihm machte sich sofort Sorgen, dass er nicht das Beste für sein kleines Mädchen tat.

Was hätte Alicia sich gewünscht? Würde sie sich eine Gouvernante für Christine wünschen? Aber selbst wenn Alicia noch am Leben gewesen wäre, hätte sie ihrer Tochter alles beigebracht, was nötig war, um eine Dame zu sein. Ganz zu schweigen davon, dass diese hochgestochene Art der Leute von der Ostküste in Montana völlig fehl am Platz war.

Offensichtlich ohne seine mangelnde Begeisterung für ihre Idee zu bemerken, sagte Edith: „Außerdem wird sie das davon abhalten, zu verwildern."

Verwildern? Christine?

Sie warf ihm einen Blick zu und schürzte ihre Lippen, offensichtlich besser gelaunt. „Sie werden sich keine Sorgen um sie machen müssen."

Kann ich aufhören, mir Sorgen um sie zu machen? Nein. Aber würde die Frau aufhören, ihr Spiel mit ihm zu treiben? Zuerst zog sie ihn in die eine Richtung und bevor er sich über seine Gefühle klar werden konnte, drehte sie ihn in die andere Richtung. Wyatt kam sich vor wie eine Windmühle. „Ich werde niemals aufhören, mir Sorgen um sie zu machen. Ich werde Großvater sein und mir immer noch Sorgen machen ...". Er unterdrückte ein Ächzen. „Aber dann werde ich auch noch Enkelkinder haben."

Sie erreichten die Kutsche. Er hielt ihre Hand beim Aufsteigen.

„Oh, und, Mr Thompson."

Würde diese Frau nie aufhören zu reden?

„Vielleicht würden Sie diese Woche gern einmal zum Essen kommen?"

Nicht, wenn er noch mehr Gerede hören musste.

„Ich fürchte, das wird nicht möglich sein. Ich habe nicht vor, meine Tochter in nächster Zeit allein zu lassen."

„Ich verstehe. Vielleicht, wenn es ihr besser geht."

Er schenkte ihr ein unverbindliches Lächeln und fasste sich an den Hut. „Ich werde über die Einladung nachdenken und Ihnen Bescheid geben."

Als Wyatt ihr hinterherschaute, wusste er, dass er seine Windmühlen-Gefühle loswerden musste. Doch zunächst einmal musste er Samantha aus den Klauen von Witwe Murphy befreien. Anschließend würde er entscheiden, was er mit ihren Lausebengeln machen würde ... und mit seiner Tochter.

Samantha drehte sich um, um Wyatt und Edith nicht gemeinsam fortgehen sehen zu müssen. In ihrer Brust knisterte noch immer ein zorniges Feuer, aber tiefer verborgen schnürte ihr der Schmerz das Herz zu. Sie versuchte, Wyatt aus ihren Gedanken zu verbannen.

Sie schaute sich im Ziegenpferch um. Die anderen Jungen hatten sich an den Rand des wackeligen Zauns aus Pfählen und Draht zurückgezogen – so weit weg von Witwe Murphy, wie es ging. Die Sorge um sie drang durch ihre Wut. Daniel schaute mit großen Augen ängstlich drein, Tim missmutig und Kleine Feder teilnahmslos. Sie würde sich später um ihre Bedürfnisse kümmern. Zuerst musste sie mit dieser Situation fertigwerden.

Die Hand immer noch auf Jacks Schulter gelegt, schaute sie auf ihn hinab. „Ich hätte gerne eine Erklärung."

Jack scharrte mit einem bestiefelten Fuß im Dreck. Die Ziege stupste ihn mit ihrem Kopf gegen das Knie. Er ließ seine Finger über das braune Fell auf ihrem Rücken wandern. „Ich habe sie von klein an aufgezogen. Ganz alleine." Seine grünen Augen flehten um ihr Verständnis.

Mitleid mischte sich in ihre Empörung. Egal, was er getan hatte – sie würde dafür sorgen, dass er diese Ziege behalten konnte.

Mrs Murphy schüttelte den Kopf. Ihr fleischiger Lappen vibrierte. „Das kümmert mich nicht. Ich bin gekommen, um sie wieder mitzunehmen."

Jack richtete sich auf und wurde blass im Gesicht. „Meine Nanny nehmen Sie nicht mit!"

Die Witwe wedelte mit dem Finger vor dem Gesicht des Jungen. „Das Tier gehört jetzt mir. Und wenn diese Stadt einen Sheriff hätte, würde ich dich sofort einsperren lassen."

Samantha hob die Hand, um Einhalt zu gebieten. „Seien Sie nicht lächerlich, Mrs Murphy. Kein Sheriff würde einen Jungen wegen so einer Sache festnehmen."

„Eine Weile im Gefängnis würde dem Jungen guttun."

„Ich habe genug gehört." Samantha hätte die Witwe gerne in eine Gefängniszelle geworfen, die Tür verriegelt und den Schlüssel weggeworfen. Doch sie musste eine friedlichere Lösung finden. „Ich bezahle Ihnen die Ziege."

Als wäre sie ein Huhn, das einen fetten Wurm entdeckt hatte, trat ein gieriger Ausdruck auf Mrs Murphys Gesicht. „Fünf Dollar!"

Wyatts Stimme erklang hinter Samantha. „Ein bisschen viel für eine magere Ziege", sagte er mild.

Samantha warf ihm einen Blick zu, der sagte: *Halten Sie sich da raus!*

Er ignorierte sie und der Blick aus seinen grauen Augen bohrte sich in die Witwe.

Mrs Murphy bewegte sich und eine unziemliche Röte trat auf ihre fleckigen Wangen. „Der Preis dieses Tieres deckt nicht ansatzweise die Ausgaben für diese Jungen."

Samantha zückte einen Teil des Geldes, den ihr Pamela gegeben hatte, und drückte der Frau ein paar Geldscheine in die Hand. „Hier. Und jetzt, denke ich, ist es besser, wenn Sie gehen."

„Und ob ich gehe." Mrs Murphy hob das Kinn, sodass ihr fleischiger Lappen sich straffte. „Aber merken Sie sich meine Worte. Diese Jungen bedeuten Ärger." Ihre Knopfaugen richteten einen scharfen Blick auf Daniel und Kleine Feder. „Und die da sind nicht viel besser. Und Sie haben noch nicht einmal ihren neusten Unsinn gesehen."

Samantha beherrschte ihr Temperament mit letzter Mühe. Sie ballte die Hände zu Fäusten, um sich davon abzuhalten, die Frau zu schlagen. Womöglich dampfte sie aus den Ohren wie eine Lokomotive, die in einen Bahnhof einfuhr, dachte sie. Ihr Körper zitterte, so anstrengend war es, gegen das Gefühl anzukämpfen. Nur ihr Versprechen Wyatt gegenüber diente als Bremse für die Wörter, die aus ihrem Mund purzeln wollten. „Bitte gehen Sie!", knurrte sie.

Mrs Murphy warf naserümpfend den Kopf in den Nacken und huschte davon.

Samantha schaute an Jack hinunter, der zu Boden gesackt war und seine Ziege umarmte, als würde er sie nie wieder loslassen. Er hatte seine Wange auf den Kopf des Tieres gelegt. „Nanny, oh, Nanny", murmelte er ihr ins Ohr.

Ganz unerwartet wurden Samanthas Augen feucht und eine Welle des Mitgefühls schwemmte ihren Ärger davon. Sie blinzelte, um die Tränen zurückzuhalten, und schaute zu Wyatt auf.

Während er Jack beobachte, schien der Blick in seinen Augen ihre Gefühle widerzuspiegeln.

Sie erweichte sich ihm gegenüber. Doch bevor sie eine Hand ausstrecken konnte, um seinen Arm zu berühren, drehte sich Wyatt um und stolzierte aus dem Gehege hinaus auf das Haus zu.

Samantha sah ihm nach und in ihrem Bauch ging es drunter und drüber. Vielleicht war es besser, auf Distanz zueinander zu bleiben.

Jack drückte seine Mutterziege an seine Brust und sein Körper schien vor Freude zu platzen. Er sog ihren moschusartigen Duft ein und rieb seine Wange über ihren knochigen Kopf.

Die Ziege blökte und knabberte dann an seinem Ärmel.

Miz Samantha berührte ihn sanft an der Schulter, drehte sich um und ließ ihn mit seiner Nanny und den anderen Ziegen allein.

Er ließ sich in den Schneidersitz fallen und zog Nanny auf seinen Schoß. Sie versuchte, sich ihm zu entziehen, aber er ließ sie nicht los. Er musste ihre Echtheit eine Weile lang spüren, bevor er zu glauben wagte, dass sie bleiben würde. Die anderen Ziegen scharten sich um ihn. Eine knabberte an seinem Haar und er zog seinen Kopf weg. „Autsch!", sagte er ohne Nachdruck und ignorierte sie.

Er strich mit seinem Kinn immer wieder auf Nannys Kopf hin und her. Sie krümmte sich noch mehr und schließlich ließ er sie los.

Sie hoppelte davon, blieb dann stehen und sah ihn an, als würde sie sagen wollen: ‚Jack, bist das wirklich du? Sind wir wirklich zu Hause?' Sie machte zwei Schritte nach vorn und stupste mit ihrem Kopf gegen seinen Arm.

„Ja, Nanny", sagte er ihr und fühlte Gewissheit in seinem Herzen. „Wir sind zu Hause."

Ein ungewohnter Schleier aus Tränen trübte seine Sicht und er schaute blinzelnd zum Himmel. „Danke." Mehr Worte hatte er nicht, um seine Gefühle auszudrücken, aber irgendwie wusste er, dass Gott ohnehin verstand.

Der Albtraum brannte sich in Wyatts Bewusstsein. Der Schmerz von den Schlägen hatte ihn gelähmt, sodass er nichts anderes tun konnte, als der Szene zuzusehen, die sich vor ihm abspielte. Das Feuer flammte in der Nacht auf; orange Flammen stiegen vom Haus auf und loderten im schwarzen Himmel. Grauer Rauch beschmutzte die Sterne.

Vor dem Haus hatte eine Bande von Jungen in Lumpen seine Tochter eingekreist und tanzte eine heidnische Hommage an das Böse. Ihre Schreie und Pfiffe schnitten sich in sein Herz. Er erkannte die Cassidy-Zwillinge unter den Monstern und die Wut packte ihn.

„Pa!", *schrie Christine und streckte flehend die Arme aus. Der Wind fuhr durch ihr offenes Haar, sodass ihre Locken flogen. Um sie herum leuchteten Funken auf. „Pa!"*

„Christine!", rief er zurück und versuchte, sich zu ihr zu kämpfen. Doch die Todesqualen, die sein Körper litt, hielten ihn fest. Der Rauch brannte in seiner Lunge, sodass er husten musste, und stach in seine Augen. Die Tränen verschleierten ihm die Sicht.

Der makabre Tanz wurde immer schneller, bis die Figuren verschwammen.

Die Flammen gingen vom Haus auf das kühle Sommergras über und steckten es an. Die Kinder wurden vom Feuer verschluckt, das ihre Kleidung entzündete. Sie brannten auf wie Fackeln. Ihre Schreie drangen durch die Nacht.

Er stöhnte vor Qual. „Nein, nein! Christine, mein Baby!"

Die Flammen erstarben.

Seine geliebte Tochter lag auf dem Boden – nichts als ein verkohltes Skelett.

Ein Schluchzen drang aus seiner Kehle und weckte ihn auf.

Wyatt schauderte und rappelte sich in Sitzposition auf – sein Herz pochte so kräftig, dass er kaum atmen konnte. Sein Körper wurde von einem Zittern erschüttert; auf seiner Haut stand kalter Schweiß. Er sprang aus dem Bett, vom Drang erfüllt, in das Zimmer seiner Tochter zu rennen und sie an sich zu drücken. Dann erinnerte er sich. Christine war bei Samantha zu Hause. *In Sicherheit.*

Mit einem Schaudern sank er auf sein Bett zurück und vergrub sein Gesicht in den Händen.

Ein paar Tage später suchten Jack und Tim Daniel hinter dem Schulgebäude. Der Klang von Stimmen ließ sie innehalten.

„Du bist nichts weiter als ein mexikanischer Mischling. Du hältst dich wohl mit deinen Zwergpferden für besonders elegant."

Durch die Fliederbüsche hindurch, die das wackelige Toilettenhäuschen der Schule abschirmten, erkannte Jack die Stimme von Ben Grayson. Er spähte durch die grünen Blätter, sodass ihm winzige verwelkte Blüten ins Gesicht fielen. Die Wut kochte in ihm hoch, als Jack sich gewahr wurde, dass dieser hochnäsige Bostoner auf Daniel herumhackte.

Sein Zwillingsbruder trat hinter ihn. Jack zog seinen Kopf aus den Blättern und legte Tim seine Hand auf den Arm, um ihn davon abzuhalten, ihre Anwesenheit zu verraten.

„Ich glaube, wir müssen dich auf den Boden zurückholen", drohte Arlie Sloan mit ernstem Ton. „Ich glaube, ein Besuch im Stinktopf wird dir guttun."

Arlie Sloan, der Tyrann der Schule. Zwei Jahre älter als die Zwillinge und immer noch mit den Kleinen beschäftigt. Dicker Körper und dicker Kopf. Er war gemein zu Jüngeren, ließ die Zwillinge aber in Ruhe. Er wusste, dass er sich besser nicht mit ihnen anlegte. Zur Lehrerin sagte er immer „Ja, Ma'am", aber sobald sie ihn nicht mehr im Blick hatte, konnte Arlie jedem, der das Pech hatte, ihm über den Weg zu laufen, einen Haufen Probleme machen.

Die Wut war kurz vor dem Überschäumen. Er war genug von seinem Pa tyrannisiert worden. Daran hatte er nichts ändern können – entweder die harten Schläge einstecken oder weglaufen. Aber das hier war etwas anders. Er würde nicht zulassen, dass Arlie und Ben auf dem kleineren Jungen herumhackten.

Er wich von den Büschen zurück, sog mit einem tiefen Atemzug die nach Mist riechende Luft ein und wechselte einen Blick mit Tim. Worte waren überflüssig. Sein Bruder verstand.

Tim schlich sich seitlich am Flieder vorbei.

Jack nahm die andere Seite und pirschte sich an Ben und Arlie heran, die Daniel gegen das Toilettenhäuschen gedrückt hatten.

Arlie packte Daniel an der grauen Jacke, drehte sie in der Faust und hob den Jungen so bis auf dessen Zehenspitzen.

Daniels geschwungene Augenbrauen hoben sich vor Angst so sehr, dass Jack befürchtete, sie würden in seinem Haar verschwinden. Er drehte seinen Kopf nicht, doch seine blauen Augen flehten voller Panik um Hilfe.

Dieser Blick nahm Jack gefangen. „Lass die Finger von ihm", knurrte er.

Arlie schaute über die Schulter zu Jack, seine eng stehenden braunen Augen blinzelten, aber er lockerte seinen Griff nicht. „Halt dich da raus!"

„Ich habe gesagt, lass ihn los!"

Arlie lachte. „Willst du dich mit mir anlegen?"

„Ja, wenn ich muss."

Auf der rechten Seite kam Tim näher.

Ben trat zwischen Arlie und Jack. Sein blauer Anzug sah noch genauso gepflegt aus wie am Sonntagvormittag. Er schaute Jack an und verengte seine Kalbsaugen zu Schlitzen. „Ich glaube wirklich, dass du dich hier raushalten solltest, Cassidy. Wir haben nur ein bisschen Spaß."

„Sucht euch jemanden aus, der groß genug ist, um es mit euch aufzunehmen."

Ben hob seine Augenbraue auf eine Art, die Jack fast dazu gebracht hätte, sie ihm aus dem Gesicht zu reißen. „Was geht dich das an?"

„Er ist mein Bruder." Die Worte rutschten ihn in einem Schwall der Gefühle heraus und überraschten ihn mit ihrer Wahrhaftigkeit. Er wusste nicht wann, aber Daniel war zu einem Bruder geworden. Kein Zwilling wie Tim, aber trotzdem ein Bruder.

Arlie lachte. „Dann bist du auch ein mexikanischer Mischling."

Mit einem Überraschungsangriff trat Daniel Arlie ins Knie.

„Hey!" Der ältere Junge ließ Daniels Hemd los, sodass er zu Boden fiel, dann erholte er sich und boxte dem Jungen in den Bauch.

Als Dan sich krümmte, stürzte Jack sich auf Arlies Rücken, legte ihm den Ellenbogen um den Hals und presste seinen Arm fest gegen die Luftröhre des größeren Jungen.

Ben zog an Jacks Arm. „Lass ihn los!"

Tim rannte zu ihnen, drehte Ben herum und schlug ihm gegen das Auge.

„Au!", jaulte Ben und hielt sich das Auge, während er einen Schritt zurückwich.

Daniel beugte die Knie und entwischte Arlies Griff.

Der größere Junge wollte ihn gerade packen, aber Jack versetzte ihm einen Stoß von hinten, um Daniel bei der Flucht zu helfen.

Arlie stolperte über Daniels Fuß. Er fiel nach vorn und streckte einen Arm nach Ben aus, um zu versuchen, sich aufrecht zu halten. Beide Jungen verloren das Gleichgewicht und prallten gegen die wackelige Wand des Toilettenhäuschens.

Begleitet vom Knacken des splitternden Holzes brach das Haus in sich zusammen und Ben und Arlie lagen der Länge nach auf dem, was übriggeblieben war.

Jack wechselte einen belustigten Blick mit Tim und legte Daniel brüderlich einen Arm um die Schulter.

„Bäh!" Ben versetzte Arlie einen Stoß mit dem Ellenbogen. „Geh runter von mir."

Miss Stanton kam um die Ecke des Schulhauses herum. Als sie sie sah, trat ein Ausdruck des Entsetzens auf ihr Gesicht. Sie raffte ihren grünen Rock und rannte los. „Jungen, was ist passiert? Ist alles in Ordnung?"

Ben krabbelte unter Arlie hervor. Mit arroganter Miene rückte er sich den Anzug zurecht, strich über ein paar feuchte Flecken und hielt dann, die Hand noch über seiner Kleidung ausgestreckt, inne. „Die haben uns angegriffen, Miss Stanton." Er wies mit einem Kopfnicken zu den Zwillingen und Daniel. Seine Kalbsaugen sahen ganz unschuldig aus. „Uns bedroht und…", er zeigte auf die Ruinen des Toilettenhäuschens, „öffentliches Eigentum zerstört."

Miss Stantons normalerweise so freundliche graue Augen wurden zu Schlitzen. Ihr Blick bohrte sich in Jack. Er hatte sie noch nie so wütend gesehen.

Besser, ich stelle mich ihr. „Die haben auf Dan herumgehackt. Tim und ich haben versucht, sie zu stoppen."

„Ich kann euch Jungen nicht glauben. Ihr seid so gemein zueinander. Ihr kämpft. So ein Verhalten werde ich *nicht* dulden. Hört ihr?"

„Ja, Ma'am", sprachen sie alle im Chor.

Sie verschränkte die Arme vor der Brust. Die Bewegung brachte das Bündel aus Spitze, das sie wie einen Schmetterling am Kragen des Kleides festgesteckt hatte, zum Flattern. Doch in ihrem Gesicht war nichts von der Sanftmut eines Schmetterlings zu sehen. „Ich erwarte die Eltern von euch allen morgen nach der Schule. Aber von euch will ich keinen sehen. Ihr seid alle fünf bis Ende der Woche suspendiert."

Ben trat hervor. „Aber Miss Stanton …"

„Du hast mich gehört, Ben. Geht nach Hause! Alle!"

Als würde er sich ein paar neue Kleider anziehen, wich Bens Empörung der Unschuld und er verlieh den Anschein eines verletzten Hundewelpen.

Jack hätte ihm am liebsten einen kräftigen Tritt gegen das Schienbein versetzt.

Miss Stantons Blick verlor den messerscharfen Ausdruck. Doch sie wartete weiterhin mit verschränkten Armen darauf, dass sie gingen.

Mit einem Kopfnicken rief Jack Tim zu sich. Die beiden liefen um die Büsche herum auf den Stall zu, ohne etwas zu sagen. Doch die für sie typische stille Kommunikation vermittelte Jack Tims Sorge. Und unter Jacks eigenem Gefühl der Ungerechtigkeit und Frustration loderte die Angst auf, sodass sich seine Muskeln verspannten. Würde dieses Problem Miz Samantha endgültig dazu veranlassen, sich von ihnen zu befreien?

Kapitel Zwanzig

Samantha trat auf die Veranda ihres Hauses und schirmte die Augen mit einer Hand ab. Sie richtete ihren Blick auf den leeren Schotterweg hinter der Brücke über den Fluss. Über ihrem Kopf schwebte ein Falke, der am türkisblauen Himmel flog und sich dann auf einer Fichte am Rande des Wassers niederließ. Alles schien friedlich zu sein. Aber die Sorge fühlte sich an wie kleine Nadeln, die in ein Nadelkissen stachen. Die Jungen hätten langsam aus der Schule zurücksein sollen.

Sie konnte ein halbes Dutzend vernünftige Erklärungen dafür finden, dass sie noch nicht da waren, aber ihre Gedanken wollten sich nicht beruhigen. Um sich zu beschäftigen, marschierte sie in die Küche, holte sich eine Schüssel mit Erbsen, die geschält werden mussten, und brachte sie auf die Veranda.

Sie ließ sich auf der Kante des Schaukelstuhls nieder, schüttete den Inhalt der Holzschüssel in ihre graue Schürze, nahm die erste Schote in die Hand und pulte die Erbsen heraus. Normalerweise stibitzte sie dabei ein paar Erbsen, um daran zu knabbern. Sie liebte den süßen, knackigen Geschmack des rohen Gemüses, aber heute ließ er sie kalt.

Ihre Gedanken wanderten zu Wyatt und sie wünschte, er wäre hier, um sich ihm anzuvertrauen. Sie hatte sich davor gefürchtet, ihn in ihr Leben treten zu lassen und sich von ihm abhängig zu machen. Sie konnte auf ihren eigenen Beinen stehen, sich um sich selbst und ihre Jungen sorgen, aber …

Samantha erinnerte sich an den Trost, den seine Anwesenheit ihr gespendet hatte, und an die Leidenschaft, die zwischen ihnen entfacht war. Seine Küsse, seine Berührungen hatten ihr Herz für ihn geöffnet.

Sie hatte ihn drei Tage lang nicht gesehen.

Sobald Doc Cameron Christine für reisefähig erklärt hatte, hatte Wyatt sich bei Samantha bedankt und seine Tochter nach Hause gebracht. Seitdem hatte Sam jeden Tag versucht, sich abzulenken und sich dazu gezwungen, nicht auf der Veranda oder im Garten stehenzubleiben und mit dem Blick die Straße abzusuchen, die ihn zu ihr führte. Da war sie also, genauso verletzlich, wie sie befürchtet hatte. Sie musste sich ihm gegenüber abhärten. *Aber wie? Wie heilte man ein schmerzendes Herz? Würde die Zeit dafür sorgen?*

Wild riss Samantha eine Schote auf, die einen knackigen, frischen Geruch verströmte. Eine Erbse rollte über die Veranda und fiel in den Schmutz.

Sie erinnerte sich an ihre Qual bei Juan-Carlos' Tod. Es war ein heftig stechender Schmerz gewesen, der durch den Tod ihrer Eltern noch verschlimmert wurde. Ihre Trauer hatte begonnen, als sie seinen Körper in den Armen hielt und ihn zum letzten Mal küsste. In den letzten zwei Jahren war der Verlust in ihrem Herzen zu einem Schmerz herangereift, der immer dort sein würde. Aber wie sollte sie es lernen, mit der Verletzung darüber zu leben, dass ihr etwas an einem Mann lag, der ihr den Rücken zugekehrt hatte? Wie konnte sie ihn weiterhin sehen und nichts für ihn empfinden?

Samantha war fast mit der ganzen Schüssel fertig, als sie die Jungen auf ihren Pferden um die Straßenbiegung kommen sah, mit Daniel als Erstem auf seinem grauen

Wallach. Anfänglich erleichtert, ließ sie sich in den Schaukelstuhl zurückfallen. Doch ihr Unbehagen ließ nicht nach.

Ungeschickt öffnete sie die restlichen Schoten, holte die Erbsen heraus, hielt die Ränder ihrer Schürze zusammen und eilte in die Küche. Sie stellte die Schale wieder auf den mit einem Wachstuch bedeckten Tisch, ließ ihre Schürze los und ließ die Hülsen in den Eimer fallen, der für Lebensmittelabfälle bestimmt war.

Sie hastete wieder nach draußen und winkte die Jungen zu sich in Richtung Veranda, damit sie nicht zum Stall ritten. Als sie näherkamen, sah sie an ihren Gesichtern, dass etwas passiert war: Daniel runzelte verzweifelt die Stirn und die Zwillinge wirkten verdrossen.

„Ist alles in Ordnung mit euch, Jungs?"

Daniel nickte. „Ja, Mama." Mit einer ruckartigen Bewegung ließ er sich von seinem Wallach gleiten und band die Zügel am Geländer der Veranda fest. Dann stieg er die Stufen hinauf und warf sich seiner Mutter in die Arme, um sie lange an sich zu drücken.

Samanthas Sorge wuchs und sie schlang ihre Arme um Daniels dünne Schultern. Obwohl er immer ein liebevolles Kind gewesen war, hatte ihr Sohn in letzter Zeit die typische Reaktion eines Heranwachsenden gezeigt. *Ach, Mama, umarme mich nicht immer!* Sie strich ihm durch das Haar. „Was ist passiert?"

„Arlie und Ben haben auf mir herumgehackt." Er murmelte die Worte gegen ihren Bauch gepresst.

„Auf dir herumgehackt?"

Sie schaute zu den Zwillingen hinüber, die noch auf ihren Pferden saßen.

Beide nickten zustimmend.

Sie schob Daniel von sich, um sein Gesicht zu mustern. „Was haben sie gemacht?"

„Mich einen mexikanischen Mischling genannt. Wollten mich in das Toilettenhäuschen werfen." Er zitterte.

Samantha schloss eine Sekunde lang die Augen und kämpfte gegen den Schmerz an, den die Worte in ihr auslösten. Sie zog ihn an sich und wünschte sich, sie hätte ihn vor allen grausamen Tyrannen dieser Welt beschützen können. Die Wut fraß ihren Schmerz Stück für Stück auf. Sie hätte sich diese Jungen am liebsten vorgenommen und windelweich geprügelt. Verstanden sie denn nicht, was für einen Schmerz sie verursacht hatten? Sie atmete tief ein und bemühte sich um Selbstkontrolle. „Was ist dann geschehen?"

Daniel schaute die Zwillinge an und seine Brauen hoben sich hilfesuchend.

Jack ergriff als erster das Wort und seine Stimme klang tief und wütend. „Wir haben sie gestoppt."

Samantha wusste, dass ihr das, was jetzt kam, nicht gefallen würde. „Wie?"

Daniel hüpfte auf und ab und brannte darauf, die Geschichte zu Ende zu erzählen. Seine Worte überschlugen sich fast, sodass Samantha sich nur einen Eindruck vom Vorfall verschaffen konnte. Aber vier Dinge waren sicher: Die Schule brauchte ein neues Toilettenhäuschen, Jack hatte Daniel als seinen Bruder bezeichnet, die Zwillinge hatten sich zu seiner Rettung eingesetzt und sie waren alle suspendiert worden.

Sie sah zu den Zwillingen hinüber. „Kommt her, ihr beiden!"

Widerwillig stiegen sie ab und banden ihre Pferde fest. Sie gingen skeptisch auf sie zu, als könnten sie von einer flinken Bewegung von ihr weggefegt werden.

Samantha winkte sie zu sich. Sie drückte Daniel einen Kuss auf die Stirn und nahm ihn an ihre Seite.

Die Zwillinge blieben vor ihr stehen. Tief in ihren Augen sah sie ihre Angst und sie lächelte sie beruhigend an. „Ich kann es nicht billigen, dass ihr beiden kämpft. Aber ich bin stolz darauf, dass ihr euch für Daniel eingesetzt habt. Ihr beide habt euch so benommen, wie Brüder es tun sollten."

Zwei Paar grüne Augen weiteten sich ungläubig.

Jack sprach als erster. „Sie sind nicht böse auf uns?"

„Nein!" Endlich wagte sie es, die beiden so in die Arme zu schließen, wie sie es sich wünschte, seit sie zu ihr gekommen waren. Jetzt, so dachte sie, waren sie endlich bereit dafür.

Zuerst umarmte Samantha den schüchternen Tim. Dann streckte sie den anderen Arm aus und zog auch Jack an sich. Die drei hielten einen Moment lang inne und die Jungen standen still wie Statuen. Doch sie spürte, dass sie ihre mütterliche Liebe in sich aufnahmen wie eine ausgedörrte Wüste Regenwasser aufsog.

Spontan traten ihr Tränen in die Augen. Das war der Moment, auf den sie gewartet hatte – der Augenblick, in dem sie endlich zulassen würden, dass sie ihre Mutter wurde. Genau wie sie es mit Daniel getan hatte, drückte sie erst auf Jacks, dann auf Tims Kopf einen Kuss. „Danke, Jungs, dass ihr Brüder für Daniel seid."

Sie richteten sich auf, ihre missmutigen Blicke waren verschwunden, ihre grünen Augen leuchteten und ihre sommersprossigen Wangen waren leicht gerötet. Als ob sie sich nun genug hatten bemuttern lassen, trollten sie sich. Ohne ihrem Blick zu begegnen, schlich Jack sich zu den Stufen. „Wir bringen besser die Pferde weg."

Nennt mich Mama.

Sie hielt die Worte zurück, bevor sie ihr aus dem Mund drangen. *Einen Schritt nach dem anderen.* Sie musste nur Geduld haben.

Sie tätschelte Daniel die Schulter und drängte ihn zu den Zwillingen. „Geh deinen Brüdern helfen. Und beeilt euch! Das Essen ist fast fertig."

Sie beobachtete sie dabei, wie sie die Pferde zum Stall führten und sich dabei rauften, als würde sie so ihren Gefühlen Luft machen. Ihr inneres Gefühlschaos schnürte ihr den Magen zu. Zwar war sie dankbar dafür, dass die Schikane von Ben und Arlie die drei Jungen zu Brüdern gemacht hatte, aber trotzdem mussten aufgebrachte Menschen beruhigt und ein Toilettenhäuschen wieder aufgebaut werden. Weitere Ausgaben. Sie seufzte frustriert. Wenn es noch mehr solcher Vorfälle gab, würde das ihre Fähigkeit, die finanzielle Lage der Ranch zu stabilisieren, in Gefahr bringen.

„Pa!" Mit fliegenden blonden Zöpfen kam Christine in den Stall gerannt.

Wyatt unterbrach die Untersuchung von Bills Huf, ließ das Bein des Wallachs eilig sinken und trat aus dem Stall.

Christine rannte den erdigen Gang der Pferdestation entlang, sodass die hinter den Stalltüren hervorschauenden Pferde ihre Köpfe hochrissen. „Pa, die Zwillinge und Arlie und Ben haben sich geschlagen. Sie haben den Abort demoliert. Miss Stanton ist sooo böse auf sie!" Sie warf sich ihm in die Arme.

Nicht schon wieder diese Zwillinge! Er fing seine Tochter mit einem Arm auf, kuschelte sie an sich und setzte sie dann wieder ab. Er musterte ihr Gesicht, um nach Anzeichen für die vergangene Krankheit zu suchen. Doch ihre Wangen leuchteten vor Gesundheit rosa. Er stieß einen erleichterten Seufzer aus. „Immer langsam – jetzt erzähl mir die ganze Geschichte!"

„Pa!" Sie schnitt eine Grimasse und hob verzweifelt die Schultern. „Das *ist* die ganze Geschichte. Sie haben gerauft und das Toilettenhäuschen ist platt wie ein Pfannkuchen."

Ihr Blick wurde besorgt. Die blauen Augen legten Beschwerde ein. „Was sollen wir morgen benutzen, wenn wir kein Toilettenhäuschen haben?"

„Das von der Kirche oder das vom Pferdestall hier." Er tippte mit dem Finger auf ihre Nase. „Aber keine Sorge, mein Sonnenschein. Morgen baue ich eurer Schule ein neues. Ich bin sicher, ein paar andere Männer werden mir helfen und euer Abort ist noch vor eurer ersten Pause fertig."

Sie lächelte ihn beruhigt an.

Nach den Ereignissen der letzten Woche machte es ihm geradezu Freude, Christine zum Lächeln zu bringen. Ihr unverfälschtes Vertrauen in ihn löste eine väterliche Zuneigung in ihm aus, die ihm bis zu den Zehenspitzen ging. Er streckte ihr die Hand entgegen. „Sehen wir uns den Schaden mal an."

Als sie in die Nachmittagssonne traten, blinzelte Wyatt und schaute sich kurz suchend um. Ein paar Leute spazierten zu Fuß auf dem städtischen Schotterweg. Vor dem Saloon waren mehrere Pferde angebunden und vor dem Laden der Cobbs war ein Einspänner geparkt. Aber weit und breit kein Ansturm von empörten Menschenmassen auf das Schulgebäude. Vielleicht hatte sich die Neuigkeit noch nicht verbreitet.

Wyatt nutzte den kurzen Gang zur Schule, um seine Gedanken zu sammeln. Er hatte sich in den letzten drei Tagen in Tätigkeiten gestürzt, um eine rothaarige Frau aus seinem Kopf zu verbannen. Doch wie sehr er es auch versuchte, die Gedanken an Samantha verfolgten ihn. Nun hatte dieses Problem sie in den Vordergrund seiner Gedanken gedrängt. Obwohl ihn die Tat ihrer „Jungen" aufbrachte, begrüßte ein geheimer Teil von ihm doch diesen Vorwand, um mit ihr in Kontakt zu treten.

Kaum hatte er bemerkt, in welche Richtung seine Gedanken wanderten, schob er sie beiseite. Er wollte nicht an die schöne Witwe denken – egal, wie angezogen er sich von ihr fühlte. Samantha Rodriguez war mit zu vielen Schwierigkeiten verbunden, und wie ein Magnet, der Nägel und andere Metallstücke sammelte, zog sie Probleme nur so an. Er schüttelte den Kopf, um das Bild von ihr loszuwerden.

Die Veranda der Schule sah verlassen aus. Offensichtlich waren die Kinder schon nach Hause gegangen. Er drückte Christines Hand. „Wie hast du davon erfahren?"

„Es waren schon fast alle weg, aber ich habe auf Daniel gewartet. Ich wollte ihm sagen, dass du gesagt hast, ich darf morgen die Falabellas besuchen."

„Ist Daniel auch in die Sache verwickelt?"

„Ja."

Ein Anflug von Sorge mischte sich in seine Gedanken. Wenn die Zwillinge Samanthas Sohn in Schwierigkeiten hineinzogen, würde sie ganz schön wütend sein. Er unterdrückte den Beschützerinstinkt, der in ihm aufflammte. Sie würde es ihm nicht danken, wenn er sich einmischte. Das hatte sie bereits klargemacht.

Er schaute auf Christine hinab, die an seiner Seite hüpfte. *Er hatte sich bereits eingemischt.*

Sie gingen um die Ecke des Gebäudes herum auf die Fliederbüsche zu, die das Toilettenhäuschen abschirmten, und nahmen den Trampelpfad der Kinder. Bevor sie die Büsche umrundet hatten, hörte er schon Stimmen und roch den Gestank nach Jauche.

Die kleine Miss Stanton stand, mit den Händen durch die Luft fuchtelnd, vor Nick Sanders und sah aufgeregter aus, als Wyatt sie je gesehen hatte. Irgendwie verriet der flehentliche Blick in ihren Augen ihre innige Sehnsucht nach diesem Mann.

Nick hatte sein Gewicht auf sein hinteres Bein verlagert, als würde er versuchen, zwischen ihnen Distanz aufzubauen, ohne sich vom Fleck zu bewegen. Sogar sein schwarzer Hut war auf seinen Hinterkopf gerutscht.

Als Wyatt näher kam, drehten sich die beiden gleichzeitig um. Hinter ihnen lag offensichtlich der Grund für ihr Treffen an diesem Ort: die Holzbretter des eingebrochenen Toilettenhäuschens. Es roch nach Ammoniak und Exkrementen.

Sanders, etwas blasser als sonst, trat ihnen entgegen.

Fast musste Wyatt beim Anblick des erleichterten Blickes im Gesicht des Mannes lächeln. Doch er unterdrückte seine Reaktion. Dass die Lehrerin in Nick Sanders vernarrt war, war allgemein bekannt. Da Sanders glücklich mit einer anderen Frau liiert war, konnten Miss Stantons unerwiderte Gefühle ihr nur Schmerz zufügen.

Eine Welle des Mitgefühls hielt Wyatt davon ab, sich weiter zu nähern. Er wusste nicht, was schlimmer war: jemanden zu lieben, der verstorben war, oder jemanden zu lieben, der die Gefühle nicht erwiderte. Er hatte zumindest seine Erinnerungen. Miss Stanton hatte gar nichts.

Christine zog an ihm, sodass er widerwillig noch ein paar Schritte machte. Er nickte und fasste sich mit einem Finger an den Hut. „Miss Stanton. Sanders."

Sanders erwiderte sein Kopfnicken. „Thompson."

Miss Stanton verlor ihren verletzlichen Ausdruck. Sie deutete auf die Überreste des eingebrochenen Toilettenhäuschens und ihre Stimme klang irritiert. „Mr Thompson, sehen Sie das Problem hier?"

„Was ist passiert?"

„Ben und Arlie haben Daniel Rodriguez gehänselt. Die Zwillinge haben sie angegriffen und die Jungen gegen das Toilettenhäuschen gedrückt."

Sie schüttelte den Kopf mit reuevoll gespitzten Lippen. „Ein neues Abort war ohnehin lange überfällig. Das alte war schon fast verrottet." Sie kräuselte die Nase. „Und es muss unbedingt verlegt werden. Vor ein paar Wochen habe ich das Thema mit Mr Cobb und Reverend Norton angesprochen."

Wyatt verbarg ein Grinsen. Kein Wunder, dass die Arbeit nicht erledigt worden war. Weder Reverend Norton mit seiner Gemeinde und seiner Religionswissenschaft noch der geldgierige Cobb würden den Bau eines neuen Toilettenhäuschens für die Schule auf ihrer Liste der Prioritäten an erste Stelle setzen. „Nächstes Mal sagen Sie mir bei so einem Problem Bescheid! Ich kümmere mich darum, dass die Sache erledigt wird."

„Oder ich", sagte Nick ebenfalls.

„Vielen Dank, Gentlemen, daran werde ich mich erinnern. Doch in der Zwischenzeit werden die Kinder länger brauchen, um im Mietstall oder bei der Kirche auf die Toilette zu gehen. Ich muss ihnen mehr Zeit lassen."

Christine presste ihren Körper gegen Wyatts Hüften. „Mein Pa hat gesagt, er baut morgen ein Toilettenhäuschen und bis zur Pause ist es fertig", verkündete sie mit ein wenig Stolz in der Stimme.

Wyatt zog sanft an einem ihrer Zöpfe. „Ich habe gesagt, wenn mir jemand hilft, ist das Toilettenhäuschen bis zur Pause fertig."

Miss Stanton schlug die Hände zusammen. „Das ist ja wunderbar. Ich bin mir sicher, auch andere Männer sind bereit zu helfen." Ihre grauen Augen flehten Nick Sanders an.

Sanders verlagerte sein Gewicht nach hinten. „Kein Problem, Ma'am. Thompson und ich müssten bis zum Mittag fertig sein."

Miss Stantons Wangen tönten sich rosa. „Oh, danke, Nick. Und Ihnen auch, Mr Thompson", fügte sie hinzu.

Sanders deutete mit dem Kopf in Richtung Bahnhof. „Ich habe Mark und Sara die Post holen lassen. Ich muss sie zusammentrommeln und nach Hause zurückbringen. Thompson, können Sie das Holz besorgen?"

„Ich habe noch ein paar Bretter übrig, die in meinem Stall liegen. Die müssten reichen. Ich bringe sie morgen mit."

Sanders nickte. „Wir treffen uns hier, wenn ich die Kinder zur Schule bringe." Er schaute zu Miss Stanton, zog seinen Stetson und neigte den Kopf zur Krempe. „Wir sehen uns morgen, Miss Stanton."

Die Lehrerin lächelte. Auf ihrer rechten Wange bildete sich ein Grübchen. „Bis morgen, Nick." Ihr Blick folgte ihm, bis er hinter den Büschen verschwunden war.

Wyatt räusperte sich. „Wir gehen auch besser."

Miss Stanton wandte sich Wyatt zu. „Christine hat die Schreibweise der zu lernenden Wörter heute perfekt aufgesagt. Sie hat alles nachgeholt, was sie verpasst hat."

Christine strahlte.

Wyatt grinste sie an und zog noch einmal sanft an einem ihrer Zöpfe. „Sie hatte viel Zeit, um im Bett zu lernen."

„Christine ist so eine gute Schülerin. Es ist eine Freude, sie zu unterrichten."

Wyatt konnte das Grinsen voller väterlichem Stolz auf seinem Gesicht nicht verbergen. „Da kommt sie ganz nach ihrer Mutter."

Miss Stanton hob eine Augenbraue. „Ich bin sicher, sie kommt nach *beiden* Eltern."

Wyatts Nacken brannte. „Nun, mit Sicherheit hat sie die positiven Eigenschaften ihrer Mutter." Er schaute auf seine Tochter hinunter, die angefangen hatte, ihre verschlungenen Hände hin und her zu schwingen. „Komm, mein Sonnenschein. Lass uns gehen!" Er fasste sich an den Hut. „Auf Wiedersehen, Miss Stanton."

Christine wiederholte: „Auf Wiedersehen, Miss Stanton."

„Auf Wiedersehen, Christine. Mr Thompson."

Wyatt wartete, bis sie wieder auf der Straße waren. Dann blieb er stehen. „Ich glaube", sagte er und versuchte, nicht zu begierig zu klingen, „wir sollten uns auf den Weg machen und sehen, wie Mrs Rodriguez die Nachricht vom Kampf der Jungen aufgenommen hat."

Vor Samanthas Veranda brachte Wyatt Bill zum Stehen. Er stieg ab und warf die Zügel über den Kopf des Pferdes. Er ging zu Christine hinüber, hob sie von ihrem Pony, stellte sie auf dem Boden ab und reichte ihr die Zügel. „Warum gehst du nicht zu den Jungen und spielst mit den Falabellas, während ich mit Mrs Rodriguez rede?"

Christine strahlte. Er wusste, wie glücklich es sie machte, dass er ihr erlaubte, mit ihren geliebten kleinen Pferden zu spielen. „Ja, Pa."

Wyatt schlang die Zügel um das Gelände, ging die Stufen hoch und über die Veranda. Mit jedem Schritt wurde sein Herzschlag schneller. Draußen schien niemand zu sein. Sollte er sie mit einem Kuss begrüßen?

Ein plötzlicher Zweifel bremste ihn. Vielleicht war ihre anfängliche Reaktion auf ihn nur darauf zurückzuführen, dass er mit Christine so viel durchgemacht hatte? Vielleicht hatte sie nur Mitleid mit ihm gehabt? Er sollte besser abwarten und sehen, wie sich alles entwickelte.

Die Tür stand offen. Er trat in den Türrahmen. „Samantha!", rief er.

Schnelle Schritte ertönten aus der Küche.

Er lächelte voller Vorfreude.

Sie kam durch den Flur auf die Tür zu und ihr Blick haftete sich an seinem Gesicht fest. Einige Haarbüschel kräuselten sich um ihr erhitztes Gesicht. Obwohl sie mit einem schlichten schwarzen Kleid und einer grauen Schürze bekleidet war, erhellte ihre blaue und bernsteinfarbene Schönheit den düsteren Flur. Er ballte die Fäuste, um sich davon abzuhalten, sie zu umarmen.

Ein erfreutes Lächeln erhellte ihr Gesicht. „Wyatt."

Sein Herz machte zur Antwort einen Satz.

Sie strich sich mit den Händen die Schürze glatt. „Ich war gerade dabei, Essen zu machen."

„Wir werden Sie nicht aufhalten." Er deutete mit dem Kopf in Richtung Stall. „Ich habe Christine mitgebracht, damit sie die Falabellas besuchen kann."

„Es freut mich sehr, dass sie mitgekommen ist."

„Ich wollte sehen, wie es Ihnen geht – angesichts dessen, was mit den Zwillingen und dem Toilettenhäuschen der Schule geschehen ist."

Als würde sie hinter eine Fensterscheibe treten, wich die Fröhlichkeit aus ihren blauen Augen und schuf eine Distanz zwischen ihnen. „Wenn Sie hier sind, um sich über die Zwillinge zu beklagen …"

„Nein, nein!" Er hielt beschwichtigend die Hand hoch. „Ich dachte nur, Sie wüssten vielleicht gern, dass Nick Sanders und ich den Abort morgen wieder aufbauen."

Eine Sekunde lang ließ sie die Schultern hängen, dann raffte sie sich auf. „Bitte sagen Sie mir, wie viel ich Ihnen schulde."

„Wie wäre es mit einem Abendessen morgen?" Er bemühte sich um einen beiläufigen Ton, um nicht zu zeigen, wie wichtig ihm ihre Antwort war.

„Wyatt, ich bestehe darauf, Sie für Materialkosten und Ihre Arbeit zu entschädigen."

Dickköpfige Frau. „Ich habe genug vom Herumsitzen. Die Schule brauchte ohnehin ein neues Toilettenhäuschen. Ich bezweifle, dass Sanders Geld annimmt. Ich mit Sicherheit nicht."

Sie schüttelte den Kopf mit entschlossenem Ausdruck auf den Lippen. Eine rote Haarsträhne fiel ihr seitlich über das Gesicht. Sie strich sie sich hinter das Ohr.

Diese Frau war sturer als ein Esel. Er würde einen Weg finden müssen, um mit ihr umzugehen. Er ließ zu, dass ihm seine Verletzung im Gesicht abzulesen war.

Genau, wie er geahnt hatte, besänftigte sie sich. „Es tut mir leid. Ich war wohl gerade dickköpfig."

Ja, und ob. Aber er würde nicht noch Salz in die Wunde streuen. „Wie wäre es, wenn ich mir von den Zwillingen und Daniel helfen lasse?"

„Gute Idee. Eine angemessene Strafe."

Er zog eine Braue hoch. „Sie nennen es eine Strafe, einen Vormittag mit mir zu verbringen, um zu arbeiten?"

Ein pfirsichfarbener Ton färbte ihre Wangen und hob das Blau ihrer Augen hervor. Sie wandte den Blick ab und schaute ihn dann wieder an. Ein schelmisches Grübchen trat an ihrem rechten Mundwinkel hervor. „Habe ich Strafe gesagt? Verzeihen Sie bitte, ich habe mich falsch ausgedrückt. Ich meinte, eine angemessene *Ehre.*"

Er hätte sich am liebsten vorgebeugt und ihr Grübchen geküsst, um dann mit seinen Lippen die letzten Millimeter zu ihrem Mund vorzudringen, bis sich ihre Lippen für ihn öffneten. Es fiel ihm schwer, zur Unterhaltung zurückzukehren. „Ehre hört sich richtig an."

Ihre Stimme nahm einen besorgten Ton an. „Wyatt, die Zwillinge haben den Streit nicht begonnen. Arlie und Ben haben Daniel gehänselt. Sie bezeichneten ihn …" Sie biss sich auf die Lippen. „Sie bezeichneten ihn als mexikanischen Mischling und haben ihm angedroht, ihn in den Abort zu werfen."

Wyatts Glut gefror. Er formte die Augen nachdenklich zu Schlitzen.

Einige Jahre zuvor hatte er diesen Tyrann Arlie gewarnt, er solle sich von Christine fernhalten. Er hatte ihm gedroht, er würde dem Jungen das Fell über die Ohren ziehen, sollte er jemals seine Tochter hänseln oder anfassen. An dem wütenden Respekt in Arlies Augen hatte er erkannt, dass er seine Drohung verinnerlicht und ihm Glauben geschenkt hatte.

Obwohl Wyatt sich nicht besonders für Ben erwärmt

hatte, beunruhigte ihn der Gedanke, dass er mit jemandem wie Arlie Sloan verkehrte. Er würde Edith warnen müssen. „Ich bezweifle, dass Mrs Grayson bewusst ist, dass Ben an Arlies Gesellschaft Gefallen gefunden hat. Ich werde darauf achten, sie zu warnen. Da sie so einen großen Wert auf Bens Umgang legt, bin ich sicher, dass sie eingreift."

Verärgerung flammte in Samanthas Gesicht auf und unterstrich ihre Farbe. „Wie sie meine Zwillinge beschuldigt hat."

Wyatt hob beschwichtigend beide Hände. „Habe ich auch nur ein Wort über Jack und Tim gesagt?"

„Das war gar nicht nötig. Ich weiß schon, was Sie von ihnen denken. Und Sie sollten wissen, dass ich stolz", sie legte hochmütig den Kopf schief, „ja, wirklich *stolz* auf sie bin, weil sie Daniel gerettet haben." Sie verschränkte die Arme vor der Brust.

Sein Hitzkopf Samantha. Wyatt hätte am liebsten den Kopf geschüttelt. Erstaunlich, wie man Probleme mit ihr bekommen konnte, ohne überhaupt etwas gesagt zu haben. Er schüttelte den Wunsch ab, sie in seine Arme zu ziehen, ihren Redefluss mit einem Kuss zum Schweigen zu bringen und zu spüren, wie die Spannung aus ihrem Körper wich. Er streckte die Hände aus, umfasste ihre Ellenbogen und zwang sie, ihre Arme zu lösen.

Das Geräusch von rennenden Kindern veranlasste Wyatt dazu, seine Hände an die Seiten fallen zu lassen und sich umzudrehen, während er die Unterbrechung im Stillen verfluchte.

Samantha fuhr herum und streckte sich die Haarsträhnen wieder in den Dutt.

Daniel kam auf die Veranda gelaufen. „Mama, Mariposa fohlt gerade."

„In Ordnung, mein Sohn." Samanthas Stimme klang ruhig. „Du weißt, was zu tun ist. Ich bin sofort da." Sie lächelte reumütig. „Ich befürchte, die Einladung zum Essen wird warten müssen. Ich weiß nicht einmal, ob wir heute Abend Zeit dazu haben werden."

„Wie wäre es, wenn Sie uns dazu einladen, dabei zu sein, wenn Mariposa fohlt? Ich helfe Ihnen. Und ich weiß, dass Christine die Geburt gern sehen würde."

Sie lachte und zeigte erneut ihr Grübchen. „Manuel ist mit den Arbeitern unterwegs, also könnte ich Hilfe gebrauchen. Aber ich denke, der Stall wird recht voll sein. Die Jungen wollen bestimmt auch alle zusehen. Vielleicht sollte ich Eintrittskarten verkaufen."

„Ich lege ein paar Heuballen vor den Stall. Da können sich die Kinder draufstellen und alles beobachten. Solange sie ruhig sind, müsste alles gut gehen." Er hielt inne. „Ist Ihnen das recht?"

„Mir ist es recht." Ihr Ton glich seinem. „Gehen Sie zum Stall! Ich spreche mit Maria, ziehe mich um und bin gleich wieder da."

Er nickte und ging die Stufen der Veranda hinunter. Wyatt band Bills Zügel los und führte sein Pferd zum Stall. Wahrscheinlich würde es eine Weile dauern, deshalb sollte er dafür sorgen, dass Bill es bequem hatte.

Er schüttelte den Kopf, denn er konnte es kaum fassen, wie gespannt er war, das Fohlen kommen zu sehen. Noch immer sah er wenig Nutzen in den Falabellas. Aber auch wenn er es niemandem gestehen würde, wuchsen sie ihm langsam ans Herz.

Im Stall angelangt, sah er sich um. Ganz anders als an dem Abend, an dem er Samantha hergebracht hatte, vibrierte das Gebäude vor Leben. Die Pferde der Jungen streckten ihre Köpfe neugierig über ihre Boxen. Er bemerkte anerkennend, dass der Boden geputzt war und neben jeder Box Heuballen ordentlich gestapelt lagen, sodass sich deren frischer Duft mit dem Geruch nach Pferden vermischte.

Wyatt drängte Bill in die nächste freie Box und nahm
dem Wallach den Sattel, die Decke und das Zaumzeug ab.
Er kontrollierte, ob ein Eimer voller Wasser in der Box stand
und ließ sein Pferd dann dort. Er schaute in den Stall
des Ponys, um sicherzugehen, dass Christine sich um ihr
Pferd gekümmert hatte. Vom gedämpften Geräusch von
Kinderstimmen angezogen, begab er sich zum anderen Ende
des Stalles.

In der zweitletzten Box kauerten die Kinder im Stroh und
wichen dem kleinen grauen Falabella nicht von der Seite.
Jack kniete neben Mariposas Kopf und tätschelte sie. Als
Wyatt hereinkam, schaute er auf. Sogar im düsteren Licht
wirkten Jacks grüne Augen ruhelos und seine Haut war so
weiß, dass die Sommersprossen hervorstachen.

Zum ersten Mal sah Wyatt Jack als kleinen und
verletzlichen Jungen, nicht als potentiellen Unruhestifter.
„Du hast noch nie gesehen, wie Fohlen geboren werden,
stimmt's, Jack?"

„Wir hatten nie ein Pferd. Nur Pas altes Maultier. Aber
ich habe Nanny ein oder zwei Mal geholfen."

„Naja, ich bin sicher, Mariposa schafft es." Er schaute zu
Daniel hinüber und strich dem kleinen Pferd seitlich über das
grau gefleckte Fell. „Das ist nicht ihr erstes, oder, Dan?"

„Ihr drittes."

„Siehst du, Jack, sie hat Erfahrung. Es wird keine
Probleme geben."

Die Angst wich aus Jacks Gesicht. Seine steifen Schultern
entspannten sich.

Wyatts eigene Brust zog sich zusammen. Vielleicht
brauchten die Zwillinge nur ein bisschen elterliche Liebe –
väterliche Liebe. Darüber würde er nachdenken müssen.
Später.

Er hockte sich neben Daniel und ließ seine Hände
forschend über Mariposas gerundeten Bauch gleiten. Das

Fohlen wälzte sich unter seinen Handflächen. Wenn man ein sich ein Viertel eines normalen Pferdes vorstellte, war das, was er fühlte, genau richtig.

Samantha kam mit mehreren alten Handtüchern herein. Sie hatte sich Männerkleidung angezogen: ein weißes Hemd mit hochgekrempelten Ärmeln, das sie in blaue Denimhosen gesteckt hatte. Die Hosen wurden von einem braunen Ledergürtel gehalten, auf dessen silberner Schnalle ein galoppierendes Pferd eingraviert war.

Als er sah, welche Form diese Kleidung ihrem Körper gab, verspürte er einen sinnlichen Rausch und gab sich ein Versprechen. Irgendwann in der Zukunft, wenn er nicht länger in Begleitung der Kinder und Pferde war, würde er zusehen müssen, dass er diese männliche Kleidung von ihrer so weiblichen Figur pellte.

Durch das geöffnete Fenster an der Wand drangen die Strahlen der untergehenden Sonne und tauchten Wyatt und Mariposa in oranges Licht. „Wie geht es ihr?" Samantha sprach mit emotionslosem Tonfall, um die Freude zu verbergen, die ihren Puls zum Rasen brachte, als sie Wyatt bei dem schwangeren Falabella sah. Trotz seines Angebots hatte sie nicht ganz geglaubt, dass der Mann, der ihre „Zwergpferde" so kritisiert hatte, tatsächlich bei der Geburt von Mariposas Fohlen helfen würde.

„Es scheint alles in Ordnung zu sein." Er schaute sie an und seine grauen Augen leuchteten. „Ich stelle die Heuballen auf."

„Gute Idee." Eine braune Locke fiel ihm auf die Stirn. Samantha widerstand dem Drang, sie nach hinten zu streichen. Stattdessen schaute sie sich um. „Alle nach draußen!", befahl sie ruhig. „Mr Thompson bringt Heuballen vor die Box, damit ihr euch daraufstellen und zusehen könnt."

Alle Kinder außer Jack sprangen auf die Beine.

Samantha legte sich den Zeigefinger auf den Mund. „Achtet darauf, leise zu sein!"

Die Kinder schlichen sich auf Zehenspitzen hinaus.

Jack blieb auf dem Boden hocken. „Darf ich bitte bei ihr bleiben, Miz Samantha? Sie haben gesagt, dass das mein ganz eigenes Pferd ist, um das ich mich kümmern muss."

Samantha konnte dem flehenden Blick in seinen Augen nicht widerstehen und nickte. Sie konnte nur froh darüber sein, dass er Verantwortung übernahm. Sie trat näher an ihn heran und ließ ihre Hand durch Jacks unbändiges braunes Haar fahren – bis heute hätte sie so etwas nie gewagt. „Ich bin sicher, für Mariposa ist es ein Trost, wenn du hier bist."

Für ihren eigenen Seelenfrieden musste Samantha nach dem Fohlen sehen. Wyatt hatte nicht ihre Erfahrung mit Falabellas. Sie kniete sich hin und betastete die Seiten des Pferdes. „Bald wirst du wieder Mama, mein Liebling." Sie summte ihr das Gleiche noch einmal auf Spanisch vor.

Jack beugte sich näher zu ihr. „Ist mit ihr alles in Ordnung?"

„Ihr geht es gut."

Er atmete erleichtert auf.

„Man muss nur Geduld haben. Babys kommen zu ihrer Zeit. Mariposa weiß, was zu tun ist."

Die vier Kinder kletterten auf die Heuballen. Sie schaute zu ihnen hoch und sah, wie sie sich über die Mauer lehnten und so dicht aneinandergedrängt waren wie ihre Gartenerbsen in einer Schüssel. Nur ein Blick in ihre Gesichter sagte ihr, was sie empfanden: Daniel zog die Augenbrauen interessiert zusammen. Kleine Feder sah feierlich aus, doch in seinen Augen lag ein Funkeln, das seine Neugier verriet. Tims Stirn lag besorgt in Falten. Und Christines blaue Augen waren groß vor Aufregung.

Samantha strich mit den Händen über Mariposas Seiten. „Sprich einfach weiter mit ihr, Jack, leise und sanft."

Wyatt kehrte zurück und ließ sich neben ihr ins Heu fallen. „Jetzt warten wir."

Die Zeit verging. Die Kinder tuschelten miteinander. Das Licht durch die offenen Fenster und Stalltüren wurde schwächer. Das Pferd bekam Wehen. Ein Teil von Samanthas Aufmerksamkeit richtete sich auf Mariposa, aber ein anderer war damit beschäftigt, wie stark sie sich Wyatts Anwesenheit bewusst war.

Er saß nur wenige Zentimeter entfernt von ihr. Ihre Nase, die seit langem an den Stallgeruch nach Heu und Pferden gewöhnt war, filterte diese Gerüche heraus und konzentrierte sich auf seinen männlichen Duft nach Moschus. Die Abenddämmerung hüllte sie ein. Sie widerstand dem Drang, sich bei ihm anzulehnen.

Als die Schatten dunkler wurden, schaute sie zu den Kindern auf, die im Stall eine Reihe bildeten. „Tim, geh und hole zwei Laternen."

„Ja, Ma'am." Sein Kopf verschwand und seine Schritte auf dem harten erdigen Boden waren laut. Kurz darauf war ein schwaches gelbes Schimmern über der Mauerkante zu sehen.

„Miz Samantha!", rief Tim mit schriller Stimme. „Ich glaube, Pampita fohlt auch gerade."

„Jack, bleib bei Mariposa", befahl sie ihm leise. Samantha griff zu einem Handtuch und stand auf. „Wer hätte gedacht, dass sie beschließen, ihre Fohlen gleichzeitig zu bekommen? Ich hoffe nur, die anderen beiden machen es ihnen nicht nach." Sie eilte, dicht gefolgt von Wyatt, aus der Box und ging zwei Türen weiter zu Pampita.

Drinnen lag die kleine braune Stute auf der Seite im Stroh. Samantha kniete neben ihr nieder. Sie brauchte mehr Licht, um etwas zu sehen. „Tim, bring die Laterne her und gib Jack die andere!", sagte sie sanft.

Wyatt ließ sich neben ihr nieder. „Hat sie schon einmal Fohlen bekommen?"

„Nein, das ist ihr erstes." Samantha fuhr mit der Hand über Pampitas dicken Bauch und beruhigte die Stute sanft auf Spanisch.

Kleine Feder spähte mit großen braunen Augen durch die Stalltür.

Samantha winkte ihn herein. „Komm her und setze dich zu ihr."

Der Junge bewegte sich so leise wie möglich durch das raschelnde Stroh auf dem Boden und setzte sich im Schneidersitz neben ihren Kopf.

„Pampita ist inzwischen der Schatten von Kleine Feder", erklärte Samantha Wyatt. „Es ist lustig, wie sie ihm auf Schritt und Tritt folgt."

„Das habe ich bemerkt", sagte er.

„Sie wird ihn vermissen, wenn ich ihn endlich davon überzeuge, die Schule zu besuchen." Sie warf dem Jungen einen scherzhaften Blick zu.

Kleine Feder antwortete mit einem Lächeln in den Augen.

Samantha verlagerte ihr Gewicht im Heu, um es sich bequem zu machen. „Kleine Feder, hast du schon einmal bei der Geburt von Fohlen geholfen?"

Der Junge nickte.

„Gut, dann weißt du, was zu tun ist."

Das Pferd erschauderte und stöhnte.

Die Zeit verging.

Aus der anderen Box ertönten aufgeregte Stimmen.

„Mama!", rief Daniel. „Das Baby kommt."

Hin- und hergerissen, ob sie bleiben oder gehen sollte, schaute Samantha Wyatt an.

Er wies mit dem Kopf zur anderen Box. „Gehen Sie. Ich behalte Kleine Feder und Pampita im Auge."

Sie gab ihm ihre Dankbarkeit mit den Augen zu verstehen. Sie berührte ihn kurz an der Schulter, stand auf und ging eilig den Gang entlang.

In der anderen Box kniete Jack zwischen Mariposas Hinterbeinen und Daniel streichelte den Kopf des Pferdes. Zwei kleine Hufe ragten aus dem Geburtskanal hervor.

Vor Erleichterung entspannte Samanthas Bauch sich. Mariposas schien eine normale Geburt ohne Komplikationen zu erwarten.

Jack schaute mit besorgtem Blick zu ihr auf.

„Mach weiter und zieh, mein Sohn!", sagte sie. „Langsam. Ich helfe dir." Samantha begab sich zu ihm und legte ihre Hände auf seine. Gemeinsam verhalfen sie dem Baby nach draußen, bis das Fohlen als glitschiges Bündel im Stroh lag.

Sie hörte, wie Jack tief einatmete und die anderen drei Kinder „Oh" machten.

Samantha reichte Jack ein Handtuch. „Jetzt putze vorsichtig die Nase des Fohlens. Ich zertrenne die Nabelschnur."

Sie schlossen den ersten Geburtsvorgang ab. Nach wenigen Minuten standen Mutter und Fohlen zusammen. Jack führte das wackelige Baby unter die Hinterbeine und den Bauch der Stute zu den Zitzen der Mutter. Während das Fohlen säugte, ließ sich Jack auf seine Fersen zurückfallen und ein ehrfurchtsvoller Blick erhellte seine Miene.

Wieder einmal war Samantha vom Wunder der Geburt ergriffen. Sie fühlte Zufriedenheit und Verbundenheit mit dem Herrgott. Sie erinnerte sich daran, dass sie diese Gefühle bei Daniels Geburt noch intensiver empfunden hatte. Sie hatte gedacht, sie würde diese Freude noch einmal erleben, aber es hatte nicht sein sollen. Ein Schmerz höhlte ihren Schoß aus und wurde immer stärker, bis er auch ihr Herz mit quälendem Druck umschloss. Verblüfft stellte sie fest, dass sie sich noch immer ein Baby wünschte. *Und nicht irgendein Baby – Wyatts Baby.*

Aber wünscht er sich eine Ehe und Kinder mit mir?

Kapitel Einundzwanzig

Wyatt musterte den kleinen Schwarzfußindianer im Licht der Lampe. Obwohl Wyatt Kleine Feder schon oft beim Besuch seiner kranken Tochter gesehen hatte, war er immer zu geistesabwesend gewesen. Jetzt nahm er sich die Zeit, um das Kind wirklich zu beurteilen.

Das lange Haar des Jungen war mit einem Stück Leder zu einem Pferdeschwanz gebunden. Sein Gesicht war runder geworden, sodass die markanten Wangenknochen nicht mehr hinter der braunen Haut hervortraten. Er trug noch immer Wyatts Hemd. Als Wyatt darüber nachdachte, wurde ihm bewusst, dass er den Indianer nie mehr ohne dieses gesehen hatte. Doch die blauen Streifen waren verblasst und das Kleidungsstück wirkte etwas abgewetzt. Er würde dafür sorgen müssen, das Hemd zu ersetzen, wenn es endgültig abgetragen war.

Kleine Feder flüsterte dem Falabella etwas in seiner Sprache zu.

Vom Tonfall schloss Wyatt, dass die Worte beruhigend waren.

Pampita versuchte angestrengt, auf die Beine zu kommen.

Wyatt hielt sie fest, sodass sie auf der Seite liegen blieb. Zumindest bei so einem kleinen Pferd war diese wichtige Aufgabe nicht schwer zu erfüllen.

Mit einem grunzenden Geräusch presste Pampita zwei kleine schwarze Hufe aus ihrer Scheidenöffnung. Wyatt winkte Kleine Feder zu sich. „Mach weiter!"

Der Junge formte seine Augen konzentriert zu Schlitzen und seine Stirn runzelte sich. Er murmelte vor sich hin. Da Kleine Feder wusste, was er tat, ließ Wyatt sich auf seine Fersen zurückfallen und erlaubte dem Jungen, der einzige Helfer bei der Geburt des Fohlens zu sein.

Samantha trat in die Box und das Stroh raschelte unter ihren Stiefeln. Sie schaute sich die Situation mit forschendem Blick an und berührte dann mit zustimmendem Lächeln Wyatts Schulter. Still ließ sie sich neben ihm nieder.

Die Zeit verging, während sie dem altbekannten Kampf eines neuen Lebens zusahen, das auf die Welt kommen wollte. Obwohl Wyatt nicht mehr zählen konnte, wie viele Tiergeburten er gesehen hatte, hörte er nie auf zu staunen. An Samanthas andächtigem Gesichtsausdruck erkannte er, dass auch sie die gleiche Ehrfurcht empfand.

Unter dem Stroh, das wie eine Decke auf dem Boden lag, kroch seine Hand zu ihrer, bis sich ihre Finger mit einem kleinen Stromschlag berührten und miteinander verschlangen. Er wollte sie. Die fruchtbare Symbolik der Geburt hatte einen Urinstinkt durch seinen Körper gejagt, und er konnte sich kaum zurückhalten, die Frau in seine Arme zu ziehen. Doch der Junge war bei ihnen, und die anderen Kinder erfüllten den Stall mit leisem Lachen und gurrenden Worten, um die frisch gebackene Mutter und ihren Sohn zu ermutigen. Wyatt unterdrückte seine Begierde und sagte sich, dass sein Moment kommen würde.

Wyatt verbrachte die restliche Zeit abwechselnd damit, Kleine Feder bei der Entbindung des Fohlens zu beobachten und Samantha zu betrachten. Das düstere Laternenlicht beleuchtete nur die Umrisse ihres Gesichts und warf einen Schatten auf das lebendige Blau ihrer Augen, doch ihren strahlenden Ausdruck konnte es nicht verbergen. Im gelben Schimmer sah man ihrer Miene den Stolz über Kleine Feder an, gefolgt von einer madonnenhaften Ehrfurcht für den Geburtsvorgang. Und ein- oder zweimal hatte Wyatt den Eindruck, dass sie einen Seitenblick in seine Richtung warf und ein zufriedener Ausdruck in ihrem Gesicht aufblitzte.

Als das zarte braune Stutfohlen zitternd auf die Beine kam und Kleine Feder es zu den Zitzen führte, drückte Wyatt feierlich Samanthas Hand.

Sie erwiderte den Druck und ließ seine Hand dann los, um aufzustehen und an den Pferden vorbei auf Kleine Feder zuzugehen. Sie gab dem Jungen eine flüchtige Umarmung, als würde sie befürchten, der junge Mann würde es nicht dulden, in die Arme geschlossen zu werden. Doch Wyatt sah die Freude in den Augen des Jungen und wusste, dass Kleine Feder dieses Zeichen der Zuneigung zu schätzen wusste.

„Gut gemacht", murmelte Samantha, bevor sie sich nach vorn beugte, um Pampita zu liebkosen und sie mit einem Singsang auf Spanisch lobte.

Wirklich gut gemacht. Er hatte falsch gelegen mit seiner Meinung darüber, dass Samantha diesen Jungen aufgenommen hatte. *Habe ich mich bei den anderen auch geirrt?*

Wyatt ging vor den Stufen des Schulgebäudes hastig auf und ab. Er war früh angekommen, sogar noch vor Miss Stanton, und hatte die Zwillinge und Daniel zum Toilettenhäuschen geschickt, damit sie die kaputten Bretter stapelten. Christine war an Daniels Seite spaziert und brannte darauf, alles zu beobachten.

Er blieb stehen und war versucht, die Taschenuhr aus den verblichenen Denimhosen, die er trug, zu nehmen, verzichtete dann aber darauf. Stattdessen schaute er sich um. Auf der anderen Seite der Straße polierte Mrs Cobb gerade energisch das Glasfenster des Ladens von außen. Sogar zu dieser Stunde entdeckte er Henry Ardon dabei, wie er sich durch die Lamellentüren des Saloons auf der anderen Seite des Geschäftes schlich. Weiter entfernt vom Schulgebäude stand Pepe neben dem Mietstall auf einem Heuwagen und gabelte das getrocknete Gras durch das Fenster des Heubodens.

Wyatt war früh gekommen, um Miss Stanton davon in Kenntnis zu setzen, dass er vorhatte, sich von den Jungen helfen zu lassen. Er wusste, dass Arlie Sloans Eltern sich nicht darum scherten, in was für Schwierigkeiten sich ihr Sohn begab und genausowenig darum, ihm eine Strafe zu erteilen. Doch bei Edith Grayson würde die Sache anders aussehen. Da sie Miss Stanton gegenüber bereits voreingenommen war, würde sie dazu geneigt sein, der Lehrerin die Schuld daran zu geben, dass ihr Sohn Strafarbeit verrichten musste. Wyatt war sich nicht sicher, was geschehen würde, wenn die Forderung von ihm kam. Vielleicht würde er ein bisschen Charme versprühen müssen, um die Dinge wieder ins Lot zu bringen.

Diese Vorstellung sagte ihm nicht besonders zu. Trotzdem musste Ben diszipliniert werden. Eine Portion ehrliche Arbeit würde den Jungen vielleicht wieder auf die richtige Bahn bringen.

Weiter hinten am Stadtrand erkannte er Nick Sanders auf seinem Appaloosa; vor ihm saß Lizzy Carter. Begleitet von den zwei ältesten Kindern der Carters auf ihren Ponys, bog er in die Hauptstraße ein. *Gut.* Wyatt würde Zeit haben, seinen Plan mit dem Mann zu besprechen. Obwohl er seine Ranch darauf gesetzt hätte, dass Sanders es ihm überlassen würde, Edith weichzuklopfen. Bis Elizabeth Hamilton aufgetaucht war, hatte Sanders in der Öffentlichkeit nie mehr als ein paar Worte mit einer Frau gewechselt.

Erstaunlich, was die Liebe mit einem Mann anstellen konnte.

Seine Gedanken wanderten zu Samantha und zu der starken Anziehungskraft, die sie auf seine Gefühle und seinen Körper hatte – ganz gleich, was sein Verstand zu der Sache sagte. Gestern war sie stur wie ein Maultier gewesen, als er vorgeschlagen hatte, sie solle auf ihrer Ranch bleiben und ihn die Angelegenheit mit dem Toilettenhäuschen regeln lassen. Aber zu guter Letzt hatte er sie überzeugt. Ein Gefühl der Zufriedenheit packte ihn. Er lernte es, die Dame in den Griff zu bekommen. Er wusste, dass sie nach der Schule kommen würde, um mit Miss Stanton zu reden und sein Werk zu begutachten.

Nick kam angeritten. Genauso wie Wyatt hatte er sich für die Dreckarbeit alte verblasste Denimhosen und ein gräuliches Flanellhemd angezogen. Er fasste sich an den braunen Hut, den er trug. „Morgen, Thompson."

„Sanders", begrüßte Wyatt ihn mit einem Nicken. „Hallo Mark, Sara, Lizzy."

„Guten Morgen, Mr Thompson", sprachen die beiden Großen im Chor, während sie von ihren Ponys abstiegen.

Nick reichte Lizzy zu Mark nach unten, dann stieg er ab und löste den Knoten von seinen Satteltaschen. Er warf Mark die Zügel zu und nickte mit dem Kopf in Richtung Pferdestation. Die beiden Kinder begaben sich mit den Pferden an den Zügeln auf den Weg dorthin.

Nick hievte sich die Taschen auf die Schulter. „Zum Start bereit?"

„Zunächst einmal muss ich Ihnen sagen, dass die Cassidy-Zwillinge und Daniel uns helfen werden. Ich habe sie schon mit dem Saubermachen anfangen lassen. Ich möchte auch Arlie und Ben einspannen. Vielleicht denken sie nach ein bisschen harter Arbeit zweimal darüber nach, ob sie sich mit jemandem streiten."

„Vielleicht. Aber Ben?"

„Ich werde mit seiner Mutter reden. Ich bin sicher, ich bekomme ihre Zustimmung." *Das hoffte er.*

Nick hob skeptisch eine Augenbraue. „In Ordnung. Nun, ich vermute, ich sollte mal nachsehen, was die Jungen anstellen."

Wyatt lachte. „Tun Sie das. Und ich kümmere mich um Mrs Grayson."

„Ich glaube, mir ist meine Arbeit lieber." Nick warf Wyatt ein trockenes Grinsen zu.

Mir auch. Aus den Augenwinkeln sah er etwas Grünes hinter der halb geöffneten Ladentür. „Da kommt Miss Stanton."

„Ich gehe den Standort für das neue Toilettenhäuschen aussuchen." Nick suchte das Weite.

Wyatt zuckte mitfühlend die Achseln. Nick wollte mit Harriet Stanton genauso wenig zu tun haben, wie Wyatt mit Edith reden wollte.

Miss Stanton kam mit einem Stapel Bücher unter dem Arm auf ihn zugelaufen. Sie blieb abrupt vor Wyatt stehen, ihre Wangen waren rosa und ihre grauen Augen leuchteten voller Freude auf. „Mr Thompson. Ich bin wirklich glücklich, Sie heute Morgen zu sehen. Und ich habe bemerkt, dass auch Mr Sanders hier ist. Ich hoffe inständig, dass die Kinder ihre Mühe zu schätzen wissen. Ich tue das mit Sicherheit." Sie machte rasch ein paar Schritte in die Richtung, in die Nick gegangen war. „Und das muss ich auch Mr Sanders sagen."

„Warten Sie!" Wyatt unterbrach sie in ihrem Redeschwall, bevor sie Nick nachlaufen konnte. „Die Zwillinge und Daniel helfen uns. Sie sind schon da hinten und stapeln das Holz. Ich habe mir gedacht, dass die Arbeit eine angemessene Strafe für sie sein könnte. Ich würde auch Arlie und Ben gern mitmachen lassen."

„Was für eine hervorragende Lösung, Mr Thompson." Sie betastete einen goldenen Kreis, der am Kragen ihres Kleides festgesteckt war. „Sie müssen noch die Schulaufgaben nachholen, die sie verpasst haben, und zusätzliche Übungen machen, die ich ihnen erteilen werde."

„Ich sage den anderen Jungen Bescheid, wenn sie kommen."

„Sehr gut, Mr Thompson." Sie wandte sich zum Gehen. „Ich gehe nur nachschauen, wie es läuft."

Als die Lehrerin ihm den Rücken zugewandt hatte, konnte Wyatt endlich dem Lächeln freien Lauf lassen, das während ihrer Unterhaltung gedroht hatte, zum Vorschein zu kommen. *Armer Sanders, ein Tag lang Gefangener.* Wyatt hätte sein Hab und Gut darauf gesetzt, dass der Bau des Toilettenhäuschens der schnellste aller Zeiten sein würde.

Der Wagen der Livingstons kam zum Vorschein: Zwei Pferde im gleichen Braunton trabten präzise nebeneinander her. Wyatts Belustigung verebbte. Er wappnete sich für das bevorstehende Treffen mit Edith. Doch als er genauer hinsah, erkannte er, dass nicht Edith, sondern Caleb Livingston seinen Neffen begleitete. Wyatt war sich nicht sicher, ob er erleichtert sein sollte oder nicht.

Livingston hielt vor der Schule. Ben, der seinen blauen Anzug trug, sprang ab. Der Bankier nickte. „Guten Morgen, Thompson."

„Livingston. Ich würde gern ein paar Worte mit Ihnen wechseln."

Der Mann zögerte und zog dann die Bremse. Er hielt die Zügel fest und stieg ab.

Mit seinem tadellosen, braunen Anzug und seiner arroganten Miene gab der Bankier Wyatt den Eindruck, schäbig zu sein – ein Gefühl, dass er seit seiner Kindheit nur zu gut kannte. Er musste sich daran erinnern, dass er ein erfolgreicher Rancher war und dass seine abgenutzte

Kleidung praktisch war – und kein Zeichen von Armut. Und doch konnte die alte Schande fester an einem Mann haften als eine Klette an Wollkleidung.

„Was beschäftigt Sie, Thompson?"

„Ich habe Miss Stanton versprochen, dass ich das Toilettenhäuschen wieder aufbaue. Die Zwillinge und Daniel Rodriguez helfen mir. Ich möchte, dass auch Ben und Arlie mitarbeiten. Das wäre eine angemessene Strafe, finden Sie nicht?"

Livingston zögerte und ließ sich die Frage offensichtlich durch den Kopf gehen. „Auch wenn Ben sich gegen einen Angriff verteidigt hat, so war er doch an der Zerstörung des Aborts beteiligt. Sie haben recht. Das wird ihm eine Lehre sein!"

„Er wird sich wohl etwas anderes anziehen müssen."

Livingston spitzte nachdenklich die Lippen. „Ich fahre nach Hause zurück und hole ihm etwas. Wenn ich Ben schicke, stört er seine Mutter. Sie liegt mit Kopfschmerzen im Bett. Die Situation hat sie mitgenommen. Ich denke, sie braucht ein bisschen Frieden und Ruhe. Ich werde sie nicht damit belästigen."

„Bitte verkünden Sie Ihrem Neffen die Neuigkeiten, bevor Sie gehen."

„Selbstverständlich."

Besser Sie als ich, dachte Wyatt. Er bremste seine Gedanken.

Als Livingston, um mit ihm zu reden, zu Ben ging, der gerade die Pferde seines Onkels streichelte, dachte Wyatt darüber nach, wie sehr es ihm widerstrebte, sich mit Edith auseinanderzusetzen. Keine gute Ausgangslage für einen Mann, der in Betracht gezogen hatte, diese Frau zu heiraten.

Er erkannte: Jetzt, da die Sonne von Samantha Sawyers Rodriguez an seinem Horizont stand, war seine oberflächliche Anziehung für Edith dem Untergang geweiht. Ein Gefühl der

Erleichterung darüber, dass er nicht begonnen hatte, um Edith zu werben, machte sich in ihm breit. Selbst wenn es ihm gelang, seine Faszination für Samantha zu ignorieren, hatte er mit Edith Grayson abgeschlossen.

Chico, ein geborener Schauspieler, fing an zu tänzeln, als sie sich dem Schulgebäude näherten, und Bonita passte sich seinem Schritt an. Samantha lenkte den Wagen genau vor die Pferdestange am Fuße der Stufen und brachte ihn zum Stehen. Der kleine braune Hengst schüttelte den Kopf, sodass das Geschirr klimperte und seine schwarze Mähne flog, als ob er mit der Bewunderung aller anwesenden Augenpaare rechnete. Da der Unterricht noch im Gange war, konnte leider keiner außer Samantha ihn sehen.

Miss Stantons Stimme drang durch die geöffneten Fenster des weißen Holzgebäudes. *Vor 87 Jahren gründeten unsere Väter auf diesem Kontinent eine neue Nation, in Freiheit gezeugt und dem Grundsatz geweiht, dass alle Menschen gleich geschaffen sind.*

Samantha erkannte die Worte von Lincolns Gettysburg Address und auf ihren Armen bildete sich eine Gänsehaut. Ihr Vater war ein leidenschaftlicher Bewunderer von Lincoln gewesen und hatte den großartigen Mann einmal auf einer politischen Großkundgebung sprechen hören. Viele Male hatte ihr Vater Samantha die berühmte Ansprache vorgelesen und seine klangvolle Stimme hatte den schicksalhaften Worten Nachdruck verliehen. Wenn ihr Sohn und ihre Zwillinge diese Stunde verpassten, weil sie draußen arbeiteten, würde sie ihnen gern bei ihren Hausaufgaben helfen.

Als wäre er von ihren Gedanken gerufen worden, stürmte Daniel um die Ecke des Hauses. Seine Kleidung schien in Dreck getaucht worden zu sein und sein beigefarbenes Hemd wies einen neuen Riss auf. Als er sie erblickte, hielt er schlitternd an, und kam dann im Hüpfschritt auf sie zu, um mit einem kleinen Sprung an ihrer Seite zu landen.

Ihr Grashüpfer. Sie lächelte zur Begrüßung. „Hallo Daniel."

„Mama, wir sind fertig. Komm gucken!" Er hüpfte auf und ab, sein Gesicht war gerötet und seine Augen strahlten vor Eifer.

Sie entspannte sich voller Erleichterung. Er wäre nicht so glücklich gewesen, wenn Ben und Arlie weiterhin gemein zu ihm gewesen wären. Natürlich hätten Wyatt und Nick Sanders das auch nicht zugelassen. Aber trotzdem konnten die Männer nicht jede Sekunde bei allen Jungen sein.

Sie zog die Bremse, stieg ab und band die Zügel des Wagens um die Pferdestange. „Geh vor!"

Daniel hüpfte neben ihr her und die Erzählung von seinem Tag sprudelte nur so aus ihm heraus. Offensichtlich fühlte er sich sehr wichtig, weil die Männer ihm gestattet hatten, ihnen zu helfen.

Einen Moment lang lastete die Traurigkeit schwer auf Samantha. Daniel brauchte unbedingt eine männliche Führung. Anders als viele Männer war Juan-Carlos ein aktiver Vater gewesen, der viel Zeit mit seinem Sohn verbrachte und unendliche Geduld mit dem energischen Jungen gehabt hatte – er stand Daniels guter Laune mit seinem eigenen Enthusiasmus in nichts nach.

Sie seufzte und vermisste mal wieder ihren Ehemann und das Gefühl von Familie, das sie zu dritt gehabt hatten. Als sie um die Büsche herumkamen, schüttelte sie ihre melancholischen Gedanken ab.

Wyatt und Nick standen – die Arme vor der Brust verschränkt – in identischer Pose da und begutachteten das Ergebnis ihrer Arbeit. Das kleine stabile Häuschen vor ihnen war der perfekte Abort, in dessen Tür ein zunehmender Mond geschnitzt war. Drei Meter weiter bedeckte eine Platte aus zusammengenagelten Brettern die Grube voller Gülle, aus der noch immer ein leichter Gestank in die Luft stieg. Hammer und Sägen schauten aus einem Sack aus Kuhleder neben dem Toilettenhäuschen.

Ben und Arlie saßen im Schatten einer Pappel. Mit dem Rücken gegen den Stamm gelehnt und mit Schmutz bedeckt, wirkten sie müde und mürrisch. Die Zwillinge waren damit beschäftigt, Holzspäne aufzusammeln und die längeren Holzstücke ordentlich zu stapeln.

Samantha hielt ein Lächeln zurück. Arlie und Ben hatten den gleichen missmutigen Blick, den sie oft bei ihren Zwillingen sah, während Tim und Jack fleißig ihre Aufräumarbeiten zu Ende brachten. Was für eine Veränderung.

Die Männer drehten sich um, als sie näherkam. Die Zwillinge ließen alles stehen und liegen und eilten zu ihr. Jack kam als erster an. „Miz Samantha, schauen Sie einmal, was wir gebaut haben!"

Tim zeigte auf die Tür mit dem Mond. „Das hat Mr Sanders gemacht. Und ich habe ihm geholfen." Seine Brust schwoll fünf Zentimeter an.

Daniel zupfte an ihrem Arm. „Ich habe den hinteren Teil gemacht. Sieh es dir an!"

„Ihr habt alle ausgezeichnete Arbeit geleistet." Sie schloss auch die Männer in ihr Lob ein. „Das ist das beste Toilettenhäuschen, das ich je gesehen habe." Sie ließ sich von Daniel einen Meter weiter schleifen, um die Rückseite der Struktur zu begutachten. Sie rieb dem Jungen mit der Hand über den Kopf. „Gut gemacht, mein Sohn."

Jack scharrte mit seinem Stiefel auf einem Grasbüschel. „Glauben Sie, wir können uns auch auf der Ranch ein neues bauen?"

Samantha konnte die Freude nicht bremsen, die ein breites Lächeln auf ihr Gesicht treten ließ. „Ich denke, ein neues Toilettenhäuschen wäre fantastisch." Irgendwie würde sie das Geld aufbringen.

Ihr Blick begegnete dem von Wyatt. Seine Augen funkelten vor Belustigung. Er hob eine Augenbraue, um zum Ausdruck zu bringen, dass er die stille Kommunikation zwischen ihnen verstanden hatte. Einen Augenblick lang spürte sie eine tiefe Verbundenheit mit ihm.

Ihr Herzschlag beschleunigte sich; sie spürte, wie ihre Wangen glühten.

Hinter ihnen ertönte die messerscharfe Stimme von Edith Grayson. „Was hat das zu bedeuten?" Sie hob ihren braunen Seidenrock an und suchte sich ihren Weg durch den Trampelpfad, um zu ihnen zu gelangen. Das Bündel aus Spitze, das am Kragen ihrer Hemdbluse befestigt war, zitterte, so empört war sie.

Wyatt, die Hände zu einer beschwichtigenden Geste gehoben, ging auf sie zu. „Also, Edith …"

„Wagen Sie es nicht, so herablassend mit mir zu sprechen, Wyatt Thompson! Ich möchte wissen, was mein Sohn hier draußen macht – gekleidet in diesen …", sie rümpfte angeekelt die Nase, „… Lumpen, anstatt im Klassenzimmer zu sein, wo er hingehört?"

Wyatt schnappte sichtbar nach Luft. „Alle Jungen haben mir und Sanders geholfen, den Abort zu …"

„Mein Sohn – ein einfacher Arbeiter?"

„Ihr Sohn – ein rechtschaffener Arbeiter."

Ediths Busen schwoll an; ihre Wangen färbten sich rot. „Wie können Sie es wagen!"

„Miss Stanton, Ihr Bruder Livingston und ich haben vereinbart, dass es für die Jungen eine angemessene Strafe sein würde, das wieder aufzubauen, was sie zerstört haben. Neben dem zusätzlichen Lernen."

„Mit Sicherheit werde ich ein Wörtchen mit meinem Bruder reden müssen."

Obwohl Samantha Caleb Livingston nicht so recht leiden konnte, hatte sie Mitleid mit dem Mann. Sie wollte nicht in seiner Haut stecken, wenn seine Schwester sich auf ihn stürzte.

Mit einem giftigen Blick zu Samantha sagte Edith: „Das ist alles Ihre Schuld. Wenn Sie nicht diese Taugenichtse bei sich aufgenommen hätten," – sie deutete mit einer Handbewegung auf die Zwillinge – „dann wäre das alles nicht passiert."

Die Wut stieg in Samantha auf. „Wenn Ihr Sohn meinen Sohn nicht tyrannisiert hätte, dann wäre all das nicht geschehen."

„Oho!" Ediths Mund ging auf und zu wie der von einem Fisch. Sie starrte Wyatt zornig an. „Lassen Sie etwa zu, dass sie so mit mir spricht?"

Er runzelte die Stirn. „Diese Bemerkung haben Sie sich selbst zuzuschreiben, Edith." Er schaute Samantha mit scherzhaft gehobener Braue und seinem halben Grinsen an, das nie seine Wirkung bei ihr verfehlte.

Trotz ihres Zornes auf Edith konnte Samantha nichts dagegen ausrichten, dass sie ihm gegenüber weich wurde.

Als er sich wieder an Edith wandte, wurde Wyatts Miene ernst. „Ich glaube, nach dem, was Sie über Mrs Rodriguezs Zwillinge gesagt haben, sollten Sie sich bewusst sein, dass Sie milde davongekommen sind."

Edith kniff die Augen zusammen, sodass ihre Brauen sich verengten. „Das reicht jetzt", schnaubte sie. „Ich werde dem Schulausschuss sagen, er soll Miss Stanton eine Verwarnung zukommen lassen." Sie warf Samantha noch einen scharfen Blick zu. „Und Ihre Bengel suspendieren."

Kapitel Zweiundzwanzig

Als er die Kälte in Ediths braunen Augen sah, fragte Wyatt sich, wie er sie jemals hatte attraktiv finden können. Sein erster Instinkt war es, die Frau wegzuscheuchen, bevor sie noch mehr Öl ins Feuer goss, das sie entfacht hatte.

Samantha ballte die Hände zu Fäusten. „Wie können Sie es wagen!"

Edith beachtete sie nicht. „Komm, Ben." Sie drehte sich um und stolzierte davon – ihr Rücken war steif vor Entrüstung.

Samantha wandte sich Wyatt zu; ihre blauen Augen flehten um Bestärkung.

Er trat auf sie zu, nahm ihre Hand und drückte sie. „Es tut mir leid, dass sie Sie so angegriffen hat, Samantha."

Nick räusperte sich. „Machen Sie sich keine Sorgen, Miz Rodriguez. John Carter sitzt im Schulausschuss und er ist Miz Grayson mehr als gewachsen."

Wyatt nickte. „Edith ist nicht bewusst, dass auch ich im Schulausschuss bin. Falls es zu einem Treffen kommt, werden wir ganz einfach erklären, dass die Jungen ihre Strafe abgearbeitet haben. Ich bin sicher, der Ausschuss wird das Thema zu Akten legen. Außerdem haben wir die anderen davor bewahrt, selbst die Zeit und Mühe aufzubringen, ein neues Toilettenhäuschen aufzustellen."

Ein Blick in die besorgten Gesichter der Zwillinge sagte Wyatt, dass sie sich Ediths Worte zu Herzen genommen hatten. Daniel hatte sein glückliches Strahlen verloren und sich in sich selbst zurückgezogen. Das Mitgefühl bohrte sich wie ein Dolch in ihn. Er erinnerte sich daran, wie er selbst ein Kind gewesen war und allein vor Erwachsenen gestanden hatte, die ihn herabsetzten. Das war kein gutes Gefühl.

Samantha schaltete sich ein: „Also, Jungs. Wir gehen besser nach Hause. Ich glaube, Maria hat Kekse gebacken."

Das Versprechen auf die Nascherei konnte sie nicht zum Losgehen animieren.

Sie streckte die Arme aus. Daniel rannte auf sie zu. Sie schloss ihn in eine mütterliche Umarmung. Die Zwillinge folgten langsamer. Aber sie kamen nah genug, damit sich alle vier in die Arme schließen konnten, mit leuchtenden Wangen voller offensichtlicher Freude und Verlegenheit.

Wyatts Kehle war wie zugeschnürt, als er sich fragte, wie es wohl gewesen wäre, die Liebe und Unterstützung einer Mutter zu genießen – anstelle der Gleichgültigkeit der betrunkenen Prostituierten, die ihn zur Welt gebracht und danach praktisch sich selbst überlassen hatte.

Samantha beugte sich vor und ließ ihr Kinn einen Augenblick lang auf Jacks Kopf ruhen. „Ihr habt hier gute Arbeit geleistet, Jungs. Wir müssen anfangen, ein neues Toilettenhäuschen für unsere Ranch zu planen. Meint ihr, ihr schafft das ganz alleine?"

Matt lächelnde Gesichter traten an die Stelle ihrer verstörten Mienen. Samantha strich Daniel über das Haar, streichelte Tims Wange mit ihrem Handrücken und streckte den Arm aus, um Jacks Schulter zu drücken. „Kommt schon!"

Wyatt trat näher und wünschte sich, er würde in den warmen Kreis aufgenommen werden. „Ihr habt alle ganze Arbeit geleistet. Ich würde euch jederzeit einstellen."

„Oh nein, das werden Sie nicht!" Er spürte, wie viel Mühe es sie kostete, einen ruhigen Ton zu bewahren. „Sie sind meine Arbeitskräfte. Ohne sie kann ich nicht auskommen."

Er versuchte, ihren Ton nachzuahmen. „Vielleicht werde ich sie mir eines Tages bei Ihnen ausleihen."

Oder vielleicht werden wir eines Tages eine Familie sein.

Wyatt stand in der frischen Juniluft und hielt Christines Hand fest umschlossen. Während er die Ruinen des Toilettenhäuschens der Schule betrachtete, stieg ihm die Wut von der Brust in die Kehle auf. Als Christine auf eine geheime Inspektion des gestern gebauten Aborts bestanden hatte, hätte er sich nie träumen lassen, was er fand, als sie die Büsche umrundet hatten. Doch der Gestank nach Rauch hätte ihn warnen müssen.

Nur verkohltes Holz, schwarz-graue Asche und etwas schwelende Glut waren von dem kompakten kleinen Gebäude geblieben, das er, Sanders und die Jungen gestern mit Hammer und Nägeln aufgestellt hatten. Sogar am Fliederbusch waren Brandspuren und geschrumpfte Blätter als Beweis für das Feuer zurückgeblieben.

Er starrte zornig in die Luft und versuchte, seine Wut unter Kontrolle zu halten. Unschuldige Rauchwolken stiegen in den azurblauen Himmel und bildeten einen Kontrast zu den dunklen Überresten vor ihm.

Christine brach neben ihm in Tränen aus und zwang ihn so, seine Gefühle zurückzustellen. Er hockte sich hin und zog sie an sich. „Sch, mein Sonnenschein, nicht weinen."

„Aber Pa, das neue Toilettenhäuschen ist völlig abgebrannt", jammerte sie.

„Ich weiß. Aber ich baue es dir wieder auf." *Und schnappe die Schuldigen, die das hier getan haben!*

Sie presste ihr Gesicht in sein Hemd und schluchzte mit zitternden Schultern.

Hilflosigkeit packte ihn. Wie immer, wenn seine erste Lösung nichts ausrichten könnte, schlug Wyatt mit belanglosen Worten um sich – wie ein Kissenbezug, der an einem windigen Tag zum Trocknen aufgehängt worden war.

Als er ein Keuchen hinter sich hörte, schaute er auf. Zwischen den Zwillingen und Daniel stehend, bedeckte Samantha sich den Mund mit einer behandschuhten Hand. Der verzweifelte Blick in ihren blauen Augen wanderte zwischen der Ruine und Christine hin und her. „Was ist passiert? Ist sie verletzt?"

„Der Brand hat sie mitgenommen. Ich habe ihr gesagt, dass ich ein neues Toilettenhäuschen baue, aber sie hört nicht auf zu weinen."

„Armes Kind, in den letzten Wochen ist viel passiert und wahrscheinlich hat sie ganz schön viel in sich aufgestaut." Samantha kam näher. „Lassen Sie mich mal!" Sie berührte Christine an der Schulter. „Christy, Liebes, sag mir, was los ist."

Die Worte sprudelten heraus und wurden von seinem Hemd gedämpft. Wyatt konnte kaum eines von fünf verstehen. Daniel, Probleme, Zwillinge, Pa, Ärger, Abort. Er konnte keine sinnvollen Sätze daraus bilden.

Samantha schien dieses Problem nicht zu haben. Sie nickte verständnisvoll und war nicht nur in der Lage, Christine zu antworten, sondern auch gleichzeitig für Wyatt zu übersetzen. „Du bist aufgebracht, weil jemand das schöne Toilettenhäuschen abgebrannt hat, das dein Pa und die Jungen gebaut haben."

Schnief.

„Du befürchtest, die Jungen werden wieder in Schwierigkeiten geraten?"

287

Christine nickte und ihr Schluchzen wurde langsam ruhiger.

Zauber. Das musste eine dieser Frauensachen sein.

„Dein Pa ist wütend und das macht dir Angst."

Wieder ein Schniefen und Nicken.

Diese Antwort überraschte Wyatt. Wie hatte sie gewusst, dass er erzürnt war? Er hatte kein Wort gesagt. Und warum sollte es ihr Angst machen? Es folgte die Scham. Er würde seiner Tochter niemals ein Haar krümmen. War ihr das denn nicht bewusst?

Samantha streichelte Christine über den Hinterkopf. Mit der anderen Hand drückte sie Wyatts Schulter. „Ich wette, du siehst deinen Pa nicht sehr oft wütend, oder?"

Ein Kopfschütteln und eine Nase, die sich weiterhin an seiner Brust vergrub. Zumindest hatte sie aufgehört zu zittern.

„Ich erinnere mich noch daran, wenn mein Vater wütend wurde. Dann trat dieser Blick in seine Augen und sein Gesicht wurde ganz hart. Das machte mir Angst. Besonders, wenn er auf *mich* wütend war."

Diese Bemerkung regte Wyatt dazu an, das Wort zu ergreifen. „Ich bin nicht wütend auf dich, mein Sonnenschein", murmelte er. „Nur auf den, der das gemacht hat. Das war nicht richtig – besonders nachdem die Jungen so glücklich über ihre Arbeit waren. Deshalb war ich wütend." Er bemühte sich um einen lockeren Ton und versuchte, sie zum Lachen zu bringen. „Ich war wie der Stier Warrior, kurz bevor er angreift. Kannst du mich mit meinen zwei Hörnern sehen, wie ich mit dem Schweif schlage?"

Sie schaute auf. „Oh, Pa!"

Er atmete voller Erleichterung aus.

Christine schaute sich um und sah, wie Daniel sie mit gehobenen Brauen und einem besorgten Blick in seinen blauen Augen anschaute, dann vergrub sie ihren Kopf erneut an Wyatts Schulter.

Wieder einmal schien Samantha zu verstehen. „Daniel wird keine Probleme bekommen. Er war zu Hause auf der Ranch, als das alles geschehen ist."

Christine neigte den Kopf ein wenig, sodass ein blaues Auge zu Samantha aufschaute.

„Daniel ist in Sicherheit, das verspreche ich dir."

Mit einer Seitwärtsbewegung ihres Kinns gab Samantha Daniel ein Signal.

Er kam schlurfend näher und tätschelte seiner Freundin die Schulter. „Wir bauen dir ein neues Toilettenhäuschen, Christine. Ein besseres als das alte, stimmt's, Mr Thompson?"

„Genau, Dan."

Das Versprechen des Jungen erzielte seine Wirkung. Christine schob ihn weg und ihr Gesicht wirkte trotz der Tränenspuren heiterer.

Wie kann es sein, dass Daniel meiner Tochter genau dasselbe Versprechen geben kann wie ich, und bei ihm funktioniert es, aber bei ihrem eigenen Vater nicht?

Doch Wyatt kannte die Antwort. Zwischen den beiden Angeboten waren jede Menge Gefühle zum Vorschein gekommen. Wahrscheinlich mussten Mädchen sich alles von der Seele reden. Er speicherte die Erkenntnis in seinem Gehirn ab. *Es war gut für einen Mann, wenn er das wusste: Sowohl im Umgang mit Töchtern als auch –* er schaute Samantha aus den Augenwinkeln an – *mit erwachsenen Frauen.*

Christine sah zu Daniel auf. „Können wir einen Mond *und* ein paar Sterne in die Tür schnitzen?"

„Ja."

Christine trat näher an Daniel heran. „Gut." Sie lächelte den Jungen an.

So ist es richtig, Dan! Versprich ihr den Mond und die Sterne, wenn es sie glücklich macht. Der Junge lernte früh.

Samantha lächelte und begegnete seinem Blick. Ein

Gefühl von elterlicher Verbundenheit flammte zwischen ihnen auf und verwandelte sich in eine Anziehung, die sich um seinen Brustkorb spannte und sie an ihn zog. *An irgendeinem der nächsten Abende würde er dafür sorgen, dass er Samantha mit seinem Lasso den Mond und die Sterne vom Himmel holte.*

Daniel grinste. Dieses Mal formten seine Augenbrauen aus Erleichterung einen Bogen.

Noch eine Lektion, Dan. Wenn man sie glücklich macht, fühlt man sich als Mann so groß wie ein Berg. Er hoffte, dass der Junge aufpasste.

Christine streckte den Arm aus und griff nach Daniels Hand. Der olivgrüne Teint des Jungen rötete sich an seinen Wangen, aber er ließ sie nicht los.

Dieses Mal war Wyatt derjenige, dem schauderte, wenn er nur ein kurzes Stück in die Zukunft schaute. Schneller als ihm lieb war, würde seine Tochter erwachsen werden. Irgendein Mann – vielleicht dieser hier – würde um sie werben und sie würde gehen und ihren Vater zurücklassen.

Trotz der Mahnung der Glut, die vor ihr Rauch aufsteigen ließ, spürte Samantha eine stille Zufriedenheit in sich glühen. Ihr Körper vibrierte noch von der emotionalen Verbindung zu Wyatt. Die Vorfreude beschleunigte ihren Herzschlag und erwärmte ihre Wangen. Sie wollte sich an seine Seite kuscheln und seine starken Arme um sich fühlen.

Erstaunlich, wie so ein starker, talentierter Mann sich durch weibliche Tränen in Wackelpudding verwandeln konnte. Sie schüttelte den Kopf. Zuhören war die halbe Miete, um eine Lösung zu finden. Man sollte meinen, dass die Männer das irgendwann begreifen würden. Die Bestürzung in seinen Augen und sein hilfloser Gesichtsausdruck angesichts Christines Tränen hatten all ihre mütterlichen Instinkte geweckt. Das Kind brauchte sie – *er* brauchte sie.

Sie hatte es genossen, zu beobachten, wie Wyatts Verwirrung in Dankbarkeit überging, und genauso viel Erfüllung darin gefunden, Christine dabei zu helfen, ihre Gefühle zu ordnen.

In vielerlei Hinsicht hatte man es mit Mädchen leichter. Sie weinten und redeten. Aber Jungen mussten ihre Gefühle zurückhalten und stark sein. Eine Mutter musste immer all ihre Instinkte bereithalten, die Krümel ihrer Not erkennen, die sie sparsam fallen ließen, wenn sie aufgebracht waren – oder wenn sie etwas im Schilde führten. Sogar ihre volle Aufmerksamkeit war oft nicht genug. Eine Mutter brauchte besondere hellseherische Fähigkeiten für Söhne. Wenn sie in den Himmel kam, würde sie sich beim lieben Herrgott über dieses Defizit beklagen.

Widerwillig löste Samantha den Blick von Wyatt und beobachtete stattdessen ihren Sohn. Als sie sah, wie Daniel und Christine sich an den Hände hielten, traten ihr die Tränen in die Augen. Die beiden Kinder hatten eine Beziehung zueinander aufgebaut, die über eine rein kindliche Freundschaft hinausging. Daniel war auf der *Estancia* so isoliert und einsam gewesen, und sie hatte mit ihrem Kind gelitten.

Sie schaute zu den Zwillingen hinüber, die Schulter an Schulter mit dem gleichen zufriedenen Grinsen im Gesicht dastanden. Daniel baute sich einen Freundeskreis auf und Samantha war froh darüber. *Komme, was wolle!*

„Kommt schon! Wir gehen besser rein." Daniel zog Christine fort. Die Zwillinge folgten.

Wyatt räusperte sich. „Mrs Toffels war so stolz auf die Arbeit der Jungen gestern, dass sie sagte, sie würde ihnen einen Kuchen backen, um das zu feiern." Sein Blick wanderte zur Ruine. „Auch wenn das Feiern vielleicht verschoben werden muss, glaube ich nicht, dass für den Schokoladenkuchen das Gleiche gelten sollte."

„Das ist wirklich nett von Mrs Toffels."

„Wie wäre es, wenn ich das Dessert heute Abend zu Ihnen bringe?" Er hielt ihrem Blick stand und in seinen grauen Augen schimmerte eine unausgesprochene Frage, die tiefer ging.

„Das klingt wundervoll." Sie schlug die Wimpern nieder, um die aufkeimende Freude zu verbergen. Was war, wenn sie sein Angebot falsch deutete?

„Dann komme ich nach dem Essen."

„Bringen Sie Christine mit?"

Er dämpfte seine Stimme. „Ein Mann bringt seine Tochter nicht mit, wenn er um eine Frau werben geht, Samantha."

„Oh." Sie untersuchte das Grasbüschel unter ihren Füßen und spürte, wie die Hitze in ihren Wangen aufstieg.

„Nun, ich nie", schnaubte eine Frauenstimme hinter ihnen.

Edith Grayson. Würde diese Frau sie jemals in Frieden lassen? Samantha drehte sich langsam um und hoffte, dass sich das Rot auf ihren Wangen mit der Empörung über das abgebrannte Toilettenhäuschen erklären ließ. Sie strich sich mit den Handflächen über ihr schwarzes Kleid, um sie nicht vor das Gesicht zu schlagen.

Edith Grayson stand mit den Händen in die Hüften gestemmt da und spitzte ihre vollen Lippen mit offensichtlicher Abscheu. Ihre weiße Hemdbluse strotzte vor Spitze, durch die sich weinrote Bänder fädelten. Ein Strohhut war unter ihrem Kinn mit gleichfarbigen Bändern befestigt. Eine weinrote Feder zitterte an ihrer Wange. „Nachdem mein Sohn wie ein Sklave geschuftet hat, um dieses Ding zu bauen, hat jemand die Dreistigkeit besessen, es abzubrennen?"

Wyatt fuhr sich mit der Hand durch das Haar und seine Miene verdüsterte sich. „So sieht es aus, Edith."

„Nun, aber dieses Mal wird sich Ben ganz sicher nicht am Neubau beteiligen."

„Ich werde ihn ohnehin nicht darum bitten."

Irgendetwas an Wyatts Ton schien der Frau seine Stimmung zu verraten. Ediths braune Augen wurden sanft und wirkten etwas kokett. „Aber Wyatt, Sie dürfen nicht denken, dass ich Ihre harte Arbeit herabsetzen wollte. Ich kann mir nur nicht vorstellen, dass jemand so etwas tun würde."

Samanthas Brust zog sich vor Eifersucht zusammen.

Wyatt schaute auf sein zerstörtes Werk. „Ich auch nicht."

Ediths Blick richtete sich auf Samantha und ihre Augen wurden zu Schlitzen. „Das waren Ihre Zwillinge!"

„Was?" Samantha biss den Kiefer zusammen und kämpfte gegen den Impuls an, der Frau ihre Rehaugen auszustechen. „Meine Zwillinge haben das hier – mit Stolz – gebaut. Sie hätten das Toilettenhäuschen niemals abgefackelt."

„Wo waren sie gestern Abend?"

„Im Bett, wo sie hingehören."

„Haben Sie nach ihnen geschaut?"

Samantha biss die Zähne zusammen. „Sie sind weder Babys noch sind sie krank." Sie sprach jedes Wort deutlich aus. „Natürlich habe ich nicht nach ihnen geschaut."

Edith schnaubte. „Also wissen Sie es nicht."

„Ich weiß es. Ich kenne meine Jungen."

„Sie haben sie noch nicht einmal drei Monate. Wahrscheinlich haben sie Sie hinters Licht geführt."

Wyatt schaltete sich ein. „Die Zwillinge waren viel zu stolz auf sich, um so etwas Verrücktes zu tun, Edith. Aber keine Sorge! Ich werde das Toilettenhäuschen wieder aufbauen."

„Wer sagt, dass diese unbelehrbaren Jungen das Häuschen nicht wieder abfackeln?"

„Edith", sagte Wyatt warnend.

Samantha erkannte an seinem gestrafften Kiefer, dass er sich bemühte, seine Wut unter Kontrolle zu halten.

Edith hob das Kinn. „Sagen Sie, was Sie wollen, Wyatt Thompson. Ich werde mit Reverend Norton und meinem Bruder reden. Es ist an der Zeit, ein Treffen der Gemeinde einzuberufen, um dieser Situation ein Ende zu setzen."

Kapitel Dreiundzwanzig

Auf der Straße, die von seiner Ranch zu Samanthas führte, fuhr Wyatt mit seiner Kutsche einen kleinen Hügel hinauf. Es verschlug ihm den Atem zu sehen, wie schön der große zunehmende Mond war, der knapp außer Reichweite über dem Gipfel prangte. Ein Vollmond wäre eine pralle Kugel Licht gewesen. Und doch spendete die perlenartige Oberfläche der Sichel genug Licht, um einen Schatten auf seine Umgebung zu werfen, und schien so nah zu sein, als könnte er die untere Spitze berühren – oder zumindest ein Lasso darum werfen –, wenn er auf die Bergspitze fuhr.

Er lockerte die Zügel, um das Pferd zu verlangsamen, denn er wusste, je höher er kam, desto schneller würde die Illusion der Nähe verschwinden. Und er wollte einen Moment lang die Vorstellung aufrechterhalten, dass er den Mond in Reichweite hatte.

Die Sterne hingegen waren Lichtpunkte in der Ferne, die wie Diamanten funkelten, die weiter entfernt waren, als es sich ein Mann erträumen konnte. Er seufzte. Das Leben als Rancher, oder als Frau eines Ranchers, hatte nichts von Mond und Sternen, war weder leicht noch romantisch.

Was würde Samantha zum Strahlen bringen wie die Sterne am Himmel?

Wahrscheinlich, wenn ich ein Vater für dieses Rudel ihrer Jungs wäre. Noch vor ein paar Monaten wäre die Vorstellung

295

undenkbar gewesen. Jetzt fing er an, sich mit dieser Möglichkeit auseinanderzusetzen. Diese vier schafften es, einem Mann unter die Haut zu gehen. Meistens fühlte sich dieser Gedanke an wie ein Floh unter dem Sattel – etwas, das man abschütteln musste. Andere Male wurde ihm warm beim Gedanken daran, ein Vater für sie zu sein und ihnen das zu geben, was sie nie bekommen hatten.

Er schaute zum Schokoladenkuchen, der in einem Weidenkorb auf dem Sitz neben ihm stand, und erinnerte sich an die Male, als ihn mit Samantha das Band elterlicher Zuneigung für ihre Kinder verbunden hatte. Es unterschied sich von der sexuellen Anziehungskraft, die sie auf ihn ausübte, sobald er in ihre Nähe kam, und auch von der Liebe, die in ihm gewachsen war, während er sie dabei beobachtet hatte, wie sie ihre Jungen erzog und sich ihren Lebensunterhalt mit einer heruntergewirtschafteten alten Ranch verdiente: Ihr schönes, temperamentvolles Wesen erfüllte ihn mit Ehrfurcht.

Empfindet Samantha das Gleiche? Sie war nicht auf seinen Kommentar über das Werben eingegangen. Was hätte sie gesagt, wenn Edith sie nicht unterbrochen hätte? Sein Magen zog sich vor Aufregung zusammen. Diese ganze Sache mit dem Werben um eine Frau anzuleiern, war für einen Mann nicht leicht.

Man würde denken, beim zweiten Mal sei es anders, weil man Erfahrung hat und so weiter. Doch er hatte die gleichen verschwitzten Handflächen und sein Herz raste genauso schnell. Den gleichen Drang zu wissen, wie sie in seinem Bett aussehen würde.

Obwohl das Liebesspiel dieses Mal anders sein würde. Samantha war keine Jungfrau mehr, die vorsichtig an die körperliche Nähe herangeführt werden musste. Sie war bereits geliebt worden und Leidenschaft war ihr nichts Fremdes. Konnte er das Feuer in ihr kräftig genug entfachen, damit es durch den Schmerz der Erinnerung an ihren Ehemann leuchtete? Er stellte sie sich ohne ihre Witwentracht vor, wie ihr feuerrotes Haar sich auf dem Kissen ausbreitete, ihre Brüste …

Seine Leiste zog sich zusammen. Er ließ die Zügel schnellen, um die Pferde anzutreiben. Irgendwann würden die Jungen ins Bett müssen. Würde sie ihm gestatten zu bleiben? Er konnte kaum erwarten, es herauszufinden.

Je schneller ich die Ranch erreiche, desto eher sehe ich sie.

Während er den Berg hinunterfuhr, stieg der Mond hoch in den Himmel. Er musste Samantha einmal nach draußen bringen, damit sie den leuchtenden Himmelskörper sah und sie die Chance hatten, die Jungen loszuwerden. Einen Kuss zu stehlen − oder zehn.

Endlich war die Ranch in Sicht: Das alte Haus wirkte wie ein grauer Block im dunklen Schatten, hinter dem Küchenfenster brannte ein einladendes gelbes Licht und im Hintergrund funkelte ein Sternenmeer am Himmelszelt.

Er hielt vor dem Haus und zog die Bremse an. Einen Moment lang blieb Wyatt im Wagen und beobachtete zufrieden, was er sah.

Rund um den Küchentisch saßen die vier Jungen über ihre Bücher gebeugt. Weiße Rosen streckten ihre Köpfe aus einer Vase hervor, die zwischen zwei Glaslampen stand. Im Schimmer der Lampe saß Samantha neben Kleine Feder und zeigte auf das Buch, das vor ihnen aufgeschlagen war, während sich ihre Lippen bewegten. Offensichtlich brachte sie dem Indianerjungen das Lesen bei.

Das Licht der Lampe verlieh ihrem Haar einen kupferfarbenen Schimmer. Er verzehrte sich danach, die Nadeln aus dem Dutt an ihrem Hinterkopf zu ziehen, um den feurigen Wasserfall losbrechen zu lassen, und fragte sich, wie es sich wohl anfühlen würde, mit den Händen das schimmernde Haar in ganzer Länge zu erkunden und ihre nackte weibliche Form darunter zu spüren.

Er rutschte an den Rand der Sitzbank des Wagens. Um sich zu beruhigen, bevor er an die Tür klopfte, schaute er in den Nachthimmel und stellte sich vor, sein Körper wäre so kühl wie die weit entfernten Sterne. Zu guter Letzt stieg er von der Kutsche und band die Pferde an. Er hob den Korb mit dem Kuchen schwungvoll hoch, ging die Stufen hinauf und über die Veranda zur Tür.

Er klopfte vier Mal und sein Herzschlag folgte dem pochenden Geräusch. Als er schnelle Schritte im Flur hörte, wich er einen Schritt zurück und wartete.

Samantha öffnete mit einer Lampe in der Hand die Tür. Als sie ihn sah, lächelte sie strahlend.

In seinem Inneren breitete sich ein Gefühl der Wärme aus. „Guten Abend, Samantha."

„Guten Abend, Wyatt."

„Wie versprochen, habe ich Ihnen den Kuchen mitgebracht."

Sogar im flackernden Licht konnte er erkennen, wie das Rot ihre Wangen färbte. *Aha, vielleicht war der Dame sein Werben nicht gleichgültig.*

„Die Jungen freuen sich schon auf das Dessert. Ich habe allen ein Stück versprochen und dann geht die ganze Bagage ins Bett."

Sie hatte alles in die Wege geleitet, um Zeit mit ihm allein zu verbringen. Vor Vorfreude wurde sein Atem schneller.

„Bitte kommen Sie herein! Die Jungen machen gerade ihre Hausaufgaben fertig."

„Auch die zusätzlichen?"

„Auch die zusätzlichen."

Wyatt gefiel die Vorstellung, dass sie sie wegen seines Besuchs zur Eile getrieben hatte. Er folgte ihr zwei Schritte in den dunklen Flur, dann ging er um die Ecke in die hellere Küche. „Guten Abend, Jungs."

„Guten Abend, Mr Thompson", sprachen sie im Chor. Sogar Kleine Feder stimmte leise in die Begrüßung mit ein.

Ein väterliches Gefühl kam in ihm hoch und verblüffte ihn. Wenn er später allein war, würde er über seine Reaktion nachdenken müssen. Er hielt den Korb hoch. „Mrs Toffels Glückwünsche für eine gut geleistete Arbeit."

Daniels eifriger Gesichtsausdruck wich dem Kummer. „Das Toilettenhäuschen ist abgebrannt."

„Das ändert nichts an der Mühe, die in den Bau gesteckt wurde. So ist das Leben. Man baut etwas, pflanzt Feldfrüchte an, züchtet Vieh oder Pferde – Unwetter, Schädlinge oder Diebe kommen und ruinieren all deine harte Arbeit. Man muss wieder aufstehen und weitermachen. Diese Lektion habt ihr früh gelernt."

Eine Seite von Jacks Mund verzog sich nach unten. „Diese Lektion haben wir schon gelernt. Der Tod unserer Mutter hat alles ruiniert."

Daniel zog die Augenbrauen zusammen.

Tim schaute auf seinen Teller hinab.

Wyatt streckte die Hand aus und wuschelte Jack durch das Haar. „Ich weiß, mein Sohn", sagte er trotz des plötzlichen Stichs ins Herz. „Wenn ein geliebter Mensch stirbt, ist das das Schlimmste von allem."

Jack starrte mit hängenden Schultern auf sein Buch. „Man kann das Toilettenhäuschen wieder aufbauen und neue Feldfrüchte anpflanzen", sagte er mit leiser Stimme. „Die, die verstorben sind, kann man nicht zurückbringen."

„Das stimmt, Junge! Das ist die harte Wahrheit!" Wyatt wusste nicht, was er noch sagen sollte. Es gab keine Worte, um die tiefe, dunkle Hölle zu beschreiben, die der Tod einer Ehefrau oder einer Mutter darstellte. Er war kein Priester, dem die Gewohnheit es leicht machte, Trost zu spenden. Aber mit Sicherheit wünschte er sich, er hätte dem Jungen mehr zu bieten.

Samantha sprang in die Bresche. „Eure Ma wäre stolz auf euch Jungen gewesen, genauso wie ich. Ich bin sicher, sie schaut vom Himmel auf euch herab und freut sich über euren Willen, zu Hause, in der Schule, mit Mr Thompson und Mr Sanders hart zu arbeiten."

Jack straffte die Schultern. Er schaute nicht auf, nickte jedoch mehrmals, als würden Samanthas Worte in sein Bewusstsein dringen.

Samantha griff zum Korb. „Alle bereit für den Schokoladenkuchen?"

Die Stimmung im Raum wandelte sich. Die Jungen legten ihre Bücher zur Seite und Samantha schnitt den Kuchen in Stücke und teilte sie aus.

Wyatt schob einen leeren Stuhl an den Tisch und setzte sich. Es herrschte Stille, während die Jungen mit schnellen Bissen und andächtigen Gesichtsausdrücken aßen. Das ließ bei Wyatt den Gedanken aufkommen, dass Reverend Norton vielleicht größeren Eindruck bei den jungen Menschen schinden könnte, wenn er sich mit Mrs Toffels zusammentat und während seiner Predigt Kuchen servierte.

Er nahm einen duftenden, süßen Happen zu sich. Au Backe, vielleicht würde das sogar bei ihm funktionieren.

Daniel federte auf seinem Stuhl auf und ab. „Darf ich noch ein Stück haben?"

Samantha grinste. Sie streckte die Hand aus und tippte ihm auf die Nase. „Nein."

In Daniels Gesicht war kindliche Enttäuschung zu lesen.

„Es ist noch genug übrig, damit ihr morgen alle noch ein Stück nach dem Essen haben könnt."

„In Ordnung."

„Und jetzt macht euch alle bettfertig. Ich komme in einer Minute nach oben, um eure Gebete anzuhören."

Mit sichtbarem Widerwillen rückten sie ihre Stühle zurück.

Samantha schlug Daniel spielerisch mit der Handfläche auf den Hintern. „Und jetzt ab mit euch!"

Daniel hüpfte zwei Schritte vorwärts.

„Sagt Mr Thompson Gute Nacht."

„Gute Nacht." Dieses Mal sprachen sie nicht ganz im Chor, aber fast.

Jack hielt inne. „Sagen Sie Mrs Toffels, dass wir sehr dankbar für den Kuchen sind."

Wyatt nickte ihm zu. „Das mache ich."

„Ja", pflichtete Daniel ihm bei. „Der war wirklich gut. Sie kann uns jederzeit wieder einen Kuchen backen."

Samantha protestierte lachend. „Daniel!"

„Und ob sie das kann, Mama."

„Ich bin sicher, das weiß sie, mein Sohn. Jetzt nichts wie ins Bett!"

Daniel seufzte und rollte mit den Augen, dann folgte er den anderen zur Tür hinaus.

Polternden Schritten auf der Treppe folgte die Stille. Endlich waren sie allein.

Wyatt aß das letzte Stückchen Kuchen, dann kratzte er mit der Seite seiner Gabel über den Teller, um den letzten Rest Schokolade zu erwischen.

Samantha streckte die Hand aus und betastete eine Blüte der weißen Rosen in der geschliffenen Vase. Ein feiner Duft zog zu ihr. „Ich habe mich so gefreut, als die hier geblüht haben. Die Büsche wirkten so alt und vernachlässigt, dass ich mir der Sache nicht so sicher war."

„Sie stehen hier, seit ich Ezra kenne."

„Er muss sie für seine Verlobte gepflanzt haben."

„Muss er wohl."

Zwischen ihnen trat Stille ein – peinlich und bedeutungsvoll zugleich. Samanthas Wangen röteten sich. Sie senkte den Blick. Ihre dunklen Wimpern warfen einen fächerartigen Schatten auf ihre Wangen. „Ich sehe besser nach den Jungen. Es dauert nur ein paar Minuten. Ihre Gebete dauern nie lange. Warum warten Sie nicht im Wohnzimmer?"

„Ich gehe einfach kurz nach draußen. Der Mond ist ein sehenswerter Anblick."

Ihr Lächeln deutete Verletzlichkeit an. „Ich bin gleich bei Ihnen."

Wyatt stand auf, als sie den Raum verließ, und spazierte nach draußen. Während er auf der Veranda hin- und herging, wägte er ab, welche Gefühle es in ihm auslöste, dass Samantha missratene Waisen sammelte.

Wie bei einer langsamen Schneeschmelze im Frühling sickerte der Verdacht, er könnte sich in allen drei Jungen getäuscht haben, in seinen Verstand. Er war noch nicht bereit dazu, sich einzugestehen, dass er falsch gelegen hatte, aber der Wind blies ihm aus dieser Richtung entgegen. Vielleicht ein wohliges Zuhause und liebevolle Aufmerksamkeit …

Die Narben an seiner Seite juckten. Aus einer langen Gewohnheit heraus rieb es mit der Handfläche darüber und fühlte die Erhebungen durch die Baumwolle seines Hemdes hindurch. Dank genauso langer Übung schob er die schmerzhaften Erinnerungen beiseite, die versuchten, in seine Gedanken vorzudringen.

Wenige Minuten später trat Samantha durch die Tür und legte sich einen Strickschal um die Schultern. „Die Jungen haben sich heute Abend außerordentlich kooperativ gezeigt – ohne zu kämpfen, Witze zu machen, nach Wasser zu fragen oder in letzter Minute auf Toilette gehen zu müssen."

„Ziemlich intelligent, Ihre Jungs."

„Ja, das sind sie, oder?"

Wyatt hatte es satt, über Kinder zu sprechen, wenn sie auch Tätigkeiten für Erwachsene nachgehen konnten, und bot ihr den Arm an. „Gehen wir zum Fluss!"

„Das wäre schön!"

Ihre Stimme blieb ruhig, aber ihre Hand zitterte auf seinem Arm. Er fragte sich, ob ihr kalt war oder ob sie auf seine Nähe reagierte.

Sie wandelten den Pfad schweigend entlang, nur die Geräusche des rauschenden Flusses und ein gelegentliches Zirpen leisteten ihnen Gesellschaft. Je näher sie der Brücke kamen, desto stärker wurde der feuchte Geruch nach Wasser.

Sie traten auf einen Holzsteg, der unter ihren Füßen knackte. Wyatt drehte sie um, sodass sie Hüfte an Hüfte mit dem Rücken gegen das Geländer gelehnt standen.

Samantha entdeckte die schimmernde Mondsichel, die nun höher stand als vorher, als Wyatt sie gesehen hatte. „So ein schöner Mond." Sie neigte ihr Gesicht nach oben und nahm den Himmel mit ihren Augen auf, während ihr Körper zu lauschen schien. Das schwache Mondlicht glänzte auf der blassen Haut ihres Halses, der lang und zart wie der eines Schwans war und so weich wie Daunenfedern wirkte.

Er wünschte sich, er könnte die Hand ausstrecken und den Mond und die Sterne aus ihren festen Mustern reißen, um sie zu einer Kette zusammenzufügen. Die Sterne würden wie Diamanten an ihrem Hals funkeln und die Mondsichel in die Spalte zwischen ihren Brüsten fallen.

Wyatt streckte die Hand aus, legte sie um ihren Nacken, und ließ sie auf ihrer weichen Haut auf- und abgleiten. Ihr Puls raste bei seiner Berührung und ihre Augen weiteten sich. Sein Daumen zeichnete die Linie ihres Kinnes nach.

Ihre Lippen teilten sich. Er ließ seine Daumenkuppe leicht darüber streichen. Als er den Winkel ihres Lächelns erreichte, folgte er ihm mit sanften Küssen. Ihre Lippen bebten unter seinen. Er fuhr mit der Handfläche über ihren Hals und hielt inne, als er die Erhöhung ihres Schlüsselbeins durch den hohen Kragen ihres Kleides fühlte. Er wagte es nicht, weiterzugehen.

Sein Kuss wurde intensiver und er ließ seine Zunge in ihren Mund fahren. Sie schmeckte nach Schokolade. Er brannte vor Lust.

Ihre Finger krallten sich um seinen Arm und packten mit wachsender Erregung fester zu.

Um der Versuchung zu widerstehen, seine Hand zu senken, um ihre Brust zu umfassen, legte er seinen Arm um ihre Taille und drückte sie an sich. Das Korsett, das sie unter ihrem Kleid trug, trennte ihn von ihrer Weichheit. Verdammtes beengendes Kleidungsstück! Doch es diente einem Zweck: Es zwang ihn dazu, seine Leidenschaft zu zügeln. Vielleicht waren Korsetts genau dazu geschaffen worden.

Ihr Kopf legte sich an seine Brust. Mit einem Seufzen kuschelte sie sich näher an ihn und ließ ihre Hände unter seinen Mantel und um seine Taille gleiten. Von Körper zu Körper, von Mann zu Frau. Er unterdrückte ein Stöhnen und zwang sich dazu, darüber nachzudenken, dass der Zaun repariert werden musste, welche Nägel und welches Holz er besorgen musste, um das Toilettenhäuschen der Schule wieder aufzubauen – alles, was sein rauschendes Blut beruhigen konnte. Minutenlang kämpfte er dagegen an. Zu guter Letzt gelang es ihm, beide Arme um sie zu schlingen und seine Wange auf ihren Kopf zu legen.

So verharrten sie eine ganze Weile. Zufrieden, friedlich, heil. Eins mit der Nacht, dem Fluss, dem Land und miteinander.

Die Wange gegen Wyatts Brust gelehnt, konnte Samantha das laute Pochen seines Herzschlags hören und seinen warmen männlichen Duft riechen. Eingehüllt von seinen starken Armen fühlte sie, wie ihre Sorgen fortgeschwemmt wurden wie die Blasen, die in der Strömung des Flusses trieben. Eine verträumte Trägheit lastete auf ihren Gliedern, erfüllte sie aber gleichzeitig mit einer Art Stärke, Erneuerung. Der Frühling mit seiner Hoffnung und seinem Versprechen nach einem trostlosen Winter.

Sie bewegte ihre Hände, ließ sie seitlich an ihm nach oben und nach unten gleiten und fühlte seine Muskeln. Auf seiner rechten Seite strich ihre Hand über das hervortretende Narbengewebe.

Wyatt versteifte sich.

Sie hob den Kopf, um ihn anzuschauen. „Was ist hier passiert?"

Er zögerte für einen langen Moment. „Ich war Lehrling bei einem Schmied, als ich 14 war – ein betrunkener Grobian. Eines Tages nahm er ein Schüreisen und verbrannte mich damit."

„Ach du lieber Gott!" Samantha berührte die Narben sanft und wünschte, sie könnte die Zeit zurückdrehen und ihn beschützen.

„Zum Glück ist jemand hereingekommen und hat gesehen, was da vor sich ging. Sie haben ihn gestoppt und mich zum Arzt gebracht."

„Was ist dann passiert?"

„Bin weggelaufen."

„Und deine Familie?"

Wieder eine lange Pause. „Meine Mutter war tot. Meinen Vater habe ich nie kennengelernt."

„Ist er gestorben, bevor du geboren bist?"

„Nein. Meine Ma arbeitete in einem Saloon. Ich habe nicht einmal gewusst, wer mein Vater war. Als ich kaum mehr als ein kleiner Racker war, fing sie an, sich mehr für das Trinken als für mich zu interessieren. Ich hatte völlig freien Lauf. Bin in jede Menge Schwierigkeiten geraten." Er tippte ihr auf die Nasenspitze. „Ich hatte keine Samantha, die mich rettete."

Sie umarmte ihn fest. „Das hätte ich gern."

„Ich weiß." Er zwickte sich, offensichtlich in Gedanken vertieft, in die Nasenwurzel, dann legte er den Arm wieder um sie. „Vielleicht nicht mehr, wenn du den Rest hörst."

Sie lehnte ihren Kopf zurück an seine Schulter und drückte ihn fest. „Erzähle es mir!"

„Es ist keine schöne Geschichte."

Samantha wappnete sich innerlich für das, was sie hören würde. „Das erwarte ich gar nicht."

„Es gab eine Bande Jungen, die größtenteils älter waren als ich. Sie lebten in einer heruntergekommenen Hütte in einem Canyon außerhalb der Stadt Maxwell. Ich habe bei ihnen Zuflucht gesucht. Einige von ihnen waren nur merkwürdige Typen, die sich ein Zuhause wünschten. Aber zwei von ihnen waren durch und durch böse. Und sie waren zu guter Letzt die Anführer."

Er hielt inne. Eine Grille zirpte. Das Wasser plätscherte.

Samantha fuhr mit der Hand über seine Narben.

„Zuerst war es nicht so schlimm. Wir fingen mit Taschendiebstahl an. Aber dann begannen sie, Feuer zu legen."

Verblüfft schaute Samantha ihn an. „Feuer?"

„Zuerst bedeutungslose – so wie das, was hier passiert ist. Dann schlimmere. Da habe ich mich geweigert mitzumachen. Aber sie ließen mich trotzdem Schmiere stehen." Er fuhr sich mit der Hand über sein Gesicht.

Sie hob den Arm, um seine Hand mit ihrer zu bedecken und sie gegen ihre Wange zu halten. „Was ist noch geschehen?"

„Ich werde bis an mein Lebensende mit der Schuld dafür leben, Samantha." Er holte tief Luft. „Sie waren wütend auf einen der Männer in der Stadt – auf den Besitzer des Mietstalls. Sie haben geschworen, sein Haus abzufackeln. Ich weigerte mich, ihnen zu helfen. Sie schlugen mich windelweich. Ließen mich dort liegen. Ich hatte große Schmerzen, aber ich hätte losgehen und den Mann warnen sollen. Aber das habe ich nicht."

„Wyatt, du darfst dir keine Vorwürfe machen."

„Ihre Tochter ist gestorben, Samantha. Und ich hätte es verhindern können."

Die Qual in seiner Stimme bohrte sich in ihr Herz. „Oh, Wyatt. Du warst doch noch ein Kind."

„Ich war alt genug, um es besser zu wissen."

„Du hattest keine große Wahl in deinem Leben."

Sein Ton klang verbittert. „Paradoxerweise hat mich die schlimmste Zeit meines Lebens zu einem besseren Leben gebracht. Wir wurden alle gefasst. Die Anführer haben sie gehängt. Der Rest kam ins Gefängnis. Da ich jünger war und nicht mitgemacht hatte, schickten sie mich zu einem kinderlosen Paar nach Nebraska, um auf deren Bauernhof zu arbeiten. Anständige Leute, wohlhabend, und mit dem Pfarrer verwandt. Letztendlich haben sie mich adoptiert. Und mir bei ihrem Tod ihren Hof und ihr Geschäft hinterlassen. Ich habe alles verkauft und bin hierhergekommen, um noch einmal von vorn anzufangen."

„Haben sie dich geliebt?"

„Auf ihre eigene Art. Sie waren schon älter. Steif und korrekt." Er tippte ihr noch einmal auf die Nasenspitze. „Nicht wie du mit deinen Jungen. Aber sie sorgten dafür, dass ich eine gute Bildung erhielt. Ich bin sehr dankbar für alles, was sie mir gegeben haben."

„Ich bin froh, dass du sie hattest."

„Ich auch." Er schaute zum Mond nach oben.

Samantha folgte seinem Blick.

Der Mond war höher in den Himmel gestiegen und ritt auf einem Sternenpfad. Ein Luftzug kam auf und zerzauste Wyatt das Haar. Samantha zitterte.

„Es wird spät." Wyatt ließ seinen Finger ihre Wange hinuntergleiten und zeichnete die Kontur ihres Kinns nach. „Ich vermute, meine Geschichte hat die Stimmung verdorben."

Sie drehte den Kopf um und küsste seine Fingerspitze. „Ich bin froh, dass du dich mir anvertraut hast. Ich habe das Gefühl, dich besser zu verstehen. Es erklärt, warum du dich den Zwillingen und Kleine Feder so entschieden widersetzt hast."

„Sie haben Gefühle geweckt, dich ich lieber hätte schlummern lassen wollen. Und ich hatte Angst um Christine." Er schnitt eine Grimasse. „Mein Beschützerinstinkt geht wohl ein bisschen mit mir durch."

Samantha lachte. „Nur ein bisschen." Sie drehte sich halb herum und legte ihre Hand in seine Armbeuge. „Komm, lass uns zurückkehren!"

Mit jedem Schritt wurde das Schweigen zwischen ihnen dichter. Als sie Wyatt ins Gesicht sah, erkannte sie, dass er sich in sich zurückgezogen hatte. Am liebsten hätte sie ihn am Arm gezupft und ihn wieder an sich gezogen. Aber sie wusste, dass Männer in sich gingen, um nachzudenken. Und eine Frau musste sie in Ruhe lassen, ganz gleich, wie sehr sie reden wollte.

Wyatt führte sie zur Tür. Sie stieß sie auf und blieb stehen. Er beugte sich zu ihr und küsste sie auf die Wange. „Gute Nacht, Samantha."

„Gute Nacht, Wyatt." Sie wollte noch mehr sagen, wusste aber nicht, was. Also entschied sie sich für ein Lächeln, das nicht ganz echt war. „Danke für den Kuchen. Und für die Unterhaltung …"

„Ich werde Mrs Toffels sagen, dass er dir geschmeckt hat."

Er drehte sich um und ging auf den Wagen zu.

Samantha ging ins Haus und schloss die Tür. Sie

verharrte und lauschte den leisen Geräuschen, während er abfuhr. Sie ließ die Stirn gegen das solide Holz fallen und fühlte sich unruhig.

Was ging in Wyatt vor? Hatte es etwas mit ihr zu tun? Bereute er, dass er sich ihr anvertraut hatte? Bereute er, dass er um sie geworben hatte?

Wyatt ließ Samanthas Haus hinter sich und jeder Muskel seines Körpers war gespannt vor Mühe, seine Gefühle unter Kontrolle zu halten. Er sah zu dem zunehmenden Mond zu seiner Rechten empor und erinnerte sich daran, wie aufgeregt er gewesen war, als er gekommen war. Mit Sicherheit war jetzt alles anders.

Er hätte wissen müssen, dass Samantha seine Vergangenheit akzeptieren würde. Verdammt, wie hätte sie bei so einem großen Herzen auch etwas anderes tun können? Aber was war, wenn sie ihre Meinung über ihn änderte, wenn sie erst einmal über seine Worte nachdachte? Er glaubte nicht, dass er verkraften könnte, einer weiteren Frau sein Herz zu öffnen, nur damit es dann daran zerbrach, dass sie ihn verließ.

Seine Hände legten sich fester um die Zügel und er zwang sich dazu, sich zu entspannen. Es hatte keinen Sinn, zuzulassen, dass seine Gedanken mit ihm durchgingen. Wenn er der Sache offen und ehrlich in die Augen sah, wusste er, dass Samanthas Zuwendung für ihn nicht erschüttert worden war. Sondern er war erschüttert worden.

Das Geständnis seiner Vergangenheit hatte alte Narben aufgerissen. Als Reaktion darauf brannte seine Haut und er hob eine Hand, um das krause Fleisch zu bedecken. Vielleicht würden die Narben jetzt die Gelegenheit haben, sauber zu verheilen, anstatt unter seiner Haut, unter seinen Gedanken zu eitern.

Die alte Wunde hatte dafür gesorgt, dass er dem bunt gemischten Haufen Waisenkinder bei Samantha den Rücken zugekehrt hatte. Alles nur, weil er seinen eigenen Ängsten aus der Vergangenheit nicht ins Gesicht schauen konnte – dass er befürchtete, sie könnten sich in seine bösartigen Bandenmitglieder verwandeln und Christine den Schaden zufügen, den die alte Bande diesem armen unglückseligen Mädchen und ihrer Familie zugefügt hatte.

Tief in seinem Innersten hatte er geglaubt, eine Strafe verdient zu haben. Hatte er etwa nicht gedacht, dass genau das eingetreten war, als Alicia gestorben war? Und hing er nicht genau deshalb so an ihrer Tochter?

Zum ersten Mal gelang es Wyatt, sich wie ein Junge zu fühlen, der von seinen Umständen zu schrecklichen Entscheidungen gezwungen worden war – und nicht wie ein Bösewicht, der es verdient hatte, bestraft zu werden. Er stieß einen langen Seufzer aus, der von seinen Fußspitzen zu kommen schien.

Vielleicht musste er diese Jungen ganz individuell kennenlernen, ohne sie auf der Grundlage seiner eigenen Vergangenheit zu beurteilen. Das war er ihnen schuldig. Das war er *sich* schuldig. Aber würde es ihm gelingen?

Kapitel Vierundzwanzig

Jack löste seine Büchertasche von Brownies Sattelhorn und ließ sie auf den Strohboden der Pferdestation fallen. Er öffnete den Lederriemen, der um seinen Henkelmann auf der anderen Seite des Horns geschnürt war. Durch den Stallgeruch nach Pferd und Heu hindurch drang der Duft nach Sandwiches mit geräuchertem Schinken, eingelegtem Gemüse und Schokoladenkuchen in seine Nase. Sogar nachdem er drei Monate lang gut bei Miz Sam gegessen hatte, genoss er immer noch den Luxus einer Mahlzeit, die aus mehr als hartem Brot und schlecht gekochtem Fleisch bestand. Auf das Essen in der Schule freute er sich immer.

Tim streckte die Hand über die Box und schlug Jack auf den Kopf. „Ich werde dir das Ding hier auf die Nase binden wie einen Futtersack."

„Hey!" Jack drehte sich weg. An jedem anderen Morgen hätte der Schlag und die Worte zu einer Rauferei zwischen den Zwillingen geführt, aber Jack war zu beschäftigt damit, sich auf einen weiteren Arbeitstag mit Mr Thompson und Mr Sanders zu freuen, um sich die Mühe zu machen, sich an seinem Bruder zu rächen.

Er stellte den Eimer vorsichtig neben die Tasche und löste dann Brownies Gurt. Während seine Hände mit der Pflege des Pferdes beschäftigt waren, kreisten seine Gedanken um den Wiederaufbau des Toilettenhäuschens. Er sah vor sich, wie er Bretter sägte und vernagelte, wie er den Rahmen zusammensetzte. Seine Finger krümmten sich, als würde er einen Hammer halten. Irgendwie gab ihm der glatte Holzgriff in der Handfläche das Gefühl, dass alles richtig und im Gleichgewicht war, und er sehnte sich danach, die gleiche Erfahrung noch einmal zu machen.

Mit einem letzten liebevollen Tätscheln auf Brownies Seite folgte Jack seinem Bruder und Daniel aus dem Stall. In seinem Eifer schwang Daniel mit der einen Hand seine Tasche und mit der anderen seinen Eimer, noch etwas höher, und sein Mittagessen wäre fast herausgefallen. Doch Jack wusste, dass der kleinere Junge aufhören würde zu zappeln, sobald sie mit der Arbeit begannen.

Jack machte selbst einen Hüpfeschritt und erinnerte sich daran, wie geduldig die beiden Männer gestern mit den Jungen gewesen waren: Sie hatten sich die Zeit genommen, alles, was sie machten, zu erklären. Und ihr Lob – tja, er hatte jedes Wort davon in sich aufgesogen. Nach einer Weile war es ihm gelungen, sich zu entspannen, und er erwartete nicht unentwegt, dass auf jeden seiner kleinsten Fehler oder aus jedem beliebigen Grund ein Schlag folgen würde. Stattdessen genoss er das wachsende Erfolgsgefühl, etwas, das er noch nie zuvor wirklich erlebt hatte. Das Gefühl sickerte durch seine Erinnerung an gestern und sprudelte heute in ihm hoch.

Obwohl die Morgenluft noch beißend kalt war, würde bald die Sonne herauskommen. Ein guter Tag, um draußen zu sein, statt sich drinnen zu verbarrikadieren. Auch wenn ihm der Unterricht inzwischen nicht mehr viel ausmachte. Er betrachtete das weiße Schulgebäude, in das die Kinder wie Ameisen zu einem Vanillekuchen strömten. Mannomann, er hatte die ganze Gettysburg Address im Kopf – und die Worte der Ansprache marschierten wie

Soldaten durch seinen Kopf. Er vermutete, Miss Stanton würde zufrieden mit ihm sein. *Vor 87 Jahren ...*

Tim stieß ihn an den Ellenbogen. „Da sind Ben und Arlie."

Ben, der aussah wie in einer Werbung für ein Herrenmodengeschäft, stand mit verächtlichem Gesichtsausdruck gegen das Treppengeländer gelehnt. In sackartigem, aber ziemlich neuem Overall und mit zurückgelegtem Haar stand Arlie auf der anderen Seite des Geländers und schien sich nicht sicher zu sein, ob er den Zwillingen gegenübertreten oder zur Sicherheit nach drinnen rennen sollte.

Ben richtete sich auf und streckte seine Schultern aus, als würde er die Aufmerksamkeit auf den Kontrast zwischen seinem gestreiften Anzug und der alten Kleidung des Jungen lenken wollen. „Sieht ganz danach aus, dass die Drecksäue angekommen sind", rief er.

Daniel brach seine schwingende Bewegung ab und ging steif weiter. Über Dans Kopf hinweg wechselten Jack und Tim kurz einen vielsagenden Blick. *Kämpfen oder ignorieren?*

Tim zuckte mit den Schultern.

Es hatte keinen Sinn, noch mehr Ärger vom Zaun zu brechen. *Ignorieren*, war die telegrafische Botschaft, die Jack mit einem leichten Kopfschütteln zurückschickte.

Tim verstand die Nachricht und nickte.

Jack schaute sich um, um die Reaktion der anderen Kinder zu sehen. Normalerweise begrüßten sich alle lautstark, wenn sei ankamen. Sogar die Zwillinge und Daniel waren in das Ritual am frühen Morgen miteinbezogen worden.

Jetzt sah Jack, wie sie den Blick abwandten. Das sonst so fröhliche Gesicht von Mark Carter schien sich abzuschotten. Christine und Sara Carter fassten sich an den Händen und die Verzweiflung war jeder Faser ihres Körpers anzusehen.

Eines der älteren Mädchen flüsterte einem anderen etwas zu und beide kicherten fröhlich.

Was in aller Welt ist hier los? Ist es, weil das Toilettenhäuschen abgebrannt ist?

Ben grinste. „Hey, vielleicht könnt ihr Bauarbeiter zu mir nach Hause kommen, wenn ihr hier fertig sein. Ich denke, ich könnte Arbeit für euch finden."

Jack rollte mit den Augen, ging aber weiter. Sie mussten ihre Sachen drinnen lassen, dann würden sie die Hände frei haben und wieder rausgehen, um nach Mr Thompson zu suchen. Seite an Seite eilten sie die Treppe hinauf.

Als sie bei Ben angelangten, stellte er sich ihnen in den Weg. „Ich habe gehört, ihr beiden habt gestern Abend Mrs Murphys Heuhaufen abgebrannt."

Abgebrannt? Den Heuhaufen von Witwe Murphy? Der Schock traf Jack wie der Schlag. Seine Gedanken jagten ihm durch den Kopf wie ein wildes Pferd, das versucht, aus einem Gehege zu entkommen. Doch er wagte es nicht, um Erklärungen zu bitten oder Ben den Gefallen einer Antwort zu tun. Er würde warten und Mr Thompson fragen.

Ben verengte seine braunen Kalbsaugen bis er einer Schlange ähnelte. „Meine Mutter kümmert sich um euch beide", zischte er. „Sie hat für Sonntag nach der Kirche ein Treffen einberufen. Die ganze Stadt wird dabei sein. Und wir werden euch *Unruhestifter* ein für allemal los sein."

Jack brauste auf. „Ich bezweifle, dass Miz Rodriguez das zulässt."

Ben beugte sich vor, bis sich ihre Nasen fast berührten. „Meine Mama wird mit den Cobbs und mit Mack Taylor reden."

„Aha."

„Mein Onkel ist der Bankier hier in der Stadt, du Hohlkopf. Der Mann mit Geld. Wenn mein Onkel deiner *Mama* kein Geld leiht und die Cobbs sie nicht in ihrem

Laden einkaufen lassen und Mr Taylor sich weigert, ihr Heu oder Getreide zu verkaufen, wie wird es euch dann ergehen?"

„Na und? Wir schaffen das schon." Er würde sich darum kümmern – selbst wenn er ein ganzes Feld anpflanzen musste, um sie zu ernähren.

Ben richtete sich mit einem triumphierenden Lächeln auf, das sein Gesicht in die Breite zog. Sein Hohn richtete sich auch an Daniel. „Sie wird ihre Ranch verlieren, so ist es. Dann werdet ihr alle weg sein. Aus der Stadt fliehen, um woanders zu betteln und Probleme zu machen."

Jack drehte sich der Magen um – er musste weg von Ben. Er schaute zu seinem Bruder hinüber und deutete mit dem Kopf zur Rückseite der Schule. Dann packte er Daniel am Arm und zog ihn mit ihnen die Stufen hinunter. Immer noch mit seiner Tasche und dem Eimer mit seinem Mittagessen in der Hand, schlenderte Jack, als wäre er völlig sorgenfrei. Er weigerte sich, Ben seine Verärgerung zu zeigen.

Als sie um die Ecke des Gebäudes kamen, blieb Daniel abrupt stehen. „Können sie meiner Mama das wirklich antun?"

„Ich weiß es nicht."

„Werden wir die Ranch verlieren?"

Das weiß ich auch nicht, aber Daniels Augenbrauen waren wieder nach oben geschnellt. „Nein", log Jack, um dem kleineren Jungen Trost zu spenden. Aber das Wort kam eher platt als ermutigend aus seinem Mund. „Kommt schon! Wir haben ein Toilettenhäuschen zu bauen."

Besorgter, als ihm lieb war zuzugeben, beschleunigte Jack seinen Schritt, bis sie fast rennend hinter den Büschen ankamen.

Mr Thompson und Mr Sanders standen vor einem Stapel mit neuem Bauholz und unterhielten sich leise mit ernsten Mienen. Sie schauten auf. Die Ernsthaftigkeit wich nicht aus

ihren Gesichtern, sondern schien sich eher noch zu
verstärken.

Jack verlangsamte seine Bewegung; die Furcht machte
seine Stiefel schwer.

Mr Thompson nickte. „Morgen, Jungs."

Daniel hoppelte vorwärts. „Morgen, Mr Thompson, Mr
Sanders."

Jack und Tim schwiegen. Irgendwas stimmte nicht. Ein
bekanntes Gefühl beschlich ihn, und wahrscheinlich auch
Tim. Wenn sie sich bisher so gefühlt hatten, hatten sie
gelernt, vorsichtig zu gehen und zum Rennen bereit zu sein.

Jacks Körper verspannte sich.

Mr Thompson schaute ihn an, seine grauen Augen
schärfer als Nägel. „Ihr Jungen wisst nichts von dem Feuer
bei Mrs Murphy, oder?"

Jack suchte den Blick seines Bruders und sah den
altbekannten missmutigen Blick auf das Gesicht des Zwillings
treten. Er wusste, dass auch seine eigenen Gesichtszüge ein
ähnliches Bild bieten mussten. Er wollte eigentlich nicht so
aussehen, aber sein Körper wurde hart wie Stein, wie das
maskenhafte Gesicht aus Granit, das die Natur in den
Geisterberg geschnitzt hatte. Aber er musste etwas sagen.
„Wir haben es gerade erfahren. Ben hat es uns erzählt."

Die Männer wechselten einen Blick.

Mr Thompson fuhr sich mit den Fingern durch das Haar.
„Sagt mir die Wahrheit! Habt ihr Jungs etwas mit diesem
Brand zu tun?"

Ein Schmerz bohrte sich in den Fels, der Jacks Herz
umgab – ein Schmerz, der tiefer ging als die Stiche, die
Witwe Murphys Tiraden, Mrs Graysons Drohungen und
Bens Sticheleien verursachten. Thompsons Zweifel traf ihn
tief in seinem Innersten.

Er konnte nicht einmal sprechen. Die Stille breitete sich
aus.

„Ich warte auf eure Antwort", ertönte Thompsons Aufforderung abgehackt.

Doch Jacks Kehle erstarrte fester als der Osomaemie Crik im Winter.

Tim setzte zum Sprechen an und rettete Jack so vor dem Antworten. „Wir hatten nichts damit zu tun."

„Wo wart ihr beiden gestern Abend?"

Daniel hüpfte auf und ab. „Sie haben in unserem Zimmer geschlafen." Seine Stimme wurde lauter. „Sie haben uns gesehen, Mr Thompson. Meine Ma hat uns ins Bett gesteckt."

Nick Sanders schaute Thompson mit gehobener Braue an und kurz trat ein Funkeln in seine Augen.

Thompson verlagerte sein Gewicht. „Aber ich habe euch nicht die ganze Nacht kontrolliert. Aber vielleicht hat Mrs Rodriguez nach euch geschaut."

Ein Wutausbruch erlöste Jack aus seiner Starre. Der Mann glaubte ihnen nicht. Verletzung, Scham und Verrat, alles ballte sich zu dem Drang zusammen, wegzurennen. „Komm schon!" Er wandte den beiden Männern den Rücken zu und zog Dan mit sich fort.

Er rannte an der Schule vorbei auf den Mietstall zu, während Daniel ihm brummend folgte.

Tim lief ihnen still und verständnisvoll nach.

Jack kümmerte sich nicht darum, stehen zu bleiben, um Erklärungen abzugeben. Er musste hier weg, weg von den Menschen, die Tim und ihn von oben herab behandelten.

In der Pferdestation dauerte es nur einen Augenblick und schon hatte er Brownie gesattelt und Tasche und Eimer mit dem Mittagessen angebracht. Die anderen beiden folgten. Sie führten die Pferde nach draußen und stiegen auf.

Aus den Augenwinkeln konnte Jack sehen, dass Thompson auf sie zukam. Jack tat so, als würde er den Mann nicht sehen. Stattdessen drückte er seine Absätze in Brownies

Seite, um das Pferd zum Galopp anzutreiben. Er hatte genug von Menschen, die ihm nicht glaubten – genug von dieser verdammten Stadt. Er würde niemals zurückkommen. Nicht einmal, wenn Thompson ihn auf allen Vieren darum bitten würde.

Sie ließen das letzte Gebäude hinter sich und ritten in Richtung Ranch. Auch wenn ein Teil von ihm sich von Miz Sam trösten lassen wollte, hatte Ben auch sie bedroht. Wenn sie die Zwillinge bei sich behielt, sich auf ihre Seite stellte, dann würde sie vielleicht die Ranch verlieren. Und er wusste, wie viel ihr die Ranch bedeutete. Er hörte den Stolz in ihrer Stimme, wenn sie über die Zukunft sprach. Er sah den freudigen Ausdruck, der ihr Gesicht heller zum Strahlen brachte als ein Sonnenaufgang, wenn sie den Blick über ihr Land schweifen ließ.

Miz Sam war gut zu ihnen gewesen – besser als alle anderen seit ihrer Ma. Und um ehrlich zu sein: vielleicht besser als seine Ma. Bei diesem verräterischen Gedanken musste er sich im Sattel krümmen. Aber es war die Wahrheit. Miz Sam bot den anderen die Stirn. Wahrscheinlich wäre sie sogar seinem Alten entgegengetreten. Er konnte sich gut vorstellen, wie sie seinem Pa eine Bratpfanne über den Kopf zog. Er bezweifelte, dass sie sich vor dem Streit mit den Stadtbewohnern drücken würde – und garantiert würde sie die Ranch verlieren.

Er konnte nicht zulassen, dass das geschah.

Kleine Feder hatte in einer Höhle gewohnt, nachdem seine Familie gestorben war. Er sagte, das Versteck hatte ihn warm und trocken gehalten, mit jeder Menge Wasser in nächster Nähe. Er erinnerte sich an die Beschreibung, die der Indianer von einer langen Reihe von Tunneln gegeben hatte, die in der Nähe von Thunder Gulch losgingen. Jack hatte sogar am Tag des Teilens in der Schule von den Höhlen erzählt. Miss Stanton war an seiner Beschreibung sehr interessiert gewesen und hatte erwähnt, dass sie sich selbst ein Bild verschaffen wollte. Wenn Kleine Feder mit dem, was das Land bot, in einer Höhle überlebt hatte, dann würden auch Jack und Tim es schaffen.

Ein Zweifel bohrte sich in ihn. Kleine Feder war ganz schön dürr gewesen, als er bei ihnen eingezogen war.

Jack schob den Zweifel beiseite. Er war sicher, Miz Sam würde ihnen ein paar Vorräte, Decken und Messer nicht missgönnen. Allerdings würde er Brownie und Mariposa ganz schön vermissen. Er streckte die Hand nach unten aus und streichelte seinem Pferd über den Nacken. Zu schade, dass er die Pferde nicht mitnehmen konnte. Aber hätte er es getan, würde man ihn, schneller als er Jack Cassidy sagen konnte, als Pferdedieb hängen.

Er wagte nicht einmal daran zu denken, wie sehr er Miz Sam vermissen würde.

Aber wenn sie fortliefen, dann war es nur zu Samanthas Bestem.

Wyatt stand mitten auf der Straße und schaute den Rücken der Jungen nach, die mit ihren Pferden aus der Stadt ritten – er war unentschieden, ob er zur Pferdestation rennen und Bill satteln sollte, um ihnen zu folgen. Er hatte kein gutes Gefühl dabei, wie Jack gerade abgedampft war, und er hatte gespürt, wie sehr sein Misstrauen den Jungen verletzt hatte. Doch wenn Wyatt Jack nicht voll und ganz sein Vertrauen schenken konnte, was nutzte es dann, ihnen nachzureiten? Es würde alles noch schlimmer machen.

Wyatt fühlte sich immer noch hin und her gerissen, als er sich wieder der Schule zuwandte. Er hatte Christine versprochen, dass er das Toilettenhäuschen wieder aufbauen würde. Und er musste gründlich nachdenken. Er war beim Gehen so tief in Gedanken versunken, dass er kaum zur Kenntnis nahm, dass Reverend Norton ihm zuwinkte. Erst, als der Pfarrer so wild durch die Luft fuchtelte, dass sein weißes Haar flog, um es seinen rudernden Armen gleichzutun, blieb Wyatt stehen.

„Guten Morgen, Reverend Norton."

„Guten Morgen, Mr Thompson." Die Stirn des Pfarrers legte sich in Falten. „Haben Sie von dem Treffen der Stadtgemeinde gehört?"

„Treffen?"

„Mr Livingston und Mrs Grayson haben darauf bestanden, dass alle sich treffen sollen, um über den Brand der Schultoilette und Mrs Murphys Heuhaufen zu reden."

Wyatt hatte das Gefühl, ein Stein wäre in seine Magengrube gefallen. „Sie beschuldigen die Cassidy-Zwillinge?"

Der Pfarrer nickte und seine blauen Augen waren bekümmert. „Vielleicht lag ich mit meiner Einschätzung falsch, als ich die Zwillinge nicht weggeschickt habe."

„Nein!" Das Wort rutschte Wyatt schneller heraus, als er denken konnte. „Ich war damals nicht Ihrer Meinung, aber die Jungen haben sich bei Mrs Rodriguez gut benommen."

„Das habe ich auch gedacht. Aber jetzt …"

„Reverend, wir haben noch nie eine öffentliche Versammlung gehabt, um Kriminelle ohne Prozess zu erhängen. Wenn diese Jungen Erwachsene wären, würde man ihnen eine gerechte Anhörung gewähren. Und ich bezweifle, dass es in einem echten Prozess genügend Beweismittel gäbe, um sie einzusperren."

Der Pfarrer strich sich über den Bart. „Sie haben recht. Das Temperament geht mit vielen durch, aber ich bin sicher, die ruhigen Gemüter werden die Oberhand gewinnen."

„Dafür müssen wir sorgen."

„Ich habe John Carter gebeten, das Treffen zu leiten. Er ist genau der Mann, den wir brauchen: ruhig, rational und angesehen. Ich bin sicher, er lässt die Sache nicht außer Kontrolle geraten."

„Gute Wahl." In Wyatts Bauch machte sich Erleichterung breit. Carter würde die Sache in den Griff bekommen. Wenn er doch nur seine hitzköpfige Samantha davon abhalten konnte, das Feuer auf alle anderen zu eröffnen … Er fuhr sich mit den Fingern durch das Haar. Vielleicht war das die schwierigste Aufgabe.

Reverend Norton verlagerte sein Gewicht nach vorn. „Also kann ich mit Ihnen rechnen? Sonntag nach der Messe?"

„Nicht einmal wilde Pferde könnten mich davon abhalten", sagte er und schnitt eine ironische Grimasse. „Wenn Sie mich jetzt entschuldigen würden, Reverend: Ich muss noch ein Toilettenhäuschen bauen."

„Natürlich, natürlich! Schönen Tag, Mr Thompson."

„Schönen Tag!"

Der Pfarrer eilte davon, um noch weitere seiner Schäfchen für das Treffen am Sonntag zusammenzutrommeln.

Tief in Gedanken versunken schlenderte Wyatt zur Schule. Obwohl er sich der Unschuld der Zwillinge nicht absolut sicher war, sagte ihm sein Bauchgefühl, dass sie die Wahrheit gesagt hatten. Und er vertraute seinem Bauchgefühl. Er hatte gelernt, was passierte, wenn er sich seinen Instinkten widersetzte.

Aber wenn nicht die Zwillinge das Feuer gelegt hatten, wer dann?

Weggelaufen!

Samantha starrte auf die Schiefertafel, die auf dem Küchentisch lag, und versuchte, ihre rasenden Gedanken so weit zu verlangsamen, dass sie die Worte in sich aufnehmen konnte. Die von Jack mit Kreide hingekritzelten Wörter enthielten eine Nachricht, die ihre Knie weich werden ließ und ihren Herzschlag vor Angst fast zum Stillstand brachten.

Sie berührte die kühle schwarze Tafel und wischte über den Bogen von einem J. Dann zwang sie sich dazu, ihre beengten Rippen langsam mit Luft zu füllen – der Rosenduft, den die Vase auf dem Tisch verströmte, widerte sie angesichts ihrer schneidenden Furcht an. Sie las die Nachricht noch einmal:

Liebe Miz Sam,

Tim und Kleine Feder und ich sind fortgegangen. Mrs Grayson ist ziemlich wütend.

Wir möchten nicht noch mehr Ärger machen. Wenn wir nicht gehen, verlieren Sie vielleicht die Ranch. Wir haben die Kleidung mitgenommen, die sie uns gegeben haben, und auch ein bisschen Essen und Vorräte.

Machen Sie sich keine Sorgen, Kleine Feder kennt einen Ort, an dem wir sicher sind. Sagen Sie Dan Lebewohl. Wir sind Ihnen dankbar für alles, was Sie getan haben.

Jack

Klappernde Schritte von einem rennenden Kind polterten die Stufen hinauf, über die Veranda und schließlich in die Küche. Daniel kam schlitternd vor ihr zum Stehen und seine dünne Brust hob sich unter seinem blau gestreiften Baumwollhemd. „Tim und Jack und Kleine Feder verstecken sich vor mir, Mama. Ich habe überall geguckt und ich kann sie nicht finden."

„Sie sind weggelaufen." Ihre ruhige Stimme stand im Widerspruch zu ihren zitternden Händen.

Daniels blaue Augen wurden groß und seine Brauen hoben sich.

Um der Verwirrung und der Verletzung auszuweichen, die im Blick ihres Sohnes lag und sich in ihrem Herzen widerspiegelte, schaute sie auf die Tafel hinab und las die Nachricht laut vor.

Stürmische Wolken brauten sich auf Daniels Gesicht zusammen. Er stampfte mit dem Fuß und eine ungewöhnliche Wut verengte seine Augen zu Schlitzen. „Dieser Ben!", brummte er. „Ich würde mich am liebsten auf ihn stürzen!"

Samantha unterdrückte ein Keuchen. Ihr Sohn sah aus und hörte sich an wie sein Großvater. Ein paar Sekunden lang verunsicherte sie der Gedanke so sehr, dass sie nicht zur Kenntnis nahm, was er gesagt hatte. „Was meinst du mit Ben?"

Er senkte den Blick und zappelte mit den Schultern. „Hat uns gesagt, dass seine Mama eine Stadtversammlung einberufen hat. Sie werden dafür sorgen, dass wir die Ranch verlieren, wenn die Zwillinge nicht die Stadt verlassen."

Samantha streckte die Hand aus und fasste Daniel am Kinn, um sein Gesicht zu heben, sodass er sie ansah. „Was willst du damit sagen?"

„Ben hat gesagt, wenn du Jack und Tim hier wohnen lässt, gibt sein Onkel dir kein Geld und du kannst nichts bei den Cobbs kaufen."

Samantha stieß wütend die Luft aus.

„Könnten sie das wirklich tun, Mama?"

„Sie könnten es versuchen, vermute ich."

„Was ist, wenn uns das Geld ausgeht?"

„Dann muss ich einfach die smaragdgrünen Ohrringe deiner Großmutter verkaufen." Sie hoffte, dass das reichen würde. Sie zwang sich zu einem Lächeln, um ihn zu beruhigen. „Aber nur, weil Bens Mama etwas will, heißt das noch nicht, dass sie es bekommt."

Doch während sie diese Worte sprach, brachte ihr Echo ihren Kopf zum Vibrieren. Sie legte sich die Hände auf die Schläfen und drückte sie sich auf die Stirn, bis sich die Haut runzelte. Sie wusste nicht, über welches Problem sie zuerst nachdenken sollte. Sie kaute auf der Innenseite ihrer Lippe und kam schnell zu einer Entscheidung. Sollte sie auch die Ranch verlieren – niemals würde sie ihre drei anderen Jungen verlieren. Sie würde sie bei sich behalten, ganz gleich, was kam.

Sie ließ ihre Hände fallen. „Aber warum sind die Zwillinge weggelaufen? Ich denke, sie würden eher kämpfen als wegrennen."

Er senkte den Blick und trat mit einem abgewetzten Stiefel gegen ein Stuhlbein. „Mr Thompson hat gefragt, ob sie den Heuhaufen von Witwe Murphy abgebrannt haben."

Als würde sie durch das bunte Glas eines Kaleidoskops schauen, fing Samanthas Welt an zu drehen. Erst ein Muster, dann mit einer flinken Bewegung des Handgelenks ein anderes, dann, Sekunden später, ein anderes. „Ist auch der Heuhaufen von Witwe Murphy abgebrannt?"

„Ja, heute Nacht."

„Und Mr Thompson hat die Zwillinge beschuldigt?"

Als würde ihm eine Erinnerung kommen, bewegte sich Daniels Kopf langsam hin und her, um zu verneinen.

„Was dann?"

„Er hat sie gefragt, ob sie etwas davon wussten." Daniel platzte heraus und die nächsten Worte sprudelten aus ihm heraus. „Zuerst hatte Jack diesen verletzten Blick, dann sah sein Gesicht blitzschnell wieder so aus wie damals, als er bei uns eingezogen ist."

Samantha verstand. Verbitterung über die Verletzung.

Ihr Herz schmerzte für die beiden. „Was ist dann geschehen?"

„Jack hat mich am Arm gepackt und mich fortgezogen. Wir sind zum Stall gerannt, haben die Pferde gesattelt und sind nach Hause geritten. Als wir hier angekommen sind, sagte Jack, dass wir uns von dir fernhalten sollten, bis wir uns etwas beruhigt hatten, ansonsten hättest du mit Sicherheit gewusst, dass etwas nicht stimmt. Er sagte mir, ich soll zu Maria gehen und da bleiben."

„Offensichtlich hatten sie so lange gewartet, bis ich im Garten gearbeitet habe, dann haben sie sich ins Haus geschlichen, ihre Sachen gepackt und sich davon gemacht."

Daniels Gesicht verzog sich. „Warum haben sie mich nicht mitgenommen?"

„Oh, Daniel!" Samantha legte die Tafel auf den Tisch und umarmte ihn. „Ich bin sicher, sie wollten dich dabeihaben, aber niemand in der Stadt ist wütend auf dich und will, dass du gehst. Nur sie. Vielleicht haben sie sogar gedacht, ich würde ihnen nicht folgen. Ich glaube nicht, dass sie meiner Liebe wirklich ganz trauen. Aber sie wussten, dass ich dich aufspüren würde."

„Wir gehen los und finden sie, oder Mama?"

Sie drückte ihn wieder. „Selbstverständlich. Sofort. Lauf und sattle die Pferde. Ich ziehe mich um."

Erleichtert hüpfte er aus dem Haus.

Durch das Fenster hindurch beobachtete Samantha, wie er auf den Stall zulief. Sie war sich ziemlich sicher, dass sich die Jungen zu den Höhlen begeben hatten, in denen Kleine Feder gelebt hatte. Der Indianer kannte die Höhlen gut, also sollte alles in Ordnung sein.

Ihr kam eine Idee und sie ließ sich auf einen Stuhl fallen, um gründlich darüber nachzudenken. Vielleicht sollte sie den Jungen erst nach der Stadtversammlung folgen. Wenn Sie den anderen Menschen sagte, dass sie weggelaufen waren, anstatt ihre Ranch in Gefahr zu bringen, würde ihnen das sicher Sympathie einbringen – vielleicht würden die anderen sich auf ihre Seite stellen. Wenn es hart auf hart kam und alle gewaltsam versuchten, ihr die Zwillinge wegzunehmen, würden sie nicht wissen, wo sie zu finden waren. Und sie konnte ehrlich sagen, dass sie es genauso wenig wusste.

Ein Bild von Wyatt kam ihr in den Sinn. Der Blick in seinen Augen, als er am gestrigen Abend auf sie herabgeschaut hatte. Seine Hand auf ihrer Haut. Seine Küsse, die eine Leere in ihr ausfüllten, und gleichzeitig den Wunsch nach mehr in ihr weckten.

Wird Wyatt auf meiner Seite stehen? Mich in diesem Kampf unterstützen?

Daraus, wie er sich den Jungen gegenüber verhalten hatte, hatte sie gedacht, dass er die Zwillinge und Kleine Feder akzeptiert hatte – dass er gewillt war, sie Teil seines Lebens werden zu lassen. Doch er zweifelte immer noch an ihren Jungen.

Ein Schmerz bohrte sich wie ein Dolch in ihr Herz. Er hatte sie, Samantha, nicht ganz akzeptiert, weil er die Jungen nicht voll akzeptiert hatte. Würde er es aufgeben, um sie zu werben?

Samantha straffte ihre Schultern. Sie würde die Jungen nicht Wyatts Liebe opfern. Ihr Herz wurde weich und sie biss sich auf die Unterlippe. Um fair zu sein, hatte er das nie von ihr gefordert. Wenn sie herausfanden, wer der tatsächliche Brandstifter war, dann würde sich vielleicht alles zum Guten wenden. Die Stadtbewohner würden ihre zornigen Anschuldigungen fallen lassen. Die Jungen würden nach Hause zurückkehren können. Sie würde ihre Ranch nicht verlieren. Wyatt würde um sie werben.

Aber diese Gedanken gaben ihr nicht die Befriedigung, mit der sie gerechnet hatte. Die Wahrheit war: Sie wollte, dass all dies geschah, ohne dass Wyatt herausfand, wer die echten Brandstifter waren. Sie wünschte sich, dass alle an Jacks und Tims Güte glaubten, weil sie es tat.

Sie presste die Lippen aufeinander. *Ich werde alles tun, was nötig ist, um meine Jungen zu retten. Mit Wyatt oder ohne Wyatt.*

Kapitel Fünfundzwanzig

Die Kirche quoll vor Menschen fast über – viele von ihnen, so wie Henry Ardon, hatten die Schwelle des heiligen Gebäudes noch nicht oft übertreten. Ein paar Leute, wie beispielsweise die Carters und die Sanders, hatten sie vor der Messe begrüßt und sich freundlich wie immer gezeigt. Aber die meisten Menschen hatten den Blickkontakt zu ihr vermieden oder Samantha den ganzen Gottesdienst über neugierige Blicke zugeworfen.

Rosa Rosen standen in einer grünen Glasvase auf dem Altar. Die Sommerkleider aus geblümter Baumwolle und die Blumen in den Hauben der Frauen verliehen dem Raum eine festliche Atmosphäre, die im Gegensatz zu der bedrückenden Stimmung stand, die wie eine Verdunkelung vor einem Unwetter aufzog. Nicht einmal, als fröhliche Lieder gesungen wurden, legte sich das Gefühl der Unruhe in der Gemeinde.

Nach dem Gottesdienst entließ Reverend Norton die Kinder. Daniel umarmte Samantha rasch, und eilte dann an Carter vorbei den Mittelgang entlang, um Christine zu erreichen. Als sich die beiden Kinder begegneten, schenkte Wyatt Samantha ein aufmunterndes Lächeln. Da sie vor Aufregung zitterte, bekam sie nur ein halbes Lächeln als Antwort hin.

Die Eltern, die ihre Kinder in die Kirche mitgebracht hatten, scheuchten sie nach draußen.

Als Christine mit Daniel hinausging, wandte sie sich mit einem kleinen Winken und einem breiten Grinsen an Samantha.

Ben schien mit seiner Mutter zu streiten und gab dann nach. Er stand auf, zupfte an seinem blauen Anzug und schlenderte dann den Mittelgang entlang, wobei er beim Vorbeigehen Samanthas Blick auswich.

Die Carters führten ihre drei Kinder nach draußen, sodass Samantha allein in der Bankreihe blieb.

Die Stille des leeren Platzes neben Samantha war schlimmer, als wenn sie das Verhalten eines zappligen Daniels und eines widerspenstigen Zwillingspaars genau im Auge behalten musste. Sie vermisste diese Störenfriede. Eine allgegenwärtige Sorge um das Wohlergehen von Kleine Feder und den Zwillingen lenkte sie einen Augenblick lang ab. Sie traute es den Jungen zu, ein paar Tage in den Höhlen zu kampieren, aber das bedeutete nicht, dass ihr das gefiel. Die Anspannung zog sich wie ein Schraubstock um ihre Schläfen, bis alle Haarnadeln, die ihren hochgesteckten Zopf zusammenhielten, in ihren Schädel stachen.

Als würde sie versuchen, ihren rastlosen Geist zur Ruhe zu bringen, strich sich Samantha das schwarze Seidenkleid glatt und schnappte ein Stück Stoff an ihrem Knie und rollte es zwischen Daumen und Zeigefinger hin und her.

Nick und Elizabeth Sanders setzten sich zu Samantha auf die Bank. Elizabeth streckte den Arm aus und drückte kurz ihre Hand.

Die Carters kehrten zurück, nachdem sie ihre Kinder nach draußen gebracht hatten. Pamela rutschte bis zum freien Platz neben Samantha durch und schenkte ihr ein aufmunterndes Lächeln. John Carter blieb neben ihr stehen, im Begriff zu sprechen. Dann strich er sich mit einem

Seufzer das dünner werdende rotblonde Haar zurück und ging den Mittelgang entlang, um Reverend Norton die Hand zu reichen. Die beiden blieben einen Moment lang leise redend stehen.

Obwohl sie sich anstrengte, konnte Samantha nicht hören, was sie sagten.

Der Pfarrer setzte sich neben seiner Frau in die erste Reihe.

John Carter betrat die Kanzel und räusperte sich. Das gesprächige Raunen, das mit Ende des Gottesdienstes begonnen hatte, verebbte.

John legte beide Hände auf die Kanzel und neigte sich nach vorne. „Wir haben uns hier versammelt, um über die jüngsten Brände zu diskutieren, die unsere Stadt heimgesucht haben. Es gab drei Brände – zwei betrafen Mrs Murphys Heuhaufen und einer die Schultoilette. Wir …"

Mrs Murphy sprang auf. „Wir sind nicht für eine Diskussion hier." Ihre Wangen wurden fleckig. „Wir wollen, dass die Cassidy-Jungen mit dem nächsten Zug aus der Stadt geschafft werden."

Johns kühle Stimme wurde eisig. „Der Nächste, der mich unterbricht, wird gebeten, diese Versammlung zu verlassen." Sein harter Blick bohrte sich in Witwe Murphy.

Sie wurde rot und schüttelte den Kopf; ihr fleischiger Lappen pendelte von einer Seite zur anderen.

Johns Augen wurden zu Schlitzen.

Achselzuckend ließ sie sich zurück auf ihre Bank plumpsen.

Samantha applaudierte innerlich. John Carter hatte sich immer so sanftmütig und freundlich gezeigt, aber wenn er wollte, konnte der Zorn in seinen Augen einen wilden Stier zur Salzsäule erstarren lassen.

Jetzt setzte er diesen Blick ein und ließ ihn durch den ganzen Raum streifen. „Wir sind keine Galgenrichter. Wenn jemand außer unvernünftigen Gefühlen auch noch Beweise hat, die die Zwillinge belasten, dann kann er diese jetzt äußern."

Edith stand auf. Gekleidet in teure pflaumenfarbige Seide strahlte sie Eleganz aus. „Jack Cassidy hat meinen Sohn angegriffen."

John hob eine Augenbraue. „Vielleicht hätte ich mich klarer ausdrücken sollen. Wenn jemand *Beweise* für die Brandstiftungen hat, dann sollte er sie jetzt liefern."

Edith hob das Kinn. „Diese Zwillinge haben das Toilettenhäuschen abgefackelt, weil sie es zur Strafe hatten bauen müssen, nachdem sie das erste kaputt gemacht hatten."

„Haben Sie Beweise für diese Anschuldigung, Mrs Grayson? Das ist reine Spekulation."

„Na schön", brummte sie, warf ihren Kopf zurück und setzte sich.

Wieder sprang Witwe Murphy auf. „Sie haben den Heuhaufen schon einmal abgefackelt, als sie bei mir gewohnt haben. Letzte Woche hat Jack meine Ziege gestohlen. Ich habe Mrs Rodriguez über den Diebstahl in Kenntnis gesetzt. Sie hat bezahlt, aber Jack hat sich gerächt, indem er meinen neuen Heuhaufen verbrannt hat."

John seufzte. „Aber haben Sie Beweise dafür, dass sie das getan haben? Haben Sie oder jemand anderes die beiden gesehen? Haben sie es gestanden?"

„Natürlich würden sie die Wahrheit niemals gestehen. Die lügen doch das Blaue vom Himmel herunter. Aber ich weiß es."

Samantha konnte nicht länger still sitzen. Sie stellte sich hin. „Als sie bei Ihnen gelebt haben, Mrs Murphy, haben die beiden da noch weitere Schäden angerichtet?"

„Ja, das haben diese Teufelsbraten!" Die Frau bereitete sich auf ihre Litanei vor.

Samantha kam ihr mit einer gehobenen Hand zuvor.

„Wenn sie etwas falsch gemacht haben – zum Beispiel, als sie den Teller vom Service Ihrer Großmutter zerbrochen haben – haben sie sich da zu ihrer Schuld bekannt?"

Die Witwe runzelte die Stirn und schien nachzudenken. „Ja."

„War die Brandstiftung das Einzige, was sie abgestritten haben?"

Die Frau kräuselte die Lippen.

John beugte sich über die Kanzel. „Bitte antworten Sie, Mrs Murphy."

„Nun, ich vermute ja."

Samantha konnte ein triumphierendes Lächeln nicht zurückhalten. „Das ist auch meine Erfahrung. Jedes Mal, wenn sie etwas angestellt haben, waren sie ehrlich zu mir, auch wenn sie die Konsequenzen fürchteten. Deshalb müssen wir den Zwillingen glauben, wenn sie abstreiten, dass sie die Feuer gelegt haben. Weil sie es nicht getan haben."

Wyatt schaute ihr vom anderen Ende des Mittelgangs aus in die Augen. Er zwinkerte ihr nickend zu. Eine warme Welle rauschte durch ihren Körper.

Mr Cobb, dessen Knollennase vor offensichtlicher Wut sogar noch roter als sonst war, brüllte: „Sie führen Sie nur hinters Licht."

Samanthas Ton wurde eisig. „Ich glaube, recht gut dazu in der Lage zu sein, zu erkennen, wenn eines meiner Kinder mich anlügt." Sie schaute sich im Raum um. „Ich bin mir sicher, die anderen Mütter hier stimmen mir zu und können das bei ihren Kindern ebenfalls erkennen."

Ein paar Frauenköpfe nickten. *Gut, vielleicht glauben sie mir.*

Edith Grayson hob das Kinn, stand aber nicht auf. „Mein Ben lügt nicht. Deshalb brauche ich solche Fähigkeiten nicht."

Da wäre ich mir nicht so sicher. Sam biss sich auf die Lippe, um die Worte für sich zu behalten.

Witwe Murphy deutete mit der Hand auf den Raum um sich herum. „Diese Mütter haben ihre Kinder vom Säuglingsalter an aufgezogen. Natürlich kennen sie sie genau. Sie haben diese Teufelsbraten erst seit ein paar Monaten."

Samantha explodierte. „Sie sind keine Teufelsbraten."

„Sie sind einfach zu weichherzig", schrie Mr Cobb.

Reverend Norton erhob sich in der ersten Reihe. „Ich erinnere daran, dass Mrs Rodriguez dafür gelobt werden muss, dass sie an den Zwillingen eine christliche Aufgabe erfüllt. Ich denke, ihre mütterlichen Gefühle für Jack und Tim sprechen für sie."

In der Stille, die nach den Worten des Pfarrers eintrat, erhob Wyatt sich von der Bankreihe. Er blieb ein paar Sekunden lang stehen und sah ernst und attraktiv aus. „Ich gebe als Erster zu, dass ich dagegen war, dass Mrs Rodriguez Jack und Tim adoptiert. Ich habe mein Bestes getan, um sie davon abzubringen." Er warf Samantha einen in Erinnerung schwelgenden Blick zu.

Ihr Herz machte vor Stolz einen Satz und sie erlaubte es sich, Platz zu nehmen.

„Ich habe die Jungen kennengelernt und ich glaube, dass sie ein gutes Herz haben – nur mit ein paar rauen Kanten. Mit mehr Zeit und Liebe werden auch diese sich glätten."

Samantha senkte erleichtert den Kopf. Wyatt lag etwas an ihren Jungen. Wenn sie die Zwillinge doch nur behalten konnte …

Cobb hob die Faust. „Sie sind nur voreingenommen, weil Sie um die Dame werben."

„Ja, ich bin von der Dame eingenommen." Wyatt erhob seine Stimme über das Murmeln der Menge hinweg. „Aber in letzter Zeit habe ich auch mehr Zeit mit Jack und Tim verbracht als jeder andere hier. Deshalb bin ich eher in der Lage, ein Urteil zu fällen."

Edith Graysons Wangen wurden blass. Sie richtete einen missfallenden Blick an Samantha.

Wyatt dämpfte seine Stimme. „Diese Jungen haben mir nämlich geholfen, meine Tochter zu finden, als sie den Unfall hatte. Ohne sie hätte ich sie vielleicht verloren."

John lehnte sich über das Rednerpult. „Ich freue mich, dass ich Gutes von den Zwillingen höre. Kann noch jemand anderer …?"

Miss Stanton meldete sich. Sie hatte ihr hellbraunes Haar zu einem würdevollen Dutt gebunden, aber ein paar Strähnen waren herausgerutscht und rahmten ihr hübsches Gesicht ein. „Die Jungen waren gute Schüler und haben sich in der Klasse gut benommen. Ich muss zugeben, dass sie mich überrascht haben. Sie haben hart gearbeitet, um mit ihren Klassenkameraden Schritt zu halten."

Samantha warf Miss Stanton ein dankbares Lächeln zu.

Die Lehrerin nickte und ihre grauen Augen waren besorgt.

Nick Sanders stand mit leicht geröteten Wangen auf. „Die Jungen haben gute Arbeit geleistet, als sie das Toilettenhäuschen gebaut haben. Sie haben hart geschuftet und waren bereit zu lernen. Sie waren sehr zufrieden mit dem Ergebnis. Ich glaube nicht, dass Jack oder Tim ihr eigenes Werk in Brand gesetzt hätten." Er nickte entschieden, bevor er sich wieder setzte.

Witwe Murphy schrie: „Wir sind wegen des Feuers hier, nicht, um noch mehr Unsinn zu hören. Ich verlange, dass Mrs Rodriguez mich für den Verlust meines Heuhaufens entschädigt und ich verlange, dass die Zwillinge weggeschickt werden."

„Ganz genau", knurrte Cobb.

Viele andere nickten mit ihren Köpfen, darunter auch seine Frau. Der Vogel auf Hortense Cobbs Haube wippte. „Als Nächstes verbrennen sie uns alle in unseren Betten."

„Nein!", protestierte Samantha und ihr Magen fühlte sich an, als ob er ein Nadelkissen enthielt.

Caleb Livingston erhob sich und wirkte kühl und aristokratisch. „Vielleicht müssen wir das Ganze demokratischer angehen. Ich schlage vor, wir stimmen darüber ab, ob wir die Zwillinge in ein Waisenhaus schicken oder nicht."

„Nein!" Samantha sprang auf. „Es sind meine Jungs." Sie warf dem Bankier die Worte an den Kopf. „Sie werden Sie mir *nicht* wegnehmen!"

„Formal gesehen haben Sie sie nicht adoptiert, Mrs Rodriguez."

„Aber ich liebe sie."

„Solche Gefühle ehren Sie." Seine braunen Augen schauten sie warm an. „Aber Tragödien kommen vor. Es wird andere Kinder geben, die als Waisen enden und die ein liebevolles Zuhause brauchen, wie Sie es bieten. Kinder, die keinen zerstörerischen Einfluss auf die Gemeinschaft haben."

Samantha biss die Zähne zusammen. „Kinder sind nicht austauschbar, Mr Livingston."

„Das will ich damit ja auch nicht sagen, Mrs Rodriguez." Er wandte sich John zu. „Carter, ich bitte um eine Abstimmung. Und …", er schaute sich um, „da ich glaube, Mrs Rodriguez würde dies als gerecht empfinden, schlage ich vor, dass auch die Frauen das Stimmrecht bekommen."

John gab einen Seufzer von sich und schaute Samantha lange fragend an.

Hektisch zählte sie in ihrem Kopf zusammen, von wie vielen Menschen sie wusste, dass sie auf ihrer Seite standen. Vielleicht waren es genug. Sie nickte als Zustimmung und begann zu beten.

Pamela streckte den Arm aus und nahm Samanthas rechte Hand. Samantha, dankbar für die Unterstützung, drückte ihre Hand.

„Alle, die dafür sind, dass Jack und Tim Cassidy weiterhin bei Mrs Rodriguez leben dürfen, heben die Hand!"

Mit schnell pochendem Herzen hob Samantha ihren linken Arm gestreckt in die Höhe. Weitere Hände schossen nach oben. Wyatt und Mrs Toffels, die Carters und die Sanders, Miss Stanton, Reverend Norton und seine Frau und ein paar andere Menschen, die sie nicht kannte, denen sie jedoch ewig dankbar sein würde.

Haben wir genug? Nicht ganz der halbe Raum, aber vielleicht würden einige sich enthalten.

„Das sind 13 Stimmen dafür, dass die Cassidy-Zwillinge hierbleiben. Jetzt alle Gegenstimmen."

Ein paar Hände schossen in die Höhe, während andere sich eher zögernd hoben.

Samantha erkannte, ohne zählen zu müssen: Sie hatte die Jungen verloren.

Ihr Herz zog sich zu einem kleinen Ball zusammen, der vor Schmerz pochte. Die Tränen schossen ihr in die Augen, aber sie hob ihr Kinn, um zu verhindern, dass sie herabtropften.

Auf Johns Stimme lastete der Kummer. „25 Gegenstimmen." Er schaute Samantha mit mitfühlendem Blick in seinen blauen Augen an. „Mrs Rodriguez, es tut mir leid."

Sie schüttelte den Kopf, traute sich aber nicht, ihre Erkenntnis, dass es nicht seine Schuld war, zu äußern. Doch trotz all ihrer Selbstbeherrschung kullerte ihr eine Träne über die Wange.

Wyatt stand auf. „Wenn die Jungen weggeschickt werden müssen, dann bin ich dagegen, dass sie in ein Waisenhaus gesteckt werden. Ich kenne viele ehrbare Bauernfamilien im Mittleren Westen. Ich werde ihnen schreiben und nachfragen, ob sie sie aufnehmen können."

John nickte. „Das hört sich angebracht an. Ich bin einverstanden."

Witwe Murphy sprang auf. „Und wenn wir in der Zwischenzeit in unseren Betten verbrannt werden?" Sie schimpfte: „Schicken Sie die Jungen in ein Waisenhaus. Wenn Mr Thompson jemand findet, der sie aufnimmt – gut. Aber die Stadt hat abgestimmt. Sie gehen."

Der Raum schien zu summen. Reverend Norton stand schwankend auf und wirkte älter als noch eine Stunde zuvor. „Ich komme morgen früh zu Ihnen, um die Zwillinge abzuholen, Mrs Rodriguez."

Samantha zwang ihre Stimme dazu, klar zu klingen und sprach laut genug, damit alle im Saal sie hören konnten. „Das können Sie nicht, Reverend Norton. Sie haben die Drohung gehört, dass die Bank, das Geschäft und der Mietstall mir ihre Dienste verweigern würden und somit den Erfolg der Ranch aufs Spiel setzen könnten. Da sie befürchteten, dass ich mein Gut verliere, wenn sie bleiben, sind die Zwillinge und Kleine Feder am Freitagnachmittag weggelaufen. Sie haben eine Nachricht hinterlassen und sich Vorräte mitgenommen." Ihre Stimme schwankte. „Ich weiß nicht, wo sie sind."

Ein Stimmgewitter brach los. Samantha tupfte sich die Augen trocken, stand auf und ließ die geräuschvolle Welle über sich hereinbrechen. Die meisten Menschen waren aufgestanden, einige gestikulierten wild.

Inmitten des Lärms kam Mark Carter herein und ging bis zur Sitzreihe seiner Mutter. Er streckte die Hand aus und berührte sie am Ärmel.

Pamela drehte den Kopf zu ihm. „Mark, du solltest draußen sein." Als sie jedoch seinen besorgten Gesichtsausdruck sah, sagte sie: „Was ist los?"

Mark schaute abwechselnd von seiner Mutter zu Samantha. „Daniel hat uns erzählt, dass die Zwillinge und Kleine Feder weggelaufen sind. Ben hat sich daran erinnert, dass Jack über die Höhlen gesprochen hat, in denen Kleine Feder gelebt hat, und Ben und Arlie sind aufgebrochen, um sie zu suchen."

Samantha beugte sich zu Mark. „Ach du meine Güte! Seine Mutter wird nicht gerade erfreut sein. Ich weiß, dass es hier in der Nähe verschiedene Höhlensysteme gibt. Weiß er das?"

„Ich weiß es nicht. Aber Daniel und Christine sind zusammen auf ihrem Pony losgeritten. Dan hat gesagt, ich soll Ihnen ausrichten, dass sie die Jungen warnen werden." Marks sonst so schelmische Züge verzogen sich zu einer angewiderten Grimasse. „Ben hält sich für einen Sheriff. Er hat ein Gewehr mit."

Samantha keuchte. „Oh nein." Die Angst packte sie und sie schaute sich wie wild nach Wyatt um.

Ihr Ausruf weckte die Aufmerksamkeit vieler Menschen um sie herum, auch die von Wyatt. Er beendete das Gespräch mit Mr Cobb und kam auf sie zu. Wut glitzerte in seinen grauen Augen, aber diese verwandelte sich in Sorge, als er bei Samantha ankam.

Pamela trat in den Mittelgang, damit Samantha ihr folgen und mit Wyatt reden konnte.

Er berührte ihre Schulter mit einer stillen Geste des Mitgefühls.

Samantha winkte ihn näher an sich und als er sich zu ihr herunterbeugte, flüsterte sie: „Ben und Arlie haben sich auf die Suche nach den Jungen gemacht. Ben hat eine Waffe. Daniel und Christine sind losgeritten, um sie zu warnen.

Sein silberner Blick verhärtete sich. „Weißt du, wohin?"

„Ich weiß nur, dass sie in einer Höhle bei Thunder Gulch sind. Weißt du, wo das ist?"

„Ja, das weiß ich." Seine Stimme klang düster. Die Gegend ist mindestens so gelöchert wie ein Schweizer Käse." Er sah sich um. „Wir müssen es laut ansprechen. Mrs Grayson muss es wissen, und auch Arlies Eltern. Ich organisiere Suchtrupps."

Er drückte ihre Schulter, und begab sich dann zu John Carter, um einen Moment lang eine leise Unterhaltung mit ihm zu führen. John ballte seine Hand zur Faust und schlug sie auf die Kanzel. Im Raum wurde es mucksmäuschenstill. „Thompson hat etwas zu sagen."

Er stieg hinab, um Wyatt seinen Platz zu überlassen. „Offensichtlich haben die Jungen in einer Höhle bei Thunder Gulch Unterschlupf gesucht."

Ein Gewirr neugieriger Stimmen kam auf und er fuhr mit der Hand durch die Luft. „Das ist noch nicht alles." Er schaute zu Edith. „Ben und Arlie haben sich in den Kopf gesetzt, Sheriff zu spielen und sind ihnen gefolgt."

„Oh, gütiger Gott!" Edith neigte sich ihrem Bruder zu. „Mein Baby! Caleb, du musst ihm sofort folgen."

„Ihr *Baby* trägt ein Gewehr", schoss es aus Samantha.

Edith wirkte geschockt. „Lässt du etwa zu, dass sie so mit mir spricht?", sagte sie zu ihrem Bruder.

Caleb Livingston ignorierte sie.

Wyatt hielt eine Hand hoch, um für Stille zu sorgen. „Da ist noch etwas. Meine Tochter und Daniel sind losgeritten, um die Jungen vor Ben und Arlie zu warnen. Jetzt haben wir also sieben Kinder, die in den Höhlen unterwegs sind. Da Ben, Christine und Daniel mit diesen Grotten nicht vertraut sind, könnten sie in Gefahr geraten. Er schaute zu den Sloans, die in der letzten Reihe saßen. „War Arlie dort jemals auf Erkundung?"

Charlie Sloan nickte langsam, als müsste er jedes Wort abwägen. Er strich sich über den rauen braunen Bart. „Ich habe ihn selbst einmal hingebracht, zu der mit den

Kristallen, durch die der Fluss fließt."

Wyatts Blick kehrte zu Samantha zurück. „Hört sich das nach dem Ort an, den Kleine Feder beschrieben hat?"

Samantha schüttelte den Kopf. „Er hat von kegelförmigen Säulen und kleinen Wassertümpeln gesprochen."

Henry Arden, der klein und verschrumpelt auf seiner Bank im hinteren Teil des Raumes saß, meldete sich zu Wort. „Dann ist es die, die etwas weiter südlich liegt." Seine Stimme zitterte. „Die, die vor dreißig Jahren von den Viehdieben genutzt wurde. Ich habe dort als Junge selbst gespielt."

Wyatt schaute auf Edith hinunter, die ihre Augen mit einem Taschentuch abtupfte. „Wir sollten besser drei Suchtrupps bilden, einen für jede Höhle. Arden, du führst eine Gruppe zu der Höhle der Viehdiebe."

Der kleine Mann blinzelte und setzte sich dann aufrechter hin.

„Sloan, Sie und Livingston und ein paar andere Männer sehen in der Kristallhöhle nach. Sanders, Carter, Sie kommen mit mir!"

Samantha machte einen Schritt auf ihn zu. „Ich komme auch mit."

„Oh, nein, du nicht, Samantha. Das ist zu schwierig."

„Doch, das mache ich. Es sind meine Söhne. Wenn du mich nicht mitnimmst, dann folge ich euch einfach."

Offensichtlich wusste Wyatt, wann es besser war, eine Niederlage hinzunehmen. „In Ordnung. Aber bleib nah bei mir."

Sie nickte.

Wyatt schaute sich im Raum um. „Gentlemen, ich schlage vor, Sie gehen und ziehen sich um. Nehmen Sie Decken und jede Menge Laternen und Seil mit. Wir treffen uns auf der Rodriguez-Ranch."

Die Menschenmenge löste sich auf.

Pamela Carter berührte Samantha am Arm. „Wenn es dir recht ist, gehen Beth und ich mit dir nach Hause." Ihre braunen Augen strahlten Sorge aus. „Wir bereiten Essen und Kaffee im Haus zu. Und falls eines der Kinder zurückkommt, geben wir Bescheid."

„Gute Idee." Wyatt kehrte zu der Gruppe zurück, die sich um Samantha gebildet hatte. Er musterte ihr Gesicht und war erleichtert zu sehen, dass Dankbarkeit die Wut in ihren Augen ersetzt hatte. Ohne sich darum zu scheren, was die anderen dachten, nahm er ihre Hand, hielt sie fest und versuchte, ihr Zuversicht einzuflößen. „Wenn wir uns beeilen, holen wir unsere beiden vielleicht ein."

Samantha senkte den Blick und strich ihren schwarzen Rock mit der anderen Hand glatt. „Ich muss mich umziehen. Ein Kleid ist nicht die beste Kleidung, die man tragen kann, um in Höhlen herumzukriechen."

„Gut. Ich muss ohnehin das Seil und die Laternen von dir holen."

Pamela schaute ihren Mann an. „Fragen wir erst einmal bei den Cobbs nach. Wenn wir sie davon überzeugen können, den Laden aufzumachen, können wir noch zusätzlich Essen und Kaffee besorgen. Ich bin mir sicher, Samantha ist nicht darauf vorbereitet, dass fast die ganze Stadt bei ihr zu Hause einmarschiert."

„Danke!" Wyatt antwortete anstelle von Samantha, als wüsste er, dass sie vor falschem Stolz in die Luft gehen würde. Er legte ihr die Hand aufs Kreuz und führte sie zur Tür. „Wir gehen besser. Je länger wir warten, desto höher ist die Wahrscheinlichkeit, dass die Kinder Probleme bekommen."

Wyatt brachte Bill zum Stehen und zeigte auf eine schmale Spalte, die ins Berginnere führte. Samantha, die den Wagen hinter ihm fuhr, zügelte Chico und Mariposa. Die vier unangezündeten Laternen, die auf einem Stapel Decken neben ihr standen, stießen klappernd zusammen. John Carter und Nick Sanders blieben auf ihrer anderen Seite stehen.

Sie schirmte ihre Augen gegen die Nachmittagssonne ab und versuchte, diesen Teil des Bergs bis ins kleinste Detail zu untersuchen. Ein paar Kiefernbäume warfen einen Schatten auf den Spalt in der Erde und beide Seiten waren von Büschen gesäumt. Wäre Samantha allein gewesen, hätte sie niemals etwas Außergewöhnliches bemerkt.

Wyatt stieg von seinem Pferd ab und band die Zügel an einem Busch fest. „Das hier ist der Eingang, der dem Haus am nächsten ist." Er ging zu Samantha und gab ihr ein Zeichen, damit sie ihm eine Laterne reichte. „Ich sehe Christines Pony nicht. Vielleicht sind sie woanders reingegangen."

Die Angst stieg in Samantha auf und sie legte ihre behandschuhten Hände fester um die Zügel. Sie wusste, dass Wyatt ihr zuliebe ruhig blieb. *Was ist, wenn die Kinder in diesen verschachtelten Tunneln verloren gegangen sind? Was ist, wenn sie verletzt sind? Was ist, wenn die Suchenden sie nicht finden?* Sie schüttelte den Kopf und zwang sich, der Litanei ihrer Ängste ein Ende zu setzen.

John trieb seinen Hengst näher heran. „Da hinten ist noch eine Öffnung. Wenn ich mich richtig erinnere, ist die größer als diese hier. Geben Sie uns eine Laterne und ein paar Decken, dann reiten Nick und ich dorthin."

Wyatt nickte. Er ging um den Wagen herum, ergriff eine zweite Laterne und zwei Decken und gab sie den beiden Männern.

Mit einem Blick zu Samantha fasste Nick sich an den Hut. „Viel Glück bei Ihrer Suche, Miz Rodriguez."

„Danke, Nick. Geben Sie und die anderen Männer acht auf sich!"

Er warf ihr sein herzliches Lächeln zu. „Als Kind bin ich ab und zu mit meinem Pa hier drin herumgeklettert. Wir schaffen das schon."

Sie trieben ihre Pferde mit den Knien nach vorn und waren bald hinter einer Kurve des Weges, der um den Fuß des Berges führte, verschwunden.

Wyatt streckte die Hand mit der Handfläche nach oben aus.

Samantha legte ihre Hand in seine und stieg vom Wagen. Allein schon die Tatsache, ihn zu berühren, gab ihr Mut. Es war das erste Mal an diesem Tag, dass die beiden allein waren, und sie musste sich beherrschen, um sich ihm nicht an den Hals zu werfen, damit er sie ermutigend umarmte.

Er schien ihr Bedürfnis zu spüren, denn er schloss sie in eine feste Umarmung. „Wir finden sie, Samantha. Versprochen."

Ein paar kostbare Sekunden lang ließ sie ihren Kopf auf seiner Schulter ruhen und nahm das Gefühl seiner Stärke für die bevorstehende Suche in sich auf. Dann holte sie tief Luft und wich zurück. „Finden wir sie, bevor jemand verletzt wird!"

Kapitel Sechsundzwanzig

Der schmale Eingang zur Höhle hatte genau Samanthas Größe. Zuerst duckte sich Wyatt. Sie folgte ihm mit einer Laterne – das Seil, das Wyatt um ihre Taille gebunden hatte, war sperrig und schwer. In dem düsteren Licht konnte sie sehen, dass sie durch einen Korridor aus Stein gingen, doch Wyatts breiter Rücken verdeckte den Blick auf das, was vor ihnen lag. Je weiter sie hineingingen, desto kühler und feuchter wurde die Luft – kein unangenehmer Kontrast zur Sonne draußen.

Die Decke senkte sich und zwang Wyatt dazu, gebückt zu laufen, und sogar Samantha musste ihr Kinn auf die Brust legen. Ihr Herz pochte im Einklang mit dem Geräusch ihrer Stiefel auf dem Boden, das von der Steinmauer zurückgeworfen wurde, und sie atmete keuchend ein und aus. Sie bemühte sich darum, tiefe Atemzüge zu nehmen, und fing an, zur Ablenkung an die Volksmärchen von Trollen, Zwergen und anderen Zauberwesen zu denken, die unter der Erde lebten.

Sie kamen um eine Biegung und Wyatt richtete sich auf, bevor er mit ein paar langsamen Schritten in eine Höhle trat und stehen blieb. Samantha hielt an seiner Seite an und rümpfte die Nase wegen des beißenden Geruchs. Sie erhaschte einen Blick auf ein paar merkwürdige

Felsformationen, dann auf etwas, das tief durch den Raum flog und wie ein Pfeil auf sie zukam, bevor es wieder in die Höhe flog. Samantha keuchte und zog den Kopf ein – fast hätte sie ihre Laterne fallen lassen.

Wyatt schmunzelte. „Nur eine Fledermaus. Harmlos."

„Eine Fledermaus."

„Ja. In dieser Höhle gibt es hunderte davon." Sie hob die Laterne.

An der Decke konnte sie winzige braune Bündel sehen, die dort beieinander hingen. Sie krümmte ihre Schultern und schielte nach oben – voller Angst, die Fledermäuse könnten sich bewegen. Sie duckte sich etwas und war bereit, hinter dem nächsten Felsbrocken abzutauchen, wenn sich eine auch nur rührte.

„Ich sollte dich und die Kinder einmal zum Sonnenuntergang herbringen. Zu sehen, wie die Viecher aus der Höhle strömen, ist ein lohnender Anblick!"

Samantha schauderte. „Ich denke, ich kann darauf verzichten."

Wyatt grinste zu ihr hinunter. „Vertrau mir! Es ist wirklich interessant!" Er musterte den Boden und das Lächeln wich aus seinem Gesicht. „Fledermauskot. Deshalb stinkt es hier so. Aber sie sind nur in dieser hier. Ich sehe keine Fußspuren. Keines der Kinder ist hier entlanggekommen."

Samantha atmete vor Enttäuschung tief ein. Der pulverartige graue Boden sah unberührt aus. „Sollen wir zurückgehen – und einen anderen Weg ausprobieren?"

„Nein." Er zeigte auf zwei Öffnungen. „Wir gehen da durch." Er ging zu der auf der linken Seite. „Wenn ich mich richtig erinnere, gibt es eine Reihe von kleinen Kammern, dann einen unterirdischen Raum mit einem Wassertümpel. Aber ...", er zog eine Grimasse, „von dort an wird es schwieriger."

Samantha biss die Zähne zusammen. Egal, wie schwierig es war: Nichts würde sie davon abhalten, ihre Jungen zu finden.

In der Dunkelheit der Höhle lag Jack auf seiner Pritsche aus Gras und starrte an die Decke. Die einzige Kerze warf ein flackerndes Licht auf die Kristalle, die in der Decke der großen Höhle eingebettet waren, und jeder einzelne funkelte wie der Diamantring, den er Bens Mutter hatte tragen sehen.

Auf der rechten Seite beschützten viele wuchtige Säulen den Ausgang, der zum unterirdischen Fluss führte. Und auf der linken Seite berührten zwei nach unten hängende Zapfen fast die dreieckigen Steine darunter. Das stetige Tropfen von Wasser in einen flachen Tümpel am Ende des Raums lullte ihn ein, sodass er schläfrig wurde. Jacks anfängliche Aufregung über die Flucht war verebbt. Jetzt war Langeweile eingekehrt.

Tim und Kleine Feder streckten sich auf ihren provisorischen Betten aus. Im flackernden Licht schienen sie beide tief in Gedanken versunken zu sein. Vermissten sie ihr zu Hause genauso wie er?

Jack ließ seine Finger über den Steinboden neben seiner Pritsche gleiten. Er bekam einen Stein zu fassen, warf ihn in Richtung Wasser und hörte, wie er von einer Mauer abprallte. Er hätte nie damit gerechnet, dass er Miz Samantha, die kleinen Pferde und seine neuen Brüder liebgewinnen würde. Nie hätte er damit gerechnet, dass er jemals wieder einen Ort als sein Zuhause betrachten würde.

Er verschränkte die Arme vor der Brust und bohrte seine Finger in seine Muskeln. Irgendwie waren die Liebe und das Gefühl der Zugehörigkeit ihm unter die Haut gegangen und waren ein Teil von ihm. Der Verlust brannte hinter seinen Augen. Nie wieder würde er zulassen, dass er einen Ort oder einen Menschen liebgewann. Nur er und sein Zwillingsbruder. Daran sollte er sich besser gewöhnen. Obwohl: Vielleicht konnte er ein Gebet sprechen. *„Bitte, lieber Gott, mach, dass alles wieder gut wird."*

Das schabende Geräusch von Schritten und das Glühen von Laternenlicht am Eingang des Raums schreckten ihn auf. Seine Benommenheit wich von ihm. Er sprang auf und die anderen Jungen folgten ihm. Waren sie schon gefasst worden?

Hand in Hand schlichen Daniel und Christine sich in den Raum. Daniel hielt eine Laterne hoch. Im düsteren Licht konnte Jack sehen, wie sich die gehobenen Augenbrauen des Jungen entspannten, als er sie sah. Er hüpfte durch den Raum und zog Christine hinter sich her. „Wir haben euch gefunden. Mama ist so besorgt. Warum habt ihr mich nicht mitgenommen?"

Jack konnte nicht umhin, Daniel und Christine anzulächeln, auch wenn er sie ganz schnell würde wegschicken müssen. Er hielt die Hand hoch, um Daniels Schwall von Fragen zu bremsen. „Was macht ihr hier?"

Christine schlitterte nach vorne. „Wir sind gekommen, um euch zu warnen."

„Uns zu warnen?"

Daniel zappelte. „Ja, Ben und Arlie spielen Sheriff. Sie haben sich gedacht, dass ihr euch in diesen Höhlen verschanzt habe und haben sich auf die Suche nach euch gemacht."

Jack suchte Tims Blick und sein Bruder nickte zustimmend. Egal was – in keinem Falle wollten sie, dass ausgerechnet diese beiden Tyrannen sie fanden. „Danke für die Warnung." Er schaute Kleine Feder an, stand still und umklammerte mit einer Hand das blau gestreifte Hemd, als er sagte: „Wir haben nicht viel durchforscht, nur diese Höhle hier. Du weißt, wie wir tiefer ins Innere gelangen. Kannst du uns einen Ort suchen, an dem wir nicht gefunden werden?"

Der Schwarzfußindianer nickte mit feierlichem Blick in den braunen Augen. Er hockte sich hin, nahm die Streichholzschachtel und zündete die Laterne an.

Tim kniete sich hin und rollte die Decke zusammen, die er über eine Pritsche aus Blättern geworfen hatte.

Jack legte Daniel eine Hand auf die Schulter und drückte sie. „Vielen Dank für die Warnung. Jetzt macht, dass ihr hier rauskommt, ihr beiden. Wenn ihr hierbleibt, kann deinen Vater nichts davon abhalten, uns zu suchen."

Christine senkte ihr Kinn. „Mein Pa kommt so oder so. Er würde euch nicht hier allein lassen." Sie schaute sich mit großen blauen Augen um und erschauderte.

Daniel drückte ihre Hand. „Mir gefällt diese Höhle", sagte er zu ihr. „Du wirst dich daran gewöhnen, da bin ich mir sicher. Ich will mit ihnen gehen. Kommst du mit oder gehst du zurück?"

Jack war alarmiert. „Wartet verdammt noch mal einen Augenblick! Ihr beide kommt nicht mit!"

Daniels Augenbrauen zogen sich dickköpfig zusammen. „Meine Mama wollte euch sofort suchen gehen, aber dann dachte sie, es ist besser, wenn wir die Stadtversammlung abwarten. Sie wollte sagen können, dass sie nicht weiß, wo ihr seid. Es hat sie ganz schön mitgenommen, dass ihr alle weggelaufen seid."

Christine ließ Daniels Hand los und stemmte sich die Hände in die Hüften. „Sollen wir den ganzen Tag hier rumstehen und streiten, oder finden wir einen Ort, an dem wir uns vor den bösen Jungs verstecken können?"

Jack ächzte frustriert. „Dann kommt! Aber wenn wir ein Versteck finden, könnt ihr nicht dort bleiben. Abgemacht?"

Daniels Grinsen entblößte all seine Zähne. „Abgemacht."

Mit rollenden Augen verstaute Jack seine Vorräte in der Decke. In seinem Innersten wusste er, dass sie sich nur Probleme aufhalsten.

Samanthas Hände und Knie schmerzten vom Krabbeln auf dem steinigen Weg. Als ihr Knie auf einen weiteren Stein stieß, verkniff sie sich einen wenig damenhaften Ausruf. Sie wagte es nicht, Wyatt zu enthüllen, welch große Schmerzen sie hatte. Schließlich war sie diejenige gewesen, die darauf bestanden hatte, ihn zu begleiten.

Schwarze Schatten hüllten sie ein. Das flackernde Licht der Laterne, die sie vor sich herschob, brachte Kupfer- und Grüntöne im Fels des Tunnels zum Vorschein, ab und zu unterbrochen von einer Spur von Blau oder Violett. Eine gefällige Palette, wäre ihr Zustand nicht zu erbärmlich gewesen, um die Formationen zu bewundern.

Der schmale Gang öffnete sich zu einer Nische. Wyatt hielt inne und ließ sich – den Kopf in unbequem geneigter Position – auf seinem Gesäß nieder. „Machen wir eine Verschnaufpause!" Er rutschte herum, bis er seinen Rücken gegen die Wand lehnen und seine Beine ausstrecken konnte. Er klopfte neben sich auf den Boden und sagte: „Komm her!"

„Sehr gern." Samantha kuschelte sich neben ihn und versuchte, vor ihm zu verbergen, dass sie schnaufte.

Er legte seine Arme um ihre Schultern und zog sie an sich. „Dieser Tunnel geht noch 20 oder 30 Meter weiter. Schlängelt sich ein wenig. Dann führt er in einen großen feuchten Raum. Dort tropft es überall und in der Ecke ist ein Wasserfall. Bald hören wir ihn. Wir müssen gut aufpassen. Der Boden ist rutschig."

„In Ordnung."

„Von dort führen dann zwei Tunnel zu anderen Ausgängen. Leider muss man durch den einen öfter auf allen Vieren krabbeln."

„Denk daran, dass ich viele Jahre lang in der katholischen Kirche gebetet habe." Ihr Ton war unbeschwert. „Ich habe meine Knie abgehärtet, indem ich auf Steinböden gekniet habe. Wahrscheinlich ergeht es mir besser als dir."

Wyatt schüttelte den Kopf. „Ich hätte Lappen mitbringen sollen, um sie uns als Schutz um die Knie zu binden."

„Das soll hier kein Ausflug zum Vergnügen sein, Wyatt. Wir haben es eilig. Ich schaffe das schon."

Er grinste sie an. „Bei mir bin ich mir da aber nicht so sicher. Bis wir hier durch sind, laufe ich wie ein alter Opa. Aber vielleicht kann ich die Altersschwäche abwenden." Er nahm sich die Decke vom Kopf, kramte in seiner Manteltasche herum und zückte ein Messer.

Zuerst schnitt Wyatt vier lange Streifen von der Decke ab. Dann löste er sein Hemd und trennte acht lange Baumwollbänder vom unteren Rand ab. „Hier!" Er reichte ihr zwei Stücke von der Decke und vier vom Stoff. „Binde sie dir um die Knie."

Samantha rollte ihre Denimhose bis über das Knie hoch. Sie hörte, wie Wyatt tief aus seiner Kehle einen Laut von sich gab.

Er nahm ihr die Streifen von der Decke wieder ab. „Darf ich?", fragte er mit heiserer Stimme. Er ließ seine Hand an ihrem Bein hochgleiten und legte einen Finger um ihre Kniescheibe.

Sie zitterte, als sie seine schwielige Hand auf ihrer nackten Haut fühlte.

Als er ihre Reaktion sah, schlich sich ein unartiges Lächeln auf seine Lippen und er kraulte ihre Wade. Er beugte sich nach vorn und küsste sie auf das Knie. „Das ist ein Versprechen für die Zukunft. Wenn all das hier vorbei ist, will ich mit diesen Knien sehr vertraut werden."

Der Ausdruck „wackelige Knie" bekam eine neue Bedeutung für Samantha. Seine Berührung kribbelte durch ihren Körper, ließ ihre Brüste schmerzen und eine nasse Wärme in ihren intimsten Bereich fließen. *Wenn da nicht die Suche nach den Kindern wäre ...*

Als würde er ihren Gedanken folgen können, wurde Wyatt ernst und wickelte erst ein Knie ein, dann das andere.

Sie hielt ein Seufzen zurück.

Während er ihre Hose wieder bis zu ihren Stiefeln am Bein herunterrollte, schaute er ihr tief in die Augen – sodass ihr Blickkontakt ein Netz der Begierde spann. Im düsteren Licht schimmerten seine Augen silbern wie ein Spiegel und bekräftigen seine Worte.

Wenn das hier vorbei ist ...

Kapitel Siebenundzwanzig

Der Tunnel verengte sich und Jack hatte die Wahl: watscheln wie eine Ente oder krabbeln wie ein Baby. Er entschied sich für den Entengang, wusste aber, dass das nur solange ging, wie seine Muskeln durchhielten. Beim Watscheln war es einfacher, die Kerze zu tragen und die zusammengerollte Decke im Gleichgewicht zu halten. Seine restliche Ausrüstung hatte er in seine Tasche gepackt, die er sich umgehängt hatte. Mit jeder Bewegung schlug sie gegen seinen Rücken.

Kleine Feder ging mit der Laterne in der Hand voran, gefolgt von Tim, Dan und schließlich Christine. Christine krabbelte mit zurückgestreiftem Rock vor Jack und ihre Stiefel scharrten über den Stein.

Der Gang war kaum breiter als seine Schultern, die wellenförmige Decke spannte einen Bogen um ihn, manchmal nur knapp einen Meter von seinem Kopf entfernt. Jack fragte sich, wie eng der Tunnel noch werden würde. Die Vorstellung, wie sie fester als ein Korken in einem Flaschenhals stecken bleiben würden, sodass sie weder vor noch zurück konnten, bremste seine Geschwindigkeit. Mit einem Schlucken verdrängte er die Angst und vertraute darauf, dass Kleine Feder sie sicher ans Ziel bringen würde. Der Indianerjunge sagte nie viel, aber die wenigen Male, die er entschieden hatte, den Anführer der Gruppe zu spielen, hatte er ein dezentes Können bewiesen, das gerade durch sein Schweigen noch beruhigender wirkte.

Und trotzdem ist das hier vielleicht keine gute Idee. Jack fühlte sich, als würde er schon ewig durch diesen Schacht kriechen. Es fehlte nicht mehr viel und er würde spüren, wie die Mauern ihn umzingelten. Nur das Geräusch von fallendem Wasser in der Ferne ermutigte ihn dazu weiterzugehen. Er verlor Christines Schuhsohlen aus den Augen, als sie hinter einer Kurve verschwanden.

Ein Schuss ertönte, gedämpft und widerhallend.

Jack schreckte auf, sodass er sich den Kopf an der niedrigen Decke stieß.

Christine schrie und Tim kreischte auf.

Jacks Herz pochte so heftig, dass er befürchtete, es würde ihm aus der Brust springen und gegen die Wand prallen. *Was zum Teufel war das?*

Er watschelte so schnell er konnte weiter und fand sich in einer riesigen Kammer wieder, deren Gewölbedecke im Licht der Lampe nicht zu erkennen war. Ein kurzer Blick sagte ihm, dass die anderen Kinder standen und scheinbar unverletzt waren. Überall tropfte das Wasser, es floss die Wände herunter und über den Boden. Ein schmaler Wasserfall plätscherte zwischen zwei dunklen Löchern. *Andere Ausgänge aus der Höhle?*

Er stand langsam auf und achtete darauf, die Kerze zu schützen. Dann hob er seine Laterne in die Höhe, um das Licht von Kleine Feder zu verstärken.

In der trockensten Ecke des Raumes kauerte Ben, der ein Gewehr vor sich hielt. Jack wäre am liebsten vor die anderen gesprungen und hätte die Arme zum Schutz weit ausgebreitet. Stattdessen hob er die Kerze. „Was um alles in der Welt hast du dir dabei gedacht? Willst du uns alle umbringen?"

Ben ließ das Gewehr sinken. „Ich dachte, du wärst ein Grizzlybär."

Ein Grizzlybär. Jack wünschte, er hätte etwas, mit dem er den anderen Jungen bewerfen könnte. „Du bist ein ganz schöner Dummkopf, Ben Grayson. Grizzlybären treiben sich bestimmt nicht in diesen Höhlen herum. Vor allem würden sie gar nicht hier reinpassen."

Jack ging auf Ben zu und riss ihm das Gewehr aus den Händen. Er würde nicht zulassen, dass dieser Tyrann für noch mehr Unruhe sorgte. Dann sah Jack sich den Jungen genauer an. Bens Hemdkragen saß schief an seinem Hals, sein Anzug war zerfetzt und hatte feuchte Flecken, und auf seinen Wangen hatten Tränen Spuren hinterlassen.

Die Kinder stellten sich im Kreis um ihn.

Jack beruhigte sich. „Was in aller Welt machst du hier? Ich dachte, ihr wolltet Sheriff spielen."

„Ich habe mir das Bein gebrochen. Arlie ist Hilfe holen gegangen, aber er hat die Kerze mitgenommen. Ich bin seit einer Ewigkeit allein im Dunkeln hier."

„Naja, jetzt nicht mehr", sagte Jack sachlich und tüftelte in Gedanken einen Plan aus.

Bens Kalbsaugen wurden zu Schlitzen. „Steht nicht nur rum, tut etwas!", befahl er.

Jack wandte sich den anderen zu. „Irgendjemand hier hat noch nicht gelernt, sich zu benehmen. Kommt, wir gehen."

Christine guckte, als würde sie Einwand erheben.

Er gab ihr mit seinem Blick zu verstehen, dass sie still sein sollte und nickte mit dem Kopf zur Öffnung.

Ben schreckte auf und zuckte dann zusammen. „Nein! Nein!"

Kleine Feder schlüpfte in den Tunnel.

Daniel folgte ihm.

Ben streckte mit flehendem Blick in seinen Kalbsaugen eine Hand aus. „Wartet, bitte!"

Jack tat so, als würde er den verletzten Jungen ignorieren, hockte sich vor den Ausgang und krabbelte ein paar Zentimeter in den Gang, bevor er Kleine Feder und Daniel zu sich winkte. Der kleinere Junge hatte wieder seine Augenbrauen gehoben – ein sicheres Zeichen seiner Nervosität. „Dan, du und Kleine Feder, ihr geht durch den Tunnel zurück. Dann reitet ihr zu Doc Cameron in die Stadt!", flüsterte er.

Daniel nickte und seine Brauen entspannten sich.

Jack beugte sich zu Kleine Feder. „Du gehst nach Hause und holst Hilfe. Pass auf Danny auf!" Seine Stimme klang unbeschwert. „Lass ihn nicht in irgendwelche Abzweigungen krabbeln!"

Daniel gab Jack einen Klaps auf die Schulter. „Es gibt keine Abzweigungen."

„Ich weiß." Jack schubste ihn sanft. „Komm schon, du Schwachkopf!"

Bens Flehen wurde lauter.

Jack kehrte in die Höhle zurück und stand auf.

Christine rückte näher an Ben heran und sah aus, als würde sie jede Sekunde in Tränen ausbrechen.

„Hier!" Jack löste den Knoten aus seiner Decke und warf etwas Essen und Kleidung auf den Steinboden. „Leg ihm die hier um. Aber sei vorsichtig mit dem Bein!"

Christine näherte sich, kniete sich neben Ben nieder und deckte ihn sanft zu.

Der Junge schien dankbar für die Aufmerksamkeit zu sein und legte zum ersten Mal seinen überheblichen Blick ab.

Jack hielt ein Stück Käse hoch. „Hast du Hunger?"

„Ein bisschen." Bens Worte wirkten zurückhaltend.

Jack warf ihm den Käse zu.

Ben fing ihn mit beiden Händen auf und nagte wie eine Maus daran.

Christine setzte sich im Schneidersitz neben Ben und tätschelte ihm die Schulter.

Tim faltete seinen Schlafsack auf. „Hier, Christine!" Er ging hinüber und reichte ihr die Decke. „Setz dich besser hier drauf. Wenn du eine Erkältung bekommst, wird dein Vater uns bei lebendigem Leibe häuten."

Jetzt, da Ben mehr Kooperationsbereitschaft zeigte, war Jack bereit, zum nächsten Schritt seines Plans überzugehen. „So, jetzt bist du ja gesättigt und warm, also können wir unsere Erkundung fortsetzen."

Panik trat auf Bens Gesicht, bis er wie ein Zweijähriger wirkte. „Nein, lasst mich nicht allein!"

Fast hätte Jack Mitleid mit ihm gehabt, aber er ließ nicht zu, dass man seine Gefühle aus seiner Stimme heraushörte. „Denk daran: Wir sind die bösen Zwillinge." Er knurrte die Worte hervor. „Diejenigen, die das Feuer gelegt haben. Diejenigen, die deine Mutter unbedingt aus der Stadt verjagen will." Er ging auf Ben zu, bis er über ihm aufragte. „Wenn sie Tim und mich hier finden, werden sie uns bestimmt die Schuld für dein gebrochenes Bein geben. Also machen wir uns lieber auf und davon."

„Nein, nein! Sie werden euch nicht die Schuld für mein Bein geben. Es war Arlies Schuld. Er hat mich geschubst, ich bin ausgerutscht und hingefallen."

„Ja, aber alles, was du tun musst, ist, uns die Schuld in die Schuhe zu schieben, und schon werden dir alle glauben. Schließlich denken sie, wir sind diejenigen, die diese verdammten Feuer gelegt haben. Wir müssen weg."

„Aber das habt ihr nicht", platzte Ben heraus. „Es war jedes Mal Arlie, der die Heustapel von Witwe Murphy abgebrannt hat. Aber beide zusammen haben wir den Brand gelegt, der das Toilettenhäuschen abgefackelt hat." Er ließ den Kopf hängen. „Wir wollten, dass ihr Zwillinge beschuldigt werdet."

Jack hätte Ben am liebsten die Hände um den Hals gelegt und ihn erdrosselt. „Du, du …" Er fand nicht einmal die Worte für den anderen Jungen. „Warum?"

Ben blieb lange still sitzen, den Blick zu Boden gewandt. „Ich mochte euch nicht, und ich dachte, es würde Spaß machen." Er wechselte in einen defensiven Tonfall. „Es war nur ein Toilettenhäuschen, kein Gebäude. Nichts Wichtiges."

Tim trat mit zitterndem Körper neben Jack. „Spaß." Die Wut brachte seinen ruhigen Zwillingsbruder zum Sprechen. „Hast du dir jemals die Zeit genommen, darüber nachzudenken, wie es ist, in einem Waisenhaus zu leben? Würdest du gern in eins geschickt werden? Das ist das, was du uns angetan hättest."

Dieses Mal blieb Ben stumm.

Tim wandte sich angeekelt ab. „Wir sollten weggehen und dich zurücklassen. Wenn wir diejenigen wären, die verletzt sind, dann würdest du das machen."

Jack nickte. „Ja, und beim Weggehen würdest du lachen."

Christine rührte sich. „Aber wir gehen doch nicht?" Sie faltete ihre Hände und ihre blauen Augen schauten sie flehend an.

„Christy, Mädchen, wir sind doch nicht wie er!" Eine Welle der Gefühle brach über ihn herein. Was es war, konnte er nicht genau sagen. Aber es war etwas Gutes. Er legte Tim die Hand auf die Schulter und die beiden wechselten einen Blick. „Wir bleiben!"

Schon mehrere Schritte vor Erreichen des letzten Hindernisses zwischen ihnen und der Höhle um die Ecke herum hörte Wyatt den Wasserfall und spürte die Feuchtigkeit in seinem Gesicht. Eine Reihe schlanker Säulen, die in etwa so dünn wie seine Fäuste waren, schnitt ihnen den Weg ab. Zwischen den beiden mittleren war genug Platz für sie, um sich hindurchzuzwängen. Zum Glück wurde die Decke höher, sodass sie sich hinstellen konnten. Zumindest Samantha. Wyatt musste sich noch krümmen.

Er hielt die Luft an und presste sich vorbei, wobei es so eng wurde, dass seine Mantelknöpfte abzureißen drohten. Auf der anderen Seite angelangt, reichte er Samantha eine Hand. Sie gab ihm ihre Laterne, die er ihr abnahm und auf den Boden stellte.

Sie legte ihre Hand in seine und warf ihm ein zuversichtliches Lächeln zu, das ihn direkt ins Herz traf. Trotz ihres Unbehagens und ihrer Sorge um die Kinder strahlte sie eine ganz besondere Schönheit und Entschlossenheit aus.

Er drückte ihre Hand. „Diese Geschichte hier werden wir noch unseren Enkelkindern erzählen. Wie wir das Labyrinth durchsucht haben, um ihre Eltern zu befreien."

„Ich bin mir sicher, im Laufe der Zeit werden wir die Erzählung immer mehr ausschmücken." Sie befühlte eine Säule. „Wir werden sagen, dass die beiden so eng aneinander standen, dass wir an ihnen Haut zurückgelassen haben."

Er grinste und beugte seinen Kopf durch die Lücke zwischen den Säulen, um sie zu küssen. „Nur wenn wir von vornherein nackt gewesen wären."

Sie lachte an seinen Lippen.

Widerstrebend löste er sich von ihr. „Wir sind gerade ziemlich beschäftigt, aber in Zukunft können wir herkommen und splitternackt hier herumkrabbeln. Ich bezweifle, dass wir weit kommen würden."

„Wyatt, wie sprichst du denn?" Um ihre Röte zu verbergen, tippte sie ihm auf das Kinn. „Das hört sich nicht gerade bequem an."

„Ich bringe Decken mit."

Durch das Rauschen vom Wasserfall hinweg hörten sie Stimmen rufen.

Samantha machte große Augen. „Die Kinder." Sie schob sich sehr viel gewandter als er durch die Spalte. Sie griffen zu den Laternen und eilten durch den Tunnel. Über ihren Köpfen öffnete sich die Wand des Korridors zu der Höhle auf der anderen Seite. Die Stimmen der Kinder drangen – gedämpft vom Wasserfall, aber immer noch hörbar – zu ihnen.

Wyatt konnte Jacks und auch Bens Stimme hören. Bens Worte drangen über die Mauer. „Es war jedes Mal Arlie, der die Heustapel von Witwe Murphy abgebrannt hat. Aber beide zusammen haben wir den Brand gelegt, der das Toilettenhäuschen abgefackelt hat."

Samantha hinter ihm verschlug es den Atem. Sie machte den Mund auf, um zu reden, aber er hob eine Hand, um sie zurückzuhalten. Er legte ihr einen Finger auf die Lippen und versuchte, sein Temperament zu zügeln und sich auf das Zuhören zu konzentrieren.

Samantha legte ihre Hand in seine.

Als sich die Unterhaltung fortsetzte, bekriegten sich Wut und Erleichterung in seiner Brust. Christine war in Sicherheit und die Zwillinge hatten die Brände nicht gelegt. Und doch drohte die Wut in seinem Bauch überzukochen. Am liebsten wäre er in die Höhle gestürmt und hätte Ben dafür zur Rede gestellt, dass er Samantha und den Zwillingen so viel Leid zugefügt hatte. Doch er hielt sich zurück. Es klang so, als hätte Jack alles gut in der Hand.

Wyatt zwängte sich gebückt durch die schmale Öffnung und streckte den Arm durchs Loch, um auch Samantha herauszuhelfen. Sie stand auf und schüttelte sich die Beine aus – erleichtert darüber, sich endlich wieder strecken zu können.

Die Kinder waren in etwa 20 Metern Entfernung. Ben saß zusammengesackt und in ihre Richtung schauend an der vorderen Höhlenwand, Christine daneben. Die Zwillinge standen vor Ben und drehten sich um, als Wyatt und Samantha sich näherten. Jack hielt ein Gewehr in der Hand. Ihre grünen Augen leuchteten auf, als sie Samantha sahen; auf ihre Gesichter trat ein euphorisches Grinsen.

Samantha konnte das Lächeln nicht zurückhalten, das sich von ihrem Herzen zu ihren Lippen ausbreitete.

„Pa!", jubelte Christine und kam mühsam auf die Beine, bereit, auf ihren Vater zuzurennen.

„Beweg dich nicht, Christine!", sagte Wyatt mit schneidender Stimme und hielt eine Hand hoch, um sie zu stoppen. „Ich will nicht, dass du ausrutscht und hinfällst, mein Sonnenschein. Wir kommen zu euch."

Plötzlich packte Samantha die Angst, als ihr bewusst wurde, dass Daniel und Kleine Feder nicht da waren.

Wyatt legte seine Hand unter Samanthas Ellenbogen und führte sie über den glitschigen Boden. Als sie bei den Kindern ankamen, ließ er sie los und schloss seine Tochter in die Arme.

Samantha schaute sich um und suchte mit den Augen die dunklen Nischen und Spalten ab. „Wo sind Daniel und Kleine Feder?"

Jack zeigte auf Ben. „Er hat sich das Bein gebrochen. Daniel und Kleine Feder sind Hilfe holen gegangen."

Ihre Sorge schien ihr im Gesicht abzulesen zu sein, denn Jack näherte sich ihr.

Der Junge legte ihr die Hand auf den Arm. „Sie schaffen es schon, Mama Samantha. Der Rückweg ist leicht."

Mama Samantha.

Jack hatte sie Mama genannt. Feuerwerkskörper der Freude explodierten in ihrer Brust. Sie gab Jack eine stürmische Umarmung, strich sein wuscheliges Haar zurück und drückte ihm einen Kuss auf die Stirn. „Ich bin so froh, dass ihr Kinder wohlauf seid."

Tim kam rutschend auf sie zu und sie wiederholte die gleiche Prozedur auch mit ihm. Dann legte sie wieder einen Arm um Jack und zog beide Zwillinge fest an sich.

Jack schaute zu ihr auf und sein Gesicht leuchtete vor innerer Freude. „Ben hat uns gesagt, Arlie und er haben das Toilettenhäuschen abgebrannt."

Sie tippte ihm spielerisch auf das Kinn. „Das haben wir gehört."

Wyatt hockte sich neben Ben. „Wo schmerzt es?"

Ben zeigte auf einen Punkt, der sich einige Zentimeter über seinem rechten Knöchel befand.

„Wir müssen das schienen, bevor wir dich hier herausschaffen." Wyatt stand auf. Sein Blick wanderte durch die Höhle und zu dem kleinen Stapel mit Vorräten. Seine Stirn war gerunzelt, sein Kiefer verspannte sich. „Ich sehe nichts, das wir benutzen können."

Samantha ließ die Zwillinge los und deutete auf Ben. „Wie sollen wir ihn hier rausbringen? Gibt es einen leichteren Weg?"

Wyatt fuhr sich mit einer Hand über den Kopf. Er wies auf das andere dunkle Loch auf der anderen Seite der Höhle. „Da lang wird es eng, stimmt's, Jungs?"

Sie nickten.

„Gibt es Hindernisse auf dem Weg?"

„Nein."

Wyatt rieb sich über die Stirn. „Ich werde ihn nicht tragen können. Wir müssen eine Schlepptrage oder eine Schleifkorbtrage oder so etwas Ähnliches improvisieren und ich muss sie hinter mir herziehen." Er warf einen Seitenblick auf Ben und dämpfte die Stimme. „Ich will gar nicht daran denken, was das Gerüttel ihm antun wird."

Samantha fasste umgehend eine Entscheidung. „Die Zwillinge können Chico holen gehen. Wir legen Ben auf eine Decke und das Pferd kann ihn nach draußen ziehen."

Wyatt nickte. „Könnte klappen – wenn wir Chico hier reinkriegen."

„Das werden wir", sagte Samantha mit einem zuversichtlichen Nicken.

„Wenn die Jungen sich darum kümmern, dann können sie auch nach geraden Stöcken Ausschau halten, die als Schienen dienen können."

Jack drückte die Schultern zurück und stellte sich aufrechter hin. „Wir werden im Nu zurück sein!"

Erfreut darüber, dass die Jungen Verantwortung übernommen hatten, streichelte Samantha mit ihrer Hand über Jacks Arm. Ihre Gedanken folgten dem Korridor, durch den sie bis hierher gekrabbelt waren, und widmeten sich dann den anderen imaginären Tunneln. Sie kaute auf ihrer Unterlippe, bevor sie sich Wyatt zuwandte. „Sollten sie zu den Pferden den Weg nehmen, durch den sie hereingekommen sind, oder sollten sie unserem Pfad folgen?"

„Ihren Weg. Es gibt keine Abzweigungen zu anderen Höhlen, also brauchen wir uns keine Gedanken zu machen, dass sie sich verirren." Er ließ eine Hand auf Jacks Schulter fallen und drückte zu, dann fing er an zu erklären, wo sie die Pferde finden würden.

Christine ließ sich im Schneidersitz neben Ben fallen und tätschelte seinen Schenkel.

So verärgert Samantha auch über Ben war: Sie konnte einem verletzten Kind nicht den Rücken zukehren. Der Anblick seines jämmerlichen Gesichts stimmte sie ein ganzes Stück versöhnlicher. Vielleicht war er angemessen bestraft worden. Christine schien dieser Ansicht zu sein, und das

Mitleid des kleinen Mädchens rief in Samantha Beschämung über ihre eigene Kälte hervor, sodass sie sich dem Jungen näherte. Sie sollte sich Bens Verletzung näher ansehen.

Wyatt kam mit seinen Anweisungen zum Ende. „Beeilt euch, aber passt auf!"

Jack warf ihm ein freches Lächeln zu.

Samantha berührte Jack am Arm. „Gott führe dich, mein Sohn!" Sie tätschelte Tims Wange. „Dich auch."

Tim wurde rot und zog den Kopf ein.

Jack nickte, schien etwas sagen zu wollen, griff aber dann zur Laterne und drehte sich um, bevor er, gefolgt von Tim, geduckt in den Tunnel trat.

Wyatt zog ein Messer aus der Tasche und sagte: „Während wir warten, muss ich wohl den Rest deiner Decke opfern, Samantha."

„Nur los!"

Wyatt schnitt die Decke in Streifen. „Ich brauche ein paar davon, um die Schienen zu polstern. Und ...", er hob forschend eine Braue, während er Christine ansah, „... die Kinder müssen sich wahrscheinlich auch die Knie polstern. Was meinst du, mein Sonnenschein? Tun dir die Knie weh?"

„Ja, Pa."

Er zog sich die Jacke aus, reichte sie Samantha und knöpfte sein weißes Hemd auf.

„Was machst du da?", stammelte Samantha.

„Ich reiße das Hemd in Streifen. Wir werden jede Menge Stoff brauchen, um die Schienen zu befestigen. Ganz zu schweigen von der Polsterung. Das Hemd ist schon ruiniert."

Samanthas Wangen fingen an zu glühen. Mit jedem Knopf, den er öffnete, ging eine Hitzewelle durch ihren Körper.

Wyatt schüttelte sich das Kleidungsstück ab und reichte es ihr. Das Licht der Laterne schimmerte flackernd auf seinem Oberkörper und betonte und untermalte seine Muskeln.

Samantha wusste, dass sie züchtig hätte wegschauen sollen, aber ihr Blick wurde von ihm angezogen wie Metall von einem Magneten. Ihre Hände führten ein Eigenleben und wollten ihm folgen, Wyatt berühren, erkunden …

Offensichtlich ohne sich ihrer Reaktion bewusst zu sein, schlüpfte Wyatt wieder in die Jacke und versagte ihrem Blick somit das Bild von seinem Körper – nicht aber ihren Gedanken. Die Erinnerung an seine breiten Schultern, das flaumige schwarze Haar auf seiner Brust und die definierten Armmuskeln lösten ein schmerzhaftes Verlangen in ihr aus: Die Wirklichkeit übertraf noch die Träume, die sie verfolgten, seit sie ihn kennengelernt hatte.

Ein Wimmern von Ben holte Samantha wieder ruckartig in ihre aktuelle Lage zurück und sie rügte sich selbst dafür, dass sie ihre Gedanken mit sich hatte durchgehen lassen. *Was für eine Frau bin ich, dass ich von solchen Vorstellungen träume, während ein Kind Schmerzen leidet?* Aber eine tolerante Stimme in ihr erinnerte sie daran, dass es etwas ganz Natürliches war, dass der Anblick des halbnackten Körpers des Mannes, den sie liebte, sie ablenkte.

Bald. Bald würden sie aus dem Albtraum der letzten Tage erwachen. Aber erst einmal mussten sie vieles wieder geradebiegen.

Kapitel Achtundzwanzig

Jacks Glücksgefühle schäumten fast über, als wären sie Bläschen, die auf einem Fluss trieben. Er schob die Laterne ein Stück vor sich her. Die Unterseite schabte über die Oberfläche, das Licht erhellte die grünen, braunen und kupferfarbenen Wellenlinien auf dem Gestein. Er krabbelte auf die Lampe zu und stieß sie dann wieder weiter nach vorn. Hinter sich hörte er, wie Tim angestrengt atmete und seine Hände und Knie klatschend und schlurfend über den Boden schliffen, während er ihm folgte.

Ein helles Licht schien in seinem Bauch zu strahlen und nicht einmal die Schürfwunden, die der unebene Boden an seinen Händen und Knien hinterließ, konnten diesem unbekannten Gefühl Abbruch tun. Er wünschte, er könnte innehalten und sich diese Erfahrung auf der Zunge zergehen lassen wie den ersten Pfefferminzstab, den ihnen Miz Samantha, seine Mama – er konnte das Lächeln darüber, dass er sie so nannte, nicht zurückhalten – am ersten Schultag geschenkt hatte.

Das quirlige Gefühl in seinem Innersten stand im Widerspruch zu der schweren Pflicht, die wie ein Sattel auf ihm lastete. Aber dieses Gefühl von Verantwortung hatte auch etwas ganz Eigenes, Gutes.

Thompson hatte Jack und Tim zugetraut, dass sie alles richtig machen würden. Allein beim Gedanken daran, hätte er sich am liebsten schnurstracks aufgerichtet − allerdings hätte er sich beim Aufstehen den Kopf am kantigen Stein, der in der Mitte des Pfades von der Decke ragte, gestoßen.

Er umrundete den spitzen Vorsprung und schätzte in Gedanken den Abstand zwischen der Kuppe und der seitlichen Begrenzung des Tunnels ab. Chico müsste noch durchpassen. Allerdings würde es eng werden. Doch Jack hätte darauf gewettet, dass der kleine eitle Hengst nur zu glücklich darüber sein würde, der Held der Rettungsaktion zu sein.

Tim begann zu sprechen und seine Stimme erzeugte ein Echo in der Dunkelheit. „Fast angekommen. Ich erinnere mich an diesen spitzen Stein. Daran habe ich mir den Kopf gestoßen."

Jack zuckte voller Mitgefühl zusammen. „Nächstes Mal, wenn wir hier durchkommen, warnen wir die anderen. Ich will nicht, dass Mama ...", er rollte das Wort über die Zunge, sodass die Silben länger verweilten, „Samantha sich den Kopf stößt."

„Ja. Ich will auch nicht, dass unserer Mama Samantha irgendetwas zustößt."

Die Art, wie sein Zwillingsbruder dieses besondere Wort behandelte, war der von Jack so ähnlich, dass seine Augen feucht wurden − Tim hatte sogar noch mehr gelitten als er, als ihre Ma gestorben war − und ein Teil seines Zwillingsbruders hatte sich in ein Häufchen Elend verwandelt, das noch nicht einmal Jack erreichen konnte. Vielleicht würde dieser Teil seines Bruders sich auflösen, sodass er wieder mehr zu dem Jungen werden würde, der er einmal gewesen war. *Nein.* Jack blinzelte, um die Tränen zurückzuhalten, und stellte seine Gedanken richtig. *Besser als der Junge, der er einmal gewesen war.*

Noch ein paar robbende Bewegungen und er befand sich in Reichweite der birnenförmigen Öffnung der Höhle, in der sie gelebt hatten. Er schlüpfte hinein und richtete sich auf. Auf wackeligen Beinen suchte er sich, dicht gefolgt von seinem Bruder, seinen Weg vorbei an den Überresten ihres Lagers und duckte sich, um zum Ausgang zu gehen.

Jack hüpfte ein Stück des Berghangs hinunter. Dann stellte er die Laterne zu seinen Füßen ab, blieb stehen und streckte sich. Tim wäre fast mit ihm zusammengestoßen und stolperte dann den restlichen Weg bis dorthin, wo der Boden wieder eben war.

Jack nahm sich eine Sekunde Zeit, um den Fichtengeruch der Nachtluft in sich aufzusaugen und bewunderte die weit entfernten weißen Sterne, die ihm aus dem schwarzen Himmel zublinzelten, während der pralle Dreiviertelmond ihm strahlend seine Zustimmung erteilte. Er legte den Kopf schief, um dem Ruf einer Eule zu lauschen. Nachdem er mehrere Tage unter dem Berg gelebt hatte, wusste der Junge das Leben im Freien zu schätzen.

Jack griff zum Henkel der Laterne und hüpfte den Hang hinunter. „Komm mit!", rief er Tim zu und zog seinen Bruder beim Vorbeigehen am Arm. „Wir haben eine Aufgabe zu erledigen."

Halb stolpernd, halb rennend suchten sich die Jungen ihren Weg durch das Tal zu dem Ort, wo Wyatt die Pferde gelassen hatte. Sie mussten hin und wieder auf Büsche achten, die ihre biegsamen Zweige begierig ausstreckten, um sie aufzuhalten, aber meist war der Weg frei. Vor Kurzem musste hier Vieh gegrast haben, ansonsten wäre das Gras kniehoch gewesen.

Obwohl sie einen ernsten Auftrag hatten, genoss Jack das Gefühl der Freiheit. Er sprang über einen Strauch, riss die Arme hoch – und segelte wie ein Laufvogel durch die Luft, sodass die Laterne anfing hin und her zu schwingen.

Tim lachte und hüpfte wie ein Grashüpfer über ein Büschel Blumen. Gemeinsam schlitterten sie an einem Vorsprung des Berges vorbei, der ins Tal hineinragte, und kamen vor den Pferden zum Stehen.

Verblüfft hob Bill seinen Kopf und wich bis an den Strauch zurück, an dem seine Zügel befestigt waren. Chico schnaubte zur Begrüßung und Mariposa streckte, in der Hoffnung auf ein Leckerli, die Nase aus.

Jack stellte die Laternen auf einen flachen Fels. „Du nimmst Bill!" Er begab sich zu den Falabellas. Er rieb Chicos Nase. „Wir haben ein Abenteuer für dich, Junge." Er kuschelte sich an Mariposas Hals und sagte: „Du hast mir gefehlt, kleine Dame! Hast du mich vermisst?" Er löste den Knoten der Zügel und führte die Tiere zum Wagen.

In der Dunkelheit ertönten Stimmen, sodass Jack sich umdrehte und das Tal entlang spähte. Das Licht der Laternen wippte und umriss Figuren im Schatten. „Hier her!", rief er mit wedelnden Armen.

Hilfe war da.

Zum ersten Mal seit Stunden entspannte sich Jack. Doc Cameron würde dafür sorgen, dass mit Ben wieder alles in Ordnung kam.

Ins Licht der Laterne getaucht, erschienen Livingston, Cobb und Arlie Sloans Vater. Jack machte den Mund auf, um sie zu begrüßen, aber auf einmal schienen alle Männer sich gleichzeitig zu bewegen. Der Bankier und Sloan packten je einen von Tims Armen. Cobb warf sich mit einem Satz auf Jack und schlug ihm die Handfläche auf die Brust, sodass er gegen den Wagen gedrückt wurde. Die Luft entwich aus Jacks Lungen.

„Auf frischer Tat ertappt, du kleiner Dieb!", fauchte Cobb und hüllte Jack mit seinem nach Zwiebel riechenden Atem ein. Seine rote Nase zuckte. „Pferdediebstahl. Dafür werdet ihr beide gehängt."

„Nein!" Jack versuchte sich zappelnd zu befreien.

„Das ist genug, Cobb." Livingstons Stimme klang messerscharf. „Wir werden später über die Strafe für diese beiden Rüpel entscheiden. Jetzt möchte ich erst mal etwas über meinen Neffen erfahren." Er schaute von oben auf die Zwillinge hinab. „Wisst ihr, wo er ist?"

Jack erwiderte den Blick herausfordernd. „Er ist in der Höhle. Hat sich das Bein gebrochen. Wir bringen die Pferde zu ihm, um zu helfen."

Tim machte eine Handbewegung zum Wagen. Livingston hielt ihn mit aller Kraft am Kragen fest. *Was?*, wollte Jack fragen. Und dann dämmerte es ihm. Sein Zwillingsbruder gab ihm zu verstehen, dass er sich mit dem Wagen davonmachen sollte. Er nickte zustimmend.

Tim hörte auf zu zappeln und hing nun fast schlaff in Livingstons Hand.

Tim war schon ein ziemlich raffinierter Bruder.

Cobb schüttelte Jack. „Kleiner Lügner! Kein Pferd passt durch dieses Höhlensystem. Jetzt sag die Wahrheit!"

Die Verzweiflung war Jacks Stimme anzuhören. „Ich sage die Wahrheit. Mr Thompson und Miz Rodriguez sind bei ihm. Sie haben uns geschickt, die Pferde zu holen und auch Schienen mitzubringen."

Cobb presste seine schielenden Augen noch mehr zusammen. „Schienen?"

„Habe ich doch gesagt, Ben hat sich das Bein gebrochen."

„Wo?" Cobb wies mit dem Kopf zum Eingang der Höhle. „Da?"

„Nein!" Jack streckte den Finger talaufwärts aus. „Durch den anderen."

Cobbs Griff lockerte sich. Der Händler entfernte sich vom Wagen und hielt dabei Jack mit der Hand am Ellenbogen fest. Er schaute Livingston an. „Was sollen wir jetzt machen?"

Jack riss seinen Arm aus der Umklammerung des Mannes, sprang in den Wagen und ließ die Zügel schnalzen. Die kleinen Pferde liefen im Galopp los.

„Hey!" Cobb sprang ihm nach, stolperte über ein Grasbüschel und fiel der Länge nach auf den Boden. Das hielt ihn lange genug auf, damit der Wagen wegfahren konnte.

Aus der Ferne konnte er die Männer rufen hören. Sie würden ihm folgen und Tim mit sich schleppen. Doch zumindest würde Jack Chico zu Wyatt bringen, wie versprochen. Und am Eingang gab es genügend Bäume. Er konnte Stöcke sammeln. Wenn er die Zeit hatte …

Wyatt hockte sich neben Ben, schnitt vorsichtig die Anzughosen des Jungen auf und untersuchte sein Bein. Zumindest traten keine Knochenstücke hervor. Doch dem Gesicht des Jungen waren die Strapazen anzusehen: kreidebleiche Wangen voller Flecken und Tränenspuren, ein hohler Blick in seinen großen braunen Augen. Sie hatten eine verblasste Indianerdecke um ihn gelegt, aber hin und wieder zitterte er.

Die Tatsache, dass sie sich unter der Erde befanden, löste ein ungutes Gefühl in Wyatt aus, und er musste sich davon abhalten, in der Höhle auf und ab zu gehen. Die dunkle Stille, die nur vom Plätschern des Wasserfalls in der Ecke unterbrochen wurde, lastete schwer und bedrückend auf ihm. Wyatt sehnte sich danach, wieder draußen zu sein – und sein Gesicht dem Himmel zuzuwenden.

Samantha setzte sich auf eine Decke neben Ben, Christine kuschelte sich auf ihren Schoß. Die Strapazen der letzten Tage spiegelten sich in ihren müden Augen wider, unter denen winzige Linien verliefen, die – so hätte er schwören können – bis vor Kurzem noch nicht dagewesen waren. Wenn das alles vorbei war, wollte er ihren gramerfüllten Blick wegwischen – wenn sie es ihm erlaubte.

Christine ließ eine Hand auf Bens unverletztem Bein ruhen und tätschelte den Jungen ab und zu mit einem mitfühlenden Blick in ihren großen blauen Augen. Eine richtige kleine Florence Nightingale, seine Tochter. Vielleicht hätte er sich über den Einfluss von Samanthas Jungen auf sie keine Sorgen machen sollen. Vielleicht hätte er auf Christines angeborene Güte vertrauen sollen.

Wyatt schüttelte den Kopf. Es war nicht falsch gewesen, sie beschützen zu wollen. Das war die Aufgabe eines Vaters. Aber es war mehr als ein Beschützerinstinkt – er hatte Vorurteile gehabt, und das war der Fehler. Alles wegen eines beschämenden Geheimnisses.

Er hatte Samantha seine Vergangenheit enthüllt und hatte ein Gefühl der Erleichterung verspürt. Aber er hatte gewusst, dass er sie liebte, und hatte gewusst, dass es ganz gleich war, wie sie auf die Information reagierte: Niemals würde sie sie mit anderen teilen. Das hier war etwas anderes.

Er fasste einen Entschluss. Es war an der Zeit, seine Vergangenheit offenzulegen – sie zu nutzen, um einen anderen Jungen davor zu bewahren, in die Fußstapfen der Bösewichte aus der Bande in Wyatts Kindheit zu treten. Wenn Ben erfuhr, dass das junge Mädchen gestorben war, weil Wyatts Bande ein Feuer gelegt hatte, würde er sich bessern. Wyatt wusste, dass er Gefahr lief, dass die Information zur Klatschmeldung und irgendwie gegen ihn verwendet werden würde. Aber dieser einsame missratene Junge war er nicht mehr. Er hatte sich ein gutes Leben aufgebaut – ein Leben im Wohlstand.

Er schaute zu Samantha, die mit Christine kuschelte. Er hatte eine Tochter, die er vergötterte und er hatte eine zweite

Chance auf die Liebe gefunden. Seine Vergangenheit spielte keine Rolle mehr.

Wyatt holte tief Luft und beugte sich vor. „Ben, ich will dir eine Geschichte erzählen."

Samantha lehnte sich gegen den harten Fels der Höhlenwand und hörte Wyatt dabei zu, wie er die Geschichte erzählte, von der er ihr ein paar Tage zuvor berichtet hatte. Dieses Mal kamen ihm die Worte flüssig und ohne lange Pausen über die Lippen und er rang nicht mit sich, als er das Schamgefühl enthüllte, das er so lange versteckt gehalten hatte. Die Geschichte hallte durch die Höhle und wurde nur vom Rauschen des Wasserfalls begleitet. Sogar Christine saß stumm auf Samanthas Schoß.

Ben sah begeistert aus und schien seinen Schmerz fast vergessen zu haben. Er hörte mit einer tiefen Versunkenheit zu, die Samantha noch nie an dem Jungen gesehen hatte. Vielleicht ließ er Wyatt an sich heran. Doch selbst wenn Wyatts Enthüllung seiner Vergangenheit keinerlei Auswirkung auf Bens zukünftiges Verhalten haben würde – es hatte Auswirkungen auf sie.

Glühender Stolz erwärmte Samanthas Herz. Sie wusste, wie schwierig es für Wyatt sein musste, sich zu erniedrigen und einen Teil seiner Vergangenheit offenzulegen, der sein hohes Ansehen unter den Einwohnern der Stadt Sweetwater Springs beschmutzen konnte.

Während er sprach, schienen seine Gesichtszüge – die hohen Wangenknochen, die Adlernase, die kühlen grauen Augen – sich zu glätten, als würde er die Ziegelsteine aus einer Mauer reißen, die er um sich herum gebaut hatte.

Je verletzlicher Wyatt wurde, desto schneller schmolzen

auch, wie Eis in der Frühlingssonne, die Schranken dahin, die sie ihrer Liebe für diesen Mann und der Liebe dieses Mannes gesetzt hatte. Sie verstand jetzt, dass Wyatt nichts mit Don Ricardo gemeinsam hatte. Wyatts kontrollierendes Verhalten und Auftreten beruhte in Wirklichkeit auf seiner Bemühung, sich und seine Tochter zu schützen.

Sie dachte daran, wie er die Organisation der Suchtrupps in die Hand genommen hatte. Entschieden. Sorgfältig. Gut, wenn man so einen Mann an seiner Seite hatte. Und trotz seiner Bedenken an Samanthas Übernahme der Ranch und der Adoption der Jungen, hatte er sich ihr gegenüber immer hilfsbereit gezeigt.

Zwischen ihnen war es zu Küssen und Vertraulichkeit gekommen. Was würde wohl der nächste Schritt sein? Würde Wyatt bereit sein, die Erziehung eben dieser Jungen auf sich zu nehmen, die der Grund für so viele Meinungsverschiedenheiten waren?

Auf dem Stein schabende Hufe und der Klang einer Jungenstimme rissen Samantha aus ihrer Grübelei.

Die Zwillinge.

Sie tätschelte Christines Rücken, um sie zum Aufspringen zu ermuntern, dann stand sie auf, schüttelte sich die Beine aus und streckte sie.

Wyatt ging zum Eingang, beugte sich vor und reichte Jack eine ausgestreckte Hand, um ihm beim Herauskrabbeln zu helfen. Als er Wyatt sah, schnitt der Junge eine Grimasse und führte Chico in den Raum. Die langen Zügel der Kutsche schleiften hinter dem kleinen Hengst her. Jack riss an ihnen, und ein Bündel aus Zweigen, das an den Enden der Zügel befestigt war, schlitterte in die Höhle.

Wyatt hob es hoch. „Braver Junge."

Samantha umarmte Jack kurz. „Wo ist Tim?" Sie streichelte Chicos Kopf, während sie auf die Antwort wartete.

Jack stemmte die Fäuste in die Hüften und seine grünen Augen funkelten vor Wut smaragdgrün. „Livingston, Cobb und Sloan haben uns festgehalten. Sie haben gesagt, wir sind Pferdediebe. Cobb hat gesagt, sie würden uns sicher hängen. Doch Livingston hat die Sache aufgeschoben. Ich konnte fliehen, aber Tim haben sie immer noch."

„Soso." Samantha brachte ihre Empörung zum Ausdruck, indem sie schnaubend ausatmete. „Das werden wir schon sehen."

Wyatt streckte die Hand aus und drückte Jacks Schulter. „Niemand wird gehängt, Jack. Ich verspreche dir: Sobald wir Ben hier rausgebracht haben, werden wir alles wieder richten. Aber jetzt brauche ich deine Hilfe, um einen Gurt und eine Schleifkorbtrage zu improvisieren, während ich mich um Bens Bein kümmere."

Jack nickte und während er sich an die Arbeit machte, beruhigte sich das Feuer in seinen Augen.

Samantha half Wyatt mit Ben, doch während ihre Hände sich sanft auf die Beine des Jungen legten, wirbelten ihre Gedanken in einem wilden und gefährlichen Strudel durcheinander.

Kapitel Neunundzwanzig

Jack schlängelte sich auf Händen und Knien voran und war dankbar über die Streifen der Decke, mit denen sie gepolstert waren. Er hatte sich auf seinem letzten Weg nach drinnen nicht gerade geschont. Zurück in der Höhle, hatte er darauf geachtet, vor Thompson und Mama Samantha zu verbergen, wie viele Prellungen und blutige Verletzungen er hatte. Sie hatten größere Sorgen als ein paar Schnitt- und Schürfwunden.

Er schob die Laternen voran. Hinter sich hörte er, wie Christine angestrengt atmete und Mama Samantha Chico gut zuredete. Das Falabella schleppte Ben, der auf einer aus einer Decke gebauten Trage lag, die am Gurt befestigt war. Seine Jacke war unter seinen Kopf gebunden, um ihn in dem dunklen Tunnel davor zu beschützen, zu hart aufzuschlagen.

Thompson krabbelte Ben hinterher und sorgte dafür, dass die wackelige Schlepptrage nicht gegen die Wände stieß. Der verletzte Junge stöhnte bei jeder Erschütterung, und Jack konnte sich sogar dazu überwinden, Mitleid mit dem armen Fiesling zu haben. Ben würde mit seiner überheblichen Art sicherlich ein böses Ende finden. Jack vermutete, dass der andere Junge nicht mehr in der besten Position sein würde, um die Zwillinge oder Dan noch einmal zu plagen.

Jacks Hand berührte einen Stein und er zuckte zusammen. Er sprang auf und stieß sich den Kopf an dem spitzen Fels an der Decke. Er biss sich auf die Zunge, unterdrückte einen Fluss von Schimpfworten, ließ sich auf sein Gesäß zurückfallen und fasste an den Felsen. „Christine, Mama Samantha, achtet auf dieses Monster hier! Das haut einem gern einmal auf den Kopf. Mir schon zweimal."

„Danke, Jack", sagte Samantha. „Ich passe auf!" Sie sprach lauter. „Wyatt, hast du gehört? Achte auf diesen spitzen Stein, der in der Mitte des Tunnels herunterragt."

Thompsons Stimme erklang. „Ich habe gehört."

Jack beugte sich zu Christine und warf Mama Samantha ein aufmunterndes Lächeln zu. „Die Höhle, in der wir gelebt haben, ist direkt vor uns. Wenn wir da durch sind, sind wir draußen."

„Gott sei Dank!" Sie hob das Kinn. „Führ uns weiter, mein Sohn."

Sohn. Die Wärme dieses Wortes machte die letzten drei Tage Höhlenleben wett: Tage und Nächte mit dem Gefühl, dass sich eine Eisschicht über seine Eingeweide gelegt hatte.

Wenige Minuten später erreichten sie ihr Lager in der Höhle. Jack ging um die Überreste der Pritsche herum, um zur anderen Seite zu gelangen. Als er kurz davor stand, durch den Ausgang zu schlüpfen, hielt er inne und überlegte es sich anders. „Ich befürchte, ich sollte nicht da raus gehen. Die Männer würden mich wahrscheinlich erst mal fassen und danach erst reden."

Mama Samantha war gereizt wie ein wütendes Stachelschwein. „Das sollen sie mal machen, dann bekommen sie es mit mir zu tun!"

Thompson berührte ihre Schulter und ließ seine Hand dann an ihrem Hinterkopf entlang und über ihren Rücken gleiten, als würde er ihr die spitzen Stachel anlegen wollen. „Ich gehe als Erster."

Mama Samanthas Mund straffte sich.

Thompson sah sie an und zog eine Augenbraue hoch.

Sie schenkte ihm ein halbes Lächeln und entspannte sich. „Gute Idee."

Mit einem Blinzeln ließ Thompson ein Bein durch die Öffnung gleiten und duckte sich dann, um auch den Rest seines Körpers auf die andere Seite zu bringen.

Mama Samantha schnalzte mit der Zunge und legte Chico die Hand auf den Nacken. Sie quetschte sich ins Freie und drehte sich zum Hengst um.

Chico warf seinen Kopf zurück, als würde er sich für seinen großen Auftritt zurechtmachen, dann legte er sich in die Riemen und folgte ihr nach draußen.

Jack packte die Enden der Decke und hob sie an, wobei er versuchte, Ben so viel Geholper wie möglich zu ersparen. Der Junge lag schlaff da, seine Augen waren geschlossen. Vielleicht war er in Ohnmacht gefallen. Auch gut. Der nächste Teil würde der schlimmste sein.

Aber dann loderte ein Funken Sorge in ihm auf. Was war, wenn Ben längere Zeit bewusstlos blieb? Was war, wenn niemand Jacks Worten über Bens Geständnis Glauben schenken würde?

Samantha trat aus der Höhle und stand mitten in einer Ansammlung von Männern und Pferden, die von dem warmen Glimmen der Laternen beleuchtet wurden. Nach der Schwärze in der Höhle glühte die Nacht hell; der Himmel war mit Sternen gepunktet. Sie sog die nach Fichten riechende Luft tief ein und trieb Chico weiter. Als sie in der kleinen Menschenmenge nach Tim suchte, sah sie, dass er von Mr Sloan festgehalten wurde.

Ihre Wut flammte auf. Nur die Tatsache, dass sie Chico führen musste, hielt sie davon ab, zu dem Mann zu rennen und ihm den Jungen zu entreißen.

Beim Anblick der Trage eilten die Männer auf sie zu. Doctor Cameron winkte alle von Ben weg. „Treten Sie zurück, meine Herren! Machen Sie mir Licht."

Sie hoben alle Laternen. Caleb Livingston ließ sich neben Ben auf die Knie fallen. „Lebt er noch?", fragte er mit heiserer Stimme.

Eine Welle des Mitleids legte sich über Samanthas Wut.

Doctor Cameron berührte Ben seitlich am Hals und suchte nach seinem Puls. „Ja, er lebt, alles in Ordnung." Er betrachtete das Bein des Jungen, das grob geschient war. Er duckte sich und untersuchte die Verletzung. Dann stand er auf und sah Caleb Livingston an. „Er ist bewusstlos. Lassen wir den Burschen lieber in Ruhe, bis wir ihn nach Hause gebracht haben." Er gab Mr Cobb ein Handzeichen. „Knoten Sie die Decke auf, Frank. Es ist einfacher, wenn zwei Männer die Trage so lange tragen, bis wir ihn auf einen Wagen legen und in die Stadt bringen können. Ich werde mich um das Bein kümmern."

Er schaute zu Wyatt und Samantha hinüber. „Daniel und Kleine Feder sind bei Ihnen zu Hause."

Die Sorge um die Sicherheit der beiden Jungen, die etwas an Samantha genagt hatte, ließ nach. „Danke, Herr Doktor."

Caleb Livingston strich Ben das Haar aus der Stirn zurück. Er stand auf und wandte sich Samantha zu.

Wyatt trat nach vorn und legte ihr den Arm um die Schultern. In seiner steifen Haltung drückte sich sein Beschützerinstinkt aus und sie lehnte sich an ihn. Jack stellte sich neben sie. Sie schloss den Jungen vor sich in eine lockere Umarmung.

Mr Livingston verengte die Augen zu Schlitzen. „Das waren Ihre Zwillinge! Wir haben sie dabei erwischt, wie sie die Pferde stehlen wollten." Er richtete vorwurfsvoll seinen Zeigefinger auf Jack. „Der da ist entkommen. Wenn mein Neffe versorgt ist, werde ich es mir auf die Fahne schreiben, sie aus der Stadt bringen zu lassen."

Samantha umarmte Jack fester. Ihre Wut loderte heiß, aber ihre Worte kamen eiskalt aus ihrem Mund. „Das glaube ich wohl kaum. Ben hat zugegeben, dass er die Feuer gelegt hat. Er und Arlie Sloan. Ihr Neffe muss die Verantwortung für den Schaden übernehmen – nicht meine Zwillinge."

Wyatt ergriff mit entschiedener Stimme das Wort. „Arlie hat Ben geschubst. Deshalb hat er sich das Bein gebrochen. Mrs Rodriguez und ich haben die Zwillinge zu den Pferden *geschickt.*"

Arlie stand halb hinter seinem Vater, offensichtlich, um sich zu verstecken. Mr Sloan ließ Tim los und drehte sich um. „Stimmt das, Junge?"

„Ich habe nichts getan, Pa." Sein Ton klang mürrisch und nicht besonders glaubwürdig.

„Du lügst." Er ohrfeigte Arlie.

Der Junge riss die Arme hoch und schreckte zurück. „Warte nur, bis wir zu Hause sind, Junge." Der Mann packte Arlie und schleifte ihn davon.

Tim sprang los, rannte an den Männern vorbei, die die Trage umringten, und direkt auf Samantha und Jack zu. Sie zog ihn an sich und drückte die beiden.

Sie gehören jetzt mir. Niemand wird sie mir wegnehmen.

Wyatt ließ die Sloans links liegen und konzentrierte sich auf den Bankier. „Die Jungen, alle Kinder, haben bei der Rettungsaktion geholfen. Sie sind ihnen Ihren Dank schuldig, Livingston."

Mr Livingstons attraktives Gesicht wurde vor Entsetzen ganz schlaff. Er bewegte seinen Mund, bevor er die Worte herausbrachte. „Ben? Die Brände gelegt? Den Zwillingen die Schuld in die Schuhe geschoben?"

„Ja", sagte Samantha und hatte fast Mitleid mit ihm.

Livingston räusperte sich. „Ich bitte Sie im Namen meines Neffen um Entschuldigung." Er hielt inne. „Und nehmen Sie bitte auch meine Entschuldigung für mein eigenes Verhalten an." Er schluckte. „Ich habe mich geirrt, als ich die Zwillinge aufgrund meiner persönlichen Meinung angeschuldigt habe – ohne Beweise."

Obwohl seine Worte gekünstelt klangen, konnte Samantha seine Aufrichtigkeit erkennen. „Ich nehme Ihre Entschuldigung an, Mr Livingston."

Der Bankier nahm eine geschäftsmäßige Haltung ein. „Ich war unbeugsam, als ich mich geweigert habe, Ihnen einen Kredit für die Ranch zu gewähren. Ich bin sicher, wir werden vertretbare Konditionen aushandeln."

Sie nickte.

Doctor Cameron griff zu seiner Tasche. „Genug geredet jetzt. Ich will Ben in die Stadt zurückbringen, bevor er wieder zu Bewusstsein kommt." Er blinzelte Samantha an. „Vielleicht kann ich in den nächsten Tagen einmal mit Ihnen über den Kauf von zwei Ihrer kleinen Falabellas reden. Meine Frau hätte gern einen Wagen wie Ihren."

Samantha grinste ihn an. „Es wäre mir eine Freude, Herr Doktor."

Sie lehnte sich gegen Wyatt und beobachtete, wie die restlichen Männer die Trage einkreisten, die von Livingston und Cobb getragen wurde. Einer der Männer sammelte die Pferde und führte sie fort. Als sie hinter einer Kurve verschwunden waren, stieß sie ein Dankesgebet aus! Sie hatte weder ihre Ranch verloren noch – sie umarmte die Jungen ein letztes Mal – ihre Zwillinge.

An diesem Abend saß Samantha inmitten von Freunden und Nachbarn, die mit ihr feiern wollten, in ihrem Wohnzimmer. Sie hielt eine Tasse mit Untertasse in der Hand, nippte an ihrem duftenden Earl Gray und aß die süßen Kekse, die ihr die Frauen immer wieder aufdrängten. Elizabeth und Pamela erlaubten ihr nichts anderes als sich zu erholen und sich zu amüsieren. Maria und Mrs Toffels hatten die Küche übernommen, während Elizabeth, Pamela und Miss Stanton sich um das Servieren kümmerten. Obwohl Samanthas Knie blaue Flecken aufwiesen und ihre Handflächen kreuz und quer mit Kratzern übersät waren, schwebte sie in einer Seifenblase des Glücks und war sich ihres schmerzenden Körpers kaum bewusst.

Sie ließ die Unterhaltung auf sich einprasseln und beobachtete dankbar, wie jeder Mann die Zeit fand, sich bei den Zwillingen zu entschuldigen. Die Frauen hatten die Kinder alle großzügig umarmt, und so viel Erstaunen und Freude wie in den scheckigen Gesichtern der Zwillinge hatte Samantha noch nie gesehen.

Sogar ihr feierlicher Kleine Feder strahlte Zufriedenheit aus und ließ sich dazu verleiten, Männern, vor denen er normalerweise das Weite gesucht hätte, eine genaue Beschreibung des Höhlensystems zu liefern. Und Daniel hüpfte, voller Aufregung und gut gelaunt, quer durch das Zimmer. Oft lief ihm Christine nach, manchmal kam sie zu Samantha oder zu ihrem Vater, um sich eine beruhigende Umarmung zu holen, bevor sie wieder spielen lief.

Wyatt wurde von vielen Männern umringt und wiederholte noch einmal die Geschichte von ihrer Wanderung.

Sie schnappte sogar ein- oder zweimal ein Lob für ihre Falabellas auf. Das war ja wirklich ein Wunder! Nicht einmal der komische Anblick von ihm im viel zu kleinen braunen Hemd von Ezra konnten seine Stärke und Autorität verbergen – Eigenschaften, die Samantha inzwischen an ihm bewunderte.

Wyatt schaute zu ihr herüber. Der besitzergreifende Blick in seinen grauen Augen jagte ihr einen Schauer bis zu den Zehen. Den ganzen Abend lang hatten sie Blicke gewechselt, niemals war das Band zwischen ihnen gerissen, ganz gleich, wie viele Menschen sie voneinander trennten. Auch wenn sie froh war, mit diesen Menschen, die ihre Freunde geworden waren, zu feiern, konnte sie es kaum erwarten, dass die Gäste nach Hause gingen, die Kinder im Bett waren, und sie und Wyatt endlich allein sein konnten. Ihr Herz schlug schneller bei der Vorstellung.

Reverend Norton wankte zu Wyatt und flüsterte ihm etwas ins Ohr. Wyatt nickte. Er hob die Hand und sagte: „Ruhe bitte! Reverend Norton hat etwas zu sagen."

Ein belustigter Blick ließ die strengen Züge im Gesicht des Pfarrers weicher werden. „Ich glaube, wir sollten Gott für die sichere Rückkehr unserer Kinder und für das Ende der fortdauernden Konflikte in unserer Gemeinde danken. Lasset uns beten!"

Samantha senkte den Kopf – ihr Herz war so von Dankbarkeit erfüllt, dass sie ein paar von diesen glücklichen Gefühlen an den Allmächtigen abtreten musste. Schließlich konnte ihr Herz nur ein begrenztes Maß aufnehmen. Dabei hatte es sich schon so weit ausgedehnt, dass es ihre ganze Brust einnahm. Sie warf durch die Wimpern hindurch einen verstohlenen Blick zu Wyatt und hatte das Gefühl, sie würde schon sehr bald noch mehr Platz in ihrem Herzen brauchen.

Kapitel Dreißig

Spät am Abend spazierte Wyatt Hand in Hand mit Samantha den Pfad zum Fluss entlang. Der Dreiviertelmond warf genügend Licht auf sie, um ohne Laternen sehen zu können. Die Sterne am Himmel sahen aus wie die Sommersprossen in einem freundlichen Gesicht. Er genoss das Gefühl von Samanthas Hand in seiner. Eine friedliche Stille trat zwischen ihnen ein – getränkt von einer Leidenschaft, die nur von lockeren Zügeln unter Kontrolle gehalten wurde.

Die kühle Brise veranlasste Samantha dazu, sich ihre Jacke mit der anderen Hand enger umzulegen. Sie trug noch immer ihre Herrenbekleidung, weil sie zum Umziehen keine Zeit gehabt hatte. Die Stadtbewohner hatten noch bis spät in die Nacht in festlicher Runde zusammengesessen. Dem ungeduldigen Wyatt war es wie eine Ewigkeit vorgekommen, die Geschichte immer wieder zu erzählen und die ganzen Speisen zu essen, die Pamela Carter und Elizabeth Sanders ihnen aufdrängten.

Kaum waren sie allein gewesen, hatte er Samantha zur Tür hinausgedrängt, um die Freiheit der Nacht genießen zu können. Als sie an der Brücke ankamen, blieben sie in stillschweigendem Einvernehmen stehen.

Samantha wandte sich etwas von ihm ab, um zum Himmel zu schauen.

Wyatt erinnerte sich an die Kette für sie, die er im Sinn hatte. Er hielt weiterhin ihre Hand, während er einen Finger ausstreckte, ihn an ihrer Kehle hinabgleiten ließ, bis er schließlich unter ihrem Kragen innehielt, als er die Vertiefung an ihrem Hals erreicht hatte. „Wenn ich eine Kette für dich entwerfen würde, Samantha … mit kleinen Diamanten als Sterne und einer perlenbesetzten Mondsichel … Würde dir das gefallen?"

Der Schimmer vom Mondlicht spiegelte sich in ihren Augen wieder. Sie hob einen Finger und berührte seine Lippen. „Ja."

Er küsste ihre Fingerspitzen und verflocht seine Finger mit ihren. „Kannst du mir meine schroffen Urteile über deine Jungen, deine Falabellas, deine Übernahme der Ranch vergeben, Samantha?"

Ihr Antlitz strahlte heller als der Mond. „Ja Wyatt, das habe ich bereits. Du hast einige schroffe Urteile gefällt, aber trotzdem bist du immer ein guter Nachbar gewesen."

„Ich wollte mehr als ein guter Nachbar sein." *Ich liebe dich.* Die Worte zitterten auf seinen Lippen – er hatte sie nicht mehr von sich gegeben, seit er sein Herz zusammen mit Alicia begraben hatte. Sein Herz war nun wieder geheilt und platzte fast vor Liebe, während es im Einklang mit dem Rauschen des Flusses schlug. Eine Brise strich federleicht wie eine streichelnde Berührung über seine Wange.

Ist das Alicias Geist, der seinen Segen gibt?

Er wollte es glauben – glauben, dass sie seine Entscheidung zu einer Ehefrau und Mutter für ihre Tochter guthieß. Bei diesem Gedanken verschwand die zarte Böe und überließ die Liebenden der Nacht. Mit überschäumender Leichtigkeit im Herzen sprach Wyatt die Worte aus. „Ich liebe dich, Samantha."

Sie schmolz dahin und schlang ihre Arme um seine Taille. „Ich liebe dich auch, Wyatt."

Er beugte sich vor und küsste sie leicht und sanft, mit dem Versprechen auf mehr. „Willst du mich heiraten, Samantha? Für Christine eine Mutter sein? Mir erlauben, ein Vater für deine Jungen zu sein?"

Belustigung blitzte in ihren blauen Augen auf und umspielte ihre Mundwinkel. „Und meine Falabellas?"

„Ich weiß, dass sie zum Paket dazugehören." Er sprach gespielt ernsthaft mit tiefer Stimme. „Ich bin sicher, wir finden Verwendung für sie."

„In diesem Fall, Wyatt Thompson, will ich dich heiraten."

Er rahmte ihre Wangen mit seinen Händen ein und versuchte, seine Freude und Liebe durch seine Handflächen fließen zu lassen. Schließlich senkte er den Kopf, um das Versprechen für all die Jahre, die kommen würden, mit einem Kuss auf ihre Lippen zu besiegeln.

ENDE

Danksagung

Ich muss mich bei vielen Menschen bedanken, die mich beim Schreiben dieses Buches immer unterstützt haben. Danke an:

Leeanne Banks für das Brainstorming zur Handlung.

Louella Nelson, außerordentliche Lehrerin für freies Schreiben.

Meine erste Kritik-Gruppe, Alexis Montgomery, Diane Dallape, Erika Burkhalter, Janis Thereault, Kelly Vander Kay und Judy Lewis.

Kathleen Givens
Jill Marie Landis
Kelly Mortimer

Romance Writers of America, besonders mein Ortsverband Orange County, California

Buchreihe der Himmel über Montana
In chronologischer Reihenfolge:

1882
Unter dem Himmel von Montana

1886
Versandbräute des Westens: Trudy
Versandbräute des Westens: Lina
Versandbräute des Westens: Darcy
Versandbräute des Westens: Prudence
Versandbräute des Westens: Bertha

1890er
Grace: Als Braut in Montana
Der Wilde Himmel über Montana
Der Sternenhimmel über Montana
Stormy Montana Sky
Der Weihnachtshimmel über Montana
Der Gemalte Himmel über Montana
A Valentine's Choice
Irish Blessing
A Rolling Stone
Glorious Montana Sky
Healing Montana Sky
Sweetwater Springs Scrooge
Sweetwater Springs Christmas
Mystic Montana Sky
Singing Montana Sky
My Girl
Bright Montana Sky
Montana Sky Justice
A Late-Blooming Rose
Beyond Montana's Sky (*May 1, 2020*)

2015
Angel in Paradise

Über Die Autorin

Debra Holland, New York Times- und USA Today-Bestsellerautorin, war drei Mal unter den Finalisten für den Golden Heart Award der Romance Writers of America und hat ihn einmal gewonnen. Sie ist Autorin der *Buchreihe Der Himmel über Montana*, romantische und historische Western-Liebesromane, und der Reihe *The Gods' Dream Trilogy*, Fantasy-Liebesromane. Im Februar 2013 hat Amazon *Starry Montana Sky* als eine der 50 größten Liebesgeschichten ausgewählt.

Debra hat auch ein Sachbuch mit dem Titel *The Essential Guide to Grief and Grieving* bei Alpha Books (einem Tochterunternehmen von Penguin) veröffentlicht. Ein kostenloses E-Booklet ist auf ihrer Internetseite erhältlich: http://drdebraholland.com: *58 Tips for Getting What You Want From a Difficult Conversation.*

So können Sie Kontakt zu Debra aufnehmen:
www.debraholland.com
Facebook: Debra-Holland
Twitter: @drdebraholland

www.ingramcontent.com/pod-product-compliance
Lightning Source LLC
Chambersburg PA
CBHW051316250626
47155CB00007B/2343